교수,
후궁으로
깨어나다

교수, 후궁으로 깨어나다

1

코양희 장편소설

블라썸

◈ 차례

1장

뒷방 후궁이 되고 싶어

"그 독을 먹고 살 수 있는 사람은 아무도 없어요."

심장이 타들어가는 느낌이다.

아니, 심장에 커다란 구멍이 생긴 듯하다. 아파.

그 가운데 들려오는 덤덤한 남자의 목소리는 몹시 거슬렸다.

내가 독 먹은 거 나도 알거든? 하지만 아직 살아 있잖아? 그러니 곧 죽을 거란 얘기라면 나가서 해줄래?

"아, 안 돼요! 우리 천 귀인님, 이대로 돌아가시면 안 돼요! 우리 소주 좀 살려주세요, 어르신!"

이번엔 엉엉 우는 여자의 목소리가 들려왔다.

천 귀인은 또 대체 누구야? 내가 천씨이긴 하지만, 한 번도 내 성에 귀인이란 좋은 단어가 붙은 적은 없는데.

남자는 대답하지 않았지만, 여자가 더욱 거세게 우는 걸 들으니 고개를 저었다거나 한 모양이다. 엉엉 우는 소리가 시끄럽게 머리를 울렸다.

결국 참다못해 무거운 눈꺼풀을 억지로 들어올렸다. 나 같은 환자는 지금 여기에 누워서 푹 쉬어야 하지만, 이런 상황에서 쉴 수 있을 리가 없……는데.

"소주?"

나는 당황해서 눈을 대번에 부릅떴다. 눈을 뜨자 보이는 광경이, 내가 죽기 전에 본 광경과 너무 달라서. 고개를 확확 좌우로 돌리다가, 그걸로도 모자라 위아래까지 빼곡히 살폈다.

뭐야 여기? 여기 어디야? 눈알이 튀어나올 것처럼 날 쳐다보는 저 영감탱이는 누구고, 얼굴이 빨갛게 되어서 울고 있는 저 여자애는 누구야?

"소주! 깨어나셨군요! 소주!"

날 '천 귀인'이라 부르던 여자애가 저 애구나. 목소리가 같다. 그녀는 이번엔 날 소주라고 부르더니, 다가와서 내 허리를 덥석 안고 흐어엉 울음을 터트렸다. 그러다가 몸을 획 돌려 노인을 쳐다보더니, 삿대질을 하며 외쳤다.

"이 망할 영감탱이, 우리 소주께서 무사히 깨어나신 걸 봐! 그걸 먹고 살 수 있는 사람이 없다고? 어디서 그런 거짓말을 해!"

고함이 막 끝나는 순간, 문을 열고 들어온 다른 여자가 고함친 여자를 향해 외쳤다.

"탕 궁의님께 그게 무슨 막말이야!"

손에 약사발을 들고 온 여자는, 날 보자마자 약사발을 떨어트리며 굳어버렸다.

"소주?"

그러고는 황급히 달려와서 침대 가에 무릎을 꿇더니, 내 손을 가져다 꼭 잡고서 "소주? 정신이 드시나요?" 하고 물었다.

당황스럽다. 소주? 내가 왜 소주야?

나는 천년비. 무림에서 정영검 개원과 함께 가장 강하다 일컬어지는 고수 천년비. 하지만 사파인 탓에 내 강함은 사적으로 취급되었고, 내 이름 '천년비'는 그 자체로 악한 명칭이 되어 별호조차 가지지 못했다.

그런데 소주라니?

"누구? 왜 이몸을 소주라 불러?"

결국 대놓고 묻자, 내 손을 붙잡은 여자, 그러니까 두 번째로 들어온 여자가 눈물을 글썽이며 물었다.

"소주. 저 부성입니다. 생각나지 않으세요?"

탕 궁의란 자에게 삿대질하던 여자도 황급히 내 손을 붙잡고 물었다.

"소주, 전 원웅이에요! 전 기억하시지요?"

아니, 둘 다 모르겠는데. 내가 고개를 젓자, 이번엔 두 여자의 얼굴이 새파랗게 질렸다. 탕 궁의에게 삿대질을 하며 망할 영감탱이라 불렀던 원웅은 황급히 탕 궁의를 돌아보며 애원했다.

"궁의님! 우리 소주가 왜 이러시는 거예요?"

이야. 한순간에 망할 영감탱이란 호칭이 궁의님이 되었네. 누군진 모르겠지만 이 여자분, 아주 상황 적응력이 빠르잖아?

같은 생각인지, 탕 궁의도 몇 번 헛기침을 하며 곱지 못한 눈길로 원웅을 쏘아보았다. 그러나 내 상태가 궁금하기는 한지, 그는 내 곁으로 다가와 조심스럽게 물었다.

"천 귀인님. 제가 보이십니까?"

고개를 끄덕이자, 그가 여자 둘을 가리키며 다시 물었다.

"그런데 이 둘이 생각나지 않으신다고요?"

거듭 고개를 끄덕이자, 그가 세 번째 질문을 던졌다.

"이 상황에 대해서는 아시겠습니까?"

고개를 저었다.

난 동굴에서 독을 먹었다. 가는 길은 다르지만, 그래도 유일하게 마음을 주었던 사내…… 나와 달리 모든 무림인에게 영웅이라 칭송받던 사내 정영검 개원의 함정에 빠져서. 그런데 깨어나니 이상한 곳이고, 이상한 사람들이 나더러 '소주 소주' 해댄다. 이 상황에 대해 알 리가 없지. 확실한 건 이 사람들도 나만큼 뭔가 많이 혼란스러워 보인단 건데……..

"잠시 실례하겠습니다."

중얼거린 탕 궁의가 내 얼굴로 손을 가져왔다. 나는 반사적으로 그의 손목을 턱 쥐었지만, 그가 놀라서 쳐다보자 얼른 손을 내려놓았다. 그나마 힘이 이전처럼 꽉 들어가지 않아서 다행이었다. 독을 먹어서 그런가?

"귀인님의 상태를 살피겠습니다."

탕 궁의는 내가 놀라서 자기 손목을 쥐었던 거라 생각했는지, 이번엔 자신의 행동을 제대로 설명한 후 조심스럽게 내 눈꺼풀을 들어올렸다. 이어서 다른 쪽 눈꺼풀을 까뒤집어 확인하고, 맥박을 짚고, 목 부근에 손을 대어보았다. 몇 번을 그랬을까. 탕 궁의가 손을 회수하고 뒤로 물러나더니 갑자기 "흐음……." 하는 걱정스러운 소리를 냈다.

"왜 그러세요? 우리 소주께서 몸이 안 좋으신 건가요?"

그 소리를 듣자, 탕 궁의가 오는 바람에 잠시 옆으로 물러났던 부성은 더욱 놀란 표정으로 다급히 물었다. 탕 궁의는 고개를 저었다.

"그 극독을 먹었는데 몸이 정상이실 리가 없지요. 아무래도 기억을 잃어버리신 듯합니다."

"기억을! 아!"

부성이 충격받은 얼굴로 탄식하자, 탕 궁의는 혀를 차며 충고했다.

"하지만 사라졌던 맥이 제대로 잡히고 있어요. 용고를 먹었는데 이렇게 멀쩡히 깨어난 것만으로도 기적입니다. 이건 기뻐할 일이에요."

탕 궁의가 약을 조제해준 후 나가자마자, 난 피곤하단 핑계를 대고서 원웅과 부성을 다른 곳으로 보냈다. 이후 방 안을 뒤지고 다닌 끝에 서랍

뚜껑에 달린 석경을 찾아냈다. 황급히 석경을 열자, 예상한 대로 전혀 낯선 여자의 얼굴이 보였다.

'어쩐지.'

모르는 사람들이 자꾸 날 아는 것처럼 말하기에 영 찝찝하다 싶더니.

'정말 내가 다른 사람의 몸으로 들어온 건가?'

거울 속 여자는 소심해 보이는 입술과 슬픔에 잠긴 눈매, 축 처진 눈썹을 가지고 있었다. 미인이지만 너무 우울해 보이는 인상이어서, 보는 사람으로 하여금 좀 답답한 마음이 들게 하는 분위기. 이리 보고 저리 봐도 내가 아니다. 혀를 차다가, 나는 석경을 원래 위치에 돌려놓고 다시 침상으로 가 책상다리를 하고 앉았다.

정리하자. 나는 천년비. 그리고 내가 들어온 이 몸은 '소주' 혹은 '천 귀인'이라고 불리는 사람. 천 귀인에겐 '탕 궁의'란 사람이 와서 진맥을 해주고, 아랫사람으로 여겨지는 사람 두 명이 있지. 궁의가 진맥하러 올 정도면 꽤 귀한 사람 같은데…….

팔을 뻗어 확인하니 빼빼한 손목이 보인다. 눈을 감고서 확인하니, 단전 속 내공은 텅텅 비어 있고.

'아주 엉망이로구만.'

혀를 차면서 내공을 사용하지 않는 무공 '천수비'를 사용해보았다. 내 특기 중 하나로, 내공이 폐해진 적이 있을 때 필요성을 절감하고 익힌 무공이었다. 하지만 워낙 몸 자체가 약한 탓인지, 내공이 없어도 되는 무공을 펼치는데도 움직임이 느렸다. 무공을 익히지 않은 사람이 보기엔 그래도 빠른 속도겠지만, 내 눈엔 느렸다.

'엉망이야 엉망.'

게다가 신경 쓰이는 게 하나 더 있었다. 탕 궁의가 말한 용고. 용고는 심장을 녹이는 극독으로 알려져 있는데, 내가 함정에 빠져 먹은 그 독이었다. 그런데 '천 귀인'도 용고를 먹었다고?

잠시 생각하다가, 나는 탁상에 놓인 종을 흔들어 밖에 나간 두 여자 중 아무나 오기를 기다렸다. 다행히 얼마 지나지도 않았는데 바로 부성이란 여자가 나타나 물었다.

"소주. 부르셨나요?"

그러고는 걱정스럽고 충성스러운 얼굴로, 내 상태부터 조심스럽게 살폈다. 나는 고개를 끄덕이고서 질문했다.

"너희는 날 소주라 부르고, 탕 노인은 날 천 귀인님이라 부르던데. 난 누구지? 이름이 귀인이야?"

부성은 '이름이 귀인'이냐는 내 질문에 입술을 꿈틀하다가, 얼른 표정을 관리하고서 고개를 숙였다.

"아닙니다. '귀인'은 소주의 직책으로, 소주의 성은 천씨, 이름은 '소여'이십니다."

"직책? 귀인이란 직책이 있어?"

"예."

"무슨 직책인데?"

"소주께서는 황제 폐하의 후궁이십니다."

"……."

뭐? 후궁? 내가 후궁이라고?

후궁이 뭔가. 황제의 공식적인 첩 아닌가. 물론 직책에 따라 호적에 올라가기도 하고 아이를 낳으면 황제의 자식으로 인정받기도 하지만, 어쨌든 무림에서 바라본 후궁은 황제의 여인이란 인상뿐이었다. 그런데 내가…… 무림에서 가장 강하단 소리를 듣고, 모든 무림인을 공포에 떨게 했던 이 무림사적 천년비가 후궁이라고?

'이게 말이 돼?'

황당해서 벌떡 일어났지만, 몸에 힘이 쭉 빠져서 도로 침상에 앉았다.

부성은 놀랐는지 황급히 내 쪽으로 손을 뻗었다.

"소주. 너무 무리하지 마세요."

지금 내가 무리를 안 하게 생겼을까요?

손을 휘휘 저었다. 그래, 너네는 내 입장을 모르니까 어쩔 수 없지.

나는 목을 큼큼 다듬고서 다시 질문을 이었다.

"내 이름은 소여. 천씨 가문. 후궁. 직책은 귀인. 극독 용고를 먹고서 쓰러졌단 거지?"

"예."

완전히 나와 공통점이 없진 않네. 같은 천씨고, 극독 용고를 먹고 쓰러졌단 것까지. 하지만 이상한 점이 있다.

"독은 왜 먹었는데?"

용고는 거의 만독불침에 가까웠던 나조차 즉사시킨 극독 중의 극독이다. 구하기도 어렵고 만드는 건 더욱 어렵지. 사실상 제조법 자체도 거의 사라졌다고 알려져 있었다. 그런 극독을, 구중궁궐 속에서 조용히 살고 있었을 후궁이 왜 먹은 거지?

아! 혹시……?

"내가 황제한테 굉장히 총애받던 후궁이었어? 그래서 다른 후궁들, 아니면 후궁들을 따르는 관리들이 나한테 그런 걸 먹인 거야?"

부성의 표정에 '곤란함'이란 세 글자가 떠올랐다.

"아니야?"

거듭 묻자, 그녀는 손을 깍지 낀 채 눈동자를 좌우로 굴렸다.

"아니구나. 그러면 어떻게 된 건데?"

"그게……."

"이런 건 자세히 말해줘야지. 그래야 나도 대처를 하지."

재촉하자, 부성이 어두운 얼굴로 느릿하게 털어놓았다.

"소주께서는 자결하신 겁니다."

자결? 용고를 먹고 자결했다고?

"정말이야?"

"예."

"아니, 왜? 내가 그 정도로 황제의 총애를 받았어?"

평범한 후궁이라면 평범한 독약을 먹어도 알아서 죽을 것 같은데, 굳이 그런 귀한 극독을 찾아 먹고 자결해야 할 상황이 있었나?

당황해 묻자, 부성의 표정에 다시 '곤란함' 세 글자가 떠올랐다.

"이것도 아니구나."

"그게……."

"괜찮다니까? 솔직하게 말해줘."

부성은 거의 울 것 같은 표정으로 시선을 내리깔고 한참을 우물거렸다. 그 모습은 몹시 답답해 보였지만, 나는 그녀가 대답하기를 꾸준하게 기다렸다.

체감상 차를 석 잔은 마신 후에야 부성이 털어놓았다.

"소주께서는 총애받는 후궁이 아니었어요. 황제 폐하께서 단 한 번도 찾지 않으신 후궁이지요."

"어…… 그래?"

"네."

부성은 이젠 거의 울기 직전이었다.

나는 이마를 긁적였다. 그렇구나. 후궁이지만 황제의 얼굴조차 못 보고 방치된 후궁이었어. 그럼 황제가 안 찾아서 자결한 건가? 아니, 뭐 상관이 없긴 한데. 역시 이상하네. 황제의 사랑을 받지 못해서 자결했다 해도, 역시 용고를 먹고 자결한 건 이상해. 누군가 자살로 위장해 용고를 먹었다 해도 이상해. 황제의 총애를 받지 못하는 후궁을 그런 희귀한 극독을 먹여서까지 죽일 필요가 있을까?

곰곰이 생각하고 있자니, 부성이 울먹이며 말했다.

"너무 염려 마세요, 소주. 무사히 깨어났으니 이젠 다 괜찮아요. 소주께서는 빼어나게 아름다우시니, 폐하께서도 곧 마음을 주실 거고요."

아니, 굳이 황제가 날 총애할 필요는 없는데. 그렇지만 후궁이 이렇게 말하는 건 이상하겠지.

적당히 분위기에 맞춰서 고개를 끄덕인 다음, 다시 부성을 밖으로 내보냈다. 머릿속이 복잡해서 혼자 있고 싶었다.

이 몸으로 깨어난 지도 어느새 한 달이 지났다.

황제의 총애를 받지 못하고 있단 말이 정말인지, 그 한 달 동안에 황제는 직접 찾아와서 몸이 괜찮나 묻기는커녕 심부름꾼 한 명조차 보내주지 않았다. 죽다 살아났는데도.

'천소여는 완전히 버려진 후궁이구나.'

그뿐만이 아니었다. 죽었다 살아난 천소여에게 관심을 보이지 않는 건 황제뿐만이 아니었다. 다른 후궁들 역시 단 한 명도 코빼기조차 보이지 않았다.

죽었다 깨어났단 걸 모를 리가 없을 텐데. 진짜 한 명도 나타나지 않았다. 천소여는 나처럼 무림사적도 아니고, 들어보니 나쁜 애도 아니던데.

"이곳에선 폐하의 총애가 곧 힘이에요."

"폐하께서 총애하지 않으시니, 다들 굳이 가깝게 지낼 필요가 없다 무시하는 거지요."

내 측근 궁녀라는 원웅과 부성은 '왜 아무도 내 문병을 안 오냐'는 질문에 씩씩거리며 이렇게 대답했다. 이야기를 듣자, 천소여가 그 귀한 극독을 먹고 자결을 했는데 아무도 이상하게 여기지 않은 이유도 알 수 있었다. 천소여는 궁궐 내에서 완전히 외톨이였던 것이다. 방 세 칸으로 이루어진 작은 전각의 측근 궁녀 두 사람만이 그녀의 모든 대인관계였다.

'가엾어라.'

난 무시당하거나 화가 나면, 강한 무공을 이용해 날 조롱하는 이들에게 마구 복수라도 하고 지냈지만. 천소여는 얼마나 힘들었을까. 하지만 그녀에 대한 동정과 별개로 나는 이 상황이 마음에 들었다.

악명을 떨치는 무림사적으로 생활하는 건 꽤 피곤한 일이었다. 날 죽이고 싶어 하는 이들이 수두룩하였고, 나와 겨루어 이기고 싶어 하는 이들도 수두룩했다. 수많은 무림인, 단체들이 힘을 모아서 날 잡으려 애썼지. 외톨이는 외톨이지만 난 외로울 틈이 없었다. 그 탓일까. 온전히 나 자신에게 집중할 수 있고, 여기저기서 칼을 들고 달려드는 이도 없는 이 평온한 삶이 나는 꽤 마음에 들었다.

사실 후궁들이 찾아온다 해도 더 문제지. 난 귀한 집 자제들과 제대로 대화한 적도 없다고. 같은 무림인들도 나와 대화를 나누면 날 이상하게 쳐다봤는데. 귀한 자제들은 더 이상하게 볼 거 아냐.

'지금이 딱 좋지. 암.'

그러나 조용하게 사는 게 좋긴 해도, 한 달간 한 방에 틀어박혀 있는 건 몹시 지루한 일이었다. 게다가 이젠 무림인으로 지내는 게 아니어도 무공은 되찾아야 했다. 강해서 나쁠 일은 단 하나도 없으니까.

그렇게 한 달 하고도 사흘째 되는 날. 결국 난 원웅을 졸라서, 사람들이 아무도 찾지 않는다는 한적하고 음침한 후원을 밤중에 찾아갔다. 전각 앞에서 무술을 익히면 너무 눈에 띄니 며칠간 잘 살펴본 다음, 괜찮다 싶으면 여기서 무공을 수련할 생각이었다.

그리고 30분 정도 제자리에 있다가, 정말로 사람이 오지 않는단 걸 확인한 후. 나는 슬그머니 주먹을 쥐고서 훅훅 앞으로 내질러 보았다. 속도는 느렸지만 주먹이 바람을 가르는 느낌과 간만에 제약 없이 몸을 움직이는 감각이 너무 좋았다. 나는 신이 나서 마구잡이로 허공을 향해 주먹질을 하며 낄낄 웃었다.

멍청한 무림 놈들! 멍청한 개원아! 너희는 날 죽이려 했지만 소용없었다! 난 너희가 죽었다 깨어나도 올 수 없는 곳에서 부활했다고!

그 순간. 바스락거리는 소리가 뒤에서 들려왔다.

황급히 돌아보자, 까만 장포 차림의 남자가 '저건 뭐지?' 하는 시선으로 나를 구경하고 있었다. 사람들이 날 보는 시선은 대개 공포와 두려움이다. 그나마 가장 긍정적인 시선이 호승심? 서럽진 않았다. 무림에서 가장 강하고 가장 악명 높은 사람으로 산다는 게 다 그렇지 뭐. 어쨌든 결론은, 난 오히려 지금 저 남자가 날 쳐다보는 시선. '저 희한한 건 뭐지?'란 시선에 더 익숙하지 않다는 거다.

우울한 인상이긴 하지만 천소여도 나름 미인인데. 보기에 그렇게 이상한가? 아니, 근데 미인이 아니라 해도 저런 시선은 실례 아냐? 나는 얼결에 손을 올렸다. 내 얼굴을 더듬어보기 위해서.

그 순간. 남자의 주위에 몇 명의 숨은 기척이 느껴졌다. 눈동자가 반사적으로 기척들을 따라 한 번씩 딱딱 끊어지듯 이동했다. 좌측에 둘. 우측에 셋. 나무 뒤에 하나. 동서쪽에 하나. 수풀 뒤에 하나.

내공이 사라진 탓에 집중하지 않으면 다른 사람의 기척을 읽기 어렵지만, 가만히 집중하면 가능했다. 내 눈에 제대로 보이는 건 남자 한 명이지만, 저 남자의 주위로 보이지 않는 호위가 여럿이란 걸 알 수 있었다.

그게 실수였을까. 내 시선에 호위들이 싸늘해지는 게 느껴졌다. 내가 자신들의 기척을 알아챘다고 여기고 긴장하는 게 분명했다.

안 되지, 안 돼. 아직 무공을 되찾지 못했으니 지금은 싸우면 안 돼. 아니, 무공을 되찾아도 이젠 안 싸울 거야. 난 당분간 조용하고 평온하게 뒷방 후궁으로 살아갈 거라고.

나는 모른 척 눈을 내리깔고서, 얼른 왔던 길을 돌아갔다. 까만 장포 차림의 남자가 누구인지, 왜 호위를 여럿 데리고 있는지, 하나도 궁금하지 않았다. 뭐 귀한 관리, 아니면 왕족쯤 될 수도 있겠지. 무슨 상관이겠어? 나는 그냥 조용히. 눈에 안 띄게 조용히 있고 싶을 뿐이었다.

멀찍이 떨어진 곳에서 대기 중이던 원웅을 데리고 내 전각으로 돌아가자, 고소한 참깨 냄새가 울타리 안을 가득 채우고 있었다.

"벌써 다녀오셨어요?"

부성은 마루에 앉아 참깨를 넣은 이상한 무언가를 만들다가 웃으면서 물었다.

"뭐야?"

"참깨떡을 만들어보려고요."

이 밤에?

"맛있어?"

"맛있길 바라야죠."

나는 고개를 끄덕이고서 내 방 안으로 들어가 침상에 앉아 이불을 똘똘 말았다. 그 안에 뱀처럼 자리를 잡고 있자니, 원웅이 약사발이 담긴 쟁반을 들고 방 안으로 들어와 탁자는 쟁반 위에 두고 내게는 쓴 약이 담긴 약사발을 건넸다.

약사발을 받으면서 원웅의 표정을 보자니, 문득 궁금해졌다. 혹시 원웅도 보았을까, 그 남자? 봤으면 오는 길에 그 흑색 장포 남자 이야기를 꺼냈을 것 같긴 한데. 그냥 물어볼까?

"있지, 원웅."

"네, 소주."

"음…… 아냐."

나는 머뭇거리다가 그냥 남자에 관해 묻길 포기했다. '흑색 장포를 입은 남자'라고 해봤자 어차피 원웅이 알아듣기도 어렵지. 그런 옷 입은 남자가 하나둘이겠어?

그 일은 그렇게 잠깐의 우연한 사건처럼 지나갔다.

아니, 지나간 줄 알았다.

그러나 다음 날 아침. 부성이 어젯밤에 만들었다는 참깨떡을 먹기 위해 원웅을 데리고 마루에 나와 시시덕거릴 때였다. 탕 궁의가 어리둥절한 얼굴로 울타리를 지나 이쪽으로 다가왔다.

"무슨 일이에요, 영감님?"

원웅이 묻자, 탕 궁의는 "영감님이라 부르지 말라니까!" 하고 타박하고는 내 앞으로 다가왔다. 왜 내 앞으로 다가오지? 의아해서 바라보자, 그가 두 손을 공손히 모으고서 물었다.

"실례하오나 귀인님. 귀인님께서 머리를 다친 것 같더라는 제보를 받았습니다."

"머리? 내 머리?"

당황해서 머리를 감싸고 뒤로 몸을 빼자, 탕 궁의는 손을 휘휘 저었다.

"머리에 침을 놓거나 하진 않을 겁니다, 귀인님. 그냥 그런 제보를 받았을 뿐입니다."

어제 날 이상하게 쳐다보던 흑색 장포 남자가 떠오르는 건…… 너무 과장된 생각일까? 하지만 그때 딱 흑색 장포의 표정이 '쟤 미쳤나?'였던 것 같은데. 떨떠름하게 쳐다보고 있자니, 탕 궁의는 미리 가져온 처방전을 내 쪽으로 내밀며 요구했다.

"어차피 기억을 잃기도 하셨으니, 머리에 좋은 약을 드셔서 나쁠 건 없지요. 앞으로는 이 처방전대로 지은 탕약도 드십시오."

흑색 장포를 입은 남자가 누구인지는 결국 알지 못했지만, 그는 이름도 신분도 모른 채 내게 한 가지를 남겼다. 엄청나게 쓴 약.

약 한 사발을 더 마시게 된 지 사흘이 지난 날이었다. 평소처럼 느긋하게 자고 있는데, 웬일로 두 궁녀가 번갈아 나를 깨웠다.

"무슨 일로 깨우는 거야?"

나는 베개를 끌어안고서 물었다. 뒷방 후궁 천 귀인으로 깨어난 후, 나는 잠 하나는 실컷 잤다. 죽었다 살아난 데다가 딱히 할 일도 없고 부르는 사람도 없었기 때문이다. 궁녀들도 평소 내가 마음껏 자게 내버려 두었고. 그런데 오늘은 이렇게 열심히 깨워대다니. 이상했다.

"어휴! 말씀드렸잖아요, 소주."

"오늘은 문안 가야 하는 날이에요, 소주."

"얼른 일어나서 씻고 단정하게 입으셔야지요."

"문안?"

되묻고 나자, 어제 원웅이 말해준 게 떠올랐다. 원래 모든 후궁은 일주일에 한 번 황후에게 문안을 가야 하는데, 나는 아파서 지금까진 생략했지만 슬슬 가야 할 것 같다고. 슬슬 가야 한다기에 나는 한 주 더 쉬어도 되는 줄 알았더니. 당장 오늘부터 가야 하는 거구나. 아니, 그럼 애초에 '슬슬'이라고 표현하면 안 됐지. 내일부터 가야 한다고 했어야지.

"알았어."

일단 가야 한다니 가긴 하자. 안 갔다간 이상하게 보일 테니.

후다닥 일어나자, 두 궁녀는 내 얼굴과 손, 발, 머리를 씻겨준 다음 평소보다 좀 더 공들여서 머리카락을 땋아주었다. 진주 세 개가 달린 장신구를 꽂고, 편안한 신발 대신 예쁘게 생긴 녹색 신발도 신었다.

평소보다 좀 더 격식 있는 연한 녹색 상의와 짙은 녹색 치마를 입은 후 거울을 보자, 우울한 인상이…… 더 심해졌는데? 아니, 밝은 옷을 입고 꾸몄는데 왜 더 우울해 보이는 거지? 어떻게 된 거야, 천소여?

더듬더듬 얼굴을 만지고 있자, 부성이 걱정스러운 얼굴로 충고했다.

"소주. 황제 폐하의 마음을 얻을 수 없다면, 황후마마의 마음이라도 얻어야 해요."

"음."

"내명부의 최고 권력자는 황후마마시잖아요. 폐하의 총애를 얻지 못해도, 황후마마의 눈에 들면 이곳 생활이 더욱 편안해집니다."

나는 어색하게 고개를 끄덕였다. 부성이 왜 저런 충고를 하는지, 머리로 이해는 가니까. 하지만 글쎄. 과연 가능할까? 난 무림 고수인 시절에도 혼자 놀았다. 그러다 유일하게 마음을 연 사람이 개원이었지만, 뒤통수를 제대로 맞은 걸 보면 뭐. 난 안목조차 그리 높지 않은 듯하고. 그래도 날 걱정하는 궁녀들에게 부정적인 말을 할 필요는 없지.

"염려 마. 내가 아주 찰떡처럼 짝 황후마마한테 붙어보고 올게!"

활짝 웃고서 주먹을 훅훅 허공에 휘두르는 시늉을 하자, 부성은 어두운 얼굴로 충고했다.

"그거, 요즘 신날 때마다 자주 하시던데요. 황후마마랑 다른 후궁들 앞에선 절대 하지 마시구요."

황후한테 찰싹 붙고 오겠다고 선언은 했지만 막막하다. 문안? 난 문안은커녕 안부 인사도 안 하고 살았다고. 반대로도 마찬가지다. 내겐 안부를 묻는 사람도 없었다. 내 목이 제대로 붙어 있나 확인하러 오는 것도 안부 인사에 포함야 할까? 그건 아니라고 봐서.

이런 상황이다 보니, 황후가 지낸다는 대중궁으로 오면서 나는 내내 그 문안이란 것에 대해 고민했다. 문 앞까지야 궁녀 둘이 바래다준다지만 황후를 보러 안쪽에 들어갈 때는 궁녀들을 데려갈 수 없다던데. 혹시라도 내가 실수를 하면 어쩌지? 몹시 불안했다. 이럴 때 손에 칼을 쥐고 있으면 마음이 편안해질 텐데. 지금은 그조차 안 되잖아.

"단도라도 챙길까……."

"소주? 방금 뭐라고 말씀하셨어요?"

"나 지금 단정해 보이나? 하고 생각했어."

"그럼요. 얼마나 단아하고 고귀해 보이시는지 모릅니다."

측근 궁녀 부성의 칭찬을 들으면서, 나는 그녀의 안목에 애도를 보냈다. 거울을 보니까 아주 우중충해 보이더구만, 단아하고 고귀하기는 무슨. 아부를 하더라도 좀 그럴듯하게 해야지. 어쨌든 타산지석은 확실하게 되는구나. 난 아부해도 쟤처럼은 하지 말자.

그러는 사이. 어느새 몹시 커다랗고 화려한 담 앞에서 멈춰 섰다. 천소여가 지내는 방 세 칸짜리 전각 주위 싸리 울타리와는 비교도 안 될 정도로 높고 화려한 담이었다. 커다란 나무 문까지 달려 있는 데다가, 활짝 열린 문 양옆에는 어깨가 떡 벌어진 태감이 둘이나 지키고 서 있었다.

그리고 그런 태감 두 사람 사이를 지나쳐 문 안으로 들어가는 각양각색의 화사한 옷차림들…… 쟤들이 후궁들이구나. 궁녀들은 후궁들과 문 안에 함께 들어가지 못한다더니. 정말인가 보네. 후궁들이 데려온 궁녀들은 다들 문 근처에서 작별 인사만 한다.

나도 저렇게 해야겠지? 부성과 원웅을 살피자, 두 사람이 작게 고개를 끄덕였다.

"너무 염려 마세요, 소주."

"소주께서 기억을 잃었다는 것을 다들 알고 있으니, 심하게 굴지 않을 거예요."

심하게 굴다니. 그런 말을 하니까 더 무섭잖아, 부성아. 이전엔 심하게 군 적이 있단 뜻처럼 들린다고.

속으로 툴툴거렸지만, 일단 웃으면서 궁녀들과 작별 인사를 했다. 그리고 우두커니 서 있다가, 눈치껏 문 안으로 들어가는 후궁들 뒤쪽에 붙어 따라 들어갔다. 문 옆을 지키고 선 태감 둘이 막아설까 봐 조마조마했지만, 다행히 저 태감 둘은 내 얼굴을 아는 듯 막아서거나 하진 않았다.

대중궁 안에 들어가서도 후궁들은 자기들끼리 소곤거리고 웃으면서 계속 걸어갔다. 챙겨주는 사람은 없었지만 따라오지 말라 내치는 사람도 없어서 나는 다행히 최종 목적지까지 그들을 순순히 따라갈 수 있었다.

후궁들이 들어선 곳은 대중궁 가장 중앙에 있는 커다란 전각의 중앙부였는데, 예상과 달리 이미 가장 상석 의자에 황후로 짐작되는 여자가 앉아 있었다. 이곳에 도착한 후궁들이 차례로 황후의 앞으로 나아가 인사를 올리기에, 나도 적당히 끼어들어서 인사를 했다. 다행히 내가 이상한 실수를 하진 않았던 듯, 내 행동이 잘못되었다고 지적하는 사람은 없었다. 그 후 자리를 찾아갈 때는 좀 곤란했지만, 눈치 좋은 황후의 궁녀한 사람이 내게 어느 자리로 가면 된다고 귀띔해주어서, 나는 말석에 있는 자리에 엉덩이를 붙이고 앉을 수 있었다.

자리를 온전히 잡은 후에야 나는 황후를 제대로 관찰해보았다. 무림에서도 '황후'라고 하면 굉장히 저 높은 곳, 하늘 어딘가에 있으리라 여겨지는 분이다 보니, 이런 상황에도 호기심이 들 수밖에 없었다.

그러나 실제로 본 황후는 구름이 둥둥 떠다니는 다른 세상 사람처럼 보이진 않았다. 아니, 오히려 그리 높은 곳에 있어 보이진 않는, 좀 평범한 인상의 여자였다. 예쁘다 아니다 등을 떠나서, 그냥 분위기가. 하지만 그런 점 때문에 오히려 시선이 갔다. 저렇게 높은 자리에 오른 사람이, 저렇게 소박한 분위기를 풍길 수 있단 게 신기해서.

황후와 후궁들을 신기해하며 구경하는 것도 30분이 한계였다. 30분이 지나도 문안을 시작할 마음도 없이 앉아만 있자, 점차 몸이 뒤틀렸다.

대체 문안은 언제 시작하는 거지? 이미 끝난 건가? 비어 있는 의자가 몇 개 아직 있는데. 안 온 사람들까지 다 와야지 문안이 끝나는 건가? 그건 모르겠다. 하지만 이렇게 기약 없는 기다림이 지루한 건 나만이 아니었던 모양이다. 처음에는 조용조용히 친한 이들끼리만 대화하던 후궁들이, 점차 앞뒤로 말을 걸기 시작했으니까. 이 와중에도 나한테 말 거는 사람은 아무도 없었지만. ……뭐 괜찮아. 이런 분위기, 익숙해.

나는 손을 괜히 꼼지락거리면서 사람들의 대화에 귀만 기울였다. 직접 대화에 참여하진 않더라도, 이렇게 다른 사람들의 대화를 귀담아들어 두면 대충 돌아가는 분위기 같은 건 파악할 수 있잖아?

"그러면 흑합 장군은 또 차인 건가요?"

"그런가 보더라고요. 하긴. 그럴 만도 하지요. 아무리 얼굴이 잘나면 뭐 하나요, 성격이 그리 무섭다던데."

"그래도 그 얼굴에 그 가문에 그 능력에 그 몸에 그 신분을 가지고서 정혼하는 족족 깨지다니. 정말 무슨 다른 문제가 있는 게 아닐까요?"

한참 후궁들의 이야기에 귀를 기울이고 있을 때였다. 내 자리에서 그리 멀지 않은 곳에 있던 한 후궁이 갑자기 확 바닥으로 고꾸라졌다.

'어후, 아프겠다.'

의자에 앉아 있다가 미끄러졌다거나 한 게 아니라, 누군가에게 떠밀린 게 분명했다. 옆에서 확 튀어 나갈 때의 속도를 보면 알지.

얼굴이 발개진 후궁은 황급히 자리에서 일어나 옷을 털고, 가장 상석의 황후에게 인사를 올렸다. 그렇게 다시 제자리로 돌아오려는데…….

"앗!"

누군가 또다시 그 후궁을 밀쳤다.

'놀라라. 이번엔 진짜 대놓고 밀었잖아?'

게다가 이번에는 누가 미는지 아예 봐버렸다. 그 후궁을 밀친 건, 그녀 옆자리에 앉은 노란 옷차림의 후궁이었다. 밀쳐진 후궁은 이번에는 일어서지 못하고 쩔쩔맸다. 일어났다가 또 밀쳐질까 봐 겁이 나는 것처럼.

보기 좋은 광경은 아니어서, 나는 힐긋 상석에 앉은 후궁들을 곁눈질했다. 누가 좀 말려보지 그래? 난 상석에 앉은 후궁 중 누군가가 이러지 말라고 말릴 거라 생각했다.

하지만 한두 번 있던 일이 아닌가? 상석의 후궁들은 오히려 무척 재미난 구경을 한 것처럼 웃음을 터트렸다. 황후는 눈살을 찌푸렸지만 말릴 생각은 없어 보였고.

저절로 혀가 내둘러졌다. 뭐 이렇게 대놓고 괴롭히는 거지? 원래 사람들은 여럿이 모이면 싸우기 마련이라지만, 그래도 너무 노골적인 거 아닌가? 밀쳐진 후궁의 모습에 내가 겹쳐졌다. 물론 나는 한 번 밀쳐지면 주위 사람들의 머리통을 다 똑똑 따버리지, 저렇게 제자리에서 비참해하진 않지만.

결국 보다못해 자리에서 일어났을 때였다.

"황제 폐하 드십니다!"

문 앞에서 누군가 외치더니, 기다릴 틈도 없이 문이 벌컥 열렸다. 나는 얼결에 도로 자리에 앉았다. 다른 후궁들이 동시에 일어나는 바람에 다시 일어나야 했지만.

"황제 폐하를 뵈옵니다."

맞추기라도 한 것처럼 거의 동시에 일어선 후궁들은 이번엔 단체로 목소리를 맞추어 반절을 올렸다. 나도 눈치껏 다른 후궁들을 따라 했다. 다른 이들이 고개를 푹 숙이기에 덩달아 고개도 숙였다. 황제의 얼굴을 구경할 틈도 없었다. 나동그라졌던 후궁도 이 틈에 얼른 몸을 일으켰다.

그 순간.

"아주 재미있게들 노는군."

느긋하고 나른한 목소리가 말에 가시를 숨기고서 후궁들을 조롱했다.

황제는 다른 후궁들이 괴롭혀서 저 후궁이 넘어진 거라고 오해한 게 분명했다. 아, 오해는 아니구나. 괴롭히고 있던 건 맞으니까.

"오셨습니까, 폐하."

그러나 난데없이 나타난 황제 때문에 다른 후궁들이 모두 당황한 상황에서도, 황후는 자애롭게 미소를 지으며 황제에게 인사했다.

이 와중에도 저렇게 웃을 수 있단 게 대단하네. 황제는 그렇게 안 여겨지는 모양이지만.

"다른 후궁들이야 어쩔 수 없다고 해도. 황후는 후궁 한 명을 함께 괴롭히면 안 되지 않을까."

황제가 대놓고 빈정거리자 황후의 표정이 어두워졌다.

"폐하."

황제가 한 걸음을 더 걸어갔다. 나는 이참에 고개를 슬쩍 들어서 황제의 모습을 살폈다. 황제의 모습을 살피는 건 중요하다. 특히 나처럼, 조용하게 뒷방 후궁으로 지낼 가짜 후궁에게는 더욱더. 왜냐. 혹시라도 멀리서 만나면 달아나야 할 테니까.

하지만 소용없는 짓이었다. 황제는 얼굴을 까만 면포로 가리고 있었다. 키가 크고, 드러난 얼굴선이 조각 같다는 외엔 알 수 있는 정보가 아무것도 없었다.

그 사이, 황제가 넘어졌던 후궁에게 물었다.

"네 이름은 무엇이지?"

"우 씨 일러, 귀인입니다."

우 귀인. 나랑 직급은 비슷하구나. 비슷한 직급을 가진 애가 그렇게 괴롭힘당하고 있었단 생각을 하니 앞으로의 일들이 걱정된다. 우 귀인이 괴롭힘당할 수 있단 건 같은 직급인 나도 괴롭힘당할 수 있단 거 아닐까?

"우 귀인."

어쨌든 우 귀인의 가엾어 보이는 모습이 황제의 동정심을 자극한 모양이다. 황제는 우 귀인의 이름을, 굳이 남들이 다 들도록 입 안에서 한 번 굴려서 발음했다. 그 소리를 듣자 주위의 후궁들이 고개를 더욱 깊숙하게 숙였다.

"혹시 네가 밤중에 혼자 청적에 드나들던 후궁인가?"

그런데 황제가 뜬금없이 이상한 질문을 던졌다. 우 귀인이 "예?" 하고 희미한 목소리로 묻자, 황제가 "아닌가?" 하고 거듭 물었다. 청적이 어딘진 모르겠지만, 우 귀인은 조심스럽게 대답했다.

"제가 맞습니다."

그 대답이 황제에게 또 좋은 인상을 준 모양이다. 황제가 쓴 검은 면포가 어깨와 함께 잘게 흔들렸다. 소리 없이 웃는 것처럼.

"그래, 그게 너였군."

다시 중얼거린 황제는 이번에는 우 귀인을 향해 돌연 손을 뻗었다. 우 귀인이 머뭇거리자, 그가 "잡거라." 하고 대놓고 지시했다. 우 귀인이 그의 손을 잡자, 황제는 고개를 돌리더니 찬찬히 후궁들의 얼굴을 하나하나 뜯어보며 말했다.

"승냥이들 사이에 있을 필요 없다."

그 말에 후궁들이 술렁였다. 싫어서인 듯한데…… 솔직히 나는 좀 감동받았다. 승냥이라니. 황제가 말한 '승냥이들' 사이엔 나도 포함되겠지?

지금까지 내게 퍼부어진 기본 지칭이 쓰레기, 악적, 무림사적, 흉악한

괴물 등이었다. 그런 말을 듣다가 도도하신 황제 나리가 승냥이라 말하니, 참 하찮게 여겨졌다. 기분이 안 나빠. 이런 욕은 들어도 타격이 없어!

웃음을 참기 위해 고개를 숙이고 있자니, 그 사이 황제는 우 귀인을 챙겨 밖으로 나갔다.

탁. 문이 닫히는 소리가 나자, 사방이 완전히 고요해졌다.

나는 가까스로 웃음을 통제했다. 이 와중에 웃으면 미친 사람 되기 딱이니까. 대신 고개를 들어 다른 후궁들을 살폈다. 하지만 후궁들은 고귀하게 자라서인가. 승냥이란 단어만으로도 모두 쥐털을 입에 문 표정이었다. 후궁들에겐 승냥이 소리가 큰 모욕인 듯했다. 그러다 노란색 옷을 입은 한 후궁이 주먹을 꽉 쥐며 황후에게 말했다.

"너무 억울한 일입니다, 황후마마! 우 귀인 그 여우 같은 것, 분명 처음엔 일부러 넘어졌다고요!"

"두 번째는 염 귀인이 밀쳤지만, 첫 번째는 그냥 혼자 고꾸라졌는데."

"마치 우리가 자길 괴롭힌 것처럼!"

"폐하께서는 거기에 또 홀랑 넘어가고!"

노란색 옷을 입은 후궁을 시작으로, 거친 반박과 변명이 나오기 시작했다. 직접 공격하지 않았을 뿐 충분히 괴롭힌 게 맞으면서. 다들 자신들이 승냥이로 몰린 게 억울한 눈치였다.

왜, 승냥이 어때서. 승냥이 귀엽잖아.

"소주, 소주."

황후에게 문안을 마치고 밖으로 나오자, 원웅과 부성이 초조하게 날 기다리고 있다가 얼른 다가와 물었다.

"문안은 무사히 하셨나요?"

"중간에 황제 폐하께서 나타나시지 않으셨어요?"

"전 소주가 무사히 나오시길 기다리고 있다가, 폐하가 들어가시는 걸 보고 정말 기절할 뻔했어요!"

나는 원웅과 부성에게 우 귀인에 관한 이야기를 해주었다.

"우 귀인이 다른 후궁들이 괴롭혀서 넘어졌거든. 그때 황제가……."

"소주!"

"황제 폐하가 나타나서 우 귀인더러 승냥이 사이에 있지 말라 하고는 챙겨 갔어."

원웅이 울상을 지었다.

"소주더러 승냥이라 하셨다고요?"

"어. 귀엽지?"

히죽 웃으면서 되묻자, 원웅은 그게 뭐가 귀엽냐고 울상을 지었다. 나는 그런 원웅을 놀려대며 낄낄 웃다가 덧붙였다.

"어쨌든 염려 안 해도 될 것 같아. 난 완전히 후궁들 관심 밖이던데?"

황제의 관심 밖이기도 했고. 게다가 직접 겪어보니, 천소여는 뭐라고 해야 하나. 좀 이상한 위치 같았다. 우 귀인처럼 후궁들이 괴롭히는 건 아닌데, 그렇다고 막 챙기지도 않고. 없는 사람처럼 대하는?

부성이 한숨을 내쉬었다.

"별로 좋은 게 아니에요, 소주."

어쨌든 나의 첫 문안은 그렇게 지나갔고, 그날 나는 따뜻한 물을 채운 욕조에서 몸의 피로를 풀면서 남은 하루를 흘려보냈다. 그날은 별거 안 했는데도 피곤해서, 비밀 수련장에도 찾아가지 않았다.

내가 다시 비밀 수련장으로 간 건 다음 날 밤이었다.

"여기서 기다려줘."

나는 비밀 수련장에서 좀 떨어져 있는 곳에 원웅을 둔 후, 방 안을 뒤져서 찾아낸 작은 은색 검을 챙겨 수련장 중앙으로 걸어갔다.

오늘도 몸을 푸는 수련만 할 거지만, 그래도 검 비슷한 게 손 안에 있단 것만으로도 좋으니 뭐.

그런데 막 수련장에 도착해서 몸을 푸느라 팔다리를 휘젓고 있을 때였다. 누군가 바스락바스락 풀을 밟는 소리가 났다. 게다가 가까워지고 있어. 누가 이쪽으로 오나?

'누구지?'

발소리가 노골적인 걸 보니, 전에 지척까지 기척을 죽이고 다가온 사람은 아닌 것 같은데. 뭔가 싶어 움직이길 멈추고 찾아보니, 뜻밖에도…….

"우 귀인?"

우 귀인이었다.

"천 귀인이 여긴 왜……?"

우 귀인도 여기서 날 본 게 나만큼 놀라운지 입을 벌리고서 더듬거렸다. 왜긴 왜야.

"원래 자주 오던 곳인데요."

그래봤자 며칠뿐이긴 하지만. 어쨌든 나는 최대한 덤덤하고 태연한 표정을 지었다. 내가 먼저 여기에 자주 왔으니, 자리를 양보해야 한다면 선착순으로 따져야 할 거란 신호를 보내는 것이다.

그런데 내가 뭐 하면 안 될 말이라도 한 건가. 우 귀인은 내 말에 낯빛이 파래지더니 눈동자를 사정없이 떨었다. 동공을 콕 집어서 고정해줘야 하는 게 아닐까 싶을 정도로 정말 떨림이 심했다.

"괜찮아요?"

놀라서 묻는데, 다시 바스락바스락 풀 밟는 소리가 가까워졌다. 이번에 나타난 건 황제였다. 검은 면포로 얼굴을 가린 그 황제.

황제는 또 왜 나타난 거래? 저절로 인상이 구겨지려는데, 갑자기 황제가 우 귀인에게 물었던 게 떠올랐다. '밤에 혼자 청적에서 놀았냐'고 했지. 혹시 여기를 청적이라 부르나? 어? 혹시 그렇게 되면, 황제가 애초에 여기서 만난 사람은 우 귀인이 아니라 나 아닌가? 하지만 황제가 며칠 전여기서 봤다는 사람이 나라고 확신할 수는 없었다. 그렇다면 황제가 나와 우 귀인을 헷갈릴 일도 없을 테니까.

게다가 내가 이전에 여기서 만난 건 까만 장포 차림의 남자인데, 그 장포 차림 남자는 탕 궁의를 통해 미친 데 좋다는 약을 내 처소로 제대로 전해 줬는걸. 그 까만 장포가 황제라면, 우 귀인을 두고서 '네가 걔냐?'라고 물을 리가 없지.

결국 고민 끝에, 황제가 만난 사람은 우 귀인이 맞을 거란 결론을 내렸다. 설령 우 귀인이 아니었더라도 나는 아닐 거란 결론도 내렸다. 내가 만난 사람이 황제고, 그 황제가 사람들 앞에서 날 찾았고, 그런데 내 얼굴을 못 알아보고서 엉뚱한 여자와 말을 섞었단 것보다는, 애초에 만난 적도 없었을 거란 게 더욱 말이 되니까.

결정을 내리자마자 나는 공손히 두 손을 모으고서 머리를 푹 숙이는 자세를 취했다. 어제 후궁들이 황제 앞에서 하던 자세였다. 그러자 면포로 얼굴을 가린 황제가 나와 우 귀인 사이로 다가오더니 물었다.

"너도 후궁인가."

누구한테 묻는 거야? 질문이 애매하다. 그래서 슬쩍 고개를 들어 보니 황제는 날 보고 있었다. 아. 나한테 하는 질문이구나. 하긴. 우 귀인하고 여기에 같이 왔으니, 나한테 한 질문일 수밖에 없겠네. 아니, 그래도 좀 너무한 거 아닌가? 이 황제는 자기 후궁 얼굴을 아예 모르나? 척하면 척이어야지!

황제의 질문은 황당했으나, 나는 솔직하게 대답했다.

"예."

"왜 여기 있는 거지, 후궁이?"

황제가 다시 물었다. 아까 '너도 후궁이냐'고 물을 때는 목소리가 차갑더니. 이번 질문은 좀 떨떠름한 목소리였다. 자기도 자기 후궁의 얼굴조차 몰라보는 스스로가 참 한심스러운가 보다.

"원래 자주 놀러 오던 곳입니다."

어쨌든 묻기에 솔직히 대답해주자, 황제가 바람 빠지는 웃음소리를 냈다. 마치 아주 재밌는 대답을 들었다는 것처럼. 왜 저러나 싶어서 멀뚱히 보고 있자니, 황제의 얼굴에 매달린 검은 면포가 살랑살랑 흔들렸다. 그가 고개를 저은 것이었다.

"머리가 좋군."

그러고는 뜬금없이 내게 칭찬을 해준다. 난 욕을 하도 많이 먹고 살아서, 누가 날 칭찬해주면 몹시 기분이 좋아진다. 하지만 칭찬도 칭찬 나름이어야지. 이렇게 뜬금없는 칭찬은 기분이 좋기는커녕 듣고 나면 찜찜하기만 했다. 그렇잖아. 갑자기 내 머리 얘기가 왜 나와?

뒷말이 더 있을 것 같은데. 황제는 볼일이 끝났는지, 우 귀인을 데리고 홀랑 어딘가로 가버렸다. 기척을 최대한 죽인 채 슬그머니 뒤따라가 보니, 황제가 우 귀인과 나란히 걸어가고 있었다.

"겁먹지 마라."

이런 위로를 하면서.

"그 여자가 널 따라 했단 건 알고 있다. 하나 그게 네게 어떤 지장을 주진 않을 거다."

"폐하……."

"난 널 여기서 만난 걸 마음에 두는 게 아니라, 네가 여기서 하는 행동을 보고 귀엽게 여긴 거니 신경 쓰지 마라."

저기서 황제가 말하는 '그 여자'가 혹시 나인가? 그러니까 지금 황제가 내가 우 귀인을 따라 하기 위해서 청적에 왔지만 자긴 그걸 다 파악하고 있다고 말하는 건가? 내 귀엔 그렇게 들리는데?

황당해서 저절로 '쯧쯧' 혀 차는 소리가 나올 뻔했다. 여보세요, 지나가는 황제님. 내가 걜 따라 한 게 아니라 걔가 날 따라 한 거잖아요. 따라 하니 뭐니 하는 소리를 누가 누구한테 하는 거야?

그런데 고개를 설레설레 젓고 있자니, 누군가 옆에서 내게 무언가를 건넸다. 반사적으로 받아 들다가 나는 화들짝 놀라서 몸을 뒤로 뺐다.

이건 또 뭐야? 언제 옆에 왔어? 전혀 온 줄 몰랐는데. 어쩐지 낯설지 않은 남자가 내 옆에 나란히 쪼그리고 앉아 있었던 것이다. 게다가 잘 보니 이 남자는 아는 얼굴이었다.

전에 여기서 만난 그 흑색 장포다. 날 보면서 '저게 미쳤나?' 하는 눈으로 쳐다보던 그 사람.

그러나 그 흑색 장포에게 무어라 말을 하려는 찰나.

"누구냐."

황제가 서늘한 목소리로 돌아보며 물었다. 아까 놀라서 몸을 뒤로 빼다가, 바스락거리는 소리를 낸 게 분명했다. 황제는 그걸 들은 거고. 이럴 때 대답하면 몰래 따라온 게 들통나지.

나는 뒤도 돌아보지 않고 달아났다. 그리고 한참 동안 그 근처를 빙빙 돌면서 혹시 추적당할 경우를 대비한 후, 아무도 날 쫓아오지 않는단 확신이 선 다음에야 내 전각을 찾아 들어와 숨을 골랐다.

'어후 깜짝이야.'

놀란 마음이 가시자 그제야 무언가 손바닥에 느껴졌다. 아. 그러고 보니 아까 흑색 장포 남자가 나한테 뭘 줬지. 놀라서 그게 뭔지 확인도 못 했지만.

뭘 준 걸까? 좀 늦긴 했지만 나는 손바닥을 펼쳐 보았다.

나타난 건 푹신한 떡이었다.

내 손 안에서 완전히 찌그러져 버린 떡.

흑색 장포는 왜 내게 떡을 준 걸까.

다음 날, 나는 평상에 앉아 떡을 뜯어 먹으면서 흑색 장포의 행동을 분석하려 시도했다. 나는 누군가에게 공짜로 음식을 얻어먹은 적이 많이 없었다. 원래 몸에 있을 적, 사람들은 날 무서워하고, 나를 보면 달아나기 바빴다. 음식을 주고서 달아나는 사람이 있을 수가 없지. 아, 독 든 음식은 몇 번 받아 봤구나. 그나마 내게 독 없는 음식을 준 놈은…… 내 뒤통수를 때렸지. 그러다 보니 떡 한 덩이지만 자꾸 분석에 분석을 거듭하게 되었다.

"원웅아."

"네, 소주."

"누가 너한테 음식을 준다는 건 무슨 뜻 같아?"

나중에는 혼자서 답을 찾기 어려워 아예 원웅의 도움을 청했다. 나보단 원웅이 대인관계가 더 좋으니까. 끙끙 앓았던 나와 달리, 원웅은 시원스레 대답했다.

"호의지요."

"좋아한단 거야?"

"안에 독이 들어 있지 않다면 호의겠지요."

"독은 없었어."

내 말에 원웅이 놀라서 눈을 동그랗게 뜨더니, 주위를 획획 둘러보다가 목소리를 낮추어 물었다.

"왜요? 누가 소주께 뭘 주던가요? 준 사람이 남자였나요, 여자였나요?"

"남자였어. 잘생긴 남자."

"호의입니다. 분명 소주께 반한 거예요!"

"그래?"

"그럼요! 그 사람이 누군데요?"

원웅은 누군가 내게 음식을 주었다는 게 굉장히 기쁜 듯 눈까지 반짝이며 물었다.

"모르겠어."

난 고개를 저었다.

"이름은 모르는 남자야."

원웅은 입을 벌리고서 가슴을 퍽퍽 두드리더니 엄지를 치켜세웠다.

"분명 소주를 보자마자 반한 겁니다. 그래서 소주께 이름도 안 밝히고 먹을 걸 준 거예요."

그런가? 그럼 흑색 장포가 처음 날 만났을 때 지었던 그 표정은 '저거 미쳤나?'가 아니라 '세상에 저렇게 사랑스러운 사람이!' 쪽이었던 걸까? 하지만 그렇다기엔 탕 궁의를 시켜서 미친 데 먹는 약도 보냈잖아. 원웅의 말을 바로 믿어도 될지 모르겠다.

그렇게 한참 원웅과 '먹을 것과 애정'의 상관관계에 대해서 토론하는 도중이었다. 우 귀인이 양옆에 자기 측근 궁녀 두 명을 끼고서 내 쪽으로 다가왔다. 평상 위에 있었기에, 세 사람이 이쪽으로 다가오는 걸 바로 볼 수 있었다.

우 귀인과 나는 친분이 전혀 없기에, 나는 우 귀인이 다른 쪽으로 지나갈 거라 여기고서 걸어가는 걸 빤히 구경했다. 그런데 우 귀인은 의외로 내 전각 앞으로 와서는, 사립문 너머로 원웅에게 지시했다.

"너희 소주께 내가 왔다고 알리거라."

저기요? 원웅이 옆에 같이 있는 내가 안 보이나요? 황당해서 손을 휘휘 저었지만, 우 귀인은 우아한 태도로 끝까지 절차를 따르려 들었다. 그녀는 원웅이 내게 "소주, 우 귀인이 찾아왔습니다."라고 말을 하자, 그제야 사립문을 밀고서 내 앞으로 다가왔다.

어제 만나고 오늘도 만났으니 인사를 해야 하나? 떨떠름한 표정으로 쳐다보자, 우 귀인은 날 향해 빙그레 웃었다. 얼결에 따라 웃자, 그녀는 내게 조용히 할 말이 있다고 했다.

"그래요."

그게 뭔진 모르겠지만, 일단 나는 우 귀인과 둘이서 내가 침실로 사용하는 전각에 들어갔다. 문을 닫고서 좁은 방 안에 둘만 남자 우 귀인은 그제야 입을 열었다.

"천 귀인, 날 좀 도와줘요."

"예?"

"시치미 떼지 말아요. 천 귀인도 알잖아요, 폐하께서 청적에서 만났던 사람이 내가 아니라 천 귀인이란 걸."

"아 그거야……."

어제 황제가 하던 말을 듣고 그럴지도 모른단 생각은 해봤지. 하지만 확실한 건 아닌데. 아니, 그보다 그쪽. 어제 황제 앞에서는 이런 말 안 했잖아? 그런데 왜 이제 와서?

"폐하께선 천 귀인의 어떤 행동을 보고 마음에 드셨대요. 그게 뭔지 내게 알려줘요."

아, 이래서 황제 앞에선 가만히 있었구나. 황제 오해를 풀 마음이 아예 없어서. 뭐. 사실 나야 황제에게 총애받을 생각이 없으니 가르쳐주어도 상관없긴 한데.

"내가 왜요?"

우리 친분도 없는 사이인데? 떨떠름해 묻자, 우 귀인은 진중한 태도로 몸을 돌리고 입을 열었다.

"생각해봐요. 청적에서 만난 여자가 내가 아닌 그대란 걸 폐하가 아신다고 해서, 지금 폐하께서 내게 보이는 관심이 그대에게 옮겨갈까요?"

그럴 수도 있는 거 아닌가? 옮겨 오길 원하는 건 아니지만 왜 저렇게 확신하는지 모르겠다.

"기분 나쁘게 듣지 말아요."

내가 팔짱을 끼고서 그녀를 쳐다보자, 우 귀인은 부드럽게 웃고는 고운 손길로 내 어깨를 쓸었다.

"반대도 마찬가지예요. 폐하는 내가 청적에서 만난 사람이 아니란 걸 알면 내게 관심이 식으시겠지요."

그녀의 손은 버들가지 같아서 신기했다. 어깨에 닿는데도 꼭 구름이 닿는 느낌이었다.

"그대가 폐하께 보인 '그 행동'과 내게 느낀 동정심, 이 두 가지가 합쳐져서 폐하의 관심을 받은 거예요. 둘 중 하나라도 깨어지면 폐하의 관심은 사그라져요."

이윽고 손을 떼더니 살랑살랑 어딘가로 걸어가던 우 귀인은, 갑자기 확 몸을 돌리며 영리하게 웃었다.

"하지만 폐하께선 이미 내 얼굴을 보았으니, 내가 폐하의 관심을 가지겠단 거예요."

"……저기. 제가 기분 안 나쁘게 들으려고 하고는 있는데요. 안 나쁘게 들리지가 않는데요?"

우 귀인은 웃음을 터트렸다.

"물론 날 도와주고 입을 다문다면 그대에게 보상을 할 거예요."

"보상을 어떻게 할 건데요?"

"손을 잡자는 거죠. 궁중에선 혼자 살아남을 수 없어요. 그러니 무시당하는 우리 두 사람도 힘을 합쳐야 해요."

우 귀인은 두 손을 불끈 쥐더니, 며칠 전에 받은 모욕을 떠올리듯 입술을 깨물었다. 파르르 떨리는 입술을 보자 알 수 있었다. 일부러 넘어진 거였든 아니었든, 그녀가 몹시 자존심이 상했다는 걸.

확 돌아선 그녀는 내 두 손을 가져다가 꼭 쥐고서 말했다.

"우리는 혜비와 촉비처럼 될 수 있어요. 어때요?"

혜비랑 촉비가 누구인진 모르겠지만…… 도와주지 뭐. 어차피 난 황제와 엮일 마음도 없다. 내 도움을 받고 우 귀인이 잘되어서 본인 말처럼 날 도와주면 그걸로 된 거고. 잘되고 날 무시하면 뒤에서 욕 한번 하면 된 거니까.

"알았어요. 알려줄게요."

"천 귀인!"

감동에 겨워서 눈시울을 반짝이는 우 귀인의 어깨를 몇 번 토닥인 다음, 나는 뒤로 세 걸음 물러났다.

"잘 봐요."

그리고 두 손으로 주먹을 쥔 다음 몸을 약간 낮추었다.

"똑바로 봐요."

우 귀인은 동작 하나 놓치지 않으려는 듯 눈을 부릅떴다. 그녀가 날 진짜로 잘 보는지 한 번 더 확인한 뒤, 난 두 주먹을 차례로 허공에 대고 훅훅 휘둘렀다. 부성이 싫어하는 거긴 한데. 아무리 생각해도 내가 청적에서 한 독특한 행동은 이거밖에 없어서. 황제가 어떤 행동을 보고 귀엽다고 생각했다면 분명 이거였다.

바람처럼 내 주먹이 허공을 향해 몇 번 내질러졌다 돌아온 후. 나는 주먹을 펴고서 짠! 하고 양손을 옆으로 펼쳤다.

"이거예요."

우 귀인은 떨떠름한 얼굴로 되물었다.

"진짜 그거 맞아요?"

"이거 말곤 짐작하는 게 없는데요."

"원웅, 원웅."

"네, 소주."

"혜비랑 촉비가 누구야? 여기 후궁이야?"

"네. 희원궁마마와 청천궁마마예요."

태감은 빗을 든 채 싸리 울타리 안쪽을 쓸고 있었고, 원웅은 그 곁에서 이런저런 지시를 내리다가 내 질문에 대답해주었다. 하지만 오히려 호칭이 더 어려워졌네. 더 길어졌어. 혜비 촉비가 더 부르기 쉽겠다.

"어쨌든 후궁이란 거지?"

"네. 왜요?"

"우 귀인이 나더러 두 사람 같은 사이가 되자고 하길래."

그 말에 대한 해석은 찻잎 가루를 들고 나타난 부성이 해주었다.

"혜비마마랑 촉비마마는 절친한 친구세요. 혜비마마가 총애를 받도록 촉비마마께서 도우셨고, 이후 폐하의 총애를 얻은 혜비마마께서 촉비마마를 도우셨지요."

아아. 그냥 결탁하잔 뜻이었구나.

"우 귀인이 그래요?"

부성이 코웃음을 쳤다.

"응."

"폐하의 관심을 못 받고 있는 상황은 같다지만, 그래도 우 귀인과 우리 소주는 상황이 다른데. 주제넘네요."

부성은 우 귀인을 싫어하나? 어쨌든 이후 우 귀인에 대한 화제는 지나갔다. 원웅와 부성이 싫어할 것 같아서, 나는 청적과 황제 이야기는 아예 꺼내지도 않았다. 우 귀인에게 황제가 반한 내 행동을 알려주었단 이야기도 하지 않았다.

대신 다음 날, 점심 도시락을 싼 다음 일찍 전각을 빠져나와 청적으로 갔다. 우 귀인이 황제에게 진짜로 내가 알려준 그 행동을 할까? 그게 몹시 궁금했다. 아니, 허공으로 주먹질을 하는 게 내 습관이긴 한데. 이게 좀, 억지로 하려고 하면 민망한 습관이긴 하니까.

'여기쯤이면 되려나?'

어쨌든 풀이 푹신한 곳에 쪼그리고 앉아 도시락 뚜껑을 열었다. 그러고서도 체감상 꽤 오랜 시간이 지나고서야 우 귀인은 나타났다.

황제와 같이 온 건 아니었다. 홀로 나타난 그녀는, 청적을 자주 드나든 것처럼 이 주위를 산책하며 돌아다녔다. 황제는 이후로도 시간이 좀 지나서야 나타났는데, 여전히 얼굴을 가린 상태였다. 우 귀인은 황제가 오리란 걸 전혀 몰랐던 것처럼 인사를 올렸고, 황제는 고개를 끄덕여 우 귀인의 인사를 받았다.

이후 두 사람은 지지부진하게 대화를 나누었고, 나는 기대한 장면이 나오지 않자 서서히 졸음이 와서 하품을 했다. 얼마나 그러고 있었을까.

"몸을 좀 풀어도 될는지요?"

우 귀인이 황제에게 조심스럽게 물었다. 황제가 그러라고 대답하자, 그녀는 몇 걸음 황제에게서 물러났다.

'하는구나!'

내가 가르쳐준 그 동작을 하려는 거야!

'과연 효과가 있을까?'

그 사이, 언제 또 나타난 건지 전의 그 흑색 장포 남자가 옆으로 슬그머니 다가와서는 나란히 쪼그리고 앉았다. 그러고는 우리가 같이 구경이라도 온 것처럼 자연스럽게 떡을 한 쪽 내밀었다. 여기서 '넌 뭐야! 가!'라고 했다간 다 같이 들통날 판이어서, 나는 어쩔 수 없이 조용히 떡을 받아 들고 씹으며 우 귀인을 구경했다. 때마침 그녀는 황제 앞에서 훅훅 허공을 향해 주먹질을 날리는 중이었다.

아…….

'이래서 부성이 나한테 남들 앞에선 하지 말라 했구나.'

내가 할 땐 아무 생각 없었는데. 남이 하는 걸 보니 그리 보기 좋지는 않네. 그래도 황제는 내가 저러는 걸 보고 호감을 느꼈다니 괜찮겠지?

나는 속으로 낄낄 웃으면서 우 귀인의 패기에 박수를 친 다음, 기대감을 잔뜩 품고서 황제 쪽을 쳐다보았다. 황제를 본 후에야, 그가 얼굴을 면사로 가리고 있어서 눈 외엔 표정을 볼 수 없단 걸 알아차렸지만.

하지만 그냥 얼핏 보기에도 별로 즐거워하는 내색은 아니었다. 예상대로 황제는 고개를 젓더니 갑자기 뒷짐을 지고 어딘가로 가버렸다. 잘한다거나 이상하다거나, 한마디 말도 없었다.

"폐하?"

얼굴이 빨개진 채 내가 가르쳐 준 동작을 한 우 귀인은, 당황해서 황제를 쫓아갔다. 황제의 호위들이 단체로 우르르 멀어지는 걸 보다가, 나는 참지 못하고 웃음을 터트렸다. 우 귀인에게 미안한 마음도 있었지만, 별개로 상황이 너무 우스웠다.

배를 잡고 얼마나 웃어댔을까. 시선이 느껴져서 배에서 손을 떼자, 웬일로 흑색 장포가 사라지지 않고 날 빤히 쳐다보고 있었다.

"왜 쳐다봐?"

도시락을 챙겨 일어나며 묻자, 흑색 장포가 고개를 기웃하더니 빙그레 웃었다.

"방금 그건 네가 꾸민 일인가?"

"나랑 우 귀인이 같이 꾸민 계략이지."

나는 한 줄로 완벽히 설명해주었다. 그러나 흑색 장포는 말을 잘 알아듣지 못했다.

"같이 꾸민 계략?'"

그의 눈동자가 우 귀인이 황제를 쫓아간 방향을 향했다. 둘이 같이 꾸민 계략인데, 나는 구경만 하고 우 귀인은 망신을 당한다는 게 말이 되나, 생각하는 얼굴이었다.

"못 믿으시겠나 본데?"

"머리가 있다면 믿기 힘들지."

"진짜야. 모든 계략이 성공하는 건 아니잖아? 단지 그뿐이야."

"무슨 소리지?"

"머리 나쁘구나?"

"아닌데."

"괜찮아. 나도 나빠."

흑색 장포의 등을 탕탕탕 두드리자, 그는 고기인 줄 알고 풀을 잘못 뜯어 먹은 늑대처럼 표정이 희한해졌다. 물론 이 남자가 늑대를 닮았단 뜻으로 비유한 건 아니다. ⋯⋯아니, 좀 닮았나? 뭐. 어쨌든 중요한 건 이게 아니지.

"들어봐. 있지, 어제 우 귀인이 나한테 와서 그러더라고. 황제가 내 어떤 행동을 보고 반했는데, 그걸 알려달라고."

"황제가 너한테 반했어?"

"모르지. 근데 우 귀인은 그렇게 알고 있었어."

"너는?"

"그렇게 말하기에, 나도 그런가 보다 했지."

내가 솔직하게 말하자, 흑색 장포는 배를 잡고 갑자기 웃어댔다.

"왜?"

이게 웃을 일인가 싶어 째려보자, 그는 고개를 저으며 푸들거렸다.

"아니. 자신감이 대단하구나 싶어서."

"왜. 사람 마음 모르잖아."

"그거야 그렇지."

"어쨌든 그렇게 된 거야. 우 귀인은 황제가 나를 자기로 착각하고 있으니, 내가 여기서 자주 했던 행동을 알려달라 했어. 나는 그걸 알려줬고."

"근데 다 오해였다?"

"그런가 봐."

어깨를 으쓱하고서, 나는 흑색 장포의 손에 있는 떡 하나를 자연스럽게 내 입으로 가져갔다.

"왜 가져가?"

하지만 흑색 장포는 내가 떡을 입 가까이 가져가기도 전에 딱 잘라 민망하게 물었다.

"항상 나 볼 때마다 주기에……."

게다가 내가 방금 얘기도 많이 해줬고.

주춤주춤 변명하자, 그가 달래는 투로 말했다.

"안 돼. 줄 때까지 기다려야지."

"알았어. 돌려줄게."

남의 음식을 함부로 먹는 사람이 된 기분이어서, 나는 얼른 흑색 장포의 입안에 떡을 그대로 넣어주었다. 그러자 흑색 장포는 얼결인지 입을 벌려 떡을 받아먹고는, 우물우물 잘 씹으면서 나를 쳐다보았다. 맛있게 잘 먹네. 치우라 할 줄 알고 내민 건데.

괜히 손이 민망해져서, 나는 얼른 다른 화제를 꺼냈다.

"있지. 그렇지 않아도 나도 당신한테 물어볼 게 있어."

흑색 장포는 떡을 반쯤 삼킨 후 남은 반은 손에 들면서 되물었다.

"나한테?"

"응."

"뭐지?"

"나 좋아해?"

남은 떡도 먹으려는 듯 입에 물었던 흑색 장포는, 내 질문을 듣자마자 사레에 걸려 기침했다. 누가 봐도 딱 정곡을 찔린 행동이었다.

"좋아하는구나. 내가 정곡을 짚어버렸어?"

그 모습을 보며 내가 혀를 차는 사이. 흑색 장포가 데리고 다니는 호위가 모습을 드러내더니 얼른 다가와 흑색 장포의 등을 두드려주었다. 나는 턱을 괴고서 그 모습을 지켜보았다. 호위는 흑색 장포가 기침을 멈추자 다시 모습을 감추고 물러났다.

흑색 장포는 자기 가슴을 자기 손으로 직접 두드리며 말했다.

"그거 알아? 넌 방금 역사에 이름을 남길 뻔했다."

"난 이미 역사에 이름을 남겼어."

희대의 악한으로.

아직도 속이 더부룩한가. 흑색 장포는 가슴을 계속 두드리다가, 영 생각해도 이해가 안 간다는 듯 고개를 기웃하며 물었다.

"이해가 잘 안 가는데. 대체 왜 내가 널 좋아한다 생각한 거지? 우리가 몇 번 봤다고?"

"나한테 먹을 걸 줬잖아."

"뭐?"

"내 궁녀가 그러던데, 먹을 걸 주는 건 좋아한단 표시래."

"짐승이냐……."

"사람도 따지자면 짐승이지."

당연한 말을 하느냐고 되물으려 보니, 뒤늦게 흑색 장포의 말이 좀 이상하단 걸 깨달았다. 그는 마치 자기가 나를 안 좋아하는 것처럼 말하고 있었다.

"나 안 좋아해?"

그 태도가 이상해서 묻자, 흑색 장포는 바로 대답하려다가 멈추더니 미묘하게 웃고서 물었다.

"글쎄. 어떤 거 같은데?"

나도 대답하는 시늉을 하다가 입을 다물고 말을 돌려버렸다.

"근데 이름이 뭐야, 그쪽?"

중요한 대답을 앞두고 말을 돌린 게 얄미워서 한 거지만, 흑색 장포는 애초에 내 대답엔 관심이 없었던 것처럼 바로 자기 이름을 밝혔다.

"흑합."

그러고는 내게 어떤 반응을 기대하듯 입술을 다문 채로 날 힐긋거렸다. 쪼그리고 앉아 몸을 건들건들하는 게, '내게 할 말 없어?'라고 온몸으로 묻는 듯했다. 솔직히 말하자면 할 말이 있었다.

그는 이름이 정말 이상했다. 어느 정도로 이상했냐면, 부모님과 탯줄을 두고 싸우기라도 한 탓에 저런 이름을 얻은 게 아닌가 싶을 정도로 이상했다. 하지만 남의 이름을 가지고서 이상하다 대놓고 말하는 건 실례다. 나는 무림사적이지만, 남의 이름을 가지고 놀리진 않는다.

그래서 멀뚱히 같이 쳐다보다가 "난 천소여."라고 같이 통성명만 해주었다. 탕 궁의를 통해 약을 보낸 걸 보면 내가 누군지 아는 것 같긴 하지만. 그래도. 그런데 뭐야. 흑합은 내 이름 따위는 전혀 관심 없지만, 내가 자기 이름을 모른다는 건 무척 신경 쓰인단 것처럼 물었다.

"반응이 약한데? 너 나 몰라?"

"알아야 돼?"

알아야 하나 보다. 흑합이 기막히단 얼굴로 중얼거리는 걸 들으니.

"내 이름을 모르는 사람이 최소한 이 나라엔 없을 거라 생각했는데."

그 중얼거림 속에는 자기 이름에 대한 자부심이 지나칠 정도로 가득해서, 나는 흑합에게 뼈가 되고 살이 되는 조언을 하나 해주었다.

"명성…… 후우. 그거 다 헛것이다?"

그런데 뭐야. 조언을 해준 건데도 흑색 장포, 아니, 흑합이 빵 터지더니 또 배를 잡고 웃어댔다. 정말 잘 웃는 사람이네. 왜 저렇게 시시때때로 웃는 걸까?

"진짜야."

어쨌든 내가 한 말은 잘난 척하거나 웃기려고 한 것이 아니라 진지한 충고였다. 실제로 난 이 나라 정도가 아니라 전 세계에 악명을 떨쳤지. 공포의 존재로 군림했는데 이렇게 허무하게 죽었잖아? 물론 애초에 나는 별거 한 것도 없이 공포의 존재가 되어버렸던 거긴 하지만…….

"어쨌든 이걸로 확실해졌네."

"내가 그쪽을 좋아하는 게?"

"황제가 다른 여자를 좋아하는 게."

흑색 장포의 표정에 또 묘한 미소가 떠올랐다.

2장

떡이나 먹어!

자기가 아주 유명한 사람이라던 흑합의 말은 정말이었다.

"흑합이 누구야?"

나는 내 처소로 가자마자 측근 궁녀인 부성을 불러다 물었는데, 질문을 던진 지 일 초도 안 되어 대답이 튀어나왔다.

"장군님이요."

"유명해?"

왠지 밀리는 느낌이 들어서 물었지만, 부성은 동쪽에서 해가 뜨는 것만큼이나 당연하단 투로 대답했다.

"그럼요. 아주 유명한 분이세요."

이 나라에 자기 모르는 사람은 없을 거라고 엄청 뻐기더니. 정말 유명하긴 하구나.

"왜요? 그분에 대한 기억은 좀 떠오르시나요?"

애초에 없는 기억이 떠오를 리가……. 그래. 그러고 보니 문안을 갔을 때, 후궁들이 흑합이란 장군에 대해 소곤거리던 건 기억난다. 얼굴도 잘생겼고 몸매도 좋고 가문도 뛰어난 데다 능력도 있고 신분도 높은데, 정혼하는 족족 깨진다며 성격에 문제 있는 게 아니냐고 수군거렸지.

아아. 맞아. 그 남자구나. 늘 떡을 쥐여주어 좀 허당처럼 보였지만, 잘 생각해보니 내가 만난 흑합도 아주 잘난 얼굴이었다. 눈썹이 짙고 눈매도 깊은 데다 콧대가 수려하고, 그 아래로 떨어진 입술마저 예뻤지.

"소주?"

내가 갑자기 혼자 심각해지자, 부성이 눈을 빛내며 날 불렀다.

"왜 그러시는데요? 정말로 기억이 좀 돌아왔나요?"

"그 남자야."

"네?"

"흑합 장군이, 볼 때마다 나한테 음식을 주던 그 남자라고."

"네에?"

부성이 입을 가리고 펄쩍 뛰었다. 어디 있다가 듣고 온 건지, 원웅도 신발 한 짝이 벗겨질 정도로 바삐 뛰어와서는 같이 펄쩍 뛰었다.

"정말인가요, 소주?"

"흑합 장군과 얘기해 보셨어요?"

"응. 아까."

원웅과 부성은 '꺄꺄' 소리를 내더니 제자리뛰기를 빠르게 하다가, 자기들끼리 손을 잡고 빙글빙글 돌며 춤을 췄다. 그러고는 눈을 반짝이며 확신에 찬 어조로 번갈아 내게 외쳤다.

"장군이 소주를 좋아하는 거예요!"

"그 장군은 장점이 한가득인데, 정혼하는 족족 다 깨지나 봐요. 왜 그러나 했더니, 소주를 마음에 둬서 그런 거였어요!"

"기억 잃기 전엔 왜 이런 말씀을 안 해주신 거지, 소주는?"

"소주, 더 얘기해주세요. 네?"

원웅과 부성이 저렇게 재촉하니 더 얘기해주고 싶긴 하네. 별거 없기도 하고. 하지만 더 얘기해 주려면 우 귀인이 황제 앞에서 허공에 주먹질했단 걸 알려야 하는데. 그건 꽤 재밌는 장면이었지만 남들에게 소문낼 장면은 아니었다.

"더 얘기할 거리는 없어."

결국, 나는 우 귀인의 체면을 위해서 입을 다물고 그냥 거기까지만이라고 딱 잘라 말했다. 천년비는 거기에서 딱 잘랐지만, 궁 안에서는 소문이 쉽게 퍼지는 법이었다.

흑합 장군이 천 귀인을 사모한다더란 이야기는 궁녀들 사이에서 퍼지다가, 결국 후궁들의 귀에까지 들어갔다. 후궁들은 황제의 여인들이었으나, 흑합 장군의 명성은 익히 들어왔기에 다들 이 일에 관심을 가졌다.

"천 귀인? 천 귀인이 누구였나요?"

"왜, 동영궁에 얹혀사는……."

"아아. 하하, 있는지 없는지 티도 안 나는 그 여자?"

"생각났어. 연비의 동생이 아니었던가?"

"정말인가요? 연비마마의 동생이라고요? 연비마마의 동생은 영빈 아니었나요?"

"어쨌든 흑합 장군이 그 여자에게 관심이 있다니, 흥미롭군요."

"성격 나쁜 장군과 존재감 없는 우울한 후궁이라니."

대부분의 후궁들은 스쳐 지나가는 화젯거리로 그 소문에 대해 떠들었다. 며칠 후 다른 소문이 터지면, 금세 잊어버릴 그 정도의 소문으로만 취급하면서.

하지만 염 귀인은 그 소문을 몹시 심각하게 받아들였다. 그녀는 흑합 장군과 개인적으로 친분이 있었다. 그렇다 보니 이 소문을 그저 흘려들을 수가 없었던 것이다.

그녀는 소문을 듣자마자 바로 흑합 장군을 찾아가 대놓고 물었다.

"장군. 궁중에서 도는 소문에 대해 들었나요?"

흑합은 친우와 바둑을 두기 위해 막 연무장에서 돌아온 터였다. 그는 친우에게 다른 방에서 기다리라고 한 뒤, 염 귀인의 질문에 대답했다.

"무슨 소문입니까?"

"그대가 천 귀인을 연모하고 있단 소문이에요."

염 귀인은 혹시 소문이 진실일까 두려워, 두 손을 꼭 쥐고 흑합을 바라보았다. 파르르 흔들리는 까만 눈동자가 몹시 가여워 보였다. 흑합은 미간을 살포시 찡그리고서 즉시 대답했다.

"전 천 귀인이 누군지도 모릅니다."

"정말인가요?"

"예."

염 귀인은 가슴에 손을 대고서 안도의 한숨을 내쉬었다.

기억을 잃었으니 새로이 궁중 예법을 익혀야 한다고 해서, 책을 끌어안고 평상에 앉아 꾸벅꾸벅 졸고 있을 때였다.

"화나! 짜증 나! 나쁜 것들!"

원웅이 벌컥 화를 내고 발을 구르면서 정원으로 들어오는 게 아닌가.

"안 졸았어."

나는 얼결에 눈을 부릅뜨고 변명하다가, 들어온 이가 원웅이란 걸 발견하고서 다시 눈에 힘을 풀었다.

"소주우!"

그러나 원웅은 우는 소리를 내며 내 앞으로 와서는 들고 있는 바구니를 끌어안고 울상을 지었다.

"왜 그래? 무슨 일 있었어?"

어쩔 수 없이 상대해야겠구나, 싶어서 나는 책을 덮고 물었다. 아직 좀 졸렸지만.

"있었어요."

원웅은 얼굴까지 빨개져서 빠르게 고개를 끄덕였다.

"무슨 일인데?"

내가 묻자, 원웅은 미리 말할 준비라도 해둔 것처럼 울분을 토해냈다.

"찻잎을 가지러 갔는데, 소주방 잡것들이 막 낄낄거리잖아요!"

잡것이래. 궁중 사람들은 다 얌전한 단어만 사용하는 줄 알았는데. 아닌가 보다.

"뭐라고 낄낄거리던데?"

"어떤 후궁이 직접 흑합 장군에게 소주를 좋아하는지 물어봤는데, 흑합 장군은 소주를 본 적도 없다 그랬대요!"

"뭐? 진짜?"

"네!"

원웅은 바구니를 옆에 두고는 다리로 허공을 차며 온몸을 털어댔다.

"너무 속상해요! 그 잡것들이, 소주가 일부러 관심을 끌려고 거짓말을 한 거라 수군거린다고요!"

"진짜 나쁘네! 그런데 흑합 장군이 날 연모한단 얘긴 어쩌다 걔네한테까지 퍼진 거야?"

"저도 모르겠어요. 하지만 소주방 궁인들뿐만 아니라, 태감들도 막 자기들끼리 비질하다 수군거리구……."

원웅은 시무룩해져서 시선을 떨구었다.

잠이 확 달아났다. 그냥 잠깐 스치듯 한 이야기가 바로 퍼지다니. 무림인들 사이에서 '궁궐에서는 벽에도 귀가 있다'는 말이 돌았는데. 딱 맞는 말이지 않나. 게다가…….

"괘씸한데?"

"그렇죠? 흑합 장군처럼 잘난 사람이 소주를 좋아한다니까, 다들 괜히 부러워서 그래요!"

"아니, 흑합 장군 말이야."

자기 입으로 자기 이름을 밝혔으면서. 다른 사람한테는 날 본 적도 없다고 했다고? 그 길로 나는 곧장 청적으로 달려갔다.

거기에 간다고 흑합, 아니, 흑합이 뭐야? 그놈은 이제 떡돌이다. 그쪽으로 간다고 한들 떡돌이를 만난단 보장은 없지만, 그래도 얌전히 전각에 틀어박혀 있자니 분이 차서 견딜 길이 없었다. 혹시라도 청적에서 흑합을 만난다면 아주 단단히 따져야지.

'어라, 저기 있구만.'

다행히 이 분노가 하늘에 닿았나. 떡돌이는 청적에 있었다. 커다란 바위에 그림처럼 앉은 채 풀피리를 만들어서 불었다 뗐다 하고 있다.

'어디서 수묵화인 척이야!'

나는 씩씩거리면서 달려가, 손을 허리에 짚고 그의 앞에서 호통쳤다.

"흑합이 아니라고요?"

떡돌이는 놀라서 눈을 휘둥그렇게 뜨더니, 갑자기 웃음을 터트렸다.

웃음이 나와? 심지어 그는 눈웃음까지 쳤다. 그러고는 재밌다는 투로 물었다.

"이제 내가 누군지 알았어?"

이제 자기가 누군지 알겠냐고? 기가 막혀! 저절로 코웃음이 나왔다. 내게 자기 이름을 알려줘 놓고서는, 다른 사람들에게는 날 본 적도 없다고 거짓말하고. 그래 놓고는, 이중적인 태도가 들통났는데도 저렇게 당당하게 굴다니. 의도가 아주 시커멨다.

아는 척하지 말란 거지. 자기는 유명한 장군이지만 나는 저기 남의 궁에서 곁방살이하는 말단 후궁일 뿐이란 거지. 알고 지내기엔 내가 딸리니, 남들 없는 데서만 아는 척하잔 거지.

"암요!"

내가 다시 외치자, 떡돌이가 시험하듯 물었다.

"누군데?"

누구긴 누구야!

"잘나신 떡돌장군 아니신가!"

호통을 치고서 휙 돌아섰다. 내가 화가 났다는 걸 알리기 위해서. 다른 데 가진 않았다. 내가 화가 났다는 걸 제대로 알리기 위해서. 하지만 떡돌이는 아무 반응이 없었다.

'왜 없지?'

반응을 기다리다 지쳐서 곁눈질해 보니, 그는 소리를 죽인 채 어깨를 떨며 웃고 있었다.

"왜 웃어요?"

도끼눈을 뜨고 묻자, 그는 입을 막은 채 고개를 저으며 허공에 손까지 저었다.

"배가…… 숨이…… 웃겨서 숨을 못 쉬겠어……."

"웃는 얼굴엔 가래를 뱉지 못한다고 하죠. 지금 그걸 염두에 두고서 내게 이러는 건가요?"

"살려줘……."

떡돌이는 배를 잡고서 계속 헐떡거렸다. 일부러 웃는 게 아니라 진짜로 웃음이 멈추지 않아 힘거워 보였다.

의아해서 보고 있자니, 전에 그가 떡을 먹다 사레에 걸렸을 때 등을 두드려 준 그 호위가 다시 나타나서 떡돌이의 등을 또 두드려주었다.

떡돌이가 가까스로 진정되자, 호위가 나를 향해서 경고의 손짓을 날린 후 뒤로 물러났다.

주인이나 호위나 진짜 웃기는 쌍잎식물들이었다. 날 이상한 사람으로 몰아간 건 떡돌이인데, 왜 나한테 경고를 해?

"천 귀인."

"……."

"이봐, 천 귀인."

"……."

"대답하지 않을 거야?"

"먼저 날 모른 척했잖아요."

"내가? 내가 언제?"

"와. 모른 척하는 거 봐. 바로 몇 초 전만 해도 다 알아들었으면서!"

떡돌이는 큼큼 몇 번 헛기침을 하더니 갑자기 진지한 얼굴을 하고서 허리를 폈다.

"아니, 정말로 몰라서 그래. 제대로 설명해봐."

또 수묵화 흉내 내기! 얼굴만 잘나면 다인가!

아니다. 사람은 얼굴 외에도 중요한 게 여러 가지 많다. 그중 하나가 날 놀려먹지 않는 거고.

"소원대로 아는 척하지 않을 테니, 이젠 오다가다 마주쳐도 막 떡 주고 받고 그러지 맙시다."

차갑고 단호하게 말한 후 홱 몸을 돌려서 얼른 청적을 빠져나와 내 전각으로 돌아갔다. 평상에 앉아 책을 탁 펼치고서 팔짱을 껴고 씩씩거리자, 그제야 속이 좀 가라앉았다.

먼저 통성명을 해놓고는 무시하는 사람이라니. 참으로 비열하다. 무림에만 이상한 놈들이 많은 줄 알았는데. 궁궐도 다를 바 하나 없구만!

바람처럼 나타났던 천 귀인이 바람처럼 가버렸다. 월요는 천 귀인이 다녀간 사이 얼결에 떨어트렸던 풀피리를, 발 옆에서 다시 주웠다.

"승언."

그가 나지막이 부하의 이름을 부르자, 비밀리에서 호위를 서는 승언이 나타나 옆에 부복했다.

"예, 폐하."

"천 귀인이 방금 무슨 말을 한 건지 이해하겠나?"

"흑합 장군이 천 귀인을 사모한다는 소문이 잠시 돌았습니다."

"그래?"

"예."

월요는 입은 웃고 눈썹은 찌푸렸다. 사정을 다 듣지 않아도 대충 어찌된 일인지 알 것 같았다.

"흑합이 소문을 듣고서 천 귀인을 모른다고 했나 보군."

"예."

월요는 흑합이 참 고지식하다고 중얼거렸다. 남의 이름을 멋대로 도용한 사람이 할 법한 말은 절대 아니었다. 그러나 승언은 월요의 부하이지 흑합의 부하가 아니기에, 이번에도 "예." 하고 수긍했다.

승언은 머뭇거리다 물었다.

"어떻게 처리하시겠습니까, 폐하? 흑합 장군이 당황했을 겁니다. 게다가 폐하께서 정체를 숨기고 계신다지만, 천 귀인은 이미 폐하께 너무 많은 무례를 저질렀습니다."

어쩔까, 중얼거린 월요가 풀피리를 의미 없이 만지작거렸다.

월요는 그럴수록 풀피리에서 풀 냄새가 난다고 생각했다. 이 풀 냄새는 아까 한바탕 소란을 피우고 간 천 귀인과 흡사한 냄새이기도 했다.

숨을 크게 들이쉬었다 내뱉으며 풀 냄새를 한껏 들이켠 월요는, 그 후에도 좀 더 고민해보다가 지시했다.

아무리 봐도 거기서 거기로만 보이는 궁중 예절 책을 베개 삼아 낮잠을 자고 있을 때였다. 이건 단순한 낮잠이 아니었다. 낮잠을 자면서 떡돌이에 대한 분노를 잠재우기 위한 시도였다. 그런데 갑자기 문밖에서 기뻐하는 비명이 들려왔다.

'무슨 일이지?'

궁금해서 문을 빼꼼 열자, 마당, 그러니까 내 방과 싸리 울타리 사이의 그 좁은 공간에 커다란 꽃 화분이 놓여 있는 게 아닌가. 그런데 그 꽃 화분이 보통 꽃 화분이 아니었다. 얼핏 보기에도 어마어마하게 값비싸 보이는 화분이었다. 게다가 그 위로 왕관이라도 쓴 것처럼 대범하게 솟아 나온 저 난초라니! 아니, 세상에? 저기에 흙 위를 장식하듯 뿌려져 있는 색깔 있는 돌멩이는 뭐고? 보석도 아닌데. 색을 칠한 건가? 신기해라.

"이게 다 뭐야?"

놀라서 원웅에게 묻자, 원웅이 펄쩍펄쩍 뛰면서 외쳤다.

"흑합 장군이 보내온 선물이랍니다, 소주!"

흑합 장군…… 떡돌이가?

"진짜야?"

"그럼요, 소주."

화분을 들고 온 일꾼 하나가 갑자기 끼어들어서 "정말입니다, 소주." 하고 원웅의 말에 보탬을 주었다. 내가 팔짱을 끼자 원웅은 허공, 아마도 소주방이 있는 방향을 향해 삿대질하며 소리쳤다.

"거봐 우리 소주 말이 맞잖아! 모르는 사이는 무슨! 거짓말쟁이들은 자기면서!"

나는 뿌듯하게 화분을 바라보다가 내 방으로 들어가 책을 펼쳤다.

그 남자, 나한테 선물까지 보낸 걸 보면 계속 알고 지내고 싶나 봐. 날 편들어 다른 궁인들을 망신시켜 주었으니, 그에 맞는 보답을 해야겠지.

떡돌이에게서 예쁜 화분을 받은 그날 저녁. 나는 감사 편지를 적었다.

화분은 잘 받았어.

네 뜻이 정 그렇다니, 계속 아는 척은 하고 지낼게.

그리고 다음 날 아침, 원웅을 시켜서 떡돌이에게 편지를 전하도록 지시했다.

"흑합 장군한테 이 서신을 전할 수 있겠어?"

청적에서 기다렸다가 얼굴을 보고 고마움을 전해도 되긴 했지만, 상대가 군이 선물로 사과를 했으니 나도 서신을 보내려는 것이었다.

"그럼요!"

원웅은 자신만 믿으라면서 가슴을 두드리고는 편지를 품 안에 챙겼다.

"당장 다녀올게요!"

"벌써?"

"어차피 지금은 할 일도 없는걸요."

원웅은 편지를 챙겨 들고 날듯이 울타리 밖으로 나갔다. 나는 원웅의 뒷모습을 향해 잘 다녀오라고 손을 흔들어주었다. 내 편지를 받고서 '천 귀인은 정말로 아량이 넓구나!' 감탄할 떡돌이를 생각하니 흐뭇했다.

절대로 떡돌이가 잘생겨서 흐뭇해하는 게 아니다. 무림사적 취급을 받으며 무림인들에게 고립되어 있던 내가, 이곳에서는 유명한 장군과 친분을 쌓고 있단 게 흐뭇한 거지.

나는 아예 평상에 앉아서 원웅이 돌아오기를 기다렸다. 원웅은 태감 둘이 내 전각 앞을 깨끗하게 치우고, 부성이 간식으로 떡을 쪄 왔을 즈음 나타났다.

"답서는?"

나는 부성이 쪄온 떡 하나를 원웅에게 내밀며 재촉했다. 절대로 떡돌이가 쓴 답서를 읽고 싶어서 조른 게 아니다. 그냥 내가 쓴 편지에 대한 답을 받고 싶었을 뿐이었다. 그럴 수밖에. 지금까지 내가 무림인들에게 받은 서신은 딱 세 종류였는걸.

일. 모월 모일 몇 시에 그대와 결투를 청하오.

이. 내가 죽이러 가겠다.

삼. 사악한 악적, 이 분노를 풀지 못하고 죽는 게 아쉽구나!

약간씩 변주도 있었지만, 보통은 이런 내용들이었다. 하지만 떡돌이는 나한테 저딴 내용의 답서를 보내지 않겠지.

나는 손바닥을 펼치고서 원웅에게 거듭 요구했다.

"답서, 답서."

그러나 원웅은 빈손이었다.

"죄송해요, 소주. 답서는 없어요."

"정말이야? 제대로 전했는데?"

"예."

내가 허망한 표정으로 무릎을 두드리자, 원웅이 괜찮다며 얼른 그럴듯한 말을 했다.

"어휴, 소주. 장군께도 답서를 쓸 시간을 주셔야지요."

"그런가?"

"그럼요! 당장 답서를 줄 수 없는 게 당연해요."

원웅의 말은 그럴듯했다. 그래. 제대로 된 서신이라면 응당 한 장을 작성해도 공들일 시간이 필요한 법이다.

"그럼 우린 떡 먹으면서 기다리자."

"좋은 생각이에요, 소주!"

하지만 기다리고 기다려도 답서는 없었다. 결국 나는 다시 방 안에 들어가 떡돌이에게 보낼 두 번째 편지를 작성했다.

　　답서 요망. 빨리 요망. 당장 요망. (추신: 창문으로 보낼 것)

원웅이 자리를 비웠기에, 이번에는 부성에게 서신을 주고 당부했다.

"당장 답서를 받아 오진 않아도, 답서를 꼭 적으란 말은 전해야 돼."

"그럼요! 염려 마세요, 소주."

부성은 자신만만하게 서신을 들고 밖으로 달려갔다. 가벼운 걸음걸이로 신이 나서 달려가던 부성은 동영궁을 나와 희원궁 앞을 지나갔다. 그러나 얼마 지나지 않아 한 태감에게 붙들리고 말았다.

"으악!"

태감은 허둥거리는 부성의 팔목을 잡고서 강제로 손에 쥔 서신을 뺏어 들었다. 서신을 챙긴 태감은 부성을 놓아주었고, 부성은 황급히 뒤로 물러났다. 하지만 서신은 이미 염 귀인의 손에 들어가 있었다. 서신을 빼앗은 태감은 염 귀인의 태감이었던 것이다.

"무슨 짓이에요!"

부성이 항의했으나, 염 귀인은 태연히 서신을 뜯고 내용물을 꺼냈다. 이윽고 염 귀인의 입가에 노골적인 비웃음이 걸렸다. 그녀는 입을 가리고서 하하하하 크게 웃더니, 자신의 측근 궁녀들에게까지 서신을 보여주었다.

"이걸 봐라. 천 귀인이 흑합 장군께 답서를 달라고 아주 구질구질하게도 매달리는구나."

"염 소주, 무슨 짓이세요!"

부성이 항의했으나, 염 귀인은 싸늘하게 웃고서 오히려 당당하게 호통을 쳤다.

"닥치거라! 폐하의 여인이 다른 사내와 사통하는 심부름이나 하는 주제에 어디서 언성을 높여!"

움찔하는 부성을 흘겨본 염 귀인은 빙그레 웃으며 손을 내밀었다. 염 귀인의 궁녀들이 까르르 웃으며 서신을 염 귀인에게 다시 건넸다. 염 귀인은 그 서신을 잘 접어서 자신의 품 안에 넣고는 팔랑 종이처럼 가볍게 돌아서며 흥얼거렸다.

"이 서신은 내가 황후마마께 전달하도록 하마."

실제로 염 귀인은 그길로 곧장 대중궁을 찾아가 황후에게 서신을 내밀고 고자질했다.

"이걸 보십시오, 황후 폐하."

"무엇이냐? 서신 같은데."

"혹시 황후마마께서도 천 귀인과 흑합 장군의 소식을 들으셨는지요?"

"그래."

황후는 짧은 시간 안에 세 번이나 뒤집힌 소문이 우스운지, 가볍게 웃으며 서신을 펼쳤다.

"이건……."

그러나 서신을 본 황후의 표정에서는 웃음기가 사라졌다.

"천 귀인의 궁녀가 흑합 장군에게 가지고 가던 걸 제가 빼앗았습니다."

"참이더냐?"

"예. 흑합 장군이 천 귀인을 연모한다더니. 아니었습니다. 천 귀인이 일방적으로 흑합 장군에게 매달리는 거였어요."

그녀는 정말 가소롭단 투로 말하더니, 곧 힘없이 중얼거렸다.

"황제 폐하의 여자이면서 다른 사내에게 이렇게 노골적으로…… 참으로 너무하지 않습니까, 황후마마?"

고개를 끄덕인 황후는 서신을 옆에 내려놓고는, 상궁녀에게 지시했다.

"천 귀인을 데려와라."

흑합에게 서신을 보내라고 했더니, 황후가 사람을 보내왔다. 황후가 보낸 사람은 내가 왜 불려가는지 이야기해주지 않았다. 하지만 아까 부성이 달려와서, 내가 떡돌이에게 보낸 서신을 염 귀인에게 빼앗겼단 말을 했다. 그 일 때문에 불려가는 확률이 높았다. 기가 막혔지만 거역할 방법은 없어서, 나는 순순히 황후가 보낸 사람을 따라갔다.

황후는 전에 단체 문안을 받을 때 앉아 있던 그 의자에 오늘도 앉아 있었다. 옆에는 전에 우 귀인을 떠밀었던 그 노란 옷 입은 후궁이 날 보며 생글생글 웃고 있었고.

"부르셨다 들었습니다, 황후마마."

노란 옷 후궁이 아마 염 귀인이겠지? 내 서신을 중간에 뺏어갔단 그 후궁. 뒤통수를 딱 때리고 싶지만, 그랬다간 일이 더 커질 거다.

어쩔 수 없이 나는 순순히 황후에게 인사를 올렸다. 그동안 열심히 배운 예법에 따라서. 인사를 올리자마자 돌아온 건 싸늘한 질문이었다.

"다른 사내와 사통하느냐, 천 귀인."

후궁에게 다른 사내와 사통하냐고 묻다니.

"아니요!"

나는 단호하게 부정했다. 황후 앞에서 사용하기엔 격의 없는 대답이었지만, 일단 급했으니까.

"아니옵니다, 마마."

다시 한번 예의를 갖추어 덧붙였다.

"아니다?"

황후가 툭 터지듯 가볍게 웃었다. 안 믿는구나.

황후가 옆으로 손을 뻗자, 구겨진 서신 한 장이 내 발밑으로 굴러왔다.

"자, 네 것이다. 읽어보렴. 사통하기 위해 쓴 서신이 아니라면, 이런 건 왜 쓴 거지?"

나는 이번에도 바로 대답했다.

"답장 달라고요."

내 편지에는 답장을 빨리 달란 내용 외엔 없었다. 나보다 공부를 더 많이 했을 황후가, 이 간단한 서신을 보면서 왜 썼냐고 묻는 게 이해하기 어려웠다.

황후의 표정이 어두워졌다. 그 표정은 앞일을 걱정하는 어두움이 아니라, 열 받았을 때 나오는 어두움이었다.

나는 서신을 도로 주워 들기 위해 슬그머니 무릎을 굽혔다.

"줍지 마라."

황후가 딱 잘라 지시했으므로 다시 무릎을 펴야 했지만. 황후는 관자놀이를 꾹꾹 누르면서 나를 아주 한심하단 듯이 바라보았다.

"조용하고 얌전한 아이라 생각했더니. 기가 막히는구나. 뒤에서 장군에게 이딴 서신이나 보내고 있어."

"아 그게요—"

"조용히 하라 했다."

⋯⋯천 귀인이 얌전한 사람이었던 게 아니라, 얌전하도록 강요받은 사람이었던 거 아니야?

염 귀인은 이 와중에 좋다고 손으로 입을 가리고 실실 웃었다. 손에 가려져서 입 모양이 보이지 않았지만, 그러면 뭐 해. 눈 휘어진 게 다 보이는데. 아니, 대체 염 귀인 저 사람은 천 귀인과 무슨 원한이 있다고 이딴 짓을 해? 천 귀인이 황제의 사랑을 독차지하고 있다면 경쟁하기 위해 그런다지만. 그런 것도 아니잖아?

속으로 투덜거리고 있자니, 황후가 입을 열었다.

"황제 폐하의 여인이 다른 사내를 마음에 품고, 심지어 이렇게 추할 정도로 매달리는 걸 두고 볼 수 없다."

두고 안 보면 어떻게 할 건가. 비꼬는 게 아니라, 정말로 이러면 어떻게 되는 건지 몰라서 긴장했다. 쫓겨나나? 쫓겨나면 어쩌지? 난 여기서 조용히 지내는 게 마음에 드는데. 시중들어주는 사람들도 많고……

"한 달간 냉궁에서 지내도록 해라."

황후가 차갑게 명령했다.

"현명한 선택이시옵니다, 마마."

염 귀인은 옆에서 까르르 웃으며 황후에게 아부했다. 재수 없지만 웃음소리가 참 맑구나.

그보다 한 달간 냉궁이라니? 냉궁이 어딘데? 감옥 같은 데인가? 어감이 딱 그런데? 마교에 있는 수뢰번천강옥이나 천무혈교의 유명한 지옥심여화불옥 같은 곳인가? 그도 아니면 이천문의 '고통과 수련을 위한 동굴' 같은 곳?

바짝 긴장해 있는 나를, 황후의 태감이 다가와 마구 밀쳤다.

"아 안 밀어도 따라가요!"

"순순히 오십시오, 천 귀인."

"아 순순히 갈 테니까 밀지 말라고!"

"버둥거리지 마십시오."

"밀잖아! 그쪽이 미니까 균형 못 잡아서 버둥거리는 거잖아!"

냉궁이라고 해서 수뢰번천강옥이나 지옥심여화불옥을 떠올렸는데.

"여기예요?"

다행히 그 정도는 아니었다. 일단 겉으로 보아서는. 그냥…… 폐가? 사람이 사용하지 않은 지 십 년 정도 된 폐가 느낌이었다. 외관은 내가 사는 전각과 비슷했고, 각 전각 주위에 울타리가 있는 것, 그 각각을 둘러싼 높은 담벼락이 있는 것 등 전체적인 외관도 다른 궁과 같았다. 냉궁 자체가 그야말로 하나의 궁처럼.

"여기서 한 달간 살면 됩니다."

이리저리 기웃거리고 있자니, 황후의 태감이 거들먹거렸다.

"하룻밤만 지내도 울면서 꺼내달라 외치겠지만요."

아 뭐. 별로 그럴 것 같진 않은데. 무림사적으로 오랫동안 살다 보면 이보다 더한 집에서 지낼 때도 많았지. 비겁한 자식들이 천라지망인지 뭔지를 펼쳐서 날 잡으려 들 때는 진짜 호랑이랑 동고동락도 했다. 옆집에 거미를 두고 도롱뇽한테 말을 걸고 오소리한테 온기를 부탁하면서 동굴에서 지낸 적도 있었고.

"으악 무서워."

하지만 여기서 덤덤해하면 냉궁보다 나쁜 벌을 주려 하겠지?

난 호들갑을 떨면서 두 손으로 내 팔을 감쌌다.

"난 이렇게 더러운 곳에선 지낼 수 없는데! 난 이렇게 음산한 곳에선 지낼 수 없는데!"

너무 연기하는 티가 나지 않도록 절망적으로 외치자 태감의 입가에 미소가 피어올랐다. 만족스러운 듯한 미소가…… 굉장히 재수 없었다. 죄 없는 사람을 냉궁에 데려다 놓고 괴로워하는 것을 보며 즐거워하다니. 변태 아냐? 그래도 효과가 있어서, 태감은 순순히 돌아갔다.

저기요. 그런데 나 그냥 여기서 한 달 버티면 되는 거야? 먹을 건? 궁녀들은? 설명 끝난 거야? 몇 가지 설명이 부족한 느낌이었지만, 뭐 어떻게든 잘되겠지.

다행히 얼마 지나지 않아 부성과 원웅이 바구니 가득 음식을 가지고 냉궁 안으로 들어왔다. 부성의 말에 따르면 그 바구니 안에 든 게 일주일 분의 식량이란다.

황후의 태감이 '하룻밤만 지내면 울면서 꺼내달라고 할 거다'라고 한 뜻 역시 밤이 되자 알 수 있었다.

"소주, 무서워요……."

"소주, 우리 꼭 같이 붙어 있어요."

그냥 겁먹으라고 한 말인 줄 알았는데. 밤이 되자 냉궁 안의 분위기가 훨씬 음산해지면서 정말로 으스스해졌으니까. 못 견딜 정도는 아니었지만, 부성과 원웅은 많이 무서워했다.

"난 안 무서우니까 너희 둘이 붙어 있어."

"소주, 이상한 소리가 들리지 않아요?"

"막 우는 소리 나는 것 같구…… 여기서 죽은 사람들이 그렇게 많대요, 소주."

"난 진짜 괜찮아."

여기서 죽은 사람들이 아무리 많다고 한들, 내 손에 죽은 사람들만 하려고. 물론 내가 죽인 사람들은 먼저 날 죽이려다가 죽은 거니까, 억울해서 귀신이 되지도 않았겠지만.

'억울해서 귀신이 된다면 그놈들이 염치없는 거고.'

"소주?"

"난 진짜 괜찮으니까 둘이 꼭 안고 있어."

냉궁에 온 이튿날. 부성이 냉궁을 돌아다니며 땔감을 모으는 사이, 원웅은 미리 받아온 쌀을 작은 절구로 빻아서 가루로 만들었다. 이렇게 해야지 일주일 동안 허기에 많이 시달리지 않을 거란다.

무림 사람들은 '황궁에 사는 태감과 궁녀는 일반 사람들보다 훨씬 잘 먹고 잘 지내지만, 자기가 모시는 주인에 따라 운명이 결정되니 가엾다'고 했다. 당시에는 흘려들었는데. 원웅과 부성을 보니 그 말이 딱 맞았다.

보고 있자니 가엾어서, 나는 벌떡 일어나서 "놀러 갈게." 하고 하루를 지낸 전각을 빠져나왔다. 놀러 간다는 건 그냥 핑계고. 사실은 아무도 없는 곳으로 가서 무공을 수련할 생각이었다. 부성과 원웅이 나 때문에 고생하는 걸 보니까, 하루라도 빨리 무공을 찾는 게 나을 것 같아서. 황제의 총애 따위야 애초에 관심도 없지만, 무공은 빨리 찾을수록 도움이 되니까. 누가 우리 애들을 괴롭히면 내가 몰래 복수해줄 수도 있고.

지금도 봐봐. 내 무공이 그대로였더라면, 난 밤중에 몰래 냉궁을 빠져나가서 염 귀인의 얼굴에 '나는 고자질쟁이입니다' 따위의 글씨도 쓰고 올 수 있었다. 그런데 무공이 사라지니 거시기 자른 놈에게 잡혀 와 이런 데 갇혀 있지 않나. 죄지은 것도 없으면서.

'빨리 강해져야 돼.'

다행히 냉궁 안에도 야트막한 언덕이 있어서, 나는 곧장 그쪽으로 걸어갔다. 여기서 해가 저물 때까지 수련한 다음 먹을 만한 나물을 뜯어서 가져가야지. 죽이랑 뭉쳐서 먹으면 부족한 식량에 도움이 되지 않을까?

좋아! 힘차게 각오를 다지면서 나는 허공을 향해 오른쪽 왼쪽 주먹을 날렸다. 그러고서 가부좌를 틀고 앉으려는데…… 누군가 휙 담을 넘어왔다. 누구지? 가부좌를 풀고서 언덕 변두리로 가보니, 담을 넘어온 사람은 떡돌이었다. 그는 대번에 나를 발견하고는 손가락으로 가만히 있으란 신호를 보내고서 얼른 달려왔다.

어떻게 알고 왔지? 그새 소문이 났나? 놀랄 새도 없이, 떡돌이는 들고 온 쑥떡을 내 입에 물리고서 물었다.

"괜찮아?"

"좀 싱겁네."

"떡 말고. 너 말이다."

괜찮냐고? 답장 달라고 한마디 했다가 졸지에 냉궁에 갇혀서 일주일간 죽만 먹게 생겼는데 괜찮냐고? 당연히 괜찮지 않았다.

"난 기분이 좀 저조해."

떡돌이는 내 안색을 살피며 다시 물었다.

"그게 끝이야?"

"다른 대답이 더 필요해?"

"괜찮나 보네."

"기분이 저조하다니까?"

"냉궁에 와서 그 정도면 고조된 수준이다."

떡돌이는 딱 잘라 말했다.

자기가 뭐, 냉궁에 갇힌 다른 사람들을 보기라도 했나? 아. 아니다. 여기서 궐에서 오래 지냈을 테니 봤을 수도 있긴 하구나.

"그런데 떡돌 장군."

"그 괴상한 별명을 꼭 써야 하나?"

"어쨌든 떡돌 장군."

"왜?"

"왜 나한테 답서 안 썼어?"

내 질문에 떡돌이 눈썹을 치켜올렸다. '내가 언제?' 하는 표정으로.

얘가 이렇다. 얘가 이렇게 뻔뻔해.

전에는 날 모른 척해놓고 그런 적 없다더니, 이젠 내 편지를 무시해놓고 안 그런 척하고 있네.

"내가 편지를 써서 보냈는데, 홀랑 받아 놓고서 답서는 안 써줬잖아."

나는 팔짱을 끼고서 째려보았다. 떡돌이는 여전히 '난 그런 거 몰라' 하는 표정으로 물었다.

"나한테 편지를 썼어?"

"그래."

"뭐라고?"

"그걸 내가 지금까지 어떻게 기억하겠어?"

"편지를 언제 썼는데?"

"그제 밤인가 어제 새벽인가 그쯤에. 보낸 건 어제 아침이고."

떡돌이의 표정이 심각해졌다.

"그게 기억이 안 난다고?"

그 표정에 기분이 상했다. 마치 세상에서 제일 멍청한 바보를 만났는데, 바보에게 바보라고 말하면 바보가 상처받을까 봐 바보라고 말하는 걸 조심스러워하는 표정 같잖아?

"내가 이렇게 된 건 다 당신 탓이야."

어쨌든 기억이 안 나는 건 사실이어서, 나는 팔짱을 끼고서 화제를 약간 전환했다. 떡돌이는 대번에 내게 휩쓸려서 대답했다.

"왜? 난, 네가 다른 남자와 사통하다 들켜서 여기 갇혔다고 들었는데."

그 대답이 영 시원치 않았지만.

"그 사통한 남자가 너야!"

"나라고?"

"그래."

"우리가 사통씩이나 한 사이였어?"

"황후마마 말에 따르자면 그래."

떡돌이는 떨떠름한 얼굴이었다.

나는 이참에, 내가 두 번째 보낸 서신과 염 귀인, 황후 이야기를 구구절절 다 해주었다. 내 이야기를 신중하게 들은 떡돌이는, 내 이야기가 끝나자 짧게 탄식했다. 그래서 난 떡돌이가 '이 일에는 내 책임도 있으니, 장군으로서의 권력을 이용해 널 빼내도록 노력할게.' 같은 약속을 해주리라 기대했다. 헛된 약속이라도, 양심이 한 줌이라도 있다면 그렇게 말해줄 거라 기대했다.

"밤에 추우니까 이불 잘 덮고 자. 넌 안 봐도 잠버릇이 험할 게 뻔하니까, 이불 걷어차지 말고."

하지만 떡돌이는 이딴 말만 남기고는 횡하니 돌아가 버렸다. 뒤 한 번 돌아보지 않고서 담을 넘어가는 그를 쳐다보다가, 나는 기가 막혀서 '허허' 소리를 몇 번이나 냈다.

황제가 찾아왔단 소식에, 황후는 서둘러 그를 맞이하러 나갔다.

"폐하. 어서 오십시오."

그녀가 상냥하게 인사하자, 황제는 안으로 들어가자고 전각을 손으로 가리켰다. 황후는 두근거리는 마음을 누르며 황제를 따라 들어갔다.

"차를 내오너라."

"예, 마마."

상궁녀에게 지시한 황후는 상석에 황제가 앉을 수 있도록 자리를 비켜주고, 자신은 그 옆에 나란히 앉았다. 상궁녀가 차를 깨끗한 유리 접시에 담아오자, 황후는 직접 쟁반에서 접시를 받쳐 황제에게 내밀었다.

"이 시간에 찾아오실 줄 전혀 몰랐답니다. 알았더라면 좀 더 맛있는 음식을 미리 준비하라 했을 터인데."

황제는 한 모금 받아 마신 뒤 궁녀가 든 쟁반에 접시를 내려놓았다.

"잠시 할 말이 있어 온 것이니 오래 있진 않을 거요."

"폐하께서는 무척 바쁘시니 당연한 말씀이시지요."

"천 귀인을 풀어주시오."

황후의 입가에 올라와 있던 부드러운 미소가 한순간에 사라졌다. 하지만 그건 아주 찰나일 뿐이어서, 곧 그린 듯한 미소가 그 자리를 채웠다.

"어제 냉궁에 갇힌 천 귀인을 말씀하시는지요?"

"맞소."

이유를 설명하지도 않았다. 황제는 거기까지 말하고 몸을 일으켰다.

황제가 나가자 황후는 힘없이 앉아 무거운 머리를 손으로 지지했다.

"황후마마, 괜찮으십니까?"

상궁녀는 쟁반을 옆에 내려놓고서 걱정스럽게 황후를 살폈다.

"아니."

황후는 솔직하게 대답하고서 지끈거리는 눈을 감았다. 그녀가 천 귀인을 냉궁에 가둔 건 올바른 조치였다. 천 귀인은 후궁의 몸으로 다른 사내에게 애정을 구걸했다. 이는 잘못된 행동이었다. 그런데 이유를 설명하지도 않고 하루 만에 풀어주라니? 이상한 건 이뿐만이 아니었다.

"영영아."

"예, 황후마마."

"천 귀인이 폐하의 시침을 든 적이 있느냐."

"한 번도 없습니다."

"그렇지. 나도 그렇게 알고 있었어."

천 귀인은 황제의 시침을 든 적도 없었고, 황제는 천 귀인에게 관심 한 톨 보이지 않았다. 몇몇 후궁들은 황제가 천 귀인의 존재조차 모를 거라 비웃기도 했다. 실제로 틀린 말은 아니었다. 궐 안에는 황제가 이름을 모르거나 잊어버린 후궁이 하나둘이 아니었다.

"그런데 왜 갑자기 천 귀인을……?"

중얼거리던 황후는 최근에 돈 소문을 떠올렸다.

"설마."

흑합 장군이 천 귀인을 연모한다던 소문이었다.

"폐하께서 그 소문을 듣고 천 귀인에게 호기심을 가지게 되신 건가?"

한참 동안 곰곰이 생각해보던 황후는 무거운 한숨을 내쉬고서 이마에서 손을 내렸다. 만약 그렇다면…… 그녀는 눈을 감고 한숨을 내쉬며 명령했다.

"내일이 폐하의 만복날이지. 경사태감에게, 내일 시침 쟁반에는 천 귀인의 패를 올리라 해라."

하루 종일 고된 수련을 하느라 나는 완전히 진이 빠져서 냉궁으로 돌아왔다. 수련이 끝나면 나물도 좀 뜯어 가려 했는데. 지친 몸으로 뜯은 나물은 고작 두 줌뿐이었다. 이걸로는 턱도 없겠지.

"소주! 소주!"

그런데 냉궁으로 가보니 부성과 원웅이 둘 다 마당에 나와 있고, 그 앞에는 황후의 태감이 서 있는 게 아닌가.

"무슨 일이야?"

놀라서 황급히 그쪽으로 달려갔다. 내가 냉궁을 전혀 무서워하지 않는단 게 들켰나? 내가 추위를 안 탄다는 게 들켰나? 그래서 다른 벌을 받게 되었나? 불안했다.

"소주!"

하지만 원웅이 활짝 웃는 것을 보니 아닌가 보다. 부성도 표정이 밝았다. 황후의 태감이 꾸벅 인사를 올리고서 사정을 설명했다.

"황후마마께서 천 귀인께선 늘 품행이 단정하고, 이런 일은 처음이니 한 번만 특별히 용서해주시겠다 하셨습니다."

정말? 어제 태도로 봐서는 하루 만에 용서해줄 것 같진 않던데? 하지만 용서해주겠다니 일단 넙죽 고맙다고 인사를 했다.

그 후 우리는 동영궁 안에 있는 원래의 전각으로 돌아와서, 작긴 해도 냉궁보단 우리 전각이 백 배쯤 좋다는 데 동의했다. 냉궁을 벗어난 기쁨은 다음 날에도 그대로 쭉 유지되었다. 원옹은 소주방에서 재료를 받아와 특별히 맛있는 음식을 준비했고, 부성은 어딘가에 사정사정해서 값비싼 찻잎을 약간 얻어 왔다. 우리는 그걸로 아침 겸 점심을 포식했다.

부른 배를 두드리며, 부성은 당당하게 선언했다.

"저녁때는 제가 솜씨를 부려볼게요, 소주."

그러나 부성이 솜씨를 부릴 기회는 오지 않았다. 아직 해가 지기 전 평상에 앉아 원옹과 공굴리기 놀이를 하며 노는데, 처음 보는 태감이 찾아와 전한 말 때문이었다.

"일어나십시오, 천 귀인. 서둘러서 준비해야 합니다. 오늘은 천 귀인께서 폐하를 시침해야 합니다."

내가 황제를 시침해야 한다고? 나는 바늘 쥐는 손 모양을 하고서 허공에 콕콕콕 찌르는 시늉을 해 보였다.

"이거요? 아니 어의는 어쩌고 왜 저더러?"

무술을 잘한다고 의술까지 잘하진 않는다. 가끔 무공과 의술 모두에 탁월한 무슨 신의니 무슨 마의니 하는 무림인들도 나오긴 했지만, 일단 나는 아니었다. 그런데 갑자기 나더러 황제를 시침하라니? 아. 혹시 천소여는 의술을 좀 배웠던가?

"소주. 그 시침이 그 시침이 아니어요."

"그럼?"

"그거, 그거예요."

"그게 뭔데?"

원웅이 태감의 눈치를 살피더니 내 귀에 대고서 속삭였다.

"잠자리요."

나는 화들짝 놀라서 원웅을 쳐다보았다.

그러니까 지금 이 상황이, 그거야?

"내가 폐하랑 거시기를 해야 한다고?"

태감이 헛기침을 했다. 원웅은 얼굴이 빨개져서 자기 입을 타타타탁 빠르게 두드렸다. 그런 우리를 보며 태감은 괘씸하단 투로 말했다.

"참으로 말을 경박하게 하십니다, 천 소주. 폐하의 시침을 드는 건 시정 잡배들이 표현하는 그런 일이 아닙니다."

"그럼요?"

"황손을 품을지도 모르는 아주 고귀한 일이지요."

그래서 뭐가 다르단 거야. 황제 거엔 꿀이라도 발라났단 거야? 내가 떨 떠름하게 쳐다보자, 태감은 몇 번 더 헛기침하고서 설명을 계속했다.

"지금부터 빨리 준비해야 합니다. 깨끗하게 몸을 씻고 손톱과 발톱을 정리하고 필요한 만큼 치장을 하십시오. 단, 옷은 걸치면 안 됩니다."

이건 또 무슨……?

"그럼 벗고 가요? 아니면 벗고 대기해요?"

황당해서 묻자, 태감은 다시 헛기침했다. 옆에서 부성이 알려주었다.

"이불로 싸서 폐하의 방으로 옮겨져요, 소주."

이렇게까지 하고 갔는데 황제가 별 볼 일 없다면, 그거야말로 괘씸한 짓이다.

태감이 못마땅한 얼굴로 나가려 하자, 원웅이 "잠시만요." 하고 부르더니 얼른 자기 방으로 들어갔다. 다시 나올 때는 원웅의 손에 빨간 주머니가 들려 있었다.

"이걸 받으세요."

원웅이 그 빨간 주머니를 건네자, 태감은 주머니 안쪽을 확인하더니 히죽 웃었다.

"궁녀를 잘 두셨습니다, 천 귀인."

의미심장한 말을 던진 그가 나가자, 나는 원웅에게 물었다.

"방금 그거 돈이었어?"

표정이 딱 돈 받은 표정이었어.

"네, 소주."

나는 황당해서 물었다.

"돈을 왜 줘?"

"그래야 다음에도 시침할 상대로 소주를 밀어주지요."

뇌물이구나. 자연스럽게 찌르고 받는 걸 보니 아주 공공연한 뇌물인 모양이다. 이렇게 해서라도 꼭 황제를 붙들어야 하는 거겠지. 이곳 사람들한텐 이게 생존 방식인 거고. 편지 하나 썼다고 냉궁에 보낼 때부터 짐작은 했지만, 여기도 나름대로 치열하구나.

속으로 한탄하는 사이, 부성이 재촉했다.

"소주, 얼른 씻고 준비하셔야지요."

그러더니 자기들이 더 바쁘게 움직이기 시작했다.

우선, 커다란 나무통 안에 따뜻한 물을 채워 넣고 그 안에 소금을 뿌렸다. 그러고는 소금이 녹는 동안 가느다란 줄로 내 손톱과 발톱을 다듬어서 모난 구석이 없고 모양도 귀엽게 만들어주었다. 이후 내가 나무통 안에 들어가자, 두 사람은 내 목덜미와 팔, 종아리, 어깻죽지 등을 꾹꾹 누르고 문질렀다.

목욕을 끝내고 나온 다음에는 촉촉하게 젖은 머리에 꽃향기가 나는 기름까지 살짝 발라주었다. 이후에는 머리카락이 다 마르도록 마른 수건으로 박박 문지른 다음, 가벼운 피풍의를 걸쳐주고 방 안으로 이끌었다.

"눈을 감으세요, 소주."

화장대 앞에 앉자 원웅이 속삭였다.

눈을 감고 고개를 들자 얼굴에 폭신하고 구름 같은 것이 닿았다. 여기저기 얼굴을 매만진 다음 눈을 떠 거울을 보자, 안 그래도 미인인 천소여가 훨씬 화사해져 있었다. 이렇게까지 했는데도 우울한 인상이 사라지진 않았지만, 그게 장점이 되어 있었다. 잘 꾸미고 나니 슬퍼 보이던 눈은 애수에 젖은 듯 아련하고 가련한 느낌이 났으니까. 보는 사람을 먹먹하게 만드는 분위기는 잃어버린 첫사랑처럼 보였다. 물론 실제 내 첫사랑은 죽일 놈이지만.

"참으로 아름다우세요, 소주!"

두 궁녀가 감탄하면서 내 머리카락을 쭉쭉 빗어 내렸다.

"머리엔 진주랑 은 장식만 할게요. 그편이 나아요."

이윽고 모든 준비를 마친 후 얇은 피풍의 한 겹 차림으로 기다리자, 아까의 그 태감이 나타났다.

"어이쿠."

태감은 내 꾸민 모습을 보더니 깜짝 놀라 외치다가, 고개를 설레설레 젓고서 데리고 온 덩치 큰 다른 태감에게 눈짓했다. 그러자 그 덩치 큰 태감이 들고 있는 어마어마하게 커다란 이불을 펼치며 내게 말했다.

"여기에 일자로 서면 됩니다, 천 귀인. 피풍의는 벗고요."

피풍의를 벗고 서자 두 태감은 나를 두꺼운 이불로 똘똘 말았는데, 얼마나 이불이 커다랗던지 다 말리고 나니 앞이 보이질 않았다.

"이거 제대로 된 거 맞아요?"

이불 안에서 물었지만 대답은 없었다. 대신 몸이 기우뚱하더니 번쩍 위로 올려졌다.

그 상태로 얼마나 흔들거렸을까. 마침내 내 몸이 어딘가에 눕혀지는 게 느껴졌다. 이어서 이불 아래를 잡아당기는 느낌이 나더니, 내 머리 쪽만 이불 밖으로 빠져나와졌다.

"숨 막혔어요."

급하게 숨을 들이쉬며 짜증을 내자, 태감은 날 이상한 사람 보듯 쳐다보고서 문을 닫고 나갔다.

젠장. 그냥 자면 자는 거지 무슨 절차가 이따위야? 아주 팔다리를 움직일 수조차 없게 해뒀잖아?

나는 속으로 욕을 뱉으면서 가까스로 고개를 이리저리 움직여 방 안을 살폈다. 방 안은 두 단으로 되어 있었는데, 내 방보다 한······ 서른 배쯤 좋아 보였다. 가구도 그렇고 벽도 그렇고 전부 다.

태감들이 날 놓고 간 침상은 금박 장식이 가득한 데다 넓고, 침상 전체를 휘장이 드리우고 있고.

그렇게 얼마나 구경했을까. 슬슬 목이 아파져 온다 싶을 즈음, 마침내 황제 어쩌고 하는 소리가 들려오며 문이 달칵 열렸다.

나는 얼른 정면을 쳐다보았다. 문 두 짝이 열리고 그 가운데로 얇은 흑색 장포를 걸친 황제가 걸어오고 있었다. 하지만 얼굴은 예전에 보았을 때처럼 면사로 가린 상태여서, 보이는 거라곤 눈뿐이었다.

왜 저렇게 얼굴을 철저히 가리는 거야? 속으로 투덜거리면서도 나는 황제를 빤히 쳐다보았는데, 황제는 "또 이렇군." 하고 중얼거리더니 내 쪽은 쳐다보지도 않고 다른 곳으로 가버렸다.

이어서 그가 간 곳에서 바스락 소리가 났다.

왜 지나가? 황당해서 고개를 힘주어 들어 올렸으나, 이불 탓에 황제가 어디서 뭘 하는지 보이지 않았다.

결국 힘을 빼고서 축 늘어져 있으려니, 차를 다섯 잔쯤은 마셨을 시간이 지나자 황제가 가벼운 옷차림으로 걸어와 말했다.

"적당히 시침……."

딱 거기까지 말한 황제가 갑자기 눈을 커다랗게 떴다.

꾸미고 나니 내가 그리 이쁜가?

덩달아 놀라서 눈을 커다랗게 뜨자, 황제가 인상을 구기며 물었다.

"네가 왜 여기 있지?"

왜 저런 당연한 걸 묻지?

"거시기…… 하러 왔는데요."

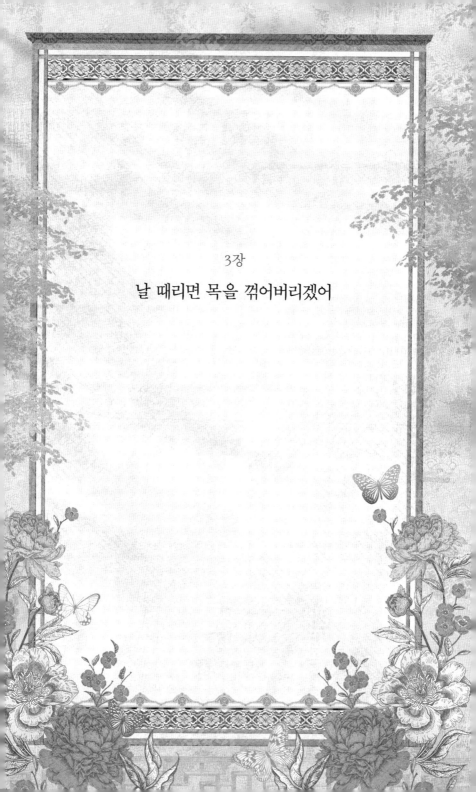

3장

날 때리면 목을 꺾어버리겠어

잠자리를 가지자고 불러놓고 이런 식으로 나오면 몹시 곤란하다. 나는 자발적으로 온 게 아니라, 황제가 불러서 어쩔 수 없이 온 건데.

하지만 황제는 자기가 날 부른 적이 없다는 듯 곤혹스러운 표정이었다. 눈만 보이는데도 그게 티가 났다.

그런데 저 얼굴 면사는 대체 몇 개가 있는 거지? 볼 때마다 입을 가렸다, 눈을 가렸다, 형태도 바뀌고, 색도 가끔 바뀌고 그러네. 나름 치장인가. 어쨌든 황제의 표정을 보자 나도 덩달아 곤란해졌다.

'천 귀인'이 나 말고 또 있나? 다른 사람을 불렀는데 내가 왔나? 나 도로 가야 되나? 꼭 잠자리를 가질 필요는 없지만, 다른 사람과 헷갈려서 불려 왔다는 게 민망했다.

"저 잘못 왔습니까? 갈까요?"

그래서 조심스럽게 묻자 황제는 손을 저었다.

"되었다."

약간 체념 조의 말투였다. 그 말투를 듣는 순간 나는 기분이 좀 더 나빠졌다. 내가 뭐 지원해서 온 것도 아니고. 원치 않는 이불말이를 하고서 여기까지 온 거잖아? 그런데 사람을 저렇게 귀찮아하다니.

그러나 상대는 황제였기에 마구 화를 낼 수도 없었다.

"폐하는 폐하가 폐하란 데 안심하셔야 합니다."

그래도 그냥 넘어가는 게 불만스러워서, 결국 한 소리를 뱉었다.

황제는 픽 웃으면서 어이없다는 투로 물었다.

"내가 황제가 아니었다면 왜?"

나는 입을 다물었다.

저건 고도의 계략이다. 여기서 저 말에 휩쓸리면, 안 하려고 결심한 말을 해버리게 되지 않는가. 그건 바보나 하는 짓이다. 난 바보가 아니고.

내가 아무 말도 하지 못하자, 황제는 다시 한번 코웃음을 치더니 걸치고 있던 흑색 장포를 건성으로 벗었다. 스르륵 소리를 내며 장포가 바닥에 떨어져 흩어졌다. 황제는 안에 입은 옷도 한 손으로 대충 고름을 풀어서 옆으로 던졌다.

흥, 잘난 척하면서 벗기는! 어차피 벗어봤자 보이는 건 햇빛을 보지 않아 허여멀겋고 빼빼한 몸일 거면서!

'어라?'

아니잖아?

그런데 웬걸. 아니꼬운 마음에 힐긋 옆을 보았는데, 놀랍게도 그가 옷을 벗자 드러난 건 깎아놓은 것처럼 반듯한 근육이었다. 황제라면 앉아서 업무를 많이 볼 테니 날씬해도 배가 나왔으리라 여겼는데. 그의 몸은 군살 하나 없이 매끈했다.

"와……!"

저절로 감탄사가 나오는구나. 그런데 어째서지? 홀랑홀랑 양파 까듯 혼자 잘 벗던 황제가, 갑자기 날 쳐다보더니 마지막에 벗은 옷을 슬그머니 주워서 도로 입었다. 왜 도로 입어? 의아해서 인상을 찌푸리자, 그는 덩달아 인상을 찌푸리고서 날 바라보았다.

그러더니 갑자기 "생각났다." 하고 뜬금없는 말을 꺼냈다. 뭐가 생각났는데? 의아해서 쳐다보자, 그가 나를 이불째 조금 뒤로 밀어내더니, 침상에 걸터앉으며 말했다.

"너는 흑합 장군과 서로 연모한다는 소문이 난 그 귀인이로구나."

서로 연모하기는. 떡돌이가 날 일방적으로 좋아하는 건데. 하지만 내가 반박할 틈도 없이 황제가 이어서 바로 질문을 던졌다.

"내게 할 말이 없느냐?"

"폐하, 잘하세요?"

할 말을 해보라고 해서 했는데. 황제가 흠칫했다.

"뭐?"

그러고는 자기가 뭘 잘못 들었단 듯 귀를 문지르고서 다시 물었다.

"방금 무어라 했느냐?"

그래서 좀 더 구체적으로 풀어서 다시 대답해주었다.

"폐하는 잠자리 기술이 훌륭하신지요?"

면사 위로 드러난 황제의 눈이 얼어붙었다. 그는 자신이 들을 수 없는 말을 들었다는 듯 나를 빤히 쳐다보았다.

"하."

이윽고 그는 짧게 헛웃음을 뱉더니, 침상 위쪽에 등을 기댄 채 빈정거리는 투로 물었다.

"내가 훌륭한지 아닌지가 무슨 상관이지?"

"큰 상관이 있지요."

"어째서?"

"폐하의 기술이 형편없다면 제가 실망할 테니까요."

"……."

황제는 기분이 상한 듯했다. 물론 기분이 상하건 말건 나와는 상관없는 문제였기에, 나는 약간 몸을 옆으로 돌려 그를 쳐다보며 부탁했다.

"폐하, 일단 면사를 좀 벗어보시겠어요?"

"면사는 왜."

"얼굴을 보여주셔야지요."

"얼굴은 또 왜."

"그럼 몸이라도 보여주세요."

면사 아래로 희미하게 보이는 턱에 힘이 꽉 들어가는 게 보였다.

"몸은 또 왜?"

"몰라서 물으세요?"

"모르니 묻는 게 아니냐."

"제게도 눈이 있으니까요."

"!"

"제가 이렇게 곱게 단장하고 왔는데, 폐하는 꽁꽁 싸매고 있으면 전 뭘 보고 즐기란 건가요?"

황제는 잠시 내 눈을 들여다보았고, 나도 시선을 피하지 않았다. 우리는 말없이 서로를 잠시 쳐다보았다.

얼마나 그러고 있었을까. 그가 천천히 이불을 향해 손을 뻗었다. 날 꽁꽁 싸매고 있는 이불을 벗겨주려는 듯했다. 다행이었다. 이제야 몸을 좀 움직일 수 있겠어. 태감들이 내 몸을 얼마나 똘똘 감아두었는지, 아까부터 몸이 갑갑해 죽을 지경이었는데.

'어?'

그러나 황제는 내 이불을 벗겨주는 대신, 힘줘 나를 옆으로 굴렸다. 침대 안쪽으로.

"뭐 하세요?"

나는 질문을 던지며 한 바퀴 데구루루 굴렀다. 황제는 거기서 멈추지 않고 나를 더 굴렸다. 두 바퀴를 구르고 나니 눈앞이 어지러웠다.

"뭐 하시냐니까요?"

다시 물었지만 그는 한 번 더 나를 안쪽으로 굴렸다.

"폐하!"

갑갑해서 외쳤지만, 그는 대답하지 않았다. 대신, 날 밀어내고 만든 자리에 조용히 누워서 이불을 꼭 덮었다. 뭐야.

"폐하? 거시기는요?"

당황해서 물었지만, 그는 자기 귀를 틀어막고는 확 등을 보이고 돌아누웠다. 상대도 하기 싫다는 듯.

기가 막혀서! 제가 불러 놓고서는!

"폐하, 그럼 이불이라도 벗겨줘요!"

다시 요구했으나 그는 들은 척도 하지 않았다. 예쁜 뒤통수를 쳐다보다가 나는 이를 악물고 씩씩거렸다.

저 나쁜…… 나쁜 황제 같으니라고! 잠자리를 가지자고 불러놓고서는 사람을 이렇게 버려둬?

하지만 아무리 항의해도 황제는 말 한마디 섞어주지 않았다. 결국 혼자 구시렁거리다가 나는 제풀에 지쳐서 잠들고 말았다.

이후 눈을 떴을 땐 황제는 이미 보이지 않았고, 태감만이 한 단 아래의 바닥에 서 있었다. 두 손을 공손히 모은 채 나를 빤히 바라보고 있던 태감은, 나와 눈이 마주치자 활짝 웃으면서 종종걸음으로 다가왔다.

"일어나셨군요."

그러고는 침상 바로 앞까지 와서 허리 굽혀 인사했다.

"폐하의 성은을 얻게 된 걸 축하합니다, 천 소주."

상당히 들뜬 목소리였다. 나는 태감을 멍하니 쳐다보았다.

축하한다고? 이보세요, 지금 내가 이불말이 상태인 거 안 보여요? 딱 봐도 '아무 일도 없었어요' 상태잖아.

"앞으로 천 소주의 앞길이 탄탄해지겠습니다. 폐하께서 천 소주가 마음에 드신 모양입니다!"

하지만 놀랍게도 태감은 진심으로 보였다. 눈을 보면 알 수 있었다. 그리고 태감이 이렇게 칭찬해준 진짜 이유는, 이불말이 상태로 다시 내 처소에 옮겨진 다음, 원웅을 통해 자세히 들을 수 있었다.

"보통은요, 폐하의 시침을 든 다음에 다시 자기 전각으로 돌아와서 자요, 소주."

"정말?"

"예. 저희도 소주께서 곧 오실 거라 생각하고서 밤새 대기했는걸요."

"아……."

"그런데 아침까지도 오지 않으셔서, 둘이 얼마나 기뻐했는지 몰라요!"

원웅은 상기된 얼굴로 날 동여맨 이불을 풀어주며 속삭였다.

"폐하께서 소주를 마음에 품으셨나 봐요."

황제는 내 몸에 손가락 하나 대지 않았다. 아니, 아예 내 벗은 몸을 보지도 않았지. 하지만 다른 후궁들은 시침 후 바로 내보내면서, 나는 밤새 옆에 두고 잤다. 이게 대체 어떻게 된 일일까? 이건 '아무 일이 없었다'고 해야 하는 건가 '특별한 경우'라고 해야 하는 건가.

'혹시…… 처음에는 그냥 날 엿 먹이려고 이불말이 상태로 뒀는데, 나중엔 깜빡하고 진짜 이불이라 착각한 거 아냐?'

어라. 생각해 보니 꽤 그럴듯한데? 잠결에 얼마든지 그럴 수 있잖아? 스스로 발휘한 통찰력에 놀라서, 나는 멍하니 서성이던 걸 멈추었다.

그때였다.

"혼자 뭐 하는 거지?"

떡돌이가 내 쪽으로 다가오며 물었다. 늘 그렇듯 손에 떡을 든 채로. 저 놈의 떡은 왜 맨날 들고 다니는 거야?

황당해 쳐다보자 그가 찰떡이라면서 떡 하나를 물려주었다. 받아서 우물우물 먹고 있자니, 떡돌이가 다시 물었다.

"혼자 뭘 하길래 왔다 갔다 반복했어?"

"그걸 봤어? 보고 있었어?"

"안 보고 싶은데 내가 보는 방향에 네가 있었어. 그보다 뭐 하고 있었냐니까?"

"생각을 좀 하고 있었어."

나는 손에 묻은 떡가루를 툭툭 그의 옷에 대고 털면서 대답했다. 떡돌이는 연한 노란색 가루가 묻은 자기 옷을 내려다보다가, 자기 손을 내 어깨에 대고 툭툭 같이 털고서 물었다.

"무슨 생각?"

"황제 거시기 생각."

툭툭 털던 손이 갑자기 방향을 바꿔서 허공을 쳤다.

"왜 그래?"

또 다리에 힘이 풀렸나 싶어 쳐다보자, 그는 자기 관자놀이를 꾹꾹 누르고서 말했다.

"넌 내가 태어나서 본 모든 사람, 남녀노소 합한 모든 사람 중에서 가장 주둥이가 위험해. 알아?"

그런 얘기는 많이 들었지. 무림사적으로 악명을 떨칠 때, 날 쫓아온 무인들 중에는 나와 말을 섞다가 검을 뽑는 이들이 많았다.

내가 입을 우물거리면서 입가에 묻은 가루를 털자, 떡돌이는 한숨을 내쉬면서 내 옆 바위에 앉았다. 그러고는 떡 하나를 내게 더 건넨 뒤 무롭 위에 팔과 턱을 괴고서 곰곰이 생각에 잠긴 시늉을 했다. 그러다가 내가 떡을 다 먹고 또 손에 묻은 가루를 그의 옷에 털자, 자기 손도 내 옷에 털면서 물었다.

"내가 널 좋아하는 걸 알면서. 황제에게 안길 때 내 생각이 안 났어?"

나는 솔직하게 대답했다.

"다른 생각을 하느라 정신없어서, 그런 생각은 할 틈이 없었어."

그보다 떡돌이 애, 방금 제 입으로 날 좋아하는 걸 인정했어. 본인은 모르나? 히죽히죽 웃으면서 쳐다보자, 떡돌이가 "왜?" 하고 묻는다.

고개를 젓자, 그가 다시 물었다.

"무슨 생각을 하느라 그리 정신없었는데?"

"별거 아니야."

"별거 아닌 생각이 뭔데?"

"황제 거시기 생각했다니까?"

"!"

떡돌이는 입을 꾹 다물더니, 내 등에 뭐가 묻었다며 텅텅 두드렸다. 아무리 봐도 고의로 두드리는 모양새라서 그의 발등을 꽉 밟자, 떡돌이는 벌떡 일어났다. 그러고는 갑자기 제자리에서 세 바퀴를 돌다가 내게 항의하듯 물었다.

"왜 자꾸 황제의 그…… 부분을 생각하는 건데?"

"내가 말하는 거시기는 그 거시기가 아니야, 변태야."

"너…… 너!"

떡돌이가 대체 혼자 무슨 생각을 한 건지 모르겠다. 그는 갑자기 자기 뒷목을 잡더니 나를 손가락으로 가리키면서 부들부들 떨었다. 그러다가 손을 내리고서 숨을 색색 고르더니 또 캐물었다.

"그럼 네가 생각했던 그거. 그건 뭔데?"

"두 가지가 있어."

"두 가지나?"

"말해줄까?"

"말해줘."

고개를 끄덕인 떡돌이가 다시 얌전히 바위 위에 와서 앉았다. 나는 그를 약간 밀어낸 후, 옆에 나란히 엉덩이를 붙이고 앉아서 내가 이불말이를 당한 채 밤새 생각했던 의혹 두 가지 중 하나를 알려주었다.

"있지, 내 생각엔 황제가 고자 같아."

"!"

말이 끝나기가 무섭게 떡돌이가 사레에 걸려 기침을 해댔다.

"왜 그래? 괜찮아?"

놀라서 묻자, 그는 목이 막혀 얼굴이 벌겋게 된 채 나를 향해 외쳤다.

"아니야!"

그사이, 떡돌이가 데리고 다니는 호위가 달려와서 떡돌이의 등을 두드려주고 돌아갔다. 떡돌이는 한참 만에야 얼굴빛이 원래대로 돌아와서 다시 한번 말했다.

"누가 그딴 소릴 해? 황제는 절대 고자가 아니야."

"네가 그걸 어떻게 아는데?"

"뭐?"

"직접 봤어?"

"뭐? 어?"

"그게 아니면 왜 그렇게 확신해?"

"……."

떡돌이는 이번엔 기침하지 않았다. 가만히 무릎에 손을 얹은 채 멍하니 허공을 바라보다가, 뒤를 돌아보며 "승언아!" 하고 부르기만 할 뿐. 그러자 늘 달려와서 떡돌이의 등을 두드려주는 그 호위가 이번에도 바람같이 나타났다.

"예, 나리."

그가 떡돌이의 앞에 한쪽 무릎을 꿇고 앉자, 떡돌이는 승언을 가리키며 내게 말했다.

"얘가 보았다. 얘는 비번일 땐 나랑 다니지만, 원래는 폐하의 호위라."

그 말이 끝나자 승언이 눈을 커다랗게 뜨고 떡돌이를 쳐다보았다. 믿을 수 없단 눈길이었다.

"아닌 모양인데? 표정이 억울해 보이는데?"

내가 그 표정을 눈치채고서 예리하게 짚자, 떡돌이는 고개를 젓고서 승언에게 사과했다.

"네 비밀을 밝혀서 미안하다, 승언아."

승언은 입을 꾹 다물고서 바닥으로 시선을 떨구었다. 그 상태로 3초를 있던 그는, 결국 턱에 힘을 꽉 쥐고는 괜찮다고 웅얼거렸다. 떡돌이가 손을 젓자 승언은 굉장히 빠른 속도로 사라졌다.

떡돌이는 흐흠 흐흠 헛기침을 하고서 내게 다시 물었다.

"알았지? 황제는 고자가 아니야. 증인도 있고."

"그럼 남색가야?"

"!"

눈을 홉뜬 채 나를 바라보던 떡돌이는, 자신의 부채를 꺼내 빤히 내려다보며 중얼거렸다.

"이걸로 네 입을 세 대만 때리고 싶다."

그런 짓을 했다간 절대로 가만히 있지 않을 거다. 내가 비록 지금은 무공을 다 찾지 못했지만, 시간이 지나면 찾을 수 있다. 시간이 지나 무공을 찾았을 때, 나는 부채로 세 대 얻어맞은 복수를 톡톡히 할 자신이 있었다. 미래의 자신에게 다행스럽게도, 떡돌이는 내 입을 부채로 때리는 대신 도로 부채를 집어넣고서 물었다.

"생각했던 게 두 개라며. 하나는 그렇다 치고. 다른 하나는 뭔데?"

"내가 알기로 황제는 좋아하는 여자가 있거든? 왜, 너도 그때 같이 있어서 알지? 우 귀인이 나인 줄 알고 따라 하려 했는데 아니었잖아."

그날 나와 떡돌이가 처음 말을 길게 텄으니 당연히 기억하겠지. 떡돌이는 "그날…"이라고 중얼거리긴 했지만, 그 외에는 아무 말도 하지 않았다. 나는 팔짱을 끼고서, 내가 이불말이 당한 채 밤새 생각한 두 번째 의혹을 뱉었다.

"내 생각엔, 황제가 자기가 좋아하는 여자의 질투심을 자극하기 위해서 일부러 나한테 시침을 들라 한 것 같아."

"아닌데."

내 말이 끝나자마자 떡돌이가 대번에 대답했다.

하지만 난 내 말이 맞을 거라 생각한다. 그렇지 않으면 이불조차 안 벗겨줄 거면서 굳이 밤새 데리고 있을 필요가 뭐가 있겠어?

황제가 또다시 날 밤에 불렀다.

"세상에, 연달아 이틀이나 시침을 들게 되시다니……!"

태감이 소식을 전하기 위해 내게 오자, 부성은 입을 가리고 비명을 뱉었다. 원웅은 거의 울기 직전이었다. 태감과 궁녀들이 나를 굉장한 사람처럼 보는 게 느껴졌다. 어쩌면 저들은 속으로 이렇게 생각할지도 모른다. 하룻밤만에 황제의 마음을 사로잡다니! 저 사람은 거시기의 신이야!

나는 어깨를 쭉 펼치고서 턱을 치켜올렸다. 정말로 황제가 내 손아귀에 있는 것처럼. 굳이 난 어젯밤 내내 이불말이 상태였단 걸 고백하진 않았다. 황제도 말 안 하는데 내가 할 필요 없지.

하지만…… 궁금하긴 궁금하다. 황제는 자기 얼굴에 쓴 면사조차 안 벗을 거면서 왜 날 또 부른 거지?

"폐하. 왜 절 또 부르셨어요?"

그래서 밤에 만났을 때 대놓고 물었다. 그러나 방 안으로 들어온 황제는, 내 말에 대답하는 대신 겉옷 두 겹을 벗어서 아무렇게나 놓았다. 그러고는 나를 옆으로 세 바퀴 굴려서 침상 위에 자기 자리를 만들고 거기에 누웠다. 어제와 마찬가지로 내가 두른 이불에는 손가락 하나 까딱하지 않는 주제에.

"폐하. 왜 절 또 부르셨나요?"

하지만 나는 개의치 않고 한 번 더 질문했다. 정말로 궁금했다. 내가 가진 의혹처럼, 그가 다른 여자를 사랑하기에 날 이용해 그 여자의 질투심을 사려고 이러는지, 아니면…….

"천 귀인."

더 생각할 게 있는데. 황제의 목소리가 이어지는 상념을 끊었다.

대답해주려는구나! 나는 얼른 대답했다.

"네, 폐하."

"그러고 있으니 너 꼭 계란말이 같구나."

그러나 황제가 한 말은 대답과 전혀 상관이 없었다. 황당해서 이불 안에서 꿈틀거리자, 그가 완전히 눕다 말고 상체를 일으켜고서 물었다.

"그게 무슨 상관이지? 너희들에게 중요한 건, 짐이 어떤 이유로 누구를 옆에 두는지가 아닐 텐데? 중요한 건 널 두 번이나 불렀단 거 아닌가?"

어쩐지 날카로운 목소리였다. 그래서 솔직하게 대답했다.

"폐하가 절 두 번이나 부르면 승언이 섭섭해할지도 모르잖아요."

그런데 놀랍게도 내가 이 말을 하는 순간. 벽 너머에 숨어 있는 황제의 호위가 벽을 탕 탕 두드렸다.

'아. 혹시 승언인가? 근데 저래도 돼?'

나는 놀라서 눈을 깜빡거리는데. 막상 황제는 눈을 커다랗게 뜨더니 입술을 꽉 깨물고서 이불을 두 손으로 꼭 움켜쥐었다. 그의 턱에 힘이 들어가고 어깨는 부들부들 떨렸다. 그게 다 옆에서 보였다.

의아해하고 있자니, 황제는 한참 만에야 턱에서 힘을 빼고서 고개를 젓고서 내 머리카락을 마구 문질렀다.

"자라, 계란말이."

"소주, 그거 아세요? 궁인들이 다들 소주에 대해 수군거려요."

황제의 시침을 두 번이나 받게 된 다음 날이었다.

기본 체력을 기르기 위해 제자리뛰기를 하고 있자니, 원웅이 바느질거리를 들고 평상으로 걸어가며 흐뭇하게 말했다. 표정을 보니 욕을 하는 건 아닌 듯하고.

"뭐라고 하는데?"

"폐하께서 소주를 총애하신다고요. 연달아서 폐하의 시침을 든 사람도, 폐하의 침전에서 밤새 주무시고 온 사람도, 소주가 처음이잖아요."

"그래?"

"그럼요."

원웅은 뿌듯한 얼굴로 바느질거리를 꼭 끌어안았다.

"이제 곧 소주의 세상이 올 거예요. 빨리 직책도 올라가시고, 소주의 개인 궁도 받으시고……!"

원웅은 말을 다 마치지 못하고 벌떡 일어났다. 누군가 다가오는 소리가 났는데. 다가온 사람이 부성이 아닌 모양이었다. 부성이라면 저렇게 놀랄 이유가 없지. 나는 운동하던 걸 멈추고 원웅과 같은 방향을 쳐다보았다.

그곳에는 처음 보는 궁녀가 서 있었다. 막 도착한 듯했는데…… 원웅이 왜 저렇게 놀라는 거지? 의아해서 원웅을 보자, 그녀가 빠르게 말해 알려주었다.

"소주. 안비마마의 상궁녀세요."

안비가 누구인지는 나도 알았다. 나, 그러니까 천소여가 얹혀사는 동영궁의 진짜 주인이지. 게다가 비의 위치에 있으니 귀인인 천소여와는 그 위치가 꽤 다른 편이고.

하지만 그런 안비의 상궁녀가 왜 날 찾아왔지? 모든 후궁이 마찬가지였지만, 안비 역시 내가 죽었다 깨어났는데도 코빼기조차 비치지 않았잖아? 의아했지만 안비가 보낸 사람을 내칠 수는 없었기에, 나는 그녀를 향해 들어와도 좋다고 말했다.

안비의 상궁녀는 울타리 문을 열고 안으로 들어와 인사를 올렸다.

"무슨 일이야?"

인사를 마치길 기다렸다가 묻자, 그녀가 친밀하게 웃으며 권했다.

"천 소주, 안비마마께서 천 소주와 함께 차를 마시고 싶으니 바쁜 일이 없다면 불러오라 하셨습니다."

"바쁜 일은 없는데."

"그러면 안비마마께 가시지요, 천 소주. 마침 나홍에서 올라온 맛 좋은 차도 있습니다."

원웅이 입술을 삐죽거렸다. 죽었다 깨어났을 때는 얼굴도 안 비쳤으면서, 황제의 총애를 받자마자 부르는 게 기분 상한 거겠지.

"알았어."

하지만 난 그냥 순순히 알겠다고 대답했다.

천년비로서의 삶은 전투적이었고 치열했고 거칠었다. 사방이 온통 적이었지. 이제 난 평화를 원했다. 마음에 들지 않는단 이유만으로 세 번째 손가락을 날리고서 "날 보고 싶으면 그쪽이 오라고 해!"라고 외치고 싶진 않았다. 절대로, 지금 몸으로는 그렇게까지 할 힘이 없어서 이러는 게 아니다. 난 평화주의자다. 그러니까…… 상대가 먼저 시비를 걸지 않으면 나도 시비를 걸진 않을 거야. 오라고 하면 가면 되지. 오라고 해놓고 때리면 죽여버리겠지만, 그런 게 아니라면 웃으면서 넘어갈 수 있어.

안비의 전각은 문짝이 없는 아치문 너머에 있었다. 안비가 사용하는 건물의 반은 기둥과 천장만 있지 벽은 없는 탁 트인 형태였고, 남은 방은 벽에 둘러싸여 있었다.

안비로 추정되는 여자는 기둥뿐인 방 안에 앉아 정원의 사각형 모양 연못을 구경하는 중이었는데, 그 옆에는 빈 의자가 있었고, 의자 사이에는 작고 길쭉한 상이 있었다. 상 위에는 소꿉놀이에 사용할 법한 아담하고 화려한 찻잔들이 놓여 있는데…… 나랑 마시려고 준비해둔 건가?

내가 다가가자 안비로 추정되는 여자가 우아하게 웃으며 먼저 말을 걸어주었다.

"왔는가, 천 귀인."

"안비마마께 인사 올립니다."

내가 예법에 맞게 인사를 올리자, 안비는 우아하게 웃고서 자기 옆의 빈자리를 가리켰다. 나는 얼른 그곳으로 가 앉았다.

"천 귀인은 나날이 아름다워지는군."

내가 엉덩이를 붙이고 앉자, 안비는 한 호흡을 쉰 후 진심인지 아닌지 모를 칭찬을 하며 웃었다. 안비의 칭찬이 진심인지 모르겠다는 건, 내가 꼬아서 듣는 게 절대 아니다. 다만, 안비는 원래 천소여의 얼굴과 이름도 관심이 없었잖아? 그런데 더 아름다워졌는지 아닌지 알긴 할까…… 뭐이런 합리적인 추측이지.

어쨌든 칭찬을 하니까 그저 "감사합니다." 하고 넙죽 대답했다. 안비는 내 대답을 듣자 희미하게 웃으며 또 중얼거렸다.

"사랑은 사람을 아름답게 만들지."

글쎄. 개원이는 내 사랑을 받고서 쓰레기가 되었는데. 어쨌든 직급 높은 사람이 저렇게 말하니 그런 걸로.

"그럼요, 그럼요."

나는 일단 무조건 안비의 말이 옳다고 맞장구쳤다. 안비는 다시 한번 웃었다. 그러고는 직접 주전자를 들어서 그 소꿉놀이용 같은 작은 잔에 쪼르르 차를 따르고는 내게 내밀었다.

"한 잔 마시거라."

나는 얼른 두 손을 내밀어 잔을 넙죽 받았다. 그리고 잔을 입가로 가져갔는데…….

'안에서 이상한 냄새가 나는데?'

차가 상했을 리는 없으니, 무언가를 탄 거겠지? 몸에 좋은 약을 타진 않았을 거다. 상식적으로, 그런 걸 몰래 타서 주진 않으니까. 그렇다면 안 좋은 무언가를 탔단 건데.

내가 찻잔 바닥을 바라보기만 하고 마시지 않자 안비가 부드러운 목소리로 물었다.

"왜 마시지 않지?"

"차를 안 좋아해서요."

내가 대답하자마자 옆에 서 있던 안비의 상궁녀가 얼른 말했다.

"그건 아주 귀한 차이니, 싫어하더라도 한번 마셔보세요."

너나 마시라고 차를 입에 부어주고 싶은 대사네.

하하 어색한 미소를 띠고서 나는 차를 식히는 척 후후 불었다.

"뜨거울 것 같으니 일단 좀 식히고요."

그러나 머리를 여전히 빠른 속도로 굴려댔다. 안 마시면 안비가 '날 의심하는 거냐'면서 불쾌해하겠지? 같은 직책인 염 귀인도 나쁜 마음을 먹자 내게 피해를 끼쳤는데. 직급이 몇 단계는 높은 안비라면, 날 불쾌해하는 순간부터 무자비하게 공격해오기 시작할 거야. 뭐 이딴 걸 차에 타서 주는 것부터가 이미 공격이지만……. 최소한 독은 아니겠지. 내가 여기서 차를 마시고 즉사하면 누가 봐도 안비가 범인이니. 그렇지만 분명 몸에 나쁜 게 들어있단 걸 알면서도 마실 수는 없었다.

"차를 오래 식히는구나."

생각하는 시간이 길어지자 옆에서 안비가 나지막하게 중얼거렸다.

좋아. 결정을 내렸다. 약간 아프긴 하지만 지금은 이 수가 최선이겠어.

"마셔야지요."

나는 안비를 향해 웃어 보이고서, 얼른 찻잔을 입술에 대고 위로 넘겼다. 잔이 너무 작아서, 한 모금 마시자 내용물이 모조리 입안에 들어왔다. 안비의 입가에 미소가 어리는 순간.

나는 재빨리 목 부근의 기혈에 충격이 가도록 했다. 다행히 이 정도는 내공이 없어도 할 수 있으니까. 그러자 목 안의 생살을 꼬집는 불쾌한 느낌과 함께 무언가 울컥 치솟았다. 찝찝한 향과 약간의 쇠 맛이 섞인 피였다. 진짜 내 피.

"크허어어억."

나는 그 피를 머금고 있던 찻물과 섞어서 얼른 죄다 뱉어버렸다.

"까악!"

이를 지켜보던 안비의 상궁녀가 비명을 질렀다. 나는 가슴에 한 손을 대고서 '흐억 흐억' 소리를 내면서 눈을 부릅뜨고 안비를 보았다.

"마마…… 가슴이…… 목이……!"

그러고서 다시 피를 뱉자, 안비는 얼굴이 사색이 되어서 외쳤다.

"궁의! 궁의를 데려오라!"

태감들이 우왕좌왕 뛰어다녔다. 나는 그들을 향해 입으로 피를 '푸우
우웃' 사방으로 뿜어주었다. 에라이 몹쓸 것들! 너희 다 한패잖아!

내 피가 닿은 이들은 극독이라도 묻은 양 깍깍거리며 펄쩍 뛰었다. 안
비 역시 몸을 피하긴 마찬가지. 속으로 낄낄 웃으면서 나는 괴로운 표정
으로 색색거렸다.

얼마 지나지 않아 태감들이 궁의를 데리고 달려왔다. 그들은 피투성이
가 되어 혼절한 천 귀인을 보더니, 펄쩍 뛰고서 안비의 처소에서 데리고
나갔다.

"어, 어쩌지요. 안비마마?"

멀어지는 관복을 보며 상궁녀가 겁먹은 얼굴로 덜덜 떨었다.

"갑자기 피를 저렇게 토해내다니……."

안비는 눈을 꼭 감았다.

"내가 당했구나."

안비의 태감도 안색이 파래져서 물었다.

"누가 한 짓일까요?"

"모르지. 하지만…… 누군지 몰라도 참으로 악독하고 머리가 좋아. 나
와 천 귀인을 동시에 보내려 하다니."

측근 궁녀는 아예 훌쩍이면서 연신 쏟아지는 눈물을 소매로 닦았다.

안비는 이를 갈았다. 물론, 그녀도 떳떳한 입장은 아니었다. 차에 좋지
못한 걸 섞어서 마시라고 주었으니. 하지만 그녀가 섞은 건 피임 효과가
있는 약초일 뿐이었다. 그런데 갑자기 각혈하며 쓰러지다니. 이 일이 어
떤 식으로 튀어 나갈지 몰라 두려워졌다.

"골치 아프게 되었어."

안비는 중얼거리면서 자신의 의자에 앉아 이마를 짚었다.

황제에겐 수많은 후궁이 있었으나 그들 중 아이를 가진 이는 아무도 없었다. 이런 상황에서 딸이든 아들이든 첫째 아이를 낳는다면, 그 사람은 한순간에 직책에 상관없이 가장 존귀한 몸이 될 수 있었다. 당연히 후궁들과 그들을 지지하는 관리들 모두 눈에 불을 켜고서, 다른 후궁이 먼저 회임하지 못하게 막고 막았다.

안비는 자신이 나쁜 짓을 시도했단 건 알았으나, 그게 큰 문제라 여기지 않았다. 그녀들에게 있어 황손을 본단 건, 황제의 사랑이니 뭐니 하는 유치한 문제가 아니니까.

"정말 곤란해졌다."

다시 중얼거린 안비는, 사람들이 몰려오는 발소리를 듣고 이마에서 손을 뗐다.

"마마를 잡으러 오나 봐요!"

측근 궁녀가 덜덜 떨며 외쳤다. 가까워지는 발소리는 정말로 두렵게 들렸다. 안비도 얼굴이 창백해졌으나, 상궁녀에게 차분하게 지시했다.

"이 일로 난 냉궁에 갇히거나 더 큰 벌을 받을지도 모른다. 어쨌든 움직임이 제한되겠지. 그러니 너희가 누가 내게 이런 짓을 했는지 꼭 밝히도록 하여라."

잠시 후 아치문을 지나 한 무리의 덩치 큰 태감들이 들이닥쳤다. 그들이 안비에게 다가와 팔을 거칠게 붙잡고 끌어내자, 궁녀와 태감들이 흐느끼면서 "마마! 마마!" 불러댔다. 안비는 덤덤하게 그들을 따라갔다.

태감들은 안비를 대중궁으로 끌고 가 팽개치듯 놓았다. 안비가 중심을 잃고 바닥에 쓰러지자, 미리 기다리고 있던 황후가 다가와 일갈했다.

"폐하의 후궁을 독살하려 하다니. 안비, 네가 미쳤구나!"

서슬 퍼런 호통이었으나 진짜로 화가 난 목소리는 아니었다. 안비는 이 걸 눈치챘지만, 굳이 내색하는 대신 손을 털고 제대로 무릎을 꿇고 앉으며 말했다.

"제가 한 게 아닙니다, 황후마마."

"네가 한 게 아니면? 네 궁 네 처소 네 정원에서 네가 준 찻잔으로 네가 준 차를 마시고, 네가 옆에 있었으며, 주위엔 온통 네 사람들뿐이었는데. 그럼 누가 이런 짓을 한단 말이냐!"

"하지만 저는 정말로 아닙니다, 황후마마."

"거짓말을 하더라도 그럴듯하게 하라, 안비."

딱 잘라 말한 황후는 잠시 생각해보더니 차갑게 명령했다.

"차를 끓인 궁녀는 직접 심문하겠다. 또한 이 일과 별개로 너는 3개월간 근신하라. 이후 처벌을 더 할지는 궁녀를 심문한 후에 알리마."

안비와 함께 잡혀 온 궁녀들 중에 차를 끓였던 궁녀가 울음을 터트렸다. 태감들이 그녀를 어딘가로 끌고 가는 모습을 바라보며 안비는 입술을 깨물었다.

'누가 한 짓이든, 이 일은 꼭 복수할 거다. 반드시!'

멀쩡했던 내가 피투성이가 되어 오자 측근 궁녀들은 난리가 났다.

"소주, 정신 차려보세요!"

"우리 소주한테 무슨 일이 생긴 거예요?"

"소주! 소주!"

기절한 척 눈을 감고 있었지만 원웅과 부성이 난리를 부리는 모습이 눈에 선했다.

궁의가 데려온 태감은 나를 내 방 침상 위에 내려주었고, 궁의는 내 팔목을 진맥했다. 그사이 원웅과 부성은 바쁘게 방을 오가면서 따뜻한 물을 가져오고, 수건에 물을 묻혀 내 이마며 목덜미를 닦아주었다. 눈을 감고 있어도 이 모든 행동이 느껴졌다.

"기혈이 뒤틀렸군. 대체 무얼 먹었는지 모르겠어."

"그, 그럼 우리 소주는 어떻게 되시나요? 우리 소주, 위험한 건가요?"

"그 정도는 아니네. 하지만 당분간은 무리해서 행동하지 말고, 드시는 것도 죽 같은 거 위주로. 탕약은 처방해서 보내겠네."

궁의가 나가자 원웅과 부성은 훌쩍거리면서 안비를 욕했다. 이런 일이 벌어질 줄 알았다든가, 갑자기 불러서 이상했다든가, 뭐 그런 내용들이었다. 많이 놀란 모양인데…… 일어나서 '나 괜찮아'라고 말을 해줄까?

잠시 고민하다가, 나는 이왕 기절한 척한 김에 그냥 한숨 자버리기로 하고서 계속 누워 있었다. 얼마나 그러고 있었나.

"소주. 소주."

누군가 낮은 목소리로 날 깨웠다. 바쁜 목소리였다. 그러니까…… 원웅? 원웅 목소리인가? 그런데 왜 이렇게 소곤소곤 말을 해? 게다가 겁먹은 것처럼 들리기도 했다. 이상하단 생각을 하는 순간.

"가만두어라."

또 다른 목소리가 들려왔다. 남자의 목소리였다. 낯설지도 낯익지도 않은 목소리. 그러니까 이 목소리가, 떡돌이? 황제? 헷갈리는데. 하여튼 이 둘 중 하나의 목소리였다. 하지만 정확히 누구인지는 모르겠어. 그러고 보니 두 사람, 목소리가 좀 비슷하구나. 황제는 그윽한 저음이고, 떡돌이는 밝고 높은 목소리라 비슷하단 생각은 하지도 못했는데.

"예, 폐하."

대답은 부성이 대신해주었다. 황제로구나.

"나가 있어라."

조용한 발소리와 옷자락이 스치는 소리가 났다. 뒤이어 문이 드르륵 열렸다가 닫히는 소리도 들렸다. 이후로는 완전한 정적이 찾아왔다.

나는 이제야 완전히 잠에서 깨어나 상황을 파악했다.

기절한 척하다 진짜 잠들었나 봐! 그사이에 황제가 날 찾아왔고!

'아이구야, 이를 어째?'

심장이 두근두근했다. 그냥 적당히 기절한 척하다가 일어나서 밥 먹고, 찡얼거리다 쉬려고 했는데. 내가 대체 몇 시간을 잔 거야? 아니, 황제는 왜 군이 내 방까지 찾아왔어? 내가 피를 너무 심하게 토했나?

속으로 걱정하고 있는데 이마 위에 뜨끈하고 커다란 게 올라왔다.

'분명 손일 거야.'

반사적으로 몸이 움찔했다.

황제는 내가 시침을 드는 내내 내게 손가락 하나 대지 않았다. 손가락이 뭐야. 내 몸을 똘똘 감싼 이불조차 거둬주지 않았지. 그런데 갑자기 이마에 손을 올리자 괜히 어색한 기분이 들었다. 저절로 발가락이 오그라드는 걸 참느라 나는 호흡을 일부러 느리게 조절했다. 다행히 호흡을 조절하는 건 쉬운 일이었다. 호흡은 모든 무공의 기본 토대이니까.

이마에 내려앉았던 손은 쉬이 떨어지지 않았다. 그 상태로 가만히 있다가 그는 천천히 손을 거두었다. 아니, 거두었다고 생각했다. 그러나 떨어졌던 손은 자연스럽게 이마 부근에 튀어나온 잔머리 등을 뒤로 넘겨주었다. 그 손길을 받자, 시침을 들 때 그가 딱 한 번 내게 손을 댔단 게 떠올랐다. 그때도 머리카락을 한 번 쓰다듬었던 것 같은데. 이렇게 조심스럽게는 아니었지만. 내가 여기서 눈을 부릅뜨고서 "뭐 해요?"라고 물으면…… 황제가 어떻게 반응하려나.

이러지도 저러지도 못하는 사이, 그가 완전히 손을 거두어들였다.

'이제 나가려나?'

심장이 콩콩 뛰어서 혹시 내가 깨어 있단 걸 들키면 어쩌나 걱정되었다. 그러나 황제는 내가 깨어 있단 걸 눈치채지 못했다. 밖으로 나가지도

106

않았다. 그는 어딘가에서 의자를 끌어다가 침상 가에 놓고는 거기에 앉았다. 빳빳한 옷과 옷이 스치며 부스럭거리는 소리를 냈다. 나는 눈을 감은 채 어색하게 시간만 흘려보냈다.

"독 먹고 쓰러졌다더니. 멀쩡하네?"

산책을 평계로 청적에 올라와 수련을 조금 하다가, 바람이 하도 좋기에 잠시 쪼그리고 앉아 있을 때였다. 떡돌이가 놀리듯 물어보면서 내 쪽으로 다가왔다. 웬일로 손에는 떡이 없었다.

"네 본체는 어디 가고 혼자 와?"

그걸 보고 내가 묻자 떡돌이가 흠칫해서 되물었다.

"본체라니?"

"떡 말이야 떡. 넌 떡에 영혼이 담겨 있잖아."

"누가 그래?"

"승언이가 그랬어."

내 말에, 모습을 감춘 채 숨어 있던 승언이 일부러 멀쩡한 나무를 흔들어 그런 적 없다고 항의했다. 떡돌이는 승언이 쪽과 내 쪽을 번갈아 보며 고개를 기웃하다가 내 옆으로 다가와 앉았다.

"그런데 진짜 몸은 괜찮아? 크게 다치진 않았단 말은 듣긴 했는데."

"피를 한 사발 토했는데 괜찮겠어? 몸이 아주 부실해졌어."

완전히 거짓말은 아니다. 깨어났을 때 실제로 좀 피가 부족해서 어지러웠으니까. 떡돌이는 걱정스러운 표정으로 날 바라보았다. 아니, 그렇게 걱정할 정도로 안 좋은 건 아닌데.

"그래서 심각한 표정으로 있던 건가?"

너무 뻥을 과하게 쳤나 싶어서 입술을 우물거리고 있자, 떡돌이가 다시 물었다. 나는 고개를 저었다.

"아니. 그건 아니야. 방금 조용히 있던 건 그냥. 생각할 게 있어서."

"안비 생각을 하는 거야?"

"안비?"

"너한테 독을 먹인 안비."

"아."

오늘 아침에 원웅에게 듣기로는 3개월간 근신을 명령받았다지. 차를 끓인 안비의 궁녀는 황후에게 끌려가 심문을 받을 거라 들었다.

나는 고개를 저었다.

"아니."

안비가 내게 뭘 먹인 건지는 황후가 심문을 끝내면 알게 되겠지. 하지만 떡돌이가 나타나기 전까지 내가 생각하고 있던 건 그게 아니었다.

"그럼?"

떡돌이가 다시 물었다. 나는 그의 무릎을 찰싹 내리쳤다.

"왜 이렇게 꼬치꼬치 캐물어? 너 정말 채신머리없구나?"

"……"

떡돌이는 입을 다물고서 자기 다리를 빤히 내려다보다가 내 손을, 이어서 내 눈동자를 보더니 픽 바람 빠지는 소리를 내어 웃었다. 왜 갑자기 웃어? 의아해서 쳐다보자, 그가 중얼거렸다.

"널 걱정한 내가 바보 같군. 아주 멀쩡하잖아."

"날 걱정했어?"

"독을 먹고 피를 토했다는데 걱정하지."

"그래?"

"넌? 내가 그랬다고 하면 걱정 안 하겠어?"

"장군씩이나 돼서 독에 당할 정도면 장군직 반납하구 집에 가야지."

"……."

농담인데. 떡돌이가 섭섭한가 보다. 그는 입을 꾹 다물고 나를 뚫어져라 보더니, 주섬주섬 뭘 꺼내서 내 입에 꾸역꾸역 갖다 댔다. 얼결에 입에 물고서 냄새를 맡아 보니 약떡이었다.

뭐야. 이 자식, 나는 이거나 물고 닥치고 있으란 거야?

"잠결에 느꼈는데. 황제가 내 머리를 만지다 간 것 같아."

어쨌든 먹으라고 준 떡이니, 다 먹은 후. 나는 그가 오기 전에 내내 생각하던 일을 털어놓았다. 떡돌이는 부스럭거리면서 약떡을 하나 더 꺼내다가 깜짝 놀라 꺼내던 떡을 떨어트렸다.

아니, 이게 그렇게까지 놀랄 일이야? 의아해서 쳐다보자, 떡돌이는 황급히 떡을 도로 들어올리며 물었다.

"잠결이었다며 네가 그걸 어떻게 아는데?"

"실은 안 자고 있었거든."

"잠결이라며?"

"왜, 잠들랑 말랑 걸치고 있는 상태 있잖아. 정신은 있는데 반쯤 멍한 그런 상태."

"……."

떡돌이는 큼큼 헛기침을 하더니, 떨어트린 떡을 자기 입에 가져가다가 황급히 도로 내렸다. 그러고는 다시 큼큼큼 헛기침을 하고서 물었다.

"그래서. 황제가 네게 뭘 어떻게 하던데?"

"세상에서 나같이 예쁜 선녀는 처음 봤대."

내가 말을 마치자마자 떡돌이가 황당하단 얼굴로 중얼거렸다.

"이런 거짓말쟁이가 있나……."

"지금 황제 폐하한테 거짓말쟁이라 한 거야?"

내가 눈을 부릅뜨고 되묻자, 그는 기가 막힌다는 듯한 얼굴로 "너. 너 말이다. 너." 하고 딱 잘라 말했다.

사실이었다. 황제는 아무 말도 안 하고 그냥 내 머리맡에 앉아 있다가 갔다. 아주 오래도록 조용히 앉아 있었지. 하지만 이런 말을 하긴 좀 부끄럽잖아.

"진짜야."

"기가 막히는군. 사람 안목을 어디까지 끌고 내려가는 건지 모르겠네."

"너 자꾸 폐하 안목을 무시할래?"

떡돌이가 뒷목을 잡더니 끙끙 소리를 냈다. 채신머리, 채신머리! 나는 다시 떡돌이의 무릎을 타타타탁 두드렸다. 떡돌이는 그제야 뒷목에서 손을 뗐다. 여전히 표정은 썩어 들어갔지만.

"그래, 선녀같이 예쁜 천 귀인. 황제한테 칭찬 들어서 좋겠다. 좋겠어."

"질투해?"

"천만에."

"걱정 마. 난 황제보다 떡돌이 네가 좋아."

"……"

떡돌이는 입술을 씰룩거리더니, 괜히 안 그런 척 아랫입술을 손가락으로 꾹 누르고서 진중한 표정을 지었다. 좋으면서. 일부러 저러는 거다.

코웃음을 치다가 나는 예전에 냉궁에 갇힐 즈음에 그에게 질문하고 싶었던 게 이제야 기억나 물었다.

"맞다, 편지!"

"편지 왜?"

"내가 편지를 제대로 보냈는데 네가 답서를 안 줬잖아."

"음. 미안해. 내 생각엔 착오가 생겨서 내 쪽에 안 온 모양이야."

"그럼 내가 떡돌이, 널 부르고 싶으면 어떻게 하면 돼? 편지를 보내면 네가 씹거나, 아님 또 붙잡혀서 냉궁에 갈지도 모르잖아."

"안 보낸단 선택지는 없어?"

"난 여기에 친구가 너밖에 없어."

천년비보다는 천소여가 덜 외롭긴 하다. 천소여에게는 측근 궁녀인 원웅도 있고 부성도 있으니까. 하지만 천소여 역시 외톨이와 다를 바 없었다. 이렇게 생각하면 원웅과 부성이 섭섭하려나? 하지만 그 둘은 친구라고 하기엔, 윗사람이라 잘 대해주는 건지 아닌지 아직 구분하기 어려웠다. 직급을 떠나서 나와 편하게 말을 주고받아 주는 건 떡돌이 뿐인걸.

떡돌이는 내 말에 입을 다문 채 생각에 잠겨 있더니, 우리가 앉아 있는 바위를 툭툭 두드렸다.

"이 밑에 놔두면 내가 찾아갈게."

"또 읽고 무시하면—."

"무시하지 않을게."

"좋아. 약속?"

"약속."

떡돌이와 헤어진 후, 나는 그가 약속을 잘 지키는지 확인해보기 위해 얼른 내 처소로 돌아가 짧은 편지 한 장을 적어 청적을 돌아왔다. 그리고 약속 장소에 그 편지를 끼워 넣고서 다시 처소로 돌아갔다.

우 귀인은 천 귀인이 싫었다. 원래 그녀는 천 귀인에게 별 감정이 없었다. 천 귀인은 경쟁 상대로도 부족했고 친분을 나누기에도 부족했기 때문이다. 하지만 청적 사건 이후, 우 귀인은 천 귀인이 몹시 싫어졌다.

후궁들에게 괴롭힘당하는 모습을 보여서 가까스로 얻은 황제의 관심은, 천 귀인의 계략으로 모조리 사라졌다. 사실은 계략도 뭣도 아니었으며 둘 다 똑같이 오해를 했을 뿐이지만, 우 귀인의 입장에선 천 귀인이 자신에게 일부러 교묘한 술수를 부린 것으로만 여겨졌다.

이후 천 귀인이 황제의 시침을 연달아 들으며 총희로 비상했기에, 그런 오해는 더욱 깊어졌다. 우 귀인이 천 귀인에게 복수를 다짐한 건, 어찌 보면 자연스러운 흐름이었다. 하지만 안비처럼 천 귀인에게 오라 가라 할 만큼의 권한은 없기에, 우 귀인은 몸을 웅크린 채 늘 복수할 기회를 엿보았다. 천 귀인이 자주 오가는 청적을 몰래몰래 살피는 것도 복수를 위해서였다.

그러나 어찌해도 천 귀인과 마주칠 일이 적었고, 비웃음을 당한 후로는 황제와 부딪칠 일도 없었다. 그곳에 갈 때마다 이름 모를 무사들이 막아서서 제대로 들어가지조차 못했다. 예전에는 분명 자유롭게 오갈 수 있는 곳이었는데도. 그런데 드디어 꼬리를 잡아냈다.

우 귀인은 커다란 바위 아래에 숨겨놓은 서신을 꺼내고서 소리 없이 웃었다. 이 서신은 분명 천 귀인이 가져다 둔 것이다. 아까 그녀가 들뜬 얼굴로 이 서신을 움켜쥐고서 달려가는 걸 보았으니까!

우 귀인은 서신을 챙겨서 얼른 대중궁을 찾아갔다. 대중궁에서는 황후가 야외에 의자를 가져다 놓고 나와 있었다. 곁에는 황후와 사이가 가까운 촉비가 함께 있었다.

"황후마마."

우 귀인이 찾아오자, 황후는 의아한 얼굴로 물었다.

"무슨 일로 날 찾아왔지?"

볼일 없이도 황후를 찾아가 아양을 떠는 후궁들은 많았으나, 그들 모두가 황후의 총애를 얻는 건 아니었다. 우 귀인은 황제에게 총애받지 못했으나, 황후에게도 총애받지 못했다. 문안을 올릴 때 정도만 얼굴을 보는 사이인데. 우 귀인이 찾아와 보여드릴 게 있다고 하자 궁금한 모양이었다.

우 귀인은 입가에 지어지는 미소를 숨기며, 들고 온 편지를 보였다.

"이걸 보십시오. 냉궁에 갇혀 있다 나온 지 얼마나 되었다고, 천 귀인이 또다시 사내에게 서신을 씁니다."

천 귀인을 냉궁에 가둔 지 하루 만에 황제의 명령으로 풀어준 전적이 있는지라, 황후의 표정에 짜증이 어렸다. 편지, 천 귀인, 이 두 단어만으로도 불쾌한 듯했다.

"무슨 내용이지?"

황후가 묻자, 우 귀인이 공손히 말했다.

"남의 서신을 제가 펼치기는 어려워 직접 가져왔으니, 마마께서 살펴보시지요."

공손한 말이었으나, 만약을 대비해 한 발을 빼는 발언이기도 했다. 이를 눈치챈 황후는 코웃음을 짓고서 명령했다.

"네가 가져왔으니 네가 읽어보거라."

"예. 황후마마."

슬쩍 한 발을 빼두려 시도하긴 하였으나, 이 서신은 분명 천 귀인이 쓴 게 맞다. 확신을 가진 우 귀인은 속으로 쾌재를 부르며 서신을 펼치고 또박또박 읽어 내려갔다.

"떡! 떡떡떡! 떡! 떡떡떡! 쑥떡이 약떡이고……."

그녀의 목소리가 흐려졌다. 호기심 어린 표정으로 우 귀인을 지켜보던 촉비가 풋 소리를 내면서 고개를 돌렸다. 황후의 표정이 일그러졌다.

"지금 본후에게 장난을 거느냐?"

우 귀인은 안색이 파래졌다.

"아, 아닙니다, 분명 서신에……!"

우 귀인은 황급히 꿇어앉았다.

천 귀인이 쓴 것이 확실한데. 누가 보아도 은밀한 연애편지로는 보이지 않았다.

"어제 우 귀인이 내 욕을 하다가 황후한테 혼났다고?"

화창한데 보슬비가 내리는 날이었다. 느지막하게 자리에서 일어나 빈둥거리다 뒤늦게 예법 책을 챙겨서 밖으로 나왔다. 완전히 밖에 나가려는 건 아니다. 그냥, 벽은 없지만 지붕이 있는 곳에 앉아서 빗소리를 들으며 다시 빈둥거릴 셈이었다. 그런데 부성이 이런 소식을 전해준 것이다.

바삭하게 튀긴 쌀과자를 깨물며 그녀를 쳐다보자, 부성이 통쾌해하며 웃었다.

"네! 짜릿해요. 아주 좋아요. 황후마마께서 소주를 싫어하실 줄 알았는데. 그렇진 않은가 봐요."

"아냐, 그렇지 않은 게 아니야. 황후마마는 다 싫어하는 거 맞아."

전에 냉궁에 가기 전에 만난 황후가 보내던 그 차가운 눈길이 생생한 걸. 절대로 아니라고 손을 저은 후 내가 다시 쌀과자를 집자, 부성이 고개를 기웃했다.

"왜 그렇게 생각하세요?"

"전적이 있으니까. 하여튼 내 욕을 하다가 혼난 게 아니라, 내 욕도 하고 다른 무언가도 하다가 혼이 난 거겠지."

"그럴까요?"

"그럼! 근데 부성아, 넌 우 귀인 혼났다는데 왜 그렇게 좋아해?"

내 편지를 훔쳐서 황후에게 가져다주었던 건 염 귀인이고, 내게 이상한 걸 먹이려던 건 안비이고, 날 냉궁에 가두라고 한 건 황후인데. 우 귀인이 날 싫어하면 싫어했지, 내 궁녀들이 그녀를 싫어할 이유가 있나?

부성이 대답하기 전 원웅이 소쿠리를 들고 지나가며 먼저 툴툴거렸다.

"우 귀인 때문에 소주가 승냥이 소리를 들었잖아요. 넘어질 때 그냥 곁에 있었던 것뿐인데."

아아. 그때 일 때문에 그렇구나. 나는 아예 까먹고 있던 일인데. 그래도 부성이 왜 저러는지에 대해서라면 납득이 가서, 나는 고개를 끄덕이고서 다시 과자를 집었다.

그런데 이번에는 원웅이 한숨을 소쿠리를 끌어안은 채 내 곁에 앉으며 한숨을 내쉬었다.

"넌 또 왜 그래?"

이상해서 묻자, 원웅이 툴툴거렸다.

"폐하께서 소주를 그간 시침에 부르지 않으셨잖아요. 소주가 아팠으니까요."

"응. 그렇지."

아픈데 부르면 그거야말로 진짜 못된 새끼지.

"물론 직접 병문안까지 와주셨지만……."

"그게 한숨 쉴 일이야?"

"아니요. 단지, 이러다가 은근슬쩍 다른 후궁이 폐하를 시침들까 봐 그래요."

승언이? 문득 흑합의 뒤에서 늘 등을 두드려주던 승언이 떠올랐다. 황제의 거시기까지 확인했다는 승언이. 하지만 그 사람은 후궁이 아니니까 일단 입을 다물기로.

아아. 승언이 말고 황제가 신경 쓰는 사람이 하나 더 있구나. 황제는 좋아하는 다른 여자가 있는 눈치였지. 나 말고 청적에서 만났던 다른 여자. 우 귀인이 흉내 내려던 진짜 상대. 그 여자랑은 어떻게 되어가지? 그 여자의 질투를 유발하기 위해 나를 이용한다고 여겼는데. 이제 슬슬 그 여자한테서는 반응이 오나?

밤이 되었지만 오늘은 경사방 태감이 날 찾아오지 않았다. 원웅과 부성은 '내가 아직 몸이 좋지 않아서 부르지 않으신 것'이라 말하면서도 영 섭섭한 눈치였다.

"그래도 다른 후궁도 부르지 않았으니깐요."

"암요, 우리 소주께서 쾌차하시면 당장 우리 소주를 부르실 거예요."

너무 긍정적으로 생각하는 건 아닌가 싶지만…… 안 그래도 서운해하는 애들 기분을 망치진 말아야지. 나는 그렇다고 무조건 동의해주었다.

하지만 며칠 내내 이불말이 상태로 지내다가 홀로 침상에 누워 있자니 약간 심심하긴 하였다. 이불말이 상태가 그리운 게 아니라. 그냥, 잠들 때까지 티격태격하던 상대가 옆에 없으니까. 혼자 누워 있자니 천장도 낯설고 방도 낯설고, 날 배신한 개원이 그 새끼가 어떻게 됐는지도 궁금하고……. 결국 이리저리 뒤척이다가 피풍의를 걸치고서 밖으로 나왔다.

'청적에 갈까?'

이 시간에는 청적에 가더라도 떡돌이가 없겠지만. 그냥 심심하니까. 그러나 부실한 사립문 울타리를 열고 나가려다가, 나는 마음을 바꿔서 얌전히 평상에 앉았다.

떡돌이와 장난치면서 놀던 데 혼자 가봤자 뭐. 그것도 별로지. 다리를 끌어안은 채 무릎에 뺨을 대고 눈을 감았다. 그 상태로 있자, 낮에 내린 비 탓에 찹찹하고 촉촉해진 공기가 잘 느껴졌다.

다시 개원이 생각이 났다. 무림사적 중 하나로, 이름 자체가 공포의 대명사처럼 통하게 된 나와 개원은 정확히 정반대의 존재였다. 나는 사파였고 개원이는 정파였으며, 나는 악적이었고 그는 영웅이었다. 내 주위엔 사람이 하나도 없이 외로웠으나 개원의 주위엔 그의 눈길을 받고 싶어하는 이들이 우글거렸지. 남녀노소 모두 개원이를 좋아했고, 그를 추앙했다. 비슷하게 강할 거라 평가를 받았으나, 나와 개원이는 그만큼 다른 세상에서 살아왔다. 그래서 개원이가 나와 어울리기 시작했을 때, 그의 추종자들은 그가 내게 물들까 몹시 걱정하고 염려했다. 원래도 그를 시기하고 질투했던 사람들은, 그가 겉으로만 군자인 척하는 또 다른 악적일 거라고 수군거렸지. 개원이는 이런 게 싫었던 걸까? 난 아직도 모르겠다. 그가 처음부터 내 뒤통수를 치기 위해 접근했던 건지, 마음이 변해서 내 뒤통수를 친 건지…….

그런데 멍하니 과거 일을 생각해서 그런가. 습격자가 지붕 위를 까만 제비처럼 뛰어다니는 낯익은 풍경이 보이네.

'천년비일 때 저런 모습 많이 봤는데.'

그래도 다른 점이 있다면, 지금 습격자는 내 쪽이 아니라 다른 쪽으로 가고 있단 거고, 나는 그냥 여기서 구경을…… 습격자? 멍하니 지붕 위를 쳐다보다가, 나는 깜짝 놀라 무릎에서 머리를 떼고 벌떡 일어났다.

"습격자!"

밤중에 저렇게 몰래 돌아다니는 사람치고 꿍꿍이 없는 사람 못 봤다. 그사이 습격자는 점점 더 빠르게 멀어지고 있었다.

"부성아! 원웅아! 태감들아!"

나는 평상을 두드리면서 깊이 잠든 내 처소 궁인들을 불렀다. 소란을 피우자 문이 발칵 발칵 열리면서 궁인들이 바삐 나타났다.

"무슨 일이세요, 소주?"

"괜찮으세요, 소주?"

"소주, 왜 그러십니까?"

얼굴에 잠이 덕지덕지 묻은 채 나타난 그들은, 내가 손가락으로 가리키는 방향을 쳐다보고서 화들짝 놀랐다.

"어, 저거, 저거?"

그러나 그사이, 이미 침입자는 모습을 감춘 채였다. 나는 얼른 태감 둘에게 지시했다.

"침입자가 나타났다고 얼른 위병에게 알리고 와. 혹시 모르니 둘이 같이 다녀오고!"

태감 둘이 멀어지자 원웅이 가슴을 쓸어내리며 떨었다.

"뭐였을까요? 어휴 무서워요."

부성도 얼른 내 팔을 잡아끌었다.

"우리 빨리 들어가요, 소주. 겁이 납니다."

그냥 수상한 장면을 목격한 것뿐인데, 겁이 날 게 뭐가 있어? 나는 속으로 의아하게 여겼지만, 순순히 둘을 따라 내 방으로 돌아갔다.

한바탕 소란을 겪어서인가. 이번에는 빠르게 잠들 수 있었다.

다음 날에도 나는 느지막하게 일어난 다음, 식사를 하고서 청적에 가 수련이나 할 계획이었다. 그러나 부성이 급히 나를 깨우는 바람에 억지로 일어나야 했다.

"왜 그래?"

일어나서 보니 아직 해가 제대로 뜨지도 않은 새벽이었다. 붉은빛이 창문을 통해 어슴푸레하게 들어오고 있었고, 공기 역시 서늘했다.

"왜 벌써 깨워?"

이불에 다시 엎어지며 묻자, 부성이 소리를 죽여 말했다.

"소주, 우리가 본 게 심각한 일이었나 봐요."

"어? 우리가 뭘 봤…… 밤중에 그거?"

"네. 지금 군부 관리가 찾아와서 소주가 진술을 해야 한대요."

"진술이라니?"

"수오부군왕의 시체가 발견되었대요."

수오부군왕이 누군지는 모르겠지만 어쨌든 왕이란 건 알겠다. 아주 높은 지위의 사람이 죽었다는 것도.

"그럼 내가 본 게 자객이었던 거야?"

"모르겠어요. 찾아온 관리가, 범인이 '어느 전각'에 들어갔는지만 확인하면 된다고 소주를 깨워 보내달라고 해요."

지붕 위를 뛰어다니던 수상한 검은 그림자가 자객이었다니. 심지어 그 그림자가 왕을 죽였을지도 모른다니. 근데 그걸 본 사람이 하필 나라니. 괜히 귀찮은 일에 얽히는 건 아닐까. 몹시 신경 쓰였지만 일단 밖으로 나갔다. 나오라는데 안 나갈 수는 없으니.

전각 밖으로 나가자, 내 처소 주위의 사립문 울타리가 부실해 보일 정도로 잘 차려입은 군관 몇 명이 서 있는 게 보였다. 개중 가장 앞에 선 사람은 머리 색이 하얗고 눈화장이 짙어서 유달리 눈에 띄었는데, 딱 봐도 직급이 제일 높아 보였다. 그냥 분위기가. 내가 전각 계단을 내려가자, 그 제일 직급 높아 보이는 사람이 허리를 약간 숙이며 물었다.

"천 귀인이십니까."

여기서 '아닌데요?'라고 하면 다른 사람 찾으러 가려나? 아니겠지?

"맞아요."

바로 수긍하자 그는 다시 자신을 소개했다.

"수사청의 기몽 장군입니다. 두 시진 전 목격하셨다는 일 때문에, 천 귀인의 도움을 구하러 늦은 시간에 찾아뵙게 되었습니다. 양해를 부탁드립니다."

"암요, 양해해드려야지요."

게다가 양해 안 해준다는 선택권이 있기는 한가?

"감사합니다."

그는 딱딱한 목소리로 인사하고는 자신의 부하에게 나를 눈짓으로 가리키며 지시했다.

"뫼시어라."

기몽 장군과 부하들은 동영궁 밖 외궁 쪽으로 나갔다.

황궁은, 나도 제대로 돌아본 건 아니지만, 어쨌건 내가 알기로 크게 다섯 개의 구역으로 나누어진다. 중앙에 커다란 구역이 하나 있고, 거기서 대각선 방향으로 동서남북에 구역이 하나씩 있는 형태로. 거기서 황궁 전체를 사각형의 지도로 놓고 볼 때 황후와 후궁들이 지내는 곳은 동쪽 구역인데, 이 동쪽 구역은 다시 황궁 전체를 축소해 놓은 것처럼, 중앙에 대중궁을 중심으로 해서 동서남북 방향으로 네 개의 궁전이 있다. 지금 기몽 장군이 나를 데리고 가는 방향은 황궁 지도에서 표현하자면…… 남쪽? 그 정도라고 보면 되겠다.

그래서인가. 마음껏 구경할 상황이 아니긴 하지만 여기저기 눈동자가 자꾸 돌아갔다. 천소여의 몸으로 깨어난 후 동쪽 구역을 나온 건 이번이 아예 처음이라서. 황제의 시침을 들러 후궁전을 나오긴 했지만 그건 예외다. 시침을 들러 갈 때와 들고 난 후 돌아올 때, 늘 태감이 이불말이를 해서 들고 다녀주니까.

"천 귀인께서는 입궁 이후로 이곳은 처음 오시겠군요?"

이런. 두리번거리는 게 너무 티가 났나 봐. 말없이 걸어가던 기몽 장군이 뜬금없이 말을 걸었다.

"아 뭐. 그렇죠?"

나는 대충 수긍했다. 실제로 후궁전 안이 어마어마하게 넓은 데다가 그 안에 생활에 필요한 관청이 다 있어서 굳이 나갈 일이 없다고 듣기도 했고. 별 의미 없이 던진 질문이었나. 기몽 장군은 "그렇군요." 하고 건성으로 대답한 뒤 더 말을 잇진 않았다.

그러는 사이, 등불을 들고서 가장 앞서가던 병사가 한 성문 앞에서 멈쳐 섰다. 성문은 열려 있었는데, 안쪽에 불을 다 밝혀 놓아서 몹시 밝았다. 게다가 얇은 갑옷 차림이거나 무관 복장을 한 이들이 여기저기 바삐 돌아다니고 있어서, 새벽인데도 분위기는 낮과 다를 바 없었다.

"이쪽으로 오시지요."

기몽 장군은 가장 근처에 있는 건물을 가리켰다. 나는 그를 따라 그 건물에서도 가장 안쪽 방으로 들어갔는데, 그 방에는 중앙에 놓인 탁자와 의자 두 개를 제외하면 아무 가구가 없었다.

'휑하다 휑해.'

두리번거리고 있자니, 기몽 장군이 의자를 빼주고는 내게 앉으라고 권했다. 거기에 앉자, 그는 자신은 맞은편에 앉는 대신 바로 질문했다.

"수상한 자가 지붕 위에서 뛰어간다고 신고를 하신 게 천 귀인이 맞으십니까?"

"맞아요. 까만 야행복 차림이었어요."

"좀 더 정확히 말씀해주시겠습니까?"

"덩치가 아주 크지도 작지도 않았고 움직임이 날렵했어요. 사용하는 보법이 딱 봐도 정파 새……."

어휴 주둥이 주둥이. 큰일 날 뻔했네. 정파 새끼라고 표현할 뻔했어.

"정파새?"

내가 말을 하다가 멈추자 기몽 장군이 눈썹을 치켜올리며 되묻는다. 나는 헤헤 웃고서 손으로 파닥파닥 새 흉내를 냈다.

"새처럼 뛰더라고요. 그 뭐냐, 내가 서 있는 방향에서 이쪽으로 갔는데…… 이쪽이 어느 방향이지?"

"지도를 보여드릴까요?"

"그럼 좋죠."

기몽 장군이 지도를 가져오라 명령하자, 문밖에서 대기 중이던 부하가 얼른 커다란 지도를 가져왔다. 꽤 세세하게 그려진 지도였다. 지도를 펼친 장군은, 내가 엎혀사는 안비의 동영궁을 손가락으로 가리키며 물었다.

"여기가 천 귀인이 있던 장소일 겁니다. 어디로 갔는지 방향이 짐작이 갑니까?"

"아, 네. 이쪽으로 갔어요."

나는 일직선으로 지도에 한 선을 그었다. 그런데 선을 긋고 나니 이거…… 위치가 좀? 황후가 있는 궁전 쪽을 가리키는 것 같잖아? 슬쩍 기몽 장군의 눈치를 보니 그 역시 같은 생각인가 보다. 나는 결국 그 상태로 계속 주욱 선을 그었다. 지도 끝까지 닿도록.

"이 방향으로 가더라고요."

이러면 내가 황후를 지적한 것처럼 보이진 않겠지? 실제로 황후를 지적하려고 이 방향을 말한 건 아니었다.

"그 후에는 저도 모르겠어요. 무서워서 얼른 방에 들어가서 잤거든요."

"무서운데 잠이 옵니까?"

"……보통 안 그러나요?"

기몽 장군이 약간 인상을 찌푸렸다. 보통은 안 그런가? 괜히 눈치가 보여서 나는 손을 허공에 대고 자연스럽게 저었다.

"어쨌든 여기가 끝이에요. 혹시나 해 태감에게 말을 전하라 하긴 했지만, 그 외엔 무슨 일이 벌어졌는지 모르겠어요."

그러나 기몽 장군은 여기서 끝을 낼 마음이 없나 보다. 그는 알겠다고 말하는 대신, 날카로운 눈으로 날 살피며 요구했다.

"어느 전각으로 갔는지 짚으실 수는 있겠습니까?"

"모르겠는데요."

황당해서 바로 대답했으나, 그는 거듭 부탁하는 척 명령했다.

"그냥 '참고'만 할 셈이니 하나만 짚어보시지요."

"진짜 모르겠는데요?"

"그래도 한 군데만 짚어주시지요. 현재 자객을 목격한 사람이 천 귀인한 명뿐이어서 그렇습니다."

문득 궁궐에 입궁하면, 눈이 있어도 안 본 척하고 귀가 있어도 못 들은 척하고 입이 있어도 말 못 하는 척해야 한단 말을 어디서 들었던 게 떠올랐다. 척추가 찌릿해지면서 등골이 싸늘해졌다. 어째 분위기가…… 내가 여기서 '여기' 하고 딱 짚으면 거기를 위주로 수사가 이루어질 것 같은데? 내 말 한마디에 누군가는 왕을 암살했단 누명을 쓸 수도 있단 건가? 굳어 있자니 기몽 장군이 날 향해 은밀한 목소리로 말했다.

"어느 방향을 짚으시든, 천 귀인. 그게 진실인지 아닌지 아무도 알지 못합니다."

내가 누굴 짚든 그 사람이 범인이 될 거라고?

얼핏 듣기에는 꿀 같은 조언이었다. 여기서 내가 싫어하는 후궁 한 명만 짚으면 그 사람이 엿 된다는 거 아닌가. 하지만 잘 생각해보면 알 수 있다. 이건 꿀 같은 조언이 아니라, 꿀을 발라 덮어둔 함정이란 걸. '현재'는 목격자가 한 명이 맞지. 이후 다른 목격자가 나오지 않는다면, 그의 말처럼 내 진술만으로도 사람 한 명 엿 될 수도 있지.

그런데 목격자가 한 명 더 나온다면? 그 목격자가 나와 전혀 다른 진술을 한다면? 그럼 내가 엿 되는 거였다. 일이 더 나빠지면, 왕 암살 건을 이용해 다른 사람을 해코지하려 했단 누명을 쓸 수도 있지. 다른 목격자도 처지가 마찬가지일 테니, 어쩌면 이 사건이 갑자기 나와 그 목격자 사이의 싸움으로 번질 수도 있고.

그뿐만이 아니었다. 내가 어느 방향을 가리키건, 설령 진짜로 내가 목격한 대로 말한다 해도, 그 방향에서 지내는 후궁이나 황후는 대번에 내 적이 되는 것이었다.

"왜 말씀이 없으신지."

내가 침만 꼴깍꼴깍 삼키자 기몽 장군이 은근한 목소리로 날 불렀다.

"생각이 잘 안 나서……."

나는 시치미를 떼고서 고개를 기웃거렸다. 기몽 장군은 그런 날 빤히 바라보다가 "조언을 하나 해드릴까요?"라고 또 말을 꺼냈다.

하지 마! 조언하지 마! 네가 입 열 때마다 더 흠칫흠칫하게 되잖아!

"아니요."

"괜히 연비마마 편을 들 필요 없습니다."

조언하지 말라니까! 게다가 뜬금없이 연비는 왜? 이 남자 연비랑 사이 나쁜가? 대체 연비가 무슨 상관…… 아아. 지도를 다시 살피니 이해가 간다. 연비의 오월궁이 내가 가리킨 방향에 있구나. 제일 처음 있는 건 대중궁이지만, 그 뒤쪽으로 이어지는 지점엔 오월궁이 있어. 기몽은 둘 중 골라야 한다면 연비를 고르는 게 낫다고 조언해주는 건가? 근데 저게 조언이 맞긴 해? 젠장. 머리싸움에는 자신이 없는데…… 어쩌지?

"계란말이가 옆에 없으니 좀 허하군."

자다가 눈을 뜬 황제는 빈 옆자리를 쳐다보고 쓸쓸히 중얼거렸다. 황제가 고자가 아님을 증명하려다 되레 이름이 팔려버린 승언은, 그 광경을 보며 속으로 구시렁거렸다. 지금까지 잘만 주무셨으면서 무슨. 황제의 거시기를 본 호위로 격하된 후 그의 탄탄하고 굳센 충성심에는 조금씩 금이 가고 있었다.

그때였다. 또 다른 호위 하나가 조심스럽게 들어와 황제에게 보고했다.

"폐하. 천 귀인이 수사청에 잡혀갔습니다."

물을 따라 마시던 황제가 깜짝 놀라 그릇을 내려놓았다.

"수사청에는 또 왜?"

"경식이 군왕 전하를 암살하고 도망치는데, 그 장면을 목격한 모양이었습니다."

"아니, 그 아이는 그걸 또 왜 보느냐?"

수오부군왕을 암살한 건 황제가 보낸 그림자였다. 수오부군왕은 무림의 강하고 사특한 이들과 손을 잡은 후 내내 황제의 자리를 탐내는 언동을 보여왔다. 몇 번의 경고를 해도 무시하는 건 물론 점차 발을 넓히려는 분위기여서, 황제가 결국 군왕이 다른 일로 궁에 며칠 머물게 되자 그림자를 보내 암살케 한 것이다. 그런데 그 광경을 천 귀인이 보았다고? 황제는 기가 막혀 혀를 찼다.

"전에는 갑자기 냉궁에 가 있지를 않나, 이번엔 군부에 잡혀가지를 않나. 왜 이리 사고를 많이 치는 게냐?"

둘 다 원인이 자신이라는 건 신경도 쓰지 않는 뻔뻔스러운 말에, 승언이 입술을 오므렸다. 그는 천 귀인을 좋아하진 않았으나, 황제의 저 발언은 꼭 전해주고 싶었다.

혀를 찬 황제가 침상에서 지시했다.

"흑합에게 사람을 보내어 그의 이름으로 천 귀인을 빼내라 해라."

"예, 폐하."

- 천 귀인이 지금 수사청의 기몽 장군에게 잡혀 있다. 그대 이름으로 빼내 주어라.

흑합은 자다가 황제의 밀명을 받고서 급히 복장을 갖추어 입었다. 옷고름을 묶으며 흑합은 속으로 한탄했다. 또 천 귀인이란 여자인가⋯⋯.

어째서인지는 모르겠으나, 황제는 자신의 후궁을 만나면서 그가 흑합 장군인 척 사칭을 했다. 이를 모른 채 아니라고 소문을 부정했다가 황제에게 혼난 후. 흑합은 울며 겨자 먹기로 자기 이름을 바쳐야 했다.

궁궐 사람들은 흑합 장군이 황제의 여인을 사모한다고 수군거렸다. 더욱 기가 막히는 건, 그는 천 귀인의 얼굴조차 모른단 점이었다. 그럼에도 황제의 명령으로 귀한 꽃 화분까지 몇 개나 바쳐야 했는데, 이제는 수사청에 빼내러 가야 한다니.

흑합은 억울한 마음이 들었으나, 꾹꾹 눌러 참고서 밖으로 나가 곧장 수사청으로 달려가 기몽 장군을 찾았다. 기몽 장군은 그의 부름을 무시할 처지가 아니기에, 느릿하게 수사청에서 빠져나와 흑합을 맞이했다.

"무슨 일인가."

흑합은 자존심을 잠시 한 켠에 밀어두고 무뚝뚝한 얼굴로 황제의 지시를 수행했다.

"천 귀인이 여기에 잡혀 있다고 들었는데."

기몽은 눈썹을 치켜올렸다.

"누가 그런 이야기를 자네에게 전했나? 자네 혹시, 내 부하들 사이에 간자라도 심어 놨나?"

"설마."

"아닌데 이 시간에 어떻게 알고 자다가 달려왔지?"

흑합은 기몽의 도발에 넘어가는 대신 차분하게 다시 말했다.

"천 귀인을 빼내 줬으면 하네."

"이유는?"

"……."

흑합이 입을 다물고 대답하지 않자, 기몽이 빈정거렸다.

"천 귀인은 수오부군왕 암살 사건의 유일한 목격자라, 지금 당장은 돌

려보내기 어렵겠군. 혹시 그 암살자가 천 귀인이 목격자란 소문을 듣고
서, 이번엔 천 귀인 쪽으로 올 수도 있으니. 내가 보호해야겠네.”

“군왕이 암살당했다고?”

“모르고 왔나?”

“…….”

흑합은 다시 입을 다물었다. 기몽이 그런 흑합을 비웃었다.

“자네가 천 귀인은 흠모한단 소문이 사실은 사실인가 보군. 무슨 일인
지도 모른 채 헐레벌떡 달려와 빼내려 하다니. 참으로 추한 꼴 아닌가.”

흑합은 억울했으나 무표정을 유지했다. 그러나 기몽은 무표정 사이로
드러나는 흑합의 감정 변화를 꿰뚫을 수 있는 사람이었다. 그는 푸하하
크게 웃고서 흑합에게 가까이 다가가 속삭였다.

“사적인 감정에 휩쓸려서 범죄 사건에 연루된 사람을 무작정 빼내려 하
다니. 자네는 군을 통솔할 자질이 하나도 없군?”

그 말이 끝나는 순간이었다. 기몽의 부관이 달려와 숨을 헐떡이며 보
고했다.

“장군님, 방금 폐하께서 태감을 보내어 천 귀인을 풀어주라 명령하셨
습니다.”

숨을 헐떡이는 부관을 기몽과 흑합이 말없이 바라보았다. 기몽이 슬쩍
흑합의 눈치를 살폈다. 흑합이 여전히 무표정을 고수한 채 물었다.

“폐하께서도 군을 통솔할 자질이 없다고 생각하나?”

기몽의 얼굴이 일그러졌다.

“폐하와 흑합 장군이 한 여인을 구하려 한다……. 재밌는 일이군요.”

흑합 장군이 찾아왔단 소리에 잠시 밖으로 나간 기몽이, 들어오면서
제일 먼저 뱉은 말이다.

그의 한 마디로 나는 아까의 상황을 모조리 파악할 수 있었다. 떡돌이

랑 황제가 날 위해 나서주었구나! 안 그래도 난처한 상황을 어떻게 벗어
나나 전전긍긍하던 참이었는데. 참으로 잘되었다. 여기서 시간을 더 끌
었다가는 마지못해 황후나 연비 둘 중 한 명을 짚어야 할 상황이었는데!

"그럼 이제 난 가도 되나요?"

나는 얼른 일어서며 물었다. 물론 당연히 되겠지만.

같은 생각인지 기몽 장군의 표정이 일그러졌다. 하지만 내가 문을 열
고 나가는 걸 막진 못했다.

그러나 이대로 보내자니 열이 올랐나? 수사청의 문을 열고 나가기 전.
기몽 장군이 두꺼운 진흙을 밟듯 터벅터벅 지척으로 다가왔다. 손을 뻗
으면 머리통을 칠 수 있을 거리까지 다가온 그는, 까만 눈으로 날 지그시
바라보았다.

짙게 눈화장을 한 눈매가 덜 휜 반달처럼 가늘어졌다. 그렇게 입가에
는 미소를 띤 채 그는 칼 같은 혀를 놀렸다.

"앞으로 지켜보겠습니다, 천 귀인."

아니, 내가 뭘 어쨌다고 갑자기 '천 귀인이 범인인데 황제 때문에 어쩔
수 없이 놓아준다'는 분위기가 된 거야?

"그러세요."

어쨌든 지켜볼 테면 얼마든지 지켜보라고 하자. 어차피 나는 동영궁
한 귀퉁이 전각에서 늘 먹고 자는 일 외엔 아무것도 하지 않으니.

이게 얼마 만에 느끼는 자유의 바람이냐!

수사청 밖으로 나오자마자 나는 두 팔을 크게 벌려 쭈욱 기지개를 켰
다. 오그라들었던 근육이 늘어나면서 몹시 시원해졌다. 어쩌면 수사청

밖으로 나오기 전 보았던 기몽의 표정 때문에 시원한 걸지도 모르고. 아이고, 웃음이 감당이 되지 않고 튀어나오네. 옆으로 해죽 벌어지는 입술을 두 손으로 감추고서, 나는 떡돌이를 찾아 주위를 두리번거렸다.

황제는 여기에 직접 온 것 같지 않았어. 하지만 떡돌이는 분명 이쪽으로 친히 찾아왔다고 했지. 그를 찾아서 고맙단 말을 하고 싶다. 그러나 아무리 두리번거려도 떡돌이는 보이지 않았다.

결국 수사청으로 돌아가서, 그곳 입구를 지키는 병사에게 물었다.

"흑합 장군이 여기 오지 않았는가?"

"네, 오셨습니다. 하지만 장군님은 얼마 지나지 않아 곧바로 돌아가셨습니다."

"바로?"

"예."

"어느 방향으로 갔는데?"

"저쪽……."

병사가 손가락을 들어 한 곳을 가리키자마자, 나는 돌아서서 그 방향으로 달려갔다. 어휴 떡돌이 이 자식, 왔으면 좀 기다렸다가 얼굴이나 보구 가지!

그러나 기몽 장군이 떡돌이가 다녀간 직후 날 바로 풀어준 게 아닌 모양이다. 병사가 가리킨 방향으로 열심히 뛰었지만 떡돌이는커녕 장군 흔적도 보이지 않았다. 결국 마지못해 제자리에서 빙빙 돌고 있자니, 순찰을 위해 돌아다니던 태감이 내게 다가와 물었다.

"길을 잃어버리셨습니까?"

아니, 라고 대답을 하려고 보니 맞다. 무작정 병사가 가리킨 방향으로 오느라…….

"맞네."

"어디로 가서야 하는지요?"

"동영궁에 가야 하는데, 후궁전 안까지만 데려다주면 이후로는 내가 찾아갈 수 있네."

"그러면 동영궁 앞까지 모셔다드리겠습니다."

이름 모를 태감의 도움으로 동영궁 앞으로 오자, 내 측근 궁녀인 원웅과 부성이 이미 초조하게 그 앞에 서 있었다. 두 사람은 손을 호호 불면서 발을 동동 구르고 있다가, 내가 나타나자 눈물까지 글썽이면서 달려왔다.

"소주! 무사하셨네요!"

"혹시라도 소주께 불똥이 튈까 두려워 잠을 잘 수가 없었어요!"

불똥. 튈 뻔했지. 그 생각을 하자 다시 한번 떡돌이와 황제에게 고마워진다. 의리 있는 자식들. 하지만 황제는 내가 만나고 싶다고 만날 수 있는 위치가 아니니, 떡돌이한테라도 확실하게 감사 인사를 해야겠어.

오늘부로 나는 은혜 갚는 토끼가 될 거다. 달 속에 사는 토끼처럼 열심히 떡을 찧어서 떡돌이에게 그 은혜를 떡으로 갚아야지. 떡돌이의 친절에 보답할 길은 사랑과 떡 둘 중 하나뿐인데, 그에게 사랑을 줄 수는 없으니 떡이라도 주어야 하지 않겠는가.

새벽같이 수사청에 불려 갔다가 온 바로 그날. 나는 여섯 시간을 내리 잔 다음 일어나서 소주방을 찾아갔다.

"귀인께서 이곳에는 무슨 일로 오셨는지요?"

"요리를 하고 싶은데, 공간을 좀 주게. 재료도."

"예?"

요리를 맡은 태감과 궁녀는 당황하면서도 내게 구석 자리를 마련해주었고 재료도 주었다. 나는 그들이 준 재료를 이용해 조물조물 떡을 만든 다음 먹기 좋게 쪄서, 희고 얇은 천으로 싸 떡돌이가 지낸다는 건물로 가

저갔다.

남궁 바깥쪽으로는 작은 저택 여러 개가 옹기종기 모여 있는데, 자주 당직을 서는 관리들이나 황궁에서 며칠씩 머물러야 하는 관리들에게 배정된다고 들었다. 떡돌이 역시 그 건물 중 한 곳을 얻어 지낸다고 했지. 그곳을 찾아가는 것이다.

그중 떡돌이가 머문다는 저택 앞으로 간 후, 나는 저택 앞에 선 호위병에게 물었다.

"흑합 장군이 안에 있어? 천 귀인이 줄 게 있어 왔다고 전해줘."

호위병은 알겠다고 바로 안으로 들어갔다. 그런데 그리 오래 지나지 않아 다시 나오는 그의 낯빛이 몹시 어두웠다.

"집에 없어?"

표정을 살피고서 묻자, 호위병은 당황한 기색으로 쩔쩔매며 말했다.

"천 귀인님. 장군님께서 말씀하시길, 마음은 고맙지만 가져온 건 도로 가져가라 하십니다."

"그럼 고맙단 인사를 할 테니까 잠깐 얼굴 좀 보자고 전해줘."

호위병은 다시 들어갔다. 이후 약 일각 정도가 지나 나오는 호위병의 표정은 아까보다 더욱 어두웠다.

"천 귀인님. 장군님께서 말씀하시길. 인사는 받은 거로 할 테니 그만 돌아가라 하셨습니다."

전에 떡돌이에게 편지를 보냈는데, 그가 답서를 주지 않았던 일이 떠오른다. 설마. 손가락 걸고 약속까지 했으면서. 그새 또 마음이 바뀌어서 날 무시하기로 한 건가? 바로 새벽에 날 구하러 수사청까지 왔으면서? 기가 막혔으나, 안 나오겠다는데 안으로 들어가 끄집어낼 수는 없었다.

"알았어. 고마워."

나는 시무룩해서 인사를 한 다음 어깨를 축 늘어뜨리고 떡돌이의 저

택을 떠났다.

'어림없지.'

정확히는, 떠나는 척했다. 하지만 실제로 떠나진 않았고. 그냥 정문에서 볼 수 없는 사각지대까지 걸어간 다음, 몸을 숨기고서 다시 정문 근처로 잠입했다. 기다렸다가 그에게 선물을 전한 다음, 왜 자꾸 사람들 앞에서는 날 모른 척하냐고 물어볼 셈이었다. 서로 간에 아무 감정도 없고 눈치 보일 것도 없는데, 그런 식으로 피하는 게 오히려 더 이상해 보인다고. 그리고 또…… 그래. 내가 만든 떡을 일단 먹게 한 다음, 맛있다고 하면 도로 압수해야지. 괘씸하니까.

그런데 이를 갈면서 눈에 힘을 주고 정문을 쳐다보고 있을 때였다. 드디어 굳게 닫혔던 문이 열렸다. 문밖으로 나온 건 새까맣고 긴 머리카락을 대충 긴 줄로 묶어 늘어뜨린 남자였다. 동그란 이마가 대나무 같고 잘생겼지만, 우수와 시름에 잠긴 듯한 분위기가 꼭 검은 목련 같은 남자.

'누구지? 떡돌이 친구인가?'

의아해하는 사이. 그 검은 목련 같은 남자를 따라 나온 남자가, 그 목련을 향해 말했다.

"흑합 대인. 염 귀인께 이 일에 대해 말씀드리는 게 낫지 않을까요?"

'흑합 대인이라니?'

지금까지 내가 흑합 장군이라 알고 있던 남자가 흑합 장군이 아니었어? 흑합 장군은 저기 검은 목련 같은 남자고, 그럼…… 그럼 떡돌이는 누구야? 아니. 아니야. 동명이인일지도 모르잖아. 흑합이란 이름을 가진 사람이 둘이나 된다는 건 너무 안타까운 일이지만, 그래도.

애써 긍정적인 방향으로 생각을 유지한 채, 나는 떡돌이 쪽을 계속 주시했다. 그래. 내가 이름을 잘못 들었을 수도 있잖아. 어쩌면 저 검은 목련 이름은 흑합이라던가 혹한일 수도 있어.

"염 귀인에게는 왜?"

"그야 염 귀인께서는…… 아닙니다, 장군."

"헛소리하지 말라."

"예, 장군."

젠장. 이름을 자세히 들으려고 했더니 왜 갑자기 이름 빼고 '장군 장군' 불러대는 거야? 괜히 초조해져서 나는 주먹을 꽉 쥐었다.

그 순간. 내가 주먹 쥐고서 어딜 내려친 것도 아닌데, 흑합 장군이 고개를 휙 돌려 내 쪽을 보았다. 정확히 내 쪽이었다.

"누구냐."

다행히 몸을 숨긴 채여서 내 얼굴은 못 본 모양이지만. 나는 나서는 대신 얼른 그 자리를 냅다 벗어났다. 군이 쫓아올 정도로 확실한 소리를 들은 건 아닌지 검은 목련은 날 쫓아오지 않았다. 어쩌면 남이 엿들어도 상관없는 대화였기 때문일 수도 있고. 어쨌든 의혹이 싹을 틔웠다. 제대로 자라났어.

"어? 소주, 떡을 그대로 가지고 오셨네요?"

내가 처소로 돌아가자, 항아리 안에 뭘 넣고 휘적휘적 젓던 부성이 눈을 동그랗게 뜨고 물었다.

"어. 너 먹어."

나는 떡 주머니를 부성에게 건네고서 평상으로 가 책상다리를 하고 앉았다. 부성은 고개를 기웃거리면서도 내가 준 떡 주머니에서 떡 하나를 꺼내 먹었다. 그녀가 떡 두 개를 먹길 기다렸다가, 나는 일부러 가벼운 질문을 던지는 투로 물었다.

"부성아. 혹시 '흑합'이란 이름을 사용하는 장군이 두 명 있어?"

"네? 아니요. 한 명뿐이에요."

젠장.

"그럼 흑합이란 이름을 사용하는…… 문관이라던가?"

"제가 알기로는 없어요, 소주."

젠장.

"왜 그러세요?"

"흑합 비슷한 이름은 없어? 흠함이라던가 흑함이라던가, 홍합이라던가."

부성이 '어라 수상한데' 하는 시선으로 날 바라보았다. 내가 자기보다 직급이 낮았더라면 당장 무슨 일인지 캐묻고 싶단 표정이었다.

"떡 먹어, 떡 먹어."

나는 손을 휘휘 저어 부성의 호기심을 떨치고서, 얼른 내 방으로 들어가 부채를 꺼내 파닥파닥 부쳤다.

분노가 타오른다, 분노가 타올라! 떡돌이가 날 속이다니. 떡돌이가! 그렇게 수묵화 같은 얼굴을 해가지고서는! 그가 장군이 아니어서 화가 나는 게 아니다. 난 떡돌이가 노비였어도 상관없다. 상관없지. 난 무림사적이었는걸! 만인의 악당이었다고!

내가 화가 나는 부분은 그가 날 계속 속이고 속이고 속이고 속였단 점이었다. 내게 진실을 털어놓을 기회가 있었는데도, 쭉 속였다. 설령 내가 처음에 오해했다 한들, 나중에 알아서…… 아니야, 애초에 흑합 장군이라 거짓말한 것도 자기잖아!

각혈한 지 며칠 지나지 않은 데다 수사청에 다녀오기도 했으니, 당연히 오늘도 황제가 날 부르지 않으리라 여겼다. 그러나 경사방 태감이 와서 오늘도 내가 황제의 시침을 들게 되었다 전했다. 처음에 날 찾아왔을 때는 좀 거만하던 경사방 태감은, 몇 번이나 나와 얼굴을 마주해서인가. 요즘은 아주 헛바닥을 꿀에 절인 마냥 살갑게 굴었다.

"손가락 하나, 아니 손톱 하나조차 아름다운 천 귀인이시니 폐하께서 이리 아끼시는 거지요. 천 귀인은 지금까지 세상에 태어난 모든 미남미녀와는 상대도 안 되는 분이 아니십니까."

내가 황제의 총애를 확실하게 얻었다 싶으니 잘 보이려나 보다. 진심이든 아니든 나쁜 말보단 좋은 말이 듣기 좋았기에, 나는 그러려니 넘어갔다. 어쨌든 결론은 오늘도 내가 이불말이 한 상태로 황제에게 옮겨졌단 거지.

"왔구나, 계란말이."

황제는 매번 그렇듯 얼굴에 면사를 쓴 채로 날 맞이했고, 이제는 익숙하게 날 세 바퀴 굴려 옆으로 치운 다음 내 옆에 누웠다.

"역시. 이게 편해. 듬직하고."

혼자서 알아듣기 힘든 말을 중얼거리면서.

뭐라는 거야? 설마 듬직하단 대상이 이불말이 상태의 나는 아니겠지? 잠시 황제를 흘겨보았으나, 오늘은 그에게 예의를 지켜가며 잔소리를 퍼부을 마음이 아니었다. 소모적인 말다툼을 하는 대신, 나는 눈을 감아버렸다.

"계란말이."

그게 이상했나. 평소에는 나보다 먼저 잠들던 황제가 내 머리카락 끄트머리를 슬쩍 잡아당기며 불렀다. 물론 이곳에 계란말이 따위는 없기에 대답하지 않았다.

"계란말이."

"……."

"천 귀인."

황제가 이름을 불렀을 때는 어쩔 수 없이 대답해야 했지만.

"네, 폐하."

어쩔 수 없잖아. 상대는 황제인데.

"왜 부르세요?"

"오늘은 평소보다 시무룩해 보이는구나."

"일이 좀 있어서요."

"수사청에 잡혀간 일 말이냐."

"뭐. 그렇죠."

"그러고 보니 넌 내게 할 말 없느냐?"

내가 황제에게 해야 할 말이…… 아.

"빼내 주셔서 감사합니다. 잘못하다간 덤터기를 쓸 뻔했거든요."

"궁에서는 때론 아는 게 독이 되기도 하지."

"그렇더라고요."

궁에서만 그런 것도 아니지만. 무림도 똑같았다. 난 무림인들이 두려워하는 걸 많이 알았고, 결국 그게 독이 되어 돌아왔으니.

"그 일뿐만이 아닌 모양인데?"

하지만 생각보다 황제는 더 예리했다. 적당히 그의 말에 맞장구치며 감사 인사를 했는데도, 황제는 이렇게 중얼거렸다. 고개를 돌려 쳐다보자, 그의 강렬한 눈빛이 면사를 뚫고 튀어나왔다. 그가 내 표정을 샅샅이 살피고 있었다.

"왜. 수사청 말고도 안 좋은 일이 있었느냐?"

나는 고민하다가 좀 둘러 둘러 털어놓았다.

"폐하."

"그래."

"만약 누군가 폐하를 속이고 있다면 어떤 기분이 드시겠습니까?"

"모르겠군. 날 속이는 이는 이미 너무나 많아서."

"폐하를 속이는 사람이 많다고요?"

그렇게 간이 큰 사람 숫자가 그리 많진 않을 건데? 내 질문에 황제가 비웃는 소리를 냈다. 많단 건가? 궁금했지만 그는 그와 관련해서는 더 설명하지 않았다. 정말로 황제를 속이는 사람이 많나? 그렇다면 그런 사람들은 대체 간이 얼마나 큰 거지? 의구심이 든다. 그러나 해소할 사이도 없이 황제가 화제를 돌렸다.

"누가 널 속이는데?"

다시 내가 중심이었다. 자기 얘기는 하고 싶지 않다는 건가.

"알아서 뭐 하시려구요."

그래서 나도 하지 않았다. 원래 이런 정보 교환은 맞교환이 기본이지. 황제도 양심을 내다 판 건 아닌지 더 캐묻진 않았다.

"말하기 싫으면 말아라. 누가 궁금해한다고."

자존심은 뾰족하게 내세운 채 꺾지 않았지만. 누가 궁금해하긴, 이 황제야. 네가 궁금해서 물었잖아. 네가.

"하지만 계란말이야."

"왜요."

"상대에게도 사정이 있을지도 모르지 않니? 누군가를 속이는 건 잘못이지만, 그 이면도 생각해주는 게 어떠하냐."

"싫어요. 그 사정이 속인 사람 사정이지 제 사정은 아니잖아요."

"……매정한 것. 저리 돌아누워라."

아 왜 자기가 짜증이야?

다음 날 처소로 돌아오니 원웅이 구운 송이버섯을 주었다.

"이게 웬 거야?"

"어젯 궁녀가 새벽에 버섯을 들고 왔더라구요. 폐하께서 소주께 하사하셨답니다."

"와. 너희 건? 따로 챙겼어?"

"어휴 소주 드셔야지, 저희가 뭘요."

"어휴 이런 건 같이 먹어야 해, 너희도 먹어."

원웅이 나간 후. 나는 구운 버섯을 씹어 먹으면서, 어젯밤 황제가 한 말에 대해 깊이 생각해보았다. 황제는 날 속인 사람에게도 사정이 있을지도 모른다고 했지. 개소리라고 생각한다.

하지만…… 잘 생각해보니 분명 떡돌이에게도 이상한 점은 있었다. 당장 생각나는 것만 해도 두 개나 되는걸.

일단 하나. 떡돌이는 분명 흑합 장군이 아닌데. 막상 내가 수사청에 붙잡혀 있을 때 실제로 흑합 장군이 찾아와서 날 놓아주라 했고, 덕택에 나는 곤란한 처지에서 벗어났다.

두 번째 이상한 점. 흑합 장군 이름으로 내게 꽃 화분이 온 거. 후궁전 여기저기에 소문이 난 모양인데. 흑합 장군은 자기가 보낸 게 아니란 반박을 하지 않았다. 흑합 장군이 그런 데 관심이 없어서 반박하지 않은 건 절대 아닐 거다. 처음 흑합 장군과 나 사이에 소문이 났을 때, 그때는 바로 반박했잖아.

그렇다면 결론은, 흑합 장군이 떡돌이에 대해 알고 눈감아준단 건데……. 왜? 그러면 왜 눈감아주지? 친구인가? 친구라 해도 자기 이름을 걸고 짝사랑을 하는데 눈감아 준다고? 난 내 친구가 그딴 짓을 하는 즉시 머리카락을 다 밀어버릴 거다. 물론 난 친구가 없지만.

'어? 혹시 이래서 나한테 친구가 없나?'

그런데 한참 동안 떡돌이의 정체에 대해 추측해보는 도중이었다. 침실 밖에서 부성이 조심스러운 목소리로 "소주." 하고 불렀다.

"왜?"

부성은 안으로 들어오더니, 문을 꼭꼭 닫아걸고서 내게 작은 목소리로 알렸다.

"소주, 지금 밖에 연얼군주님께서 찾아오셨습니다."

"그게 누군데?"

"수오부군왕 전하의 동생이요."

부성의 목소리는 잔뜩 겁에 질려 있었다. 수오부군왕이란 말에 나 역시 당혹스러워졌다. 수오부군왕이라면, 그 사람이잖아. 그제 암살당했다는 그 사람. 그런데 그 사람의 동생이 날 찾아왔다고? 그리 좋은 예감은 들지 않는데.

"알았어. 나갈게."

떨떠름했지만 거절할 수도 없는지라 문을 열고 나갔다. 그러자 대번에 화려한 옷차림의 여자가 눈에 들어왔다. 그녀는 내 초라한 사립문 울타리를 더욱더 초라하게 만드는 위풍당당한 태도로 서 있었다.

"인사드립니다, 천 귀인."

내가 나가자 그녀는 제법 정중하게 인사를 했고, 나도 예절에 맞게 인사했다. 인사를 나누자 그녀가 사립문 울타리 안으로 들어오면서 내 얼굴을 빠르게 훑었다. 날 관찰한다기보다는 내 반응을 샅샅이 눈에 담아 두려는 눈빛이었다.

그 눈빛을 보자 예감이 확신으로 변했다. 어…… 좋지 않아. 역시 이건 절대로 놀러 온 사람 눈빛이 아니야. 하긴. 모르는 사람 집에 친오빠가 암살당한 지 이틀 후에 놀러 가는 게 더 이상하긴 하구나. 분명 내가 그 사건의 목격자인 걸 알아내고서 온 걸 거야.

"돌리지 않고 묻겠습니다, 천 귀인. 천 귀인이 내 오라비를 죽인 자객의 유일한 목격자라 들었습니다."

역시나.

"처음에는 기몽 장군에게 가보았으나, 기몽 장군은 그와 관련해 천 귀인에게 알아낸 대답이 없다 하였습니다."

연얼군주가 무거운 얼굴로 입을 열었다. 나는 얼른 손을 저었다.

"알아낸 대답이 없는 게 아니라, 대답할 말이 없어서 하지 못한 거예요."

혹시라도 그녀가 내게 범인에 대해 알려달라고 할까 봐 미리 약을 친 것이었다.

"목격자인 데다 직접 신고까지 하였는데, 본 게 없다고요?"

연얼군주는 내 말을 믿지 않는 모양이다. 얼굴 굳어진 거 좀 봐.

"미안합니다, 군주. 내가 본 건 지붕 위를 제비처럼 뛰어다니던 검은 무복뿐이었어요. 그것도 뒷모습인 데다 아주 거리가 멀었지요. 대답할 게 없으니 기몽 장군도 대답을 듣지 못한 거랍니다."

솔직하게 다시 말했으나 연얼군주는 딱딱한 표정을 풀지 않았다. 어쩌면 내 말을 믿지만, 지푸라기 잡는 심정으로 부정하는 건지도 모르고.

"그렇군요."

표정이 어두워진 걸 보니 좀 미안하네. 그렇지만 목격자라고 해봐야, 정말로 밤중에 지붕 위를 뛰어다니는 수상한 복면인을 본 게 전부인걸.

"실례했습니다, 천 귀인."

그나마 다행이라면 연얼군주가 곤란하게 더 조르는 대신 순순히 밖으로 나갔단 점이다. 그녀가 인사를 하고 멀리 걸어가자, 초조하게 이 상황을 지켜보던 부성이 가슴을 쓸어내렸다.

"놀랐어요."

"나도."

빗자루를 하늘에서 내려온 동아줄처럼 붙들고 있던 원웅도 황급히 내 곁으로 다가와 물었다.

"소주, 이 일 때문에 더 곤란해지진 않겠지요?"

"그렇겠지. 본 게 없는데 뭘 어떻게 하겠어. 연얼군주가 조사관도 아니잖아."

"정말일까요?"

궁궐 밖으로 나가는 길. 군주를 따라 입궁했던 호위가 옆에서 조심히 물었다. 그는 연얼군주가 천 귀인과 대화를 나누는 동안 사립문 울타리 밖에 내내 서 있던 호위였다. 당연히 그 역시 두 사람의 대화를 모두 들었다. 사립문 울타리는 허리께밖에 오지 않기 때문이다.

연얼군주는 슬픔에 잠긴 얼굴로 단호하게 말했다.

"그럴 리가. 만일 그렇더라도 무엇이든 본 게 하나는 있겠지."

"한데 왜 말을 하지 않는 걸까요?"

"얽히고 싶지 않으니까 그렇겠지. 황궁에서 지내는 사람들은 모두 이기적이니."

고통에 찬 목소리로 중얼거린 연얼군주는 궐 밖에 세워둔 마차에 올랐다. 마부가 핑 채찍을 두드리는 소리가 들리며 마차가 달그락달그락 움직이기 시작했다. 멀어지는 궁궐 문을 바라보다가, 연얼군주는 참지 못하고 마차를 세운 뒤 호위를 불러 지시했다.

"역시 이대로 넘어갈 수는 없다. 다시 한번 물어야겠어. 천 귀인을 궁궐 외진 곳으로 납치해 오거라. 겁에 질리면 아는 걸 전부 털어놓겠지."

4장

속고 속이는 사이

아무리 미남이라도 얼굴을 보고 싶지 않을 때가 있는 법이다.

오늘이 그랬다. 무술 수련을 하기 위해 청적으로 가면서, 오늘만큼은 여기서 떡돌이를 마주치지 않기를 바랐다. 지금 떡돌이를 본다면 녀석의 등짝을 찰싹찰싹 두드리면서 '이 사기꾼! 거짓말쟁이! 멍텅구리!' 하고 욕할 것 같았다.

"젠장."

하지만 떡돌이는 기가 막히게 이번에도 나타났다. 뭐야 얘. 여기서 혹시 죽치고 있는 거 아냐? 왜 올 때마다 마주치는 거야?

"나한테 한 말?"

자신의 사기극이 들통났다는 걸 모르는 떡돌이는, 내가 작게 "젠장" 하고 중얼거리자 그걸 또 알아듣고는 되물었다.

"그럼 너지. 여기에 또 누가 있다고 내가 젠장, 하겠어?"

"승언이도 있잖아."

"승언이한테는 욕하지 않아."

"어째서?"

"승언이는 황제랑 거시기를 확인하는 사이니까."

나무 두드리는 소리가 들린다. 승언이 항의하나 보다. 하지만 뭐. 사실이잖아. 내 입으로 말한 것도 아니고 자기들이 알려준 거면서.

떡돌이는 입술을 꽉 깨물고서 두 손으로 얼굴을 감싸고 중얼거렸다.

"이래서 널 끊을 수가 없어."

내가 담배인가? 끊긴 뭘 끊어? 홍 코웃음을 치자, 떡돌이가 주섬주섬 품 안에서 주머니를 꺼냈다. 주머니를 펼치자 역시나. 이번에도 떡이 나타났다. 노르께한 떡이다.

"감자떡이야."

"맛있어?"

"내가 맛없는 거 준 적 있어?"

"있잖아. 쑥떡은 싱거웠어."

하지만 이건 맛있어 보였으므로, 나는 감자떡을 하나 집어 입에 넣었다.

"어때?"

"맛있어⋯⋯."

아니야! 먹을 거에 함락되면 안 돼! 지금 난 이 사기꾼에게 화가 나서 온 거잖아. 물론 떡돌이가 주는 떡엔 죄가 없지. 떡은 언제나 진실했으니.

떡돌이는 솔잎 향이 날 것처럼 웃고는 우리가 늘 나란히 앉는 그 바위에 엉덩이를 붙이고서, 옆자리를 톡톡 두드렸다.

"앉지?"

나는 사기꾼에게 감정이 상한 상태였으므로, 그 제안을 거절했다.

"싫어."

떡돌이가 고개를 갸웃했다. 내가 단순히 기분이 상한 게 아니란 걸 이제야 눈치챈 모양이었다.

"왜? 정말로 무슨 일이 있어?"

두 가지 충동이 치솟았다. 하나는 그에게 '그래! 네 거짓말이 들통났다!'라고 외치고서 등짝을 때리는 것. 다른 하나는⋯⋯ '그래, 어디까지 거짓말 하나 한번 보자' 하고 잠시 더 속아주는 시늉을 하는 거지. 어떤 게 더 통쾌할까. 날 속여먹은 이 사기꾼에게 어떻게 해야 올바른 응징과 복수를 해줄 수 있을까. 곰곰이 생각한 끝에 결정을 내렸다. 이 번으로!

나는 녀석의 옆에 앉지는 않았다. 대신 맞은편 풀 위에 앉으면서 시치미를 뚝 떼고 물었다.

"떡돌 장군."

"왜?"

"떡돌 장군은 장군이니까 여기저기 전투를 많이 겪어봤겠네?"

은근한 내 질문에 떡돌이가 턱을 조금 치켜들었다.

"많이까지는 아니고. 조금."

눈 하나 깜짝 안 하고 거짓말하기는.

"그러면 나 그 얘기 좀 해줘."

"무슨 얘기? 전투 얘기?"

"일대일 비무도 좋고, 일대 다수 싸움도 좋고, 전쟁 얘기도 좋고. 뭐든."

떡돌이는 눈을 가느다랗게 떴다. 난감한 표정. 그래, 난감하겠지. 자기는 가짜라서 그런 얘기를 해줄 수 없을 테니. 그래도 모른 척 나는 그의 곁으로 다가가 바위에 등을 대고 앉아 그를 올려다보며 졸랐다.

"해줘. 해주시오. 해주라. 응?"

떡돌이는 잠시 고민하는 척하다가 "알았어." 하고 입을 열었다.

나는 그의 말에 조금이라도 허술한 부분이 있는지 확인하기 위해서 귀를 활짝 열었다. 그래. 말해봐라 자식아.

"폐하의 명령으로 술원의 잔당들을 처리하러 나간 적이 있지."

"오오. 정말?"

"우리 쪽은 병사가 많았어. 그쪽은 병사가 적었지."

"그래서?"

"머릿수로 이겼다."

"……."

지그시 쳐다보자 떡돌이가 태연하게 웃으면서 백발 노장처럼 말했다.

"실제 전투는 생각만큼 재미있지 않지?"

이 사기꾼이 장난하나……. 국가 간 전투는 해본 적이 없지만 수많은 무림인을 상대로 내내 전쟁처럼 살아온 게 이 몸인데. 어디서 건성으로 상황을 모면하려고 들어?

"머릿수가 많은 전투여도 전술이 있었을 거 아니야. 최대한 피해 없이 끝내야 했을 테니. 그쪽에서도 전술을 썼을 건데, 그걸 어떻게 깼는지, 그런 것도 얘기해주고 그래야지."

떡돌이는 내 말에 "그래?" 하고 되물었다. "그래." 하고 대답하자, 이어서 그는 턱을 괴더니 빙그레 웃었다. 의미심장한 웃음. 왜 저렇게 웃는가 싶어 빤히 쳐다보자, 그가 놀리는 투로 물었다.

"잘 아네. 천 귀인은 이런 얘기 좋아하나 봐? 몰랐는데?"

되게 기본적인 이야기만 했는데? 그게 저렇게 감탄하면서 되물을 정도야? 아니면 '진짜 천소여'가 아예 이런 쪽으로는 관심이 없었나? 그렇지만 나도 약간의 찔리는 부분이 있기에, 떡돌이가 이 점을 파고들자 대답이 궁해진다.

"나 이런 거 좋아하거든."

나는 거짓말로 둘러대고서 떡돌이의 등을 다시 탕탕 두드렸다.

어휴, 어쨌든 청적에서는 무공 수련도 못 하겠어. 다른 비밀스러운 장소를 찾아야겠다. 여기 올 때마다 얘랑 마주치니 무공 수련은커녕 그냥 수련도 하기가 어렵잖아.

"천 귀인이 용고를 먹고 기억에 조금 문제가 생겼다고 했지?"

황제의 질문에 승언이 무릎을 꿇고 대답했다.

"예."

황제는 감자떡을 조금 떼어 입에 넣고 씹으면서 고개를 비스듬하게 기울였다.

"기억이 사라졌는데, 흥미가 없던 분야에 기본 지식이 쌓일 수 있나?"

황제는 후궁 선발 때의 일을 떠올렸다. 그는 후궁 선발에 전혀 관심이 없었지만, 후궁 선발은 일정한 주기로 늘 치러야 하는 의무였기에 빠지지 못하고 참석했다. 후궁 선발을 하면 태후와 황후, 이렇게 세 사람이 나란히 의자를 놓고 앉아 예비 후궁을 뽑는데, 황제가 기억하기로 천 귀인은…… 천 귀인은…….

'어라.'

기억이 나지 않는다. 전혀. 황제는 인상을 찡그리고 고개를 기웃했다.

'그 정도로 존재감이 없었나? 저런 성격인데?'

"폐하?"

다음 날. 점심을 먹자마자 나는 산책을 핑계로 밖으로 나갔다.

"또 청적에 가시려는 거지요?"

원웅은 다 안다는 듯 웃으며 놀려댔지만, 아니다. 내 목적지는 이번에는 다른 곳이다. 어딘지 아직 정하진 않았지만. 어쨌든 청적에서는 떡돌이 때문에 수련을 할 수 없으니, 새로운 장소를 찾아야 한다.

그렇게 열심히 외진 곳만 찾아 얼마나 돌아다녔을까.

'뭐지?'

누군가 몸을 감춘 채 날 쫓아오는 게 느껴졌다.

'승언인가?'

그런데 웬걸. 승언아, 입을 열자마자 야행복 차림의 덩치가 내게 주먹을 휘두르는 게 아닌가.

'뭐야 이 개새끼는?'

나는 얼른 허리를 숙여 주먹을 피하고서 옆구리를 걷어찼다. 이어서 상대를 걷어찬 반동을 이용해 몸을 뒤로한 다음, 재빨리 양손으로 주먹을 쥐고 얼굴 근처로 들어 올렸다.

'대체 뭐지, 이거?'

경계를 하면서도 상대를 유심히 살폈다. 상대를 살피는 건 나뿐만이 아니었다. 다짜고짜 주먹질을 날린 덩치 역시도 바로 내게 다가오지 않고 주춤 나를 살폈다. 내가 반격할 건 전혀 계산에 넣지 않은 모양이다. 하지만 내가 강해 보이지 않는 데다가 치렁치렁한 치마 차림에 무기도 없단 걸 알자, 덩치는 다시 공격을 시도했다. 그래도 아까보다는 나를 얕잡아 보지 않나 보네. 공격이 훨씬 예리해졌어.

'하지만 이 정도 수준으로는 턱도 없지!'

공격이 전부 눈에 보이잖아. 느리게만 느껴지는 덩치의 공격을 피해 나는 몸을 움직였······.

"큭."

그런데. 맞았다. 피한다고 피했는데 복부를 맞았다. 얼얼한 통증을 제대로 느낄 새도 없이 다시 공격이 들어왔다. 이번에도 상대의 움직임은 눈에 보였으나, 나는 가까스로 몸을 피하는 데 그쳤다. 제기랄! 눈에 보이면 뭐 해! 내가 따라갈 수가 없잖아!

천소여의 몸이 천년비의 몸과 다른 탓이었다. 상대의 공격을 읽어내고 짚어내고 예상하는 건 천년비의 경험으로 가능한데, 천소여의 근육이 말을 듣지 않는다니! 그나마 이 몸으로 깨어나고서 기초 단련을 매일 빠지지 않고 해서 이 정도지. 아니었다면······.

"젠장, 뭐 하는 새끼야 네놈!"

고작 욕설을 뱉었는데도 상대가 미약하게 틈을 보였다. 누군진 모르겠지만 이 새끼, 내가 반격하는 건 물론 내 욕설까지도 전혀 예상에 넣지 않고 왔나 보다. 그렇단 건 날 어지간히 만만하게 보는 놈이란 건데. 누구지? 아니면 다른 이가 보냈나? 빠르게 머리를 굴리면서도 나는 녀석이 보인 틈을 놓치지 않고 걷어찼다.

그러나 공격을 하면 틈이 생기기 마련. 내가 그자를 걷어차며 생긴 틈을 그자 역시 놓치지 않고 치고 들어왔다. 이런 상황? 천년비의 몸이었더라면 속도와 내공 면에서 압도적으로 강한 내 승리였을 거다. 하지만 천소여의 몸으로는 달랐다.

상대는 내 발차기에 자신을 노출하고도 멀쩡할 만큼 잘 수련이 되어 있는 반면, 나는 제대로 공격을 먹이고서도 공격이 먹히지 않을 만큼 훈련이 부족했다. 몸으로 내 공격을 그냥 받아버린 덩치가 내 어깨를 주먹으로 내리쳤고, 나는 돌멩이처럼 날아가 바닥을 데굴데굴 굴렀다.

젠장! 이게 다 떡돌이 때문이다. 떡돌이 그놈 때문에 수련 시간이 부족해서 그래! 내 인생에 이렇게 형편없이 바닥을 구른 게 얼마 만이지? 기억이 안 난다. 기억을 헤집고 있을 시간도 없고. 다른 것. 행동. 지금 해야 할 일들이다.

바닥을 구르면서 나는 재빨리 비녀를 뽑아 손에 쥐었다. 긴 머리카락은 거추장스럽지만 좋은 가리개도 되어주지. 몇 바퀴 바닥을 구르면서 비녀를 움켜잡고, 튀어나온 부분은 소매 안으로 숨겼다. 이후에는 엎어진 자세로 완전히 기절한 것처럼 늘어졌다.

"……"

하지만…… 저 새끼. 이젠 완전히 날 경계하네. 기절한 척을 하는데도 쉽게 다가오지 않잖아? 그래도 꿋꿋하게 엎어져 있었더니 도움이 되었

151

나 보다. 마침내 발소리가 가까워졌다. 내가 확실하게 기절을 한 건지 확인하기 위해 덩치가 발끝으로 나를 몇 번 툭툭 찔렀지만, 그래도 나는 몸을 축 늘어뜨린 채 요지부동했다. 자존심은 상했으나 효과는 있었다. 마침내 덩치는 날 자극하길 멈추고서 허리를 숙였다. 보이진 않아도 느껴졌다. 그놈이 날 들어 올리려 한다는 게. 저놈은 알려나? 정파의 난다 긴다 하는 고수들도 못 한 걸 방금 제놈이 했단 걸?

'지금!'

숨을 고르며 다섯을 세다가 녀석이 내 몸을 들어 올리는 그 순간. 나는 꼭 쥐고 있던 비녀를 덩치의 허벅지에 푹 찔렀다. 비녀는 의외로 날카롭다. 최소한 내가 사용하는 비녀는 날카롭다. 내가 다 깎았거든.

"흐악!"

예상치 못한 공격에 덩치가 짧은 비명을 질렀다. 나는 상처 부위를 확실하게 들쑤시고서 녀석을 걷어차 거리를 벌렸다.

"사람 살려! 이상한 미친놈이 약하디약한 데다 얼마 전에 각혈까지 한 후궁을 죽이려 들어요!"

이어서 비명을 꽥꽥 지르자, 납치범은 이를 갈면서 절뚝절뚝 달아났다. 납치범의 모습이 사라지기도 전에 여기저기서 발소리가 들려왔고.

"무슨 일입니까?"

"괜찮습니까?"

오래 지나지 않아 순찰을 도는 태감들이 황급히 달려왔다. 손가락으로 핏방울을 가리키자, 그들은 깜짝 놀라 펄쩍 뛰었다.

"덩치가 엄청 큰 야행복 차림의 침입자가 날 죽이려 했다!"

손가락으로 덩치가 가리킨 방향을 가리키자, 태감 몇몇은 내게 다가왔고 나머지는 피를 쫓아가라, 성문을 막아라, 불을 켜라, 고함을 지르며 그 방향으로 달려갔다.

아, 속 시원해. 그 범인이 잡히면 더 시원하겠지? 이런. 웃으면 안 되는데 웃음이 나오잖아. 황급히 표정을 관리하자, 가장 덩치 좋은 태감이 조심스럽게 나를 들어 안아주었다.

"처소로 모시겠습니다, 소주."

"치정 싸움이다, 암살범이 노린 거다, 다들 난리가 났어요, 소주."

궁의가 마음을 평안하게 해준다는 약 처방전을 주고 간 후. 그 처방전을 들고 약재를 가지러 나갔던 원웅은, 이각이 지나자 작은 소쿠리에 짙은 갈색과 늪 색 식물들을 담아 와서 밖의 분위기를 알려주었다.

"벌써?"

"네."

원웅은 소쿠리에서 나무뿌리 같은 것과 축 늘어진 이파리를 꺼냈다. 뭐야 저거. 시든 거 아니야?

"그뿐만이 아니에요. 예전에는 소주가 누구인지 모르는 궁인이 많았는데. 요즘은 다들 소주 얘기뿐이에요. 소주에 대해 모르는 사람은 귀가 없는 사람일 걸요?"

"좋은 거야?"

난 없는 사람처럼 조용히 사는 평화가 마음에 들었는데.

"생각하기에 따라 다르지 않을까요?"

부성이 작은 절구를 가지고 들어오며 중얼거렸다.

천 귀인이 궁 한가운데에서 습격당한 일로 난리가 났다. 사람들은 범인이 누구인지에 대해 온갖 의견을 내밀었다.

개중 가장 지지를 많이 받는 주장은 두 가지였다. 하나는 이 일이 궁중

암투일 거란 주장. 다른 하나는 수오부군왕을 암살한 범인이 현재로서는 유일한 목격자인 천 귀인을 노린 거란 주장.

그래도 다행히 천 귀인이 비녀로 자객의 허벅지를 찔렀기에, 태감들은 허벅지 다친 이를 찾아다니기 시작했고, 궁인들은 곧 범인이 잡힐 거라 기대했다.

"멍청하고 쓸모없는 놈!"

이 와중에 가장 많이 화가 난 건 연얼군주였다.

"후궁 하나 데려오질 못해 이 사달을 만들어!"

부하는 군주의 앞에 무릎을 꿇었다.

"죄송합니다."

"이게 죄송하다면 될 일이냐! 내 호위란 자가 후궁 하나 감당하지 못한다면, 난 뭘 믿고 널 곁에 두어야 하지?"

"……."

부하도 억울한 점이 있었다. 상대의 실력. 부하는 그 부분에 대해 전혀 고지받지 못했다. 조금이라도 언질을 받았다면 한 명이라도 더 데리고 갔을 게 아닌가.

"천 귀인은 무술을 익힌 사람이었습니다."

결국, 견디다 못한 부하는 억울함을 달래고자 변명했다.

"무술을?"

"내공이 없는 거로 보아 정식으로 익힌 건 아닙니다. 몸 움직이는 걸 보니 수련도 하지 않았고, 내공도 없었습니다."

"이 멍청한 놈! 그럼 무술을 안 익힌 게 아니냐!"

"정식으로 익힌 건 분명 아닙니다. 하지만 아예 안 배운 것도 아닙니다."

그 변명은 연얼군주를 더욱 기막히게 만들었다. 부하에게는 안된 일이었으나, 천년비의 상태는 아주 미묘해서 말로 설명하기 힘들었다. 경험이 풍부한 데다 무에 대한 깨달음이 깊은 반면, 아직 제대로 수련하지 못한 신체를 가지고 있어서였다. 이런 차이를 알아보려면 상대도 대단한 안목을 가진 고수여서 비무를 관전하거나, 아니면 천년비와 직접 검을 맞대어야 했다.

"하지만 잠재력이 대단합니다. 내공이 없는데도 실력이 대단하니, 천 귀인은 대단한 무공의 귀재입니다!"

"누가 그딴 게 궁금하다더냐!"

차 궁녀가 녹색 주전자를 기울이자 졸졸 차 흐르는 소리가 고요히 울렸다. 그릇과 수저가 부딪치는 소리가 뒤를 따랐다. 정적은 숨이 막혔고 분위기는 무거웠다. 화려하게 치장한 황가의 사람들이 한가득 모여 식사를 하는데도, 이곳에서 밝은 것이라곤 색색의 비단옷들뿐이었다.

"연얼."

그 침묵을 깨고 황제가 입을 열었다. 거의 이각여만이었다. 조용히 식사하던 고개가 위로 올라왔다.

"예, 폐하."

"수오부의 일로 마음이 아프겠구나."

"송구합니다……."

황제가 말을 건 이는 연얼군주였다. 며칠 전 동복 오라버니가 궁정에서 암살당한 연얼군주. 이런 연유로, 그녀는 방 안의 누구보다도 낯빛이 어두웠다.

"요즘 궁 안에 사특한 무리가 돌아다닌다지. 수오부도 그자들과 얽힌 건 아닌지 걱정되는구나."

어두운 낯빛은 황제가 뼈 있는 말을 건네자 창백해지기까지 했다.

"오라비를…… 그자들이 암살했단 말씀이신지요?"

"그건 차차 알아봐야겠지."

연얼군주의 조심스러운 물음에 덤덤히 답한 황제는, 이어 다른 이들도 차례로 둘러보며 충고했다.

"모두 조심하라. 최근엔 짐의 후궁도 습격을 받았다. 궁 안에서. 조심 또 조심해서 무사안일하라."

목소리를 맞추기라도 한 양 "예, 폐하." 하는 소리가 다 같이 울렸다. 연얼은 시무룩해져서 숟가락을 내려놓았다. 입맛이 뚝 떨어졌다.

"연얼."

이 와중에 황제는 또 그녀를 불렀다. 왜 자꾸 날 부르시지? 연얼은 충동적으로 물을 뻔한 걸 꾹 참고서 대답했다.

"예, 폐하."

"네 호위가 한 명 줄었구나."

"!"

연얼은 대답하지 못하고 흠칫 몸을 떨었다.

왕족들은 서로 시선을 바쁘게 주고받았다. 이 자리에 있는 건 황제가 데려온 호위뿐. 당연히 연얼의 호위는 이곳에 없다. 그런데도 굳이 자리에 없는 호위를 집어서 인원수가 왜 줄었냐고 묻는다는 건…….

'폐하께서는 연얼군주를 주시하고 있다 경고하시는 건가?'

황제의 말은 한 마디 한 마디 조심해서 해석해야 하는 법. 머리 굴리는 소리가 그릇 부딪치는 소리와 섞였다. 찔리는 게 있는지라 연얼은 안색이 파리해졌지만 애써 아무렇지 않은 목소리로 말했다.

"마음에 차지 않아 내보냈습니다, 폐하."

"어느 부분이 마음에 차지 않았으려나……?"

'내 부하가 천 귀인을 습격한 걸 알고 하시는 말인가? 아니, 알 리가 없다. 허벅지가 찔려서 부하는 바로 내보냈는데.'

황제가 쓴 면사 아래, 입술 끝이 호를 그리며 올라갔다.

"호위가 하나 모자라겠지? 내 호위를 하나 보내주마. 그 호위는 네 마음에 차리라."

"황송합니다, 폐하."

식사를 마친 황족들이 태후를 제외하고 물러났다. 그러나 줄어든 사람 수만큼 오히려 방 안의 분위기는 더욱 포근해졌다. 태후는 재밌다는 얼굴로 황제를 물끄러미 바라보았다. 그 눈길은 아직도 황제가 착용한 면사에 붙어 있었다.

"왜 그렇게 빤히 보십니까, 어머님."

"아, 별 이유는 아닙니다. 그저 좀 신기해서 말이지요."

"신기하다니요?"

"아드님의 생각 말입니다. 한 식구라지만, 연얼군주는 아드님과 사이가 좋지 않은데. 왜 갑자기 호위를 내려주는 걸까요?"

"별거 없습니다."

"별거 아닌 일을 할 성격이 아닌 걸, 아드님도 알고 나도 알 텐데요."

"한 마디도 안 져주신다니까."

"습관인가 봅니다."

"정말 별거 아닙니다. 소자는 천 귀인을 습격한 이가 연얼군주의 호위라 생각할 뿐입니다."

"별거 아닌 게 아닌데?"

태후는 눈을 휘둥그렇게 떴다.

"왜 그렇게 생각하는 거지요? 다른 이들과는 시각이 다르군요. 세간에선 천 귀인을 습격한 게 수오부군왕을 죽인 암살자라 여기던데."

황제의 입술에 장난기 어린 미소가 올라왔다. 세간과 의견이 다를 수밖에. 수오부군왕을 죽인 암살자는 그가 보냈으니. 물론, 그가 보낸 암살자는 천 귀인을 노릴 리가 없다.

그렇다면 천 귀인을 노릴 사람은 한 부류뿐이었다. 암살범에 대해 알아내고 싶은 사람. 그리고 황제는 그 가능성을 연얼군주에게서 높게 보았다. 하지만 존경하는 모후 앞에서 이런 얘기를 할 수는 없지 않던가.

"속골이 아픕니다. 이런 얘긴 그만하시지요, 어머님."

황제의 총애를 받는다는 게 마냥 좋은 일만은 아닌 모양이다.

일단 문제점 하나. 이상한 놈에게 습격당한 후, 황제는 내게 무공을 익힌 태감을 보냈다. 무공 익힌 태감을. 무공 익힌! 이 태감은 내가 무공 수련하는 모습을 보면 대번에 촉을 세우고서 수상하게 여기겠지. 절대로 좋지 않았다.

그리고 문제점 둘. 있는 듯 없는 듯 조용히 지내기가 어려워졌다. 새로이 무공을 익힐 조용한 장소를 찾아 돌아다녀야 하는데. 젠장, 요 며칠 내가 나가기만 하면 사람들이 알아보고 말을 걸어대니!

하지만 위의 두 가지 문제점은 어찌어찌 해결할 수 있기는 하다. 무공 수련하는 모습이야 보이지 않으면 그만이고, 사람들의 이목이야 피해서 다니면 그만이니까. 그게 귀찮고 번거롭고 힘들어서 그렇지. 어쨌든 위의 두 문제점은, 세 번째 문제점에 비하면 새 발의 피다. 세 번째 문제점이란……

"소주, 들으셨어요? 북궁 안쪽 어딘가에 우물이 있는데, 그 우물물이 초록빛이래요. 그런데요, 그 초록색 우물물을 마시면 대번에 임신할 수 있대요!"

"누가 그래?"

"승빈마마의 상궁이, 전에 금의로 옷 만드는 걸 도와주어서 고맙다고 알려주었어요."

"그게 진짜면 승빈이가 먼저 임신했겠지……."

"저도 그 생각은 했는데요. 그래도 혹시 모르잖아요. 태감을 보내서 한 번 찾아보라 할까요?"

"아니 괜찮아."

그리고 하늘을 봐야 별을 따지, 뭐 임신할 일도 없는데 임신이 혼자 되나. 물론 할 수 있다 한들 임신하고 싶은 마음도 없다. 난 세상이 무림사적 천년비를 잊을 때까지만 유유자적하게 지낼 거라고. 나중에 무공을 되찾고 나면 평화롭게 지내다가, 심심할 즈음 다시 나갈 거야. 그래야 개원 그 개자식한테 복수하지.

"소주는 욕심이 너무 없으세요."

부성이 걱정스럽게 말하면서 찻잔을 내민다. 나는 찻잔을 받고서 향을 맡다가 쿨럭쿨럭 기침하는 척 찻잔을 쏟았다.

"소주, 괜찮으세요?"

"찻잔에 '또' 이상한 게 들어 있어……."

"또요?"

이거다. 이게 바로 제일 심각한 세 번째 문제다. 여기저기서 들어오는 공격들. 젠장. 나야 이 독 저 독 당하다 보니 독에 대해 박식해졌다지만.

이런 걸 모르는 보통 후궁들은 대체 어떻게 견디는 거야?

그러고 보니 황제. 진짜로 사랑하는 다른 여자가 있었지? 혹시 그 여자가 이런 견제를 받을까 걱정이 되어서 나한테 시선을 몰아줬다거나, 뭐 이런 거 아니야?

"폐하. 혹시 절 이용하십니까?"

궁금한 건 물어야 한다. 또다시 황제의 침실에 불려갔을 때. 나는 그냥 대놓고 물어버렸다. 아니, 솔직히 그렇지 않나? 황제의 시침을 든 후로 온갖 공격을 다 받고 있잖아. 하지만 황제가 날 사랑해서 부르는 건 아니야. 의심할 만하지.

"무슨 엉뚱한 소리지?"

"폐하께서는 좋아하는 여자가 있잖아요."

"짐이? 그게 누군데?"

뭘 시치미야. 다 알고 있는데.

"알고 있으니 안 숨기셔도 돼요. 있잖아요."

"없어."

"거짓말. 어쨌든 폐하는 좋아하는 여자가 있는데, 그러면서도 시침은 그 여자가 아니라 절 부르시죠."

"……"

"덕택에 온갖 이들이 절 주목하고 있고요. 합리적으로 의심이 가네요. 폐하, 혹시 절 이용하세요?"

"무슨 책을 본 거야?"

"제가 방패 역할인가요? 좋아하는 여자를 지키고 싶어서 절 앞에 내세

우는 거예요?"

"헛소리."

황제는 단호하게 내 말을 끊고는 날 옆으로 밀어냈다. 그러더니 이젠 아주 자연스럽게 옆에 와 누웠다. 오늘은 웬일로 서책 한 권까지 손에 들고서. 하지만 책은 멋 내기용인가. 손에 들기만 한 채 책장을 넘기지 않는다. 한 장도. 대신 책을 꼭 붙들고서 정면만 응시하는데…… 정면에 뭐가 있어서? 내 눈엔 아무것도 안 보이는데.

"폐하. 제가 너무 진실을 꿰뚫어 보았나요?"

혹시 내 말에 찔려서 저러나? 너무 두근거려서 한 치 앞도 내다보이지 않아?

"네 말이 너무 진실과 멀어져 있어서, 대체 어찌하면 그런 말이 나오나 궁금해서 그런다."

"그럼 아니란 말씀이세요?"

"하나부터 열까지 틀렸다."

황제는 손을 뻗더니 내 정수리에 손을 얹고서 열이 날 만큼 빠르게 휘저었다.

"도대체 이 머리엔 뭐가 들어 있나 모르겠군."

뭐가 들어 있긴! 무림사적의 온갖 것이 다 들어 있지. 알면 기겁해서 넘어갈 거다. 내 이름 들으면 어린애도 울다 그쳤다고. 최소한 무림 명문가 어린애는.

"이렇게 하나부터 열까지 다 틀린 말만 하기도 참 힘들 텐데."

"그럼 좋아하는 여자가 없단 말씀이세요?"

"없다."

"거짓말."

황제는 책을 자기 가슴에 내려놓았다. 황당하단 시선이 면사를 뚫고 넘어왔다.

"짐이 아니라는데 네가 왜 거짓이라 주장하지?"

"청적에서 본 어떤 여자가 있다면서요. 우 귀인이 그게 저라 생각해서 절 흉내 냈는데, 폐하께서 보곤 아니라 했잖아요."

"그건 내가 아니라……."

"아니라 뭔데요?"

"……."

"폐하?"

"우 귀인이 거짓말하는 게 눈에 보여서 그런 거지. 어쨌든 아니다."

거짓말. 우 귀인이 내 흉내를 내기 전에는 전혀 그런 기미가 없었는걸? 한숨이 나온다.

"폐하."

"왜."

"사랑하기 위해 누군가를 이용하는 건, 그리 좋은 방법은 아니에요."

황제는 아예 책을 바닥에 내려놓았다. 내 쪽으로 몸을 돌려 눕자, 면사가 약간 옆으로 내려가며 평소보다 입이 잘 보였다. 입도 잘생겼네.

"폐하. 질투 유발 작전을 위해 절 이용하려는 것도, 다른 사람의 눈길을 가리기 위해 절 이용하려는 것도, 둘 다 하수예요. 폐하가 사랑하는 사람에게 사랑을 받고 싶다면 이러면 안 돼요."

황제는 입술을 달싹였다. 무어라 말을 하고 싶다는 듯. 하지만 소리가 나오지 않았다. 그는 아예 입을 다물었다. 그 상태로 잠시 있다가, 황제는 아까와 다른 입 모양으로 말을 꺼냈다.

"내 방법이 하수라면, 중수는 뭐지? 고수는 뭐고?"

"그걸 알면 제가 이러고 있겠어요?"

"넌 황제인 짐을 잡았잖나. 그러니 대단한 수가 있겠지."

말은 똑바로 하자. 내가 널 잡은 거냐? 그쪽이 날 계란말이 상태로 옆에 둔 거지? 난 몸도 제대로 움직일 수 없잖아. 내가 잡고 싶은 사람은 개원이었지. 그러나 개원이는 날 버렸어. ……연애에 있어서 난 하수도 못 되었다. 입을 다물고 눈을 감았다. 에이, 말해 뭐 해? 하고 싶은 대로 하라고 해.

그러나 뜨끈한 게 내 눈두덩이를 눌러서, 억지로 눈을 떠야 했다. 왜? 가자미눈을 하고 째려보자, 황제가 얼굴을 내게 가까이 붙였다. 그래 봐야 면사로 가로막혀 있지만, 평소보다는 분명히 가까운 거리였다. 나는 놀라서 눈을 커다랗게 떴다. 왜 이렇게 가까이 와?

"좀 부담스러운 거린데요, 폐하."

"천 귀인."

"전 뒤로 갈 수 없으니 폐하께서 뒤로 가셨으면 좋겠어요."

"천 귀인."

연거푸 날 부른 황제가 또 엄지를 들더니 내 눈썹 사이를 문질렀다. 왜 이래? 툴툴대며 그 손을 올려다보자, 황제가 이번엔 나지막하게 웃었다. 내 눈알이 몰렸나 봐.

"계란말이. 내 관심을 받아서 싫어?"

"얘기가 왜 그쪽으로 가요?"

"내 생각엔, 네가 핑계를 대고서 나한테서 빠져나가려는 것 같아서."

"우리가 되게 진득하게 얽힌 사이처럼 표현하시네요. 빠져나가다니."

"달라? 내 관심을 받는 게 싫은가?"

"솔직하게 대답해도 돼요?"

"말해봐."

"좋진 않아요."

황제가 손을 내리더니 더욱 나지막한 목소리로 물었다.

"왜?"

"폐하의 시침을 든 후로 여기저기서 공격을 너무 많이 받잖아요."

"궁 안은 비정해, 계란말이. 여기서는 높이 올라갈수록 많은 공격을 받지. 내가 널 더욱 총애하면 공격은 더욱 거세질걸."

여기저기서 공격받는 삶은 지쳤다. 내가 이곳에서 원하는 건 평화였다. 조용하고 안락한 생활.

"공격받으면서까지 폐하 사랑을 받고 싶진 않아요."

아니, 애초에 그쪽은 날 사랑해서 부른 것도 아니잖아.

황제는 대답하지 않았다. 말없이 내 머리카락만 지분거릴 뿐.

또 찻잎에 이상한 게 섞여 있다. 나는 차를 마시려다가 찻잔을 내려놓고서 물었다.

"찻잎을 배급해주는 데가 어디야?"

"소주방에서 운영이란 궁녀가 배급해주는데…… 또 안에서 냄새가 나나요, 소주?"

"응."

나는 그 길로 소주방을 찾아갔다. 원웅은 찻잔을 치우려다가 놀라서 나를 따라나섰다. 황제가 보내준 무공 익힌 태감도 바늘 가는 데 따라오는 실처럼 날 따라붙었고.

"전 아무것도 모릅니다, 천 귀인."

내가 찾아가서 따지자, 찻잎을 배급하는 궁녀 운영은 딱 잘라 이렇게 말했다.

"그래?"

하지만 찻잎을 받아 바로 입에 넣고 씹자, 운영은 놀라서 내 손목을 잡고 말렸다.

"진짜 아무것도 몰라?"

내가 찻잎을 퉤 뱉고서 되묻자, 운영은 황급히 무릎을 꿇었다.

"누가 시킨 짓이지?"

"말씀드리면 전 죽습니다, 천 귀인."

"공식적으로 항의하지 않을 테니 말해. 아니면 여기서 이 찻잎을 입에 물고서 비명을 지를 거야."

이 자리에서 찻잎 씹고 바로 쓰러진다면, 운영이 모든 죄를 덮어쓰겠지. 진범이 특히 그렇게 몰아갈 거다. 영리한 궁녀는 대번에 상황을 파악하고서 작은 목소리로 털어놓았다.

"승빈마마께서……."

나는 운영에게 이 일을 묻어주는 대가로, 상한 찻잎을 한 주머니 얻었다. 그녀는 불안해하는 얼굴로 노란 주머니에 찻잎을 싸 내밀었다. 내가 이걸로 뭘 하려는지는 차마 묻지도 못했다.

"그걸로 뭘 하실 건가요, 소주?"

원웅은 물었지만.

"나중에 알려줄게."

나는 대답하는 대신 주머니를 잘 챙겨 처소로 돌아왔다.

사실, 별 계획은 아니다. 무공 실력이 높아지면 기회를 엿봐서 승빈에게 이걸 똑같이 먹일 생각이지. 무공 모르는 사람을 죽이긴 좀 찝찝하고, 그냥 넘어가긴 짜증 나니까. 그리고 오늘 황제가 날 부르면 내 찻잎에 장난질을 친 범인이 누구인지 알아냈다고 큰소리를 쳐야지.

그러나 오늘 밤 황제는 날 부르지 않았다. 다음 날도. 그다음 날도, 그다음 날도. 일주일이 지나도록 계속.

와. 황제가 일주일 안 부르니 다들 바로 무시한다고?

"여기 사람들은 적응 속도가 빠르네."

"뭐가요, 소주?"

비가 내릴 듯 말 듯 흐린 날씨였다. 내가 대뜸 중얼거린 소리를, 부성이 용케 듣고는 지나가며 물었다.

"폐하가 날 안 부르니까 다들 너희를 도로 무시한다며."

이런. 내 말이 꾹꾹 눌러둔 부성의 분노 포장을 풀어버린 모양이다. 부성은 잠시 멍한 표정을 짓는가 싶더니, 곧 "그렇죠!" 하고 버럭 외치면서 도끼눈을 떴다.

"진짜 나쁜 것들! 폐하께서 소주를 매일 부르실 적에는 엄청 친한 척 굴더니! 폐하께서 고작 일주일 소주를 안 불렀다고 태도가 대번에 변했어요!"

과장 없는 이야기인지, 좀 떨어진 곳을 지나가던 태감까지 달려와서 말을 보탰다.

"참입니다, 소주. 이전처럼 변한 거면 차라리 낫지요. 이전에는 없는 사람 취급했다면, 지금은 아주 비웃고 난리도 아닙니다."

"그래?"

두 사람이 동시에 "예!" 하고 외치고서 억울한 표정을 지었다. 쌍으로 저러는 걸 보니 진짜인가 보네. 나 원 참. 황제의 총애를 받을 땐 아주 다양한 방면으로 공격을 해대더니. 총애를 잃자 바로 무시라. 무림이랑 어찌 이리 똑같을까 몰라. 무림인들은 무기와 주먹을 휘두르고 여기서는 권력과 부하들을 휘두를 뿐, 나머지는 똑같잖아?

"……그런 일이 있었어."

오랜만에 청적에 갔더니 떡돌이가 돌 위에 앉아 풀피리를 만지작거리고 있었다. 얜 왜 내가 있을 때만 여기에 오나 생각했는데. 내가 없어도 여기에 잘 오나 보다. 한가한 놈.

어쨌든 간만에 만난 게 반가워서, 나는 일주일 동안 내가 궁인들로부터 받은 구박에 대해 털어놓았다. 씩씩대진 않았다. 솔직히 말하자면 내 궁인들이 받은 구박이지 내가 직접 받은 구박은 아니라서. 그 정도로는 열받지는 않았다.

내 말을 신중하게 듣던 떡돌이는 팔짱을 끼고 심각한 척 중얼거렸다.

"자유를 찾아가더니 상처받은 새가 되었구나."

"아 오글거려. 뭐라는 거야?"

"네가 여전히 재수 없단 말을 하고 있었다."

"뭐래. 만만치 않거든?"

그의 자세를 따라 하면서 중얼거리자, 떡돌이는 태연히 웃었다. 이후 우리는 별거 아닌 화제로 대화를 나누었다. 개미라던가 새라던가, 나방이라던가, 하여튼 진짜로 별로 중요치 않은 것들. 딱히 재밌어서는 아니고. 그냥 둘 다 멍하니 말을 주고받다 보니 벌어진 상황이다. 얼마나 그러고 있었을까. 문득 떡돌이가 내게 이렇게 물었다.

"황제가 일주일간 널 부르지 않았다고 했지?"

"응."

"왜 그런지는 알아?"

"알아."

"안다고?"

"응."

질문을 던져서 대답을 들었으면 믿으려는 시늉이라도 해라, 자식아. 왜 자기가 먼저 물어놓고서는 '절대로 그럴 리가 없는데?' 하는 못 미더운 눈으로 쳐다보는 거야? 두 눈에 '불신'이라고 아예 글자를 새겨놨잖아?

"이유가 뭔데?"

"내가 알아버렸거든."

"뭘?"

"황제에게 다른 사랑하는 사람이 있단 걸."

떡돌이는 심각한 표정으로 되물었다.

"확실해? 혼자서 착각하는 거 아니고?"

"진짜야. 내가 이 얘길 하니까 그다음부터 날 안 불렀는걸?"

"······이렇게도 해석할 수 있구나."

"뭐가?"

한숨을 내쉰 떡돌이는 대답하지 않았다. 대신, 꽃을 꺾더니 내 귓가에
꽂아주면서 웃었다.

"어울리네."

"나더러 미쳤단 거야?"

"너······ 욕 알아듣는 데만 눈치가 빠르구나."

인상을 찌푸리고서 그의 허벅지를 찰싹찰싹찰싹 연달아 내리치자, 떡
돌이는 덩달아 내 허벅지를 찰싹찰싹 두드렸다. 그러고는 나더러 눈치 좀
키우라든가, 하여튼 이런 말을 하는 게 아닌가. 내 입으로 자랑까지 하긴
그렇지만, 나는 눈치가 나쁜 편이 아니다. 아주 빼어나진 않지만, 남들만
치는 가지고 있다. 가끔은 남들보다 빠삭한 눈치를 자랑하기도 하지. 그
래서 나는, 내 진가를 모르는 떡돌이에게 내 눈치가 얼마나 빠삭한지 진
가를 알려주기로 작정했다.

"사실 난 눈치가 아주 빨라. 네가 생각하는 이상으로."

"정말이야?"

"그럼. 너한텐 말하지 않았지만, 황제에 대해 알아낸 게 하나 더 있어.
이거에 대해서는 말하지 않으려 했지만."

"했지만?"

"네가 자꾸 나더러 눈치 없다고 하니 알려줄게. 대신 비밀로 해야 돼. 할 수 있겠어?"

떡돌이가 갑자기 심각한 표정을 짓는 바람에, 나는 덩달아 진중한 표정을 지었다. '비밀'이란 말을 꺼내긴 했지만 이렇게까지 은밀하게 주고받을 말은 아니었는데도.

"그게 뭔데?"

떡돌이는 내 쪽으로 고개를 약간 기울이더니, 내 귓가에 대고 물었다. 비밀이라고 했더니 내가 뭐 대단한 기밀을 말할 거라 여기나?

하지만 분위기는 사람에게서 사람에게로 전염되는 법이다. 떡돌이가 이렇게 묻자, 나는 덩달아 내가 아주 대단한 기밀을 쥐고 있는 것처럼 여겨져서, 똑같이 떡돌이의 귀에 대고 속삭였다.

"황제가 좋아하는 여자는…… 사실 승언이야. 황제는 남색가야."

"!"

"크흡. 아. 죄송합니다, 폐하."

사자친왕이 웃음을 터트리자, 황제는 눈을 가늘게 뜨고서 그를 불만스럽게 쳐다보았다. 그래도 사자친왕은 웃음을 감추지 못하고서 어깨를 들썩였다.

"우리 둘만의 공간에 자꾸 후궁을 부르시기에 섭섭했더니. 부를 가치가 있는 후궁이로군요. 참으로…… 독창적이고…… 상상력이 풍부한……."

"웃든지 말하든지 하나만 하지 그러느냐."

황제가 차갑게 말하자 사자친왕은 웃음을 선택했다. 배를 잡고 호탕하게 웃어대는 형제를 쳐다보다가, 황제는 고개를 저었다.

사자친왕은 한참 동안 웃어댄 후에야 입가를 넓은 소매통으로 가리고서 눈웃음을 지었다.

사자친왕은 황제의 이복형제로, 그가 형제 중 가장 가까이 대하는 왕족이었다. 수오부군왕이 이상한 이들과 결탁하는 것 같단 말을 전한 것도 그였고, 황제가 갈 수 없는 여러 곳에서 정보를 넘겨주는 이도 그였다. 청적 역시 원래는 그가 사람들의 시선을 피해 황제와 만나던 장소였다.

"그래도 좋지 않으십니까?"

"무엇이 말이냐."

"폐하께선 늘 황제로서의 폐하가 아니라, 그냥 폐하 본인을 사랑해줄 사람을 그리워하셨잖습니까."

부채를 꺼내든 사자친왕이 얼굴에 대고 하얀 깃털을 팔랑팔랑 부치며 웃었다.

"이를테면 승언이 같은."

"사자!"

"하하, 농담입니다. 하지만 폐하, 굳이 흑합 장군의 이름을 사칭해 천귀인을 만나시는 건, 그 귀인이 폐하를 폐하로 보지 않길 원하시는 게 아닌지요?"

후궁들에게는 필수적으로 익혀야 할 몇 가지 교육용 책들이 있다. 그 이름은……

"그 뭐야. 제일 기초 서적 이름이 뭐라 했지?"

"'양의억액의효과정'이요."

제일 쉽다는 서적 이름이 저거다. 딱 이름만 봐도 느껴지지 않나? 엄청

나게 어려움. 난이도 최상. 베개로만 사용할 것.

하지만 의외로 아니었다. 펼쳐보면 안다. 내용은 쉬웠다. 기가 막혀서 바로 덮어버릴 정도로.

"뭐야 이거. 말하기 전에 천 번 생각하라고? 대답하기 전에 상대가 갑갑해서 가지 않을까?"

"그냥 그 정도로 신중하란 뜻 아닐까요?"

"이거 봐봐. 되게 웃겨. 말도 하지 말고 손도 움직이지 말고 발도 움직이지 말고 사람들 대할 때도 거리를 두고 눈 깜빡이는 횟수까지 정해놨어. 더 웃긴 건 그러면서도 사람들에게 호감을 주래. 미친 거 아냐? 밥 먹고 똥 싸지 말란 수준인데?"

"소주!"

내가 혀를 차면서 책을 덮자, 원웅이 발을 동동 굴렀다.

"소주, 제발 험한 말 좀 쓰지 마세요. 누가 들을까 염려됩니다."

"누가 들으면 어떻게 되는데?"

"소주께서 배운 게 없어서 그렇다 욕할 거예요!"

"지금도 욕하잖아."

"그건……."

욕을 안 듣는단 말은 차마 못 하겠나 봐. 원웅이 눈동자를 데굴데굴 굴린다. 나는 책을 원웅에게 내밀고서 평상에서 일어났다.

"소주? 간만에 공부하신다더니요?"

"공부할 거야."

무공 공부. 슬슬 사람들이 날 이상하게 안 쳐다보게 되었으니, 청적 말고 조용한 비밀 공간을 다시 찾아서 수련해야지. 내 원래 무공 실력의 반, 아니, 십분의 일만 찾아도 궁중 생활이 배는 편하고 안전해질 테니. 적어도 이런 이름 복잡하고 말도 안 되는 후궁 필수 서책보다는 분명히. 궁중

예법이야 허례허식을 익히는 데 실용적이기라도 하지, 이딴 건 배울 필요
도 없다.

그런데 부실한 사립문 울타리를 밀고서 막 나갔을 때였다. 두 손을 어
색하게 앞으로 뻗은 태감 두 명이 총총걸음으로 근처에 와서는 허리를
숙이며 이렇게 말하는 게 아닌가.

"천 귀인. 흑합 장군께서 천 귀인께 이 비단을 선물한다고 하셨습니다."

그들이 앞으로 쭉 뻗은 손 위에는 연한 옥색과 붉은색의 천이 걸려 있
었는데, 그게 비단이었나 보다. 원웅이 얼른 나서자 태감은 원웅에게 비
단을 건네고서 나를 반짝거리는 눈으로 쳐다보았다. 어떤 반응을 보일
거냐는 듯.

어떤 반응을 보일 거냐고?

"사기꾼……"

날 속인 주범은 떡돌이다. 내가 그에게 이름을 물었을 때, 먼저 흑합의
이름을 댔으니. 하지만 흑합 장군 역시 공범이었다. 떡돌이가 날 계속 속
일 수 있도록 도와주고 있잖아?

지금까지 내 원망은 떡돌이에게만 향해 있었다. 어쩔 수 없었다. 주범
이기도 하고 내가 만나는 이는 그 하나뿐이니. 그런데 흑합 장군이 내게
귀한 비단 두 필을 보내오자, 흑합 장군도 떡돌이와 비슷한 놈이란 생각
이 들었다. 두 사람은 아마 날 속이면서 같이 좋아하고 있을지도 몰라.
자기들끼리 낄낄거리면서 천 귀인은 무식하다고 막 흉을 보는 거지!

생각하니 너무 의심스러워서, 결국 나는 흑합 장군을 직접 찾아가 보
기로 결심했다. 날 속이고 있으니, 그 사람은 내가 나타나는 것만으로도
찔리겠지!

"잠시 나갔다 올게."

작정하자마자 나는 얼른 내 처소를 지나 동영궁 밖으로 나가 흑합 장

군이 머무는 거처로 곧장 걸어갔다.

"귀자야. 심부름을 하나 하거라."

하지만 거처 앞에 도착했을 때, 나는 떡돌이를 찾아왔다고 이전처럼 바로 방문 목적을 밝히진 않았다. 전에 '천 귀인'의 모습으로 떡돌이를 만나려다가 튕긴 적이 있으니까. 대신 황제가 보내준 태감을 보내, 흑합 장군에게 '꼭 전해야 할 물건이 있으니 나와주십사' 부탁만 하라고 했다.

"절대로 내가 불렀단 걸 눈치채게 하지 마."

"그런다고 나올까요?"

"무슨 수를 써서든 불러내 봐. 아무 핑계나 대서라도."

귀자를 성문 앞으로 보낸 후 나는 커다란 나무 뒤에 몸을 숨겼다.

얼마나 그러고 있었을까. 귀자가 무어라고 말한 건진 모르겠지만, 정말로 흑합 장군이 문밖으로 나왔다. 심지어 그는 주위를 두리번거리기까지 했다. 전에 본 검은 목련! 흑합 장군이 분명했다.

판단을 마치자마자 나는 얼른 나무 밖으로 달려 나갔다.

"저기! 잠시!"

혹시 내 얼굴을 보고 뒤돌아 달아나는 건 아닌가 했는데. 흑합 장군은 오늘은 웬일인지 문 앞에서 나를 기다려주었다. 그러고는 내가 가까이 다가가자 먹물 향 나는 목소리로 물었다.

"무슨 일이시지요?"

당당한 태도였다. 그래서 이상했고. 뭐야. 왜 이렇게 당당해? 떡돌이랑 둘이 짜고서 날 속이는 주제에?

"소저?"

게다가 다른 이들과 달리 나를 '천 귀인'이라고 부르지 않는데?

설마…… 날 모르나?

"난 천 귀인이라고 하네."

"!"

모르네. 확실하게 내 얼굴을 몰랐나 봐. 눈동자가 엄청난 속도로 떨리기 시작하잖아? 이 와중에도 표정은 덤덤하지만. 이름을 빌려준 건 물론 내 처소로 선물까지 보내기에, 당연히 내 얼굴을 아는 줄 알았는데. 그런 것도 모르고서 그냥 이름만 빌려준 모양이다.

나는 그에게 '네가 흑합 장군인 걸 알고 있다, 이 사기꾼아'라고 말하는 대신 모른 척 웃고서 물었다.

"난 흑합 장군을 데려오라고 하였는데. 왜 그쪽이 나왔는가? 장군이 외출하였나?"

굳이 모른 척한 이유는 두 가지다. 하나는, 원래 들키기 전이 가장 졸리니까. 다른 하나는, 귀자 때문에.

귀자가 내 태감이긴 하지만 예전부터 함께 있던 태감은 아니잖아? 최근에 합류한 태감이지. 그러니 혹시 모르지 않는가. 귀자가, 내가 흑합 장군 사기극을 눈치챘단 걸 알고서 다른 이들에게 이 이야기를 퍼트릴지도. 그러니 모른 척 이렇게 나가는 것이다.

"그쪽이 천 귀인……."

흑합 장군, 그러니까 진짜 흑합 장군은 날 바라보며 작게 중얼거렸다. 그래. 어떻게 대응할 거지, 이제? 나는 속으로 낄낄 웃으면서 그를 바라보았다. 진실을 고백할까? 사과할까? 어물어물 넘어갈까?

얼마나 오랫동안 망설였을까. 마침내 결정을 내렸는지, 흑합 장군이 골목길을 손으로 가리키며 권했다.

"잠시 함께 걷겠습니까?"

'저분이……!'

염 귀인은 나란히 걸어가는 헌앙한 한 쌍의 남녀를 보며 심장 위에 손을 올렸다. 그녀는 고통스러운 표정을 감추지 못하고서 나무에 이마를 기댔다. 보따리를 들고서 염 귀인을 따라온 그녀의 궁녀가, 그 모습을 보고는 발을 동동 굴렀다.

"소주, 천 귀인과 흑합 장군 사이가 심상치 않다고 황후마마께 다시 말씀드리는 게 어떨까요?"

"……."

"우 귀인은 이상한 서신을 들고 와 황후마마 심기를 불편하게 했지만, 소주께서는 확실하게 증거를 잡아내서 황후마마께 바친 전적도 있잖아요. 소주께서 말씀하시면 황후마마께서도 천 귀인이 감히 다른 사내와 사통한단 걸 믿어주실 거예요."

"그랬다가 흑합 장군에게도 피해가 가면?"

"그거야……."

사통한 게 진짜라면 둘 다 벌을 받는 게 맞죠. 궁녀는 속으로만 중얼거렸다. 염 귀인의 표정이 정말로 괴로워 보였기 때문이다. 궁녀는 보따리를 꼭 쥔 채 걱정했다. 이렇게까지 힘들어하시다니…….

'역시 소주께서는 아직 흑합 장군님을 못 잊고 계신 걸까.'

사기 치는 데 도움을 주었는데, 사기당한 사람이 찾아와서 사기꾼을 찾는 상황. 과연 흑합 장군이 어떻게 대응하려나? 모든 진실을 알고 있지만, 나는 시치미를 뚝 떼고서 그가 먼저 말을 꺼내기를 기다렸다.

"……이 이야기를 해야 할지 말아야 할지 많이 생각했고, 사실 지금도 이 이야기를 해도 좋을지 확신은 서지 않습니다."

바람이 강하게 부는 대나무 숲을 거의 두 바퀴 돈 후에야 흑합 장군은 가까스로 입을 열었다.

어, 판단은 내가 할게. 그쪽은 일단 말해봐.

"하지만 지금은 말하는 게 낫단 쪽이 좀 더 우세합니다. 그러니 말하겠습니다."

"무슨 말을 하려고 그렇게 뜸을 들이는가?"

"내겐 친구가 있습니다."

뭐야. 자랑해? 나한테 친구 없단 건 어떻게 알고 자랑하는 거야?

"그 친구는 당신을 좋아합니다. 그게 우정인지 연모인지는 내가 그 친구가 아니라서 모르겠지만요."

아. 자랑이 아니구나. 혹시…… 떡돌이 얘기인가? 다른 건 몰라도 떡돌이가 날 좋아하는 건 분명하니까.

"그래서 그 친구에게 내 이름을 빌려주었습니다. 천 귀인, 그대 곁에 다가갈 수 있도록요."

역시 떡돌이 얘기였어.

"흑합 장군은 저입니다, 천 귀인."

진실을 고백할 가능성도 생각하긴 했다. 하지만 떡돌이와 입을 맞추고 날 속일 확률을 더 높게 봤는데. 설마 저렇게 대놓고 진실을 이야기할 줄이야. 좀 놀라운데? 불안해하는 표정을 보니 '이러는 게 맞나?' 하고 아직 고민 중인 듯하지만.

어쨌든 난 처음 듣는 이야기인 척 놀란 표정을 꾸며냈다.

"정말인가? 그럼 내가 아는 흑합 장군은 누구지? 난 지금까지 내가 흑합 장군과 친구라 여겼는데!"

"제 친구입니다. 이름을 빌려준 친구이지요."

"날 속이다니!"

"미안합니다, 천 귀인."

나는 화난 척 흑합 장군을 원망스레 쳐다보다가 휙 몸을 돌렸다. 뒤에서 무거운 목소리가 들려왔다.

"범죄자라거나 못할 일을 하는 친구는 아닙니다. 그러니 천 귀인, 괜찮다면 조금만 더 그 친구에게 속아줄 수 있겠습니까?"

'속아달라'고 부탁했으니, 흑합 장군도 떡돌이에게 '너 정체 들켰다'고 바로 말해주진 않겠지. 하지만 흑합 장군이 내게 진실을 털어놓은 이상 떡돌이까지 진실을 알게 되는 건 시간문제였다. 흑합 장군이 양심에 걸려서 내게 비밀을 실토했듯, 이번에도 양심에 걸려서 떡돌이에게 비밀을 실토할 수도 있지 않은가.

'이거 참. 그러고 보니 그 장군, 입이 무거운 듯 가볍네.'

그러나 이와 관련해서 깊게 고민할 새도 없이, 나는 저녁이 되자마자 한껏 치장하고서 황제와 함께 하는 식사 자리에 불려 갔다. 나 혼자 불려 간 건 아니고. 황제, 태후, 황후, 후궁들이 다 함께 저녁 식사를 하는 자리였다. 평소에는 따로 먹으면서 왜 갑자기 부른 건지 모르겠지만.

어쨌든 오라고 해서 가보니, 넓은 방 안에 벽을 따라 의자와 개인 탁자가 있고 가장 상석 위쪽에는 황제, 태후, 황후 이렇게 세 사람이 함께 앉을 수 있는 의자와 넓은 식탁이 있었다. 황제는 그 가운데에서도 가장 중앙에, 태후는 오른쪽에 황후는 왼쪽에 앉아 있었고.

자리를 잡고 앉자 바로 음식이 나와서, 나는 무슨 영문인지도 모른 채 일단 태감들이 가져다주는 대로 음식을 먹었다. 구운 밤, 얼린 홍시, 튀긴 닭고기 요리, 안에 정체불명의 무언가를 꽉꽉 채워 넣은 피가 얇은 만두 등등.

그런데 음식을 반 정도 먹으면서 보니, 태후와 황후가 두런두런 얘기하는 게 보였다. 무슨 얘기인지는 모르겠다. 워낙 작은 목소리로 얘기해서. 하지만 드문드문 들리는 소리로 추측건대, 태후가 무료하다고 말하는 것 같았다.

"여러 후궁이 다 함께 모인 좋은 자리이니, 흥을 돋우어 보는 게 어떻겠습니까 폐하?"

심심하다고 한 거 맞나 보다. 황후가 황제에게 갑자기 큰 목소리로 청하는 걸 보니. 웃기지. 황제는 황후와 태후 사이에 앉아 있어서 두 사람 얘기를 이미 다 들었을 텐데, 뭘 굳이 저렇게……. 어쨌든 황제는 황후의 연극에 동참해서, 아무 소리도 못 들은 척 고개를 끄덕였다. 그러자 황후는 잘 됐다면서 후궁들을 돌아보더니 이렇게 권했다.

"갑자기 악기를 연주하거나 노래를 하기도 이상하니, 그대들이 차례로 훌륭한 시를 읊어 태후마마의 귀를 즐겁게 해주도록 해라."

엄마야. 이번엔 갑자기 왜 시가 나와? 심심하단 사람한테 시를 들려주래. 미친 거 아냐? 그러나 후궁들은 황후의 제안이 전혀 이상하게 여겨지지 않나 보다.

"예, 황후마마."

다 같이 공손히 대답하더니, 정말로 첫 번째 앉은 후궁부터 시를 읊기 시작했다. 달이 어쩌구 그림자가 어쩌구 하는 시인데…… 황후는 그걸 듣고서 대단하단 칭찬을 건넸다. 이어서 두 번째 후궁이 시를 읊고, 세 번째 앉은 후궁도 시를 읊었다. 그때마다 황후나 태후가 시를 평가해주거나 감상을 말했고.

솔직히 말하자면 전혀 이해가 가지 않은 감성이었다. 황궁 사람들이나 고관대작들은 시를 읊으며 서로의 마음을 주고받는 걸 고상하게 여긴단 말은 들었지만, 난 그냥 우스갯소리인 줄 알았지. 설마 실생활에서 이렇게 할 줄이야.

"천 귀인. 천 귀인의 차례구나."

하지만 내가 이 감성을 이해할 수 있는지 없는지는 여기에서 아무런 문제도 되지 않았다. 말단 후궁에겐 선택권 따위 없었으니까. 내 차례가 돌아왔고 황후가 날 지목했고, 그걸로 끝이었다.

젠장. 어쩌지? 게다가 최근 이름을 날린 탓인가. 다른 후궁들이 시를 읊을 때는 별 관심을 안 보이던 후궁들, 태감과 궁녀들까지도 모조리 내 쪽을 쳐다보잖아? 심지어 시를 한 귀로 흘려듣는 게 분명해 보이던 황제까지도. 아니, 면사 아래로 드러난 입꼬리가 올라가는 걸 보니, 황제는 아예 이 상황이 재미있나 보다.

나는 입을 다물고서 시를 어떻게 만들어야 하는지 머리를 팽팽 굴렸다. 그러나 머리가 하얗게 비어서 아무 방법도 떠오르지 않았다. 당연하지. 난 시와는 관련 없는 삶을 살아왔다고! 그래도…… 하긴 해야 돼.

다른 후궁들은 모두 사랑을 노래했지. 그렇다면 주제는 사랑으로 하는 게 가장 무난할 거고. 그다음은? 그다음은 어떻게 해야 하지? 다른 후궁들처럼 적당히 길이를 짧게 짧게 끊으면 되나?

"천 귀인?"

내가 입을 다문 채 가만히 앉아 있기만 하자, 황후가 기쁜 듯한 미소를 띠며 날 불렀다. 표정을 보아하니, 내가 멍청하게 앉아 있는 꼴이 재미있는 모양이다. 시 한 수 읊지 못해서 이 자리에서 망신당했으면, 하는 표정 같기도 하고. 하지만 그렇게는 할 수 없지. 나 천년비, 시를 엉터리로 읊으면 읊었지 포기는 못 한다.

결국 고민 끝에, 나는 아까까지 내내 생각하던 내용을 솔직히 시로 표현하기로 했다. 아까 염 귀인이 그냥 일기 쓰듯 시를 읊었는데, 황후가 솔직하다고 칭찬했잖아? 나도 그렇게 해보자. 솔직함을 내세워서 해보자.

"세상엔…… 다양한 떡이 있다."

"풉."

"큽."

천 귀인이 그윽한 목소리로 입을 여는 순간. 후궁들은 웃음을 참느라 입술을 깨물었다. 잠시지만 황제의 총애를 독차지했던 후궁이니 아주 대단한 시를 읊으리라 여겼는데. 저건 무슨……. 그사이, 천 귀인이 두 번째 행을 읊었다.

"어떤 떡으로 오던 넌 그저 너였고 난 네가 좋았다."

후궁들은 다시 입술을 꽉 깨물었다. 대단한 시는커녕 저건 무슨. 시도 아니고 그냥 혼잣말 아닌가? 그래도 몇몇은 분명 저 안에 무슨 의미가 있을 거라 확신하고서 소곤거렸다.

"저거 무슨 뜻이에요?"

"몰라요."

"떡이 폐하를 비유하는 거 아닐까요?"

"그런 불경한……!"

별개로, 아무도 의미를 파악하진 못했다. 하지만 천 귀인이 헛소리한다 생각하는 쪽이든, 그래도 의미가 있는 말을 하고 있을 거라 생각하는 쪽이든, 이것 하나만큼은 확신했다. 천 귀인은 시를 정말 못 짓는구나.

반면 황제는 호기심을 보였다.

'혹시 짐에게 하는 말인가? 떡돌이한테?'

그는 약간 감동을 받아서 입가에 희미하게 미소를 띠었다. 천 귀인 무식한 거야 이미 진즉부터 알았고. 무식한 뇌로 나름대로 머리를 굴리는 게 그래도 귀여워 보였다.

"넌 다른 떡인 척 늘 너를 숨겼지만, 난 이제 네가 무슨 떡인지 안다."

그러나 천 귀인이 세 번째 행을 읊자, 감동은 싹 사라졌다. 그 자리를 불안하고 의심스러운 마음이 채웠다. 면사 너머, 황제가 인상을 슬쩍 찌푸렸다.

'저게 무슨 뜻이지? 설마. 짐이 누구인지 알아채고서 저런 말을 여기서 꺼내는 건가?'

겉으로 보기엔 허술해 보이더니. 그새 진실을 알아낸 건가? 이 기회를 틈타 '난 모든 걸 알고 있다'고 밝힐 셈인가? 그리고 자신을 속인 황제에게 이를 항의하면서…….

"넌 잣구리 같은 시레 개떡이다."

잣 같은 시레떡이라고 욕을…….

'뭐라?'

황제의 머릿속에서 생각이 날아갔다. 후궁들은 키득거리면서 천 귀인을 보다가 자기들 입을 막았다. 머릿속에 혼란이 가득 찼다. 뭐지 방금? 방금 욕 같은 게 지나갔는데?

빼어난 시를 감상하면 들은 사람은 넋이 나가버린다고 한다. 난 이게 허풍 섞인 거짓말, 과장이라 생각했다. 그런데 아니었다.

'와. 다들 넋이 나갔잖아?'

시를 다 읊고서 돌아보니, 죄다 입을 손가락 두 마디큼씩은 벌리고 있지 않는가. 놀란 표정들을 보니 내 시에 몹시 감동한 게 분명했다.

'자신 없어도 읊길 잘했어. 역시 용기가 최선이야.'

흐뭇하고 뿌듯한 마음이 들어서, 나는 온화하게 웃으며 눈을 내리깔았다. 내가 무공을 하느라 학문을 등한시해서 그렇지, 사실은 아주 대단한 예술성을 지니고 있었잖아?

천 귀인이 된 천년비가 새롭게 안 자신의 재주에 도취한 그 시각.

천 귀인을 납치하는 데 실패했던 연얼군주는, 천 귀인을 끌어들일 다른 방도를 찾아냈단 보고를 듣고 있었다. 바로 천 귀인의 적을 이용하는 방법이었다.

"염 귀인?"

"예."

사실 연얼군주가 천 귀인의 적에 대해 찾기 시작한 건 며칠 전부터였다. 그러나 쉽지 않았다. 천 귀인이 아직 이렇다 할 암투나 정치적 행보를 보인 바가 없다 보니, 유명세에 비해 알려진 게 없던 탓이었다. 아군도 없었지만 적도 없어 보였다. 그러다 드디어 보고가 올라온 것이다.

연얼군주는 미간을 찡그렸다.

"정말인가? 천 귀인과 염 귀인이 싸웠단 이야기는 들은 바가 없는데."

"직접 싸운 건 아닙니다. 하지만 아마 염 귀인이 천 귀인을 싫어할 겁니다, 전하."

"어째서지?"

"흑합 장군이 천 귀인을 사모한단 소문이 돌지 않습니까. 황제 폐하께서 그 일로 냉궁에까지 간 천 귀인을 직접 빼내 주셔서 다들 쉬쉬하고 있지만요."

"그래. 그 이야기는 들었다."

"원래 염 귀인은 흑합 장군과 혼인을 약속했던 사이입니다."

연얼군주는 눈을 커다랗게 떴다. 정혼한 사이?

"정말이냐?"

"예. 둘 다 서로를 좋아했답니다."

"이런. 그럼 염 귀인이 입궁하는 바람에 두 사람이 헤어진 건가?"

"그건 아니라 알고 있습니다. 하지만 예전에 염 귀인이 흑합 장군을 아주 많이 좋아했다고 합니다. 흑합 장군은 별로 그런 내색이 없었지만, 염 귀인을 마지막으로 다른 여인들과는 정혼을 하지 않고 있지 않습니까. 뻔하지요. 장군도 여전히 염 귀인을 잊지 못한 겁니다."

그런 사이라면 염 귀인이 천 귀인을 싫어할 만도 하다. 아닐 수도 있지만, 찔러볼 가치가 있었다. 그녀의 입가에 미소가 올라왔다.

"하면 염 귀인 쪽으로 접선해보아라."

"예, 전하."

부하가 나가자, 연얼군주는 주먹을 꽉 쥐고 자신의 가슴께를 눌렀다.

'오라버니…… 반드시 오라버니를 죽인 범인을 찾아 복수할 테니까. 염려 마.'

지금까지 나와 떡돌이는 늘 우연히 마주쳤다. 아. 내가 냉궁에 있을 때는 아니구나. 그때는 걔가 먼저 날 찾아왔지. 하지만 그 딱 한 번을 제외하면 우리는 늘 우연히 만났다. 그런데 웬일이지? 떡돌이가 내게 먼저 만나자는 쪽지를 보내왔다.

'사기 아냐?'

이게 진짜인지 아닌지가 좀 의심스럽지만.

"소주? 왜 그렇게 심각한 표정이세요?"

"고민거리가 있어서."

일단 만나자는 장소는 청적. 게다가 쪽지에 써둔 발신인 이름도 떡돌이. 내가 떡돌이에게 붙여준 별명에 대해 아는 건 떡돌이와 승언이, 그리고 모습을 드러내지 않는 떡돌이의 호위들뿐이다. ……그러면 떡돌이가 보낸 게 맞나?

고민 끝에, 나는 약속 시각에 맞추어 청적으로 향했다. 이제는 제법 익숙해진 풍경이 나를 맞이했다. 상쾌한 바람과 좀 추운 날씨, 고요한 분위기, 평화로운 나무들……. 떡돌이는 저기 있네. 우리 두 사람의 바위에 다리를 쭉 펴고 앉아 있다. 오늘도 자기가 수묵화인 척 괜히 분위기나 잡고서. 잘생긴 자식이 자기 잘생긴 건 또 잘 알아요.

코웃음을 치며 다가가자 떡돌이가 천천히 고개를 돌렸다.

"왔어?"

"불렀어?"

그가 손으로 자기 옆자리를 톡톡 두드렸다. 옆으로 가 앉자, 떡돌이는 제 무릎 위에 손을 올리더니 내 얼굴을 살폈다.

"왜 그래? 내 얼굴에서 빛이 나?"

"보통은 뭐 묻었냐고 묻던데."

"안 묻은 거 확인하고 왔어."

떡돌이는 픽 웃었지만 그러면서도 내 얼굴에서 여전히 시선을 떼지 않았다. 원래도 나한테 반했으면서. 이렇게 보니 새삼 반했나? 의아해서 덩달아 빤히 마주 보자, 그는 그제야 시선을 옆으로 피했다.

나는 다시 물었다.

"근데 진짜 왜 부른 거야?"

질문을 하자마자 답안지가 떠올랐지만.

혹시…… 내가 황제와 태후, 황후, 후궁들 앞에서 읊은 시. 그 시에 대해 들었나? 그 자리에 있던 사람들 모두 많이 놀랐지. 그 정도로 대단한 명시이니 이미 사방팔방 퍼져갔는지도 모르겠다. 게다가 노골적으로 떡돌이의 거짓말을 비난하는 시였으니, 떡돌이가 그 시에 대해 들었다면……? 심장이 두근두근하는데? 그래도 모른 척 그를 빤히 쳐다보자, 떡돌이가 심각한 표정을 지었다. 하지만 쉬이 말을 꺼내지 못했다.

그래도 나는 인내심을 가지고 녀석을 기다려주었다. 거짓말을 털어놓는 일은 힘든 일이니까. 녀석이 어떤 의도로 거짓말을 했든.

한참 만에야 떡돌이가 입을 열었다.

"실은…… 네가 이미 알고 있는 모양이지만…… 난 흑합이 아니야."

"알아. 실물로 봤거든. 되게 잘생겼더라."

"여기서 흑합 잘생겼단 얘기가 왜 나와?"

"잘생겼으니까. 그리고 네 말이 맞아. 여기서 나와야 할 얘기는 네 진짜 이름이 무엇인가이지."

기가 막히게도 바람이 갑자기 불어와서 그의 머리카락을 우수수 흩날리게 했다. 개털이 된 머리카락이 수려한 이목구비를 가렸다 드러내기를 반복한다. 바람이 멈출 때쯤, 그가 간신히 입을 열었다.

"사실 난……."

과연 진실을 털어놓을까, 아니면 이번에도 거짓말을 할까? 나는 차분히게 그가 어떤 말을 할지 기다렸다.

"난 우리가 이 거리를 유지했으면 해."

이후 나온 말은 진실도 거짓도 아니었다. 아 뭐, 따지자면 진실에 가깝긴 한가? 진실한 속마음 이딴 거. 하지만 내가 원하는 진실은 아니었다. 얘 참 짜증 나게 솔직하네.

"이 거리가 어떤 거린데?"

"네게 호감이 있다. 하지만 네게 진실을 알려주고 싶지 않아."

"날 등쳐먹고 싶단 뜻이야?"

"아니 그건 아니고."

"그렇게 들리는데?"

"나는—."

혼자 머릿속이 얼마나 복잡한 거야, 대체? 말을 해 말을. 그래도 그가 용기를 낼 때까지 기다려주자, 떡돌이는 한참이 지나서야 말을 이었다.

"말 그대로. 네가 좋지만 이 정도 거리를 유지하고 싶다."

"이 욕심쟁이 같으니라고. 내가 좋지만 더 가까워지고 싶진 않단 뜻이잖아? 더 멀어지는 건 싫으면서!"

"그런 뜻이 아니라—."

"맞네!"

내가 호통을 치자 떡돌이는 자기도 헷갈려 하는 표정으로 변했다. 나는 혀를 끌끌 찼다. 거리감과 애정 모두를 가지고 싶어 하다니. 진짜로 욕심 많잖아?

"조심하는 게 좋아, 떡돌아. 넌 이미 떡돌 장군에서 떡돌로 내려왔는데, 자꾸 이런 식으로 나오면 돌식이라 부르는 수가 있어."

쥐꼬리만큼 미안한 표정을 짓던 떡돌이는 내 말을 듣자마자 미간을 찡그리며 항의했다.

"왜 항상 그렇게 촌스러운 이름만 붙여주는 거지?"

그야 입에 착 달라붙으니까. 하지만 그 부분은 중요하지 않으므로 설명하지 않았다. 대신 내가 신경질적으로 발을 까딱거리자, 떡돌이는 한숨을 내쉬고서 두 손을 깍지 껴 잡았다.

"내가 이렇게 나와서 서운해?"

"좋진 않지."

그걸 말이라고 하나?

"하지만 괜찮아. 나도 네게 거리감을 두고서 알려주지 않은 비밀이 있으니까."

사연 있는 연극 주인공처럼 청승맞게 웃던 떡돌이가, 대번에 악역처럼 도끼눈을 떴다.

"비밀?"

"어. 내 정체에 대한 비밀. 그러니 네가 비밀을 알려주지 않아도 괜찮아."

비밀은 자기한테만 있을 거라 생각하기라도 했나? 떡돌이는 눈을 가느스름하게 뜨더니 은근하게 물었다.

"그게 뭐지?"

나는 대답 대신 손을 들어 녀석의 입술을 아프지 않게 찰싹 내리쳤다.

"이 요망한 주둥아리."

"요망? 지금 나더러, 요망하다 하였나?"

"지는 이름도 말해주기 싫어서 '이 거리를 유지하자' 이따위로 말해 놓고선, 나한테만 비밀을 말해 달라 하니 그러지."

"지? 나더러 지라고?"

다시 한번 녀석의 주둥아리를 찰싹찰싹 내려치면서 "요. 망." 하고 끊어서 말해주자, 떡돌이는 입을 약간 벌리더니 혼란스러운 눈으로 날 바라보았다. 한참을 그러고 있던 후에야 떡돌이는 한숨을 내쉬고는 품 안에서 주먹만 한 주머니를 꺼내 내게 건네주었다.

"뭐야?"

"네가 먹고 싶어 노래를 불렀다던 잣구리 떡이다."

퉁명스럽게 말한 떡돌이는 몸을 벌떡 일으키더니 인사 한마디 건네지 않고 가버렸다. 나도 그에게 잘 가라 인사하는 대신 주머니를 꺼내서 오늘 분의 떡을 입에 물었다. 아 고소해.

"……."

뭐, 끝까지 이름을 안 알려주는 게 짜증 나긴 하지만. 괜찮다. 나도 이 거리가 딱 적당하다고 생각하니까. 게다가 자기가 날 좋아하지 내가 자기를 좋아하나? 거리가 여기서 유지되면 누구 손해겠어? 그리고 자기가 뭐. 자기 비밀이 대단하면 얼마나 대단하겠어. 자기가 황제라도 된단 거야 뭐야. 웃겨.

"떡은 맛있네."

어디서 맨날 이리도 맛있는 떡을 구해오나 몰라…… 라고 생각하다가 방금 엄청난 게 떠올랐다. 떡돌이 저거, 혹시 이름을 계속 알려주지 않으려 버티는 거, 이유 알 것 같아!

'내시인가 봐!'

내시가 뭐야. 고자지. 고자는 뭐야. 고자지. 떡돌이는 나를 연모하고.
답이 나왔네, 답이 나왔어. 고자인 떡돌이는 내게 자기가 내시란 걸 차마
들킬 수 없던 거다. 자기가 내시란 걸 알리는 순간 그의 짝사랑은 끝이
날 수밖에 없으니까. 이런 사유라면 흑합 장군이 친구를 위해 이름을 빌
려줄 만하다. 암. 내관이니까 황제의 호위라는 승언이랑도 자주 어울려
다닐 테고. 상황이 딱 들어맞잖아?

어휴…… 나는 내 입을 서너 번 내리쳤다. 이 못된 주둥이, 이 못된 주
둥이. 내가 나빴어. 고자 앞에서 맨날 황제가 고자라고 의문을 제기했으
니. 떡돌이가 들으면서 얼마나 괴로웠을까. 바보한텐 바보라 말하는 거
금기인데.

'미안해서 어쩌지?'

황제는 괜히 바쁜 척 빠른 걸음으로 청적을 벗어나다가 갑자기 확 멈
춰 섰다. 그는 온정신을 다 집중해서 혹시 누군가 자신을 따라오지는 않
나 인기척을 살폈다. 얼마나 오래 그러고 있었을까.

"아무도 안 따라옵니다, 폐하."

보다 못한 승언이 뒤에서 알려주었다.

"안다."

황제는 그제야 '크흠' 헛기침을 하고서 뒷짐을 지고 천천히 걸어갔다.

그 뒷모습을 보며 승언은 속으로 한숨을 내쉬었다. 그러게 그냥 솔직
하게 말씀하시지. 어차피 천 귀인은 황제의 여인 아닌가. 물론 자기가 떡

돌이라고 부르며 놀려대던 사내의 정체가 황제라고 하면 좀 놀라긴 하겠지만⋯⋯.

'그래도 아주 싫어하진 않을 텐데.'

여기까지 생각한 승언은 뒤늦게 황제가 자기 이름을 밝히지 못한 이유를 깨달았다.

'두려우신 거구나.'

황제는 아직 장공주의 그림자에서 벗어나지 못한 게 분명했다. 어린 시절의 일이라 완전히 기억하지 못할 텐데도.

그때였다.

"승언아."

심궁으로 느릿하게 걸어가던 황제가 그를 불렀다.

"예, 폐하."

승언은 속도를 빠르게 해서 얼른 황제의 대각선 뒤쪽으로 다가갔다.

"하명하십시오."

돌아온 대답은 명령이 아니었다.

"천 귀인이 숨기고 있단 비밀이 뭘까. 정체에 관한 비밀."

승언은 천 귀인의 인적사항을 빠르게 머릿속으로 점검했다. 그녀가 황제와 가깝게 지내자마자 바로 한 차례 조사를 해두었기에 대답은 쉬이 흘러나왔다.

"천 귀인은 연비마마의 동복동생입니다."

"그건 비밀이 아닐 텐데?"

"부친과 모친 모두 신분이 확실합니다. 내내 수도에서 지낸 데다 다른 가문과의 교류도 적지 않아, 어린 시절부터 천 귀인을 보아온 귀족들도 많고요."

"그것도 비밀이 아니지."

"네. 비밀이랄 게 없습니다, 폐하."

승언은 조심스럽게 의견을 내밀었다.

"그냥 폐하께서 이름조차 알려주지 않으시니, 홧김에 내뱉은 말이 아닐까요?"

원래 사람은 그런 식으로 허풍을 다 떨지 않던가. 감히 황제의 앞에서라면 그런 허풍은 떨지 못하겠지만, 천 귀인은 상대가 황제란 걸 모르니 허풍을 떨 만했다. 그러나 황제는 대번에 그럴 리 없다고 대답했다.

"넌 눈치가 없구나. 그 거만하게 치켜들고 있던 턱을 못 보았느냐? 분명 진담이었다."

"그러면 천 귀인의 호위로 보냈던 태감을 불러볼까요? 천 귀인에게 수상한 점이 없는지 물어보시겠습니까?"

5장

날 사랑하지 마

눈이 내린 저녁, 우물가에서 시체 한 구가 떠올랐다. 올해 우물에서 떠오른 첫 시체였다.

그러나 그 우물은 사람들이 거의 사용하지 않아서, 사람들은 이 일을 바로 알아차리지 못했다.

그 시각. 태감들은 하루해를 정리하느라 온갖 잡일에 바빴고, 궁녀들도 이부자리를 살피고 제 주인에게 차와 음식을 가져다주는 등 자질구레한 심부름에 정신이 없었다.

황제는 '내 정체는 알려주기 싫지만 천 귀인의 정체는 알고 싶다'는 이중적인 욕망에 끙끙 앓았고, 황후는 삐걱거리는 낡은 의자에 앉아 이미 죽고 없는 친구를 떠올렸다.

염 귀인은 흑합 장군과 마주 보고 서 있었다.

"전에 내가 한 질문, 생각나나요?"

"……예."

"천 귀인과의 사이에서 도는 소문이 사실인지 물었습니다."

"예."

"그때 그대는, 천 귀인이 누구인지도 모른다고 대답했어요."

두 사람 사이에서는 껄끄러운 분위기가 감돌았다. 흑합은 염 귀인과 눈을 마주치지 않았고, 염 귀인의 눈동자는 힘없이 떨렸다.

"다시 물을게요. 천 귀인과 무슨 사이인가요?"

"저는—."

"알지도 못한단 거짓말은 하지 말아요. 그대가 천 귀인을 구하러 수사
청까지 간 이야기는 이미 모르는 이가 없어요."

"……친한 사이는 아닙니다."

"그런데 왜 천 귀인에게 선물을 보내고 함께 산책을 하나요?"

"귀인."

"친한 사이가 아닌데 그런 행동을 하다가는 폐하께 밉보일지도 몰라
요. 그걸 모르나요?"

흑합 장군의 입에서 무거운 한숨이 흘러나왔다.

"그렇더라도 귀인께서 신경 쓸 필요 없는 일입니다."

뒤이어 그보다 더욱 무거운 거절도.

염 귀인의 머리 위로 하얀 눈이 쌓였다 녹길 반복했다.

그녀는 '감기에 걸립니다, 낭자'라고 말하며 겉옷을 벗어 둘러주던 사내
를 떠올렸다.

"들어가십시오. 날이 춥습니다."

그러나 흑합 장군은 그 시절과 달리 돌아서서 홀로 저택에 들어가 버
렸다. 염 귀인은 자리를 떠나지 못하고 눈물만 펑펑 흘렸다.

"소주……."

친정에서부터 데려온 그녀의 궁녀는 안타까운 마음에 발을 동동 굴렀
으나 도움이 되지 않았다.

"가야 합니다, 소주. 지금 옷도 얇고. 장군님 말마따나 정말 이러다 감
기에 걸리십니다. 네?"

궁녀가 거듭 재촉한 후에야 염 귀인은 가까스로 발을 움직였다.

"소주, 소주, 소주! 들었어요? 들으셨어요?"

이제 막 일어난 사람에게 저런 질문을 할 경우, '응'이란 답이 돌아올 확률은? 없다. 있을 리가.

"나 방금 일어났어."

네 손에 든 건 내 세숫물이고. 그렇지 않니? 원웅이 든 넓은 세숫대야를 가리키자, 그녀는 "아이쿠" 소리를 내면서 자기 이마를 두드렸다.

"내 정신이야. 죄송해요. 얼른 세수하세요."

"응. 근데 무슨 일인데 이렇게 소란이야? 왕족 하나 더 죽었어?"

"왕족이 죽은 건 아닌데요! 누구 하나가 죽긴 했어요!"

손에 물을 묻혀서 얼굴에 찔끔찔끔 가져다 대는 고양이 세수를 하다가, 나는 깜짝 놀라서 행동을 멈췄다.

"진짜?"

여기도 조용한 무림이 맞다니까. 뭐 시시때때로 사람이 죽어 나가? 내가 이 몸으로 들어온 지 얼마나 됐다고 벌써 두 사람이 죽었어. 이게 말이 돼?

"누가 죽었는데?"

"내관이요."

시큰둥하게 질문을 던지면서 찬물에 다시 손을 담그다가, 나는 아까보다 더 놀라서 손을 도로 뺐다.

"진짜? 어느 내관? 혹시 죽은 내관이…… 잘생겼어?"

원웅은 황당하단 얼굴로 내게 마른 수건을 내밀었다.

"세상에 소주. 그게 중요하세요?"

"나랑 좀 친한…… 애증 관계인 내관이 있어서 물어본 거야. 그 사람이 무진장 잘생겼거든."

자, 수건은 도로 가져가고.

"잘생겼단 말은 없는데 잘생겼을지도 모른단 말은 있어요."

"무슨 소리야?"

"우물에서 발견된 거라, 발견됐을 땐 상태가…… 아시겠죠?"

"아."

"하지만 뼈대라든가 뭐 그런 건 보이잖아요. 수사청 검시관이 사인을 조사하다가, 치정 싸움에 휘말렸을 수도 있겠다고 그랬대요."

"그건 너무 막 건너뛴 추측 아냐?"

"자세한 사정은 저도 모르지요. 그냥 건너 건너 들은 거라서요."

"그래?"

"네. 하지만 일 년에 서넛은 그런 궁녀나 태감 시체가 나와요."

그건 그것대로 끔찍한 이야기인데?

"아, 근데 시체가 발견되어서 소주께 이 이야기를 하는 건 아니에요!"

"그럼?"

"염 귀인 있잖아요?"

"응."

"그 태감, 염 귀인이 죽인 걸지도 모른대요!"

"뭐?"

염 귀인이라면 분명…… 내가 떡돌이, 아니, 떡돌이라 오해한 흑합 장군에게 편지를 썼을 때, 중간에서 내 편지를 가로채 황후에게 가져간 그 후궁이지. 맞아. 그때에도 보니까 좀 비열한 구석이 있었어.

"아니 세상에 어쩌다가 그런 짓을 했대?"

태감이 먼저 죽으라고 달려들어 반격한 거라면 그런 짓을 할 만하지만.

원웅은 어깨를 으쓱했다.

"그건 이제 알게 되겠죠, 뭐. 지금 수사청에 잡혀갔으니까요."

밤새 내린 눈은 정말 야비해 보일 정도로 찔끔 쌓였다. 눈과 흙이 뒤섞여 신발에 철벅 철벅 꺼림칙할 만큼. 그런 주제에 날씨만 어쩌나 차갑게 만들었는지 모른다. 원웅은 이런 날은 처소에서 따뜻하게 밤이나 삶아 먹어야 한다 했지만, 나는 마음이 심란해서 굳이 밖으로 나왔다.

'죽은 사람이 잘생긴 태감이라고?'

젠장. 설마 떡돌이는 아니겠지? 태감 숫자가 하나둘도 아니긴 한데. 그래도 영 신경이 쓰인단 말이야. 그렇다고 내가 수사청에 가서 시체 얼굴 좀 확인하겠다고 하면…… 기몽 장군은 얼씨구나 만세를 부르면서 감옥 문을 열어줄 거다. 그 인간은 지난번에 날 제대로 수사하지 못한 일로 꽁해 있을 테니까.

결국 정처 없이 마구 서성거리며 돌아다니다가 나는 청적으로 가보았다. 거기에 갈 때마다 떡돌이를 마주쳤지. 이번에도 마주칠지 몰라. 녀석이 무사한 걸 보고 안심하고 싶었다.

"……"

하지만 평소와 달리 오늘은 아무리 기다려도 떡돌이가 오지 않았다. 그러자 불안한 마음은 더욱 커졌다.

아무리 생각해도 잘생긴 내관이라고 하면 떡돌이 외엔 생각나는 사람이 없는데. 오가면서 본 내관들을 떠올리면 더욱 그렇다. 나는 두 손으로 얼굴을 감쌌다. 떡돌이…… 죽었으면 어떡하지?

그때, 눈 진흙을 지르밟는 소리가 멀지 않은 곳에서 들려왔다.

떡돌아! 나는 얼른 벌떡 일어나며 소리가 난 쪽을 돌아보았다. 그러나 나타난 사람은 황제였다. 평소처럼 면사를 얼굴에 드리운 황제. 평소 같은 용포 차림인데, 어깨에 두툼한 털피풍의를 두르고 있다.

"이런. 계란말이. 왜 우울한 표정이야?"

그가 며칠 내내 나를 부르다가 갑자기 찾지 않기에, 나는 황제가 내게 뭐 불만이라도 있는 줄 알았다. 하지만 그런 건 아니었는지, 황제는 우리가 어제도 인사하고 지낸 양 태연하게 뒷짐을 지고 다가오며 물었다. 나랑 떡돌이의 커다란 바위 근처로.

"무슨 안 좋은 일이라도 있느냐?"

저기는 나랑 떡돌이 자리인데, 되게 자연스럽게 가서 앉네. ……하긴. 따지자면 이 궁전 자체가 황제 거긴 하지만. 어쨌든 물었으니 대답을 하긴 해야 하는데. 여기서 '친구가 죽었을까 봐요'라고 대답하면 너무 사연 있어 보이겠지? 아직 죽은 게 떡돌이인지도 모르고…….

"계란아?"

"사람이 죽었다고 하니 마음이 아파서요."

그렇다고 우울하지 않다면서 웃기엔 진짜로 우울하고 걱정이 되어서, 나는 적당히 둘러댔다. 황제는 의외란 듯 고개를 기웃했다.

"너, 의외로 여리구나?"

"폐하? 누가 죽었단 소식을 들으면 대부분은 기분이 안 좋아지는데요."

그건 여린 거랑 관계없어. 사람이 죽고 다치는 걸 비교적 자주 보는 무림인들도 그럴걸?

"하긴. 그건 그렇지."

"그런데 여리단 얘긴 뜬금없이 왜 나와요?"

"그러게. 왜 나왔을까."

이상한 사람이네, 하고 생각하자마자 황제가 사람을 찔리게 하는 말을 내뱉었다.

"네 말처럼 당연한 거긴 한데. 너는 안 그럴 사람 같아서?"

왜 저런 말을 하지? 나한테서 못된 사람이란 티가…… 나나? 괜히 불안하고 심장이 콩닥거린다. 황제는 아니면 아닌 거지, 생각하는 얼굴이지만. 그냥 한 말이었나?

황제가 먼저 떠난 후, 나는 '살아 있으면 살아 있다고 해줘'라는 쪽지를 적어 바위 밑에 끼워둔 다음 내 처소로 돌아왔다. 떡돌이가 나중에라도 이걸 본다면 대답해주겠지. 내가 오해를 한 건지 괜한 걱정을 한 건지도 그때 나올 테고. 수사청에 직접 가서 확인하는 게 제일 빠르지만. 그건 좀 위험하니까.

젠장. 사실 이런 고민도 무공이 강했더라면 안 해도 되는데. 두 발로 직접 찾아다닌다거나 수사청에 몰래 잠입하면 되니까. 역시 새로운 무공 수련 장소를 개척해야 한단 말이지…….

그런데 한참 부성이 준 밤을 까먹으며 홀로 생각에 잠겨 있자니, 문밖에서 누군가 날 부르는 소리가 났다.

"천 귀인 계십니까?"

부성은 펄쩍 뛰었다.

"경사방 태감이 왔나 봐요!"

황제가 다시 날 부를 거란 기대감 때문인가. 부성은 황급히 밖으로 나갔다. 그러나 잠시 후 만나게 된 사람은 경사방 태감이 아니었다. 그렇다고 완전히 처음 보는 태감도 아니었다. 누구더라?

"황후마마의 장태감인 징봉입니다, 소주."

옆에서 원웅이 작은 목소리로 알려주고서야 나는 이 태감을 어디서 보았는지 기억해냈다. 문안을 드리러 갔을 때랑 편지 사건으로 끌려갔을 때 봤구나. 그런데 황후의 태감이 나를 왜? 그것도 이 늦은 저녁에?

"무슨 일이지?"

내가 묻자, 태감은 두 손을 곱게 모으고서 말했다.

"천 귀인, 황후마마께서 그간 궁에 좋지 못한 일이 많았으니 다 같이 모여 불안한 마음을 떨치자 하셨습니다."

윽. 전조가 좋진 않은데.

"어떻게 말인가?"

"내일 오후에 폐하와 사자친왕 전하께서 함께 마상 격구 놀이를 하신 다고 합니다."

"그래서. 나도 참석하라고?"

"예. 다 같이 모여 두 분을 응원도 해주시고 경기도 관람하시고 나들이 도 하시면 기분이 풀어지실 겁니다."

내가 말한 참석은 격구 놀이에 선수로 뛰어야 하냔 뜻이었지만…… 뭐 구경하러 오라는 것도 상관은 없지. 어차피 황후가 불렀다는 데 싫다고 뺄 수도 없고.

"알았다."

태감 하나는 시체로 발견되었고, 후궁 하나는 그 범인으로 의심받아 투옥되었다. 이런 상황에서 분위기를 환기하기 위해 격구를 뛰고 그 구경 을 한다는 건, 솔직히 말하자면 정말 이상해 보였다. 원래 궁궐 분위기는 다 이런가? 어쨌든 시키니 시킨 대로, 나는 평소보다 좀 더 간편한 차림 을 하고서 경기 장소로 갔다.

경기 장소는 평소 연무장으로 사용하는 모래 부지인데, 그 주위로 세 단짜리 폭이 넓은 계단이 있고, 그 계단 위에 색색의 차양이 한가득 펼쳐 져 있었다. 후궁들은 그 차양 아래에 작은 탁자와 의자를 가져다 두고 앉 아 자기들끼리 이야기하는 중이고.

'염 귀인은 안 보이네.'

아직 수사청에 있는 걸까?

같이 앉자고 해주는 후궁이 없어서, 일단 나는 경기장에서 가장 가까운 자리에 앉았다. 뭐. 좀 외롭긴 하지만 괜찮다. 난 원래도 친구가 없었는걸. 혼자 구경해도 재미는 있다고.

한 이각 정도를 그러고 있었나. 내내 다른 후궁 한 명과만 얘기를 나누던 황후가 자리에서 일어섰다. 그녀가 일어서자마자 모든 후궁이 동시에 입을 다물었다. 황후는 그런 후궁들을 차례로 둘러보며 당부했다.

"황제 폐하와 사자친왕께서 각 조의 대장이 되어 경기를 할 겁니다. 보다가 경기를 멋지게 주도하거나 누군가 득점한다면, 다들 응원해주어요."

싹싹 아부하란 거구나.

"아무 때나 응원하면 방해된다고 싫어하시니, 경기를 방해할 정도로 계속 응원해서는 안 됩니다. 폐하께서는 아부도 싫어하시니, 박수도 쳐야 할 때만 치도록 하고."

황제 자식, 되게 까다롭네.

"폐하뿐만 아니라 사자 친왕과 그 조원들이 경기를 잘하더라도 같은 응원을 해야 합니다. 알았나요?"

황후가 말을 마치고 자리에 앉자마자 시기적절하게도 바로 동쪽에 있는 울타리 문이 열리며 말을 탄 황제가 경기장 안으로 들어왔다. 흑마에 올라탄 황제는 이 와중에도 얼굴에 검은 면사를 두르고 있었다.

'대체 저 면사는 왜 이 와중에까지 고집하는 거야?'

황제의 뒤쪽으로는 검은 옷을 입은 호위인지 병사인지 장군인지 구별 안 되는 이들이 줄줄이 들어왔다. 그다음으로는 서쪽 울타리 문이 열리고서 백마를 탄 처음 보는 남자가 나타났다. 황제와 겨룬다고 한 사람이 사자친왕이랬으니, 아마 저 남자가 사자친왕이겠지.

그런데 세상에. 저 남자 얼굴 좀 봐. 여기 왕족들은 다 개성적이네. 황제는 면사를 얼굴에 감고 꽁꽁 싸맸는데. 사자친왕이란 작자는 깃털로 여기저기를 장식해 뒀다. 살아 있는 공작새처럼.

'잘하면 날아가겠는데?'

참 특이한 사람이다 싶어서 쳐다보는 사이. 경기장 중앙지점까지 말을 타고 와 인사를 나눈 두 사람은 마침내 경기를 시작했다. 정확한 규칙은 모르겠지만, 얼핏 봐서는 말을 타고 채를 휘둘러서 공을 굴리는 경기 같았다. 황제, 왕과 함께 경기를 치르면서도 다들 열정적으로 움직이는 모습은 꽤 즐거워 보였고. 하지만…….

'규칙을 모르니 뭐가 재밌는지 모르겠네.'

내가 볼 때는 그냥 말 위에서 헛손질하는 거로만 보여서 재미없다. 마상 창술도 아니고, 저게 뭐야? 손에 쥔 채로 공? 공 맞나? 하여튼 바닥을 굴러다니는 저걸 치려고 하는데, 보고 있자니 참으로 따분하고 지루했다. 목숨을 건 마상 창술 시합이라면 잔뜩 긴장해서 쳐다보았겠지만……. 지금은 응원을 하려고 해도 언제 해야 할지도 감이 안 오고.

"와아! 최고예요, 폐하!"

"그대로! 아, 아까워!"

다른 후궁들은 규칙을 잘 아니까 거의 비슷비슷한 시기에 응원하는 듯한데. 나는 그 시기도 잘 못 따라가겠다.

그 순간이었다. 황제 진영 선수 한 명의 등을 공작새 같은 사자친왕이 손에 든 채로 퍽 소리가 날 정도로 때렸다. 어마어마한 소리와 함께 그 사람은 바로 말에서 뚝 떨어졌다.

지금까지는 내내 응원을 놓쳐서 혼자 우두커니 있었지만, 지금이 응원할 때라는 건 알려주지 않아도 알 수 있었다. 따지고 보면 사자 친왕 쪽이 잘한 거지만, 황후가 두 쪽 모두에게 응원하라고 했으니까.

"좋아! 까버려!"

나는 주먹을 휘두르면서 환호했다. 사실 진짜로 흥이 난 건 아니었다.

어차피 남들도 다 같이 환호할 거니까 좀 과장한 것일 뿐. 지금까진 나 혼자 조용했잖아?

"……."

하지만 이번에 소리친 건 나 하나뿐이었다.

'어째서?'

심지어 다들 입을 벌리고 날 쳐다보고 있었다.

'이건 또 왜?'

떨떠름해서 주먹을 도로 회수하고 있자니, 원웅이 작은 목소리로 내게 항의했다.

"어휴, 소주. 폐하가 지는데 응원하면 어떡해요!"

아니, 그게 왜?

"모두한테 응원하라고 그랬잖아? 황후마마가."

"그거야 그냥 하는 말씀이셨죠! 폐하만 응원하라 하면 이상하니까요."

그런 게 어딨어! 억울하다. 이건 내가 진짜로 억울한 거다.

하지만 주위를 둘러보니 다른 후궁들은 물론 명령을 한 황후, 심지어 등을 맞고 낙마한 선수까지도 나를 이상하게 쳐다보고 있었다. 딱 두 명을 제외하고는.

"짐의 부인이면서 누굴 응원하는 거지?"

경기를 하다 말고서 당당하게 내 쪽으로 다가온 황제.

"천 귀인께서는 경기의 묘미를 아시는군요."

그 뒤에서 같이 경기를 때려치우고 다가온 사자친왕. 이렇게 단둘. 이 인간들…… 권력을 휘둘러도 이렇게 소소한 데에서 휘두르다니.

황제야. 친왕아. 너희 뒤를 돌아봐라. 선수들이 뻘쭘해서 경기를 못 하잖아. 하지만 뭐. 지금은 내가 경기 멈춘 선수들 걱정할 때가 아니지. 내 코가 석 자인데.

빨리 황제의 후궁이면서 사자친왕을 응원한 이유를 둘러대야 했다. 아니면 다들 이상하게 볼 텐데. 나는 사람들의 관심을 너무 많이 받고 싶진 않으니. ……이미 엄청난 관심을 받고 있긴 하지만. 젠장. 내 얼굴이 격구 공이냐, 그만들 쳐다봐.

어휴. 정말로 뭐라고 둘러대지? 폐하랑 친왕 전하를 헷갈렸어요? 안 돼. 눈이 있다면 헷갈릴 수가 없어. 한쪽은 흑마에 한쪽은 백마잖아. 심지어 황제는 흑색 면포로 얼굴을 가렸고 친왕은 깃털 장식을 했다고! 그러면…… 친왕 전하를 응원하는 사람도 한 명은 있어야 할 것 같아서? 와, 내명부의 공적이 되겠는걸? 게다가 이런 말을 하면 황제의 총애를 잃자마자 사자 친왕에게 갈아탄다고 수군거릴지도 몰라.

"천 귀인?"

내가 눈동자만 굴리고 있자 황제가 목소리를 깔고 내 이름을 부른다. 왜 말이 없냐는 듯. 입이 있으면 변명을 해보란 투로.

한다, 자식아. 한다. 어쩔 수 없지. 이럴 땐 최대한 전문적인 척 접근하는 수밖에.

"친왕 전하의 손목, 각도, 채를 휘두르는 솜씨가 아주 멋져서요!"

이러면 그나마 덜 튀겠지. 원래 전문가들은 상대 진영이 잘해도 기술만 좋으면 칭찬을 하니까.

나는 얼른 엄지를 내밀면서 사자친왕을 치켜세웠다.

"친왕 전하가 채 휘두르는 걸 보니 소첩도 꼭 해보고 싶지 뭡니까."

황제가 못 들을 걸 들었단 듯 고개를 기웃했다. 사자친왕도 어리둥절한 얼굴로, 자기 손에 든 격구용 채를 찰싹찰싹 허공에 대고 휘둘렀고.

"이거 말씀하시는 겁니까?"

그가 채를 휘두를 때마다 허공에서 '핑 핑' 하는 소리가 났다.

젠장. 입에서 욕이 나오네. 쟤가 저렇게 시험을 보여버리니, 격구를 해

보고 싶었단 게 아니라 채로 사람을 때리고 싶었단 것처럼 들리잖아? 상황을 수습해보려 몇 번이나 입술을 달싹이지만, 할 말을 찾기가 어려웠다. 그럴수록 면사 아래로 드러난 황제의 입매는 딱딱하게 굳었고. 결국 머뭇거리다가 "예에……." 하고 기죽은 목소리로 대답하고서 허공에 대고 '핑 핑' 나도 채 휘두르는 시늉을 했다.

"그거요. 재밌어 보여서요."

"소주. 제가 진지하게 여쭤보는 건데요."

"꼭 지금 물어봐야 해? 나 지금은 대답할 기운이 없거든."

"당장 여쭤보지 않으면 신경이 쓰여서 밤에 잠도 못 잘 거예요."

"뭔데?"

"소주께서 총애를 잃으신 게 혹시…… 폐하께 막 채를 휘둘러보고 싶다고 말씀하셨다든가, 그런 이유는 아니시지요?"

"미쳤어?"

"아까 제가 소주를 보고 든 생각이에요, 그게."

처소로 돌아가는 내내 원옹은 잔소리를 멈추지 않았다. 내가 변명이랍시고 둘러댄 게 많이 이상하긴 했던 모양이다. 나는 힘없이 어깨를 떨구었다.

"기운 내세요, 소주. 그래도 친왕 전하께서는 즐거워하셨잖아요."

황제 이복형제가 즐거워한 게 나랑 무슨 상관이 있다고. 전혀 기운이 나지 않는다. 황제가 나를 이상하게 쳐다본 것도 사실 별로 상관은 없다. 그냥, 천년비일 때에도 나는 괴짜 취급을 받았는데. 후궁이 되어서도 괴짜 취급을 받는구나 싶어서 씁쓸할 뿐이지.

'계란말이는 말을 하면 할수록 꼬이는 모양이군.'

황제는 청적으로 걸어가면서 픽 웃음을 터트렸다. 자기가 한 말을 자기가 감당하지 못하고서 허둥지둥하는 꼴이라니. 게다가 변명이랍시고 한 게 자기도 채를 휘둘러보고 싶다니.

'하여튼 특이해.'

이쯤 되니 정말로 궁금할 지경이다. 천 귀인의 가문에서는 무슨 생각으로 그녀를 입궁시킨 걸까? 성격이 저 정도라면 혼례를 빨리 시킨다거나 병을 핑계로 후궁 선발을 아예 피했을 것 같은데.

'아니지. 이미 연비가 입궁해 있으니, 천 귀인은 후궁 선발에 나오지 않아도 됐을 텐데?'

의아해하던 황제의 표정에 살얼음이 끼었다.

'그러고 보니 그 가문에서 올라온 후궁만 셋이로군.'

이미 한 명은 빈이고 한 명은 비였다. 가장 직급이 낮은 게 천 귀인인데, 그나마도 요즘 자신은 천 귀인을 가장 많이 생각하지 않던가.

"폐하?"

황제가 돌연 걸음을 멈추자 승언이 조심스럽게 그를 불렀다.

"왜 그러시는지요?"

"……아니다."

일행은 다시 이동하기 시작했고, 청적에 가서야 멈추었다. 하지만 황제는 한 번 떠오른 의심을 멈추기가 어려웠다.

천 귀인 가문에서 저토록 매력적인 여자를 보낸 건, 그를 손아귀에 틀어쥐고 외척이 되기 위한 게 아닐까? 앞선 연비와 영빈이 높은 직급을 받고서도 더이상의 총애를 얻지 못하자. 가장 매력적인 여식을 최종 투입한 게 아닐까? 그럴지도 몰랐다. 저렇게 사랑스러우니 꼭꼭 숨겨두고 있다가 비밀 병기처럼……. 본인도 그러지 않았던가. 자신에게는 숨겨둔 정체가 있다고.

"승언아."

"예, 폐하."

"네 눈엔 천 귀인이 어떻게 보이지?"

"백치미가 있으십니다."

"백치미 안으로 예리하고 날카롭고 계산적인 지략이 보이진 않느냐."

"전혀 보이지 않습니다, 폐하."

승언은 순간 '폐하께선 천 귀인에게 그런 게 보이시나? 그렇다면 콩깍지가 너무 두꺼우신 게 아닌가?' 염려했으나, 황제는 눈치채지 못했다.

황제는 '떡돌'과 천 귀인이 우정을 나누는 커다란 바위로 가 홀로 앉았다. 아까는 천 귀인의 말이 그저 귀엽고 재밌기만 했는데. 한 번 의심을 시작하자 모든 게 이상하게 여겨졌다.

황제는 어느 후궁의 가문이든, 일정 이상 그의 권력에 도전하게 둘 마음이 없었다. 지금까지 이건 쉬운 일이었다. 그가 모든 이에게 선을 긋고 가까이하지 않았기에. 그런데 지금 와 생각해보니, 그 선을 천 귀인이 너무 쉽게 넘어오고 있었다. 아니, 이미 발 하나를 내밀어서 선을 삭삭 지우고 있었다.

어차피 모든 후궁이 권력과 가문을 위해 입궁했으니, 사실 천 귀인이 그런 목적을 품고서 입궁했다 한들 상관은 없다. 문제는 그 자신이었다. 게다가 세 명이나 후궁으로 황실에 들여보냈다는 건, 천 가문이 야욕이 있는 가문이란 뜻. 기회가 온다면 그 가문은 분명…….

그때, 바위 아래로 아주 조그마한 종이 끄트머리가 보였다. 황제는 '떡돌'과 천 귀인의 약속을 떠올렸다. 서로에게 할 말이 있으면 여기에 남기기로 한 유치하고 풋풋한 약속.

'천 귀인이 보낸 건가?'

황제는 손을 뻗어 종이를 빼냈다.

살아 있으면 살아 있다고 해줘.

역시. 천 귀인이 떡돌이에게 쓴 쪽지였다.

이래저래 복잡하고 먹먹한 기분으로 쪽지를 펼쳤던 그는 완전히 어리
둥절해졌다. 뜬금없이 살아 있냐니?

산책을 나갔다가 시체를 발견했는데. 시체를 발견했단 이유만으로 범
인이란 의심을 샀다. 이렇게 어이없는 경우가 있을까? 염 귀인은 허망한
얼굴로 나무 창살을 쳐다보았다. 단지 아픈 마음을 누르기 위해 찬바람
이나 쐬고 싶을 뿐이었는데……

염 귀인이 투옥된 감옥은 일반 감옥이 아니었다. 죄가 확정되지 않은
귀족들을 임시로 넣어두는 감옥으로, 내부의 시설은 그냥 평범한 방과
다를 바 없었다. 그러나 내부의 시설이 평범하다 해도 벽이 감옥 창살이
라면 기분이 더러운 법. 억울하고 서러운 마음과 더해져 그녀는 이 상황
이 몹시도 괴로웠다.

그때였다. 달그락거리는 소리가 나는가 싶더니, 허리춤에 열쇠 뭉치를
단 간수가 다가왔다.

하지만 염 귀인은 간수를 보지 않았다. 눈길은 자연스럽게 간수의 뒤
에 서 있는 여자에게로 갔다. 회색빛을 띤 머리, 검정 일색의 옷과 머리

장식, 건조한 인상, 사람을 분석하는 눈빛. 저 여자는 분명……

"전하."

연얼군주가 분명했다. 염 귀인이 일어나 인사를 올리자, 연얼군주가 간수에게 자리를 비키란 눈짓을 했다. 간수는 바로 자리를 비켰다.

그 모습이 염 귀인에겐 이상하게 보였다. 혹시 연얼군주가 이 누명과 관련이 있진 않을까? 그렇지 않다면 연얼군주가 갑자기 찾아올 이유가 없었다. 시체로 발견된 태감이 연얼군주의 연인이 아닌 이상.

"전하께서 여기엔 무슨 일로 오셨는지요?"

"억울한 일을 당했다지요."

"……예."

"제안할 게 있어서 왔습니다."

"제안이라니요?"

"이 억울한 일에 천 귀인을 끌어들이세요."

염 귀인은 눈을 커다랗게 떴다.

"그게 무슨……?"

　난 살아 있다. 안심해.

떡돌이는 오늘도 청적에 없었지만 대신 그가 남긴 쪽지가 남아 있었다. 그걸 보자 안심이 되었다. 다행이야. 살아 있구나.

물론 다른 사람이 떡돌이를 사칭했을 가능성도 있긴 하지만, 아마 그럴 확률은 작을 거야. 누가 내관을 사칭해서 이런 쪽지를 쓰겠어?

그보다 우리 떡돌이. 글씨가 아주 또박또박 예쁜데? 내관들은 편지 심부름이나 대필 심부름을 자주 해서 글씨가 아주 바르다지. 이렇게 또 떡돌이가 내관이란 흔적 하나를 보고 나니 아주 마음이 쓰라리구만. 나는 혹시나 해서 미리 챙겨 온 작은 종이쪽지에 '그럼 됐어.'라고 쓴 다음 다시 바위 아래에 내려놓았다.

이후 떡돌이가 내게 준 편지는 주머니에 넣고 청적을 빠져나와 후궁전 안을 샅샅이 돌아다니며 혼자 무공을 수련할 만한 장소를 찾았다.

'쉽지 않네……'

하지만 워낙 오밀조밀 잘 꾸며놓은 곳이다 보니, 오히려 사람이 거의 다니지 않고 외진 곳을 찾기는 힘들었다. 외진 곳이 있으면 수련을 하기에 적합하지 않고, 사람이 거의 다니지 않는 곳을 찾으면 얼마 지나지 않아 누군가 지나갔다.

'동쪽 구역을 벗어나서 찾아볼 수는 없을까?'

결국, 그렇게 몇 바퀴를 빙빙 돌기만 하다가 다시 처소에 돌아왔을 때였다. 내 처소 주위를 낯선 이들이 둘러싸고 있었다.

"누구냐?"

"천 귀인이십니까."

"그런데?"

"기몽 장군께서 천 귀인을 모셔 오라 하셨습니다. 잠시 시간을 내어주시겠는지요."

기몽 장군이라면…… 전에 수오부군왕 암살 건으로 부딪쳤던 그 '눈화장'이잖아? 그 작자가 갑자기 나를 왜?

영 의심스러웠지만 일단 따라갔다. 여기서 가기 싫다고 거절해봐야, 오히려 상황은 더 악화될 테니. 사실 그 '상황'이라는 게 뭔지도 모르겠지만. 어쨌든 며칠 만에 수사청에 와 보니, 기몽 장군이 두 팔을 벌리고서 나를 반갑게 맞이해주었다.

"또다시 만나게 될 거라 했지요, 천 귀인. 이렇게 가까운 시일에 다시 만날 줄이야."

쓸데없이 되게 반가워하네. 왜 이렇게 친한 척이야? 이후 절차도 이전과 비슷했다. 전에 갔던 그 방에 가서 기몽 장군과 마주 보고 앉고, 상담.

"왜 여기에 불려온 건진 아십니까?"

"몰라요."

전에는 왜 왔는지 알고 왔지만, 이번에는 정말 짐작조차 가지 않는다.

"군왕을 죽인 암살자가 잡히기라도 했어요? 확인해달라 부른 거예요?"

"그랬다면 좋았겠군요. 다음엔 그 일로 모실 수 있기를 바라겠습니다."

그럼 이번엔 다른 일이구나.

"무슨 일인데요?"

"얼마 전 젊은 내관 한 명이 우물에서 시체로 발견되었습니다."

"들었어요."

순간 깜짝 놀랐다. 다행이었다. 여기 오기 전 떡돌이가 쓴 편지를 읽지 않았더라면, 난 저 말을 듣자마자 '역시 떡돌이가 죽은 건가? 내가 떡돌이와 친하게 지낸단 걸 누군가 알고 신고해서 이곳에 불려온 건가?' 이런 의심이 들었을 테니.

"그런데 그게 왜요?"

"시체를 발견한 목격자이자 범인으로 의심받고 있는 사람이 염 귀인이십니다."

"그것도 들었어요. 근데 그게 왜요?"

"그 시각에 왜 우물가에 있었나 물어보았더니, 염 귀인께서 이렇게 대답하시더군요. 천 귀인과 만나기로 했다고."

욕 나올 뻔했네. 이게 무슨 소리야? 내가 염 귀인과 만나기로 했다고?

"나 그 사람이랑 그렇게 안 친한데요."

황당해서 말하자, 기몽 장군이 빙그레 웃었다.

"그건 이제부터 알아보면 될 일이지요. 사건이 벌어진 시각엔 뭘 하고 계셨습니까?"

"자고 있었어요."

"바로 대답이 나오는 걸 보니 수상한데요."

"자고 일어나서 들은 얘기니까 당연히 대답이 바로 나오지요."

"천 귀인께서 그 시각에 주무시고 있었다는 것을 증언해 줄 사람들이 있습니까?"

"내 처소 소속 궁인들은 다 알걸요."

"천 귀인 아래 궁인들은 모두 다 천 귀인의 사람이니 진술에 신빙성이 없습니다."

짜증 나네. 뭐 어쩌란 거야?

"방에서 잤는데 다른 처소 사람이 목격자라고 나오면 그게 더 이상하지 않아요?"

짜증스럽게 묻자 기몽 장군은 입을 다물고 눈알을 굴리더니 수긍했다.

"그건 그렇군요."

기몽 장군은 예상과 달리 최소한 제대로 된 수사를 하려는 생각은 있는 듯했다. 내 말에 무조건 아니라고 박박 우기지 않는 걸 보면. 어쨌든 기몽 장군은 그런 식으로 몇 번 더 질문을 던지다가, 나중에는 수사청에 소속된 궁녀를 불러 지시했다.

"천 귀인께서 위험하고 수상한 물건을 지니고 계시진 않는지 확인해라."

명령을 내린 기몽 장군이 밖으로 나가자, 궁녀는 내게 팔을 들어달라 부탁하고는 조심스럽게 옷 너머를 툭툭 털어댔다. 당연히 아무것도 나오지 않겠지. 꿀릴 게 없기에 나는 짜증스러운 마음으로 이 과정을 묵묵히 견디면서 속으로 염 귀인을 욕했다. 그 사람은 대체 나와 무슨 원한이 있기에 계속 시비를 걸어?

그때였다.

"나왔습니다."

궁녀가 바락 외치더니 내 주머니 안에서 종이쪽지를 꺼냈다. 문밖에서 대기하던 기몽 장군은 바로 안으로 들어와 쪽지를 뺏듯이 가져갔다. 나는 순간 저게 뭔지 이해하지 못하다가…… 뒤늦게 떠올렸다. 떡돌이가 준 쪽지!

"살아 있으니 안심하라? 이거 참. 천 귀인, 아주 의미심장한 쪽지를 가지고 다니십니다?"

떡돌이 그 새끼가 만날 때마다 나한테 떡을 주더니, 결국 목이 막히게 만드는구나. 욕 나온다. 떡돌이가 의도하고 벌인 일은 아니지만, 상황이 너무도 공교로웠다.

기고만장해진 기몽 장군이 생각할 시간을 주겠다면서 나간 후. 나는 머리카락을 붙잡고서 온몸을 비틀어댔다. 진짜 열 받아!

그렇게 한 시진쯤 혼자 있었나. 삐걱 문 열리는 소리가 났다. 기몽? 나는 가부좌를 튼 채 내공심법을 살피다가 얼른 다리를 풀었다.

그러나 들어온 사람은 기몽 장군이 아니었다. 누구지? 처음 보는 궁녀다. 아까 몸수색을 한 궁녀랑은 다른 궁녀. 기몽 장군이 보냈나?

"내 오라비를 죽인 범인에 대해 실토한다면 나가게 해주마."

뭐야 애. 들어오자마자 이상한 말을 하네?

"네 오라비가 누군데?"

황당해서 묻자, 궁녀는 두 손을 공손히 모으고서 꾸벅 허리를 숙여 사죄했다.

"송구하옵니다, 천 귀인. 제 오라비 얘기가 아니옵고, 이렇게 말을 전하란 명을 받았습니다."

명…… 설마.

"연얼군주가 보낸 건가?"

"송구하옵니다, 천 귀인. 소녀는 아무 말도 할 수가 없습니다."

아무 말도 못 한단 것치고는 말을 되게 잘하던데……. 어쨌든 궁녀는 더 여기 있다가는 곤란해지겠다 싶었는지, 곧장 뒤돌아 나가버렸다. 드르륵 문 닫히는 소리를 마지막으로 다시 조용해졌다.

수오부군왕이라…… 군왕. 암살자. 마지막으로 본 광경. 그 모든 걸 되짚어 떠올려보다가 나도 모르게 한숨을 내쉬었다.

연얼군주. 오라비를 죽인 범인을 잡고 싶어서 나한테 매달리는 건 알겠지만, 진짜로 모르는 걸 뭐 어떡하라고요.

그렇다고 진짜 아무나 짚고서 '쟤가 범인이다!'라고 해봤자, 그걸로 마음이 풀리겠어? 그건 복수도 아닐 텐데?

기몽 장군이 다시 돌아온 건 두 시진 정도가 지나서였다. 나는 이렇게 오랫동안 쫄쫄 굶었는데, 먹을 거 하나 안 들고 왔다. 그렇다고 완전히 빈손으로 온 건 아니다. 뒤에 사람 하나를 달고 왔다. 염 귀인.

내가 여기 있을 줄 몰랐나?

우울한 얼굴로 기몽을 따라 들어온 염 귀인도, 이쪽을 발견하더니 나만큼 표정이 썩어서 기몽 장군을 확 노려보았다.

"염 귀인께서는 이곳에 앉으시면 되겠군요."

그러거나 말거나 기몽 장군은 태연히 내 옆에 놓인 의자를 빼주며 권했다. 염 귀인은 일부러 다른 자리에 앉았지만. 기몽 장군은 그걸 보자 픽 웃으면서 중얼거렸다.

"염 귀인께서는 바르고 성실하게 사셨나 봅니다."

"무슨 소리죠?"

"이런 데서는 조사관의 말을 따르는 게 도움이 될 텐데. 모르시는 것 같기에.”

“!”

“혹시 나중에 비슷한 일이 생기거든, 제 조언을 다시 한번 생각해보시길 바랍니다.”

기몽 장군…… 염 귀인이 자기가 앉으란 데 앉지 않아서 싫었구나. 염 귀인은 불쾌해졌는지 인상을 더욱 구겼지만, 기몽 장군이 한 말이 신경 쓰이는 듯 그가 처음 앉으라 권했던 의자를 연신 힐긋거렸다. 그걸 보자 저절로 감탄사가 나왔다.

“와.”

“왜 절 보면서 감탄하십니까, 천 귀인?”

“기몽 장군은 한결같이 재수 없구나 싶어서요.”

“!”

“어쩐지 안심했어요. 나한테만 재수 없는 게 아니었다니.”

기몽 장군은 황당하단 표정을 지었지만, 염 귀인은 웃음을 참느라 고개를 옆으로 돌렸다. 웃지 마, 염 귀인. 너도 만만치 않게 재수 없어.

“흠.”

기몽 장군은 헛기침을 했지만, 이 부분에 대해 항의하진 않았다. 대신 염 귀인에게 딱딱한 목소리로 말했다.

“자. 그러면 이제 두 분이 다 자리에 앉으셨으니 조사를 계속하겠습니다. 내관이 사망했으리라 추정되는 건 십팔 일 해시입니다. 이날에 두 분이 만나기로 하셨다고요?”

나는 바로 반박했다.

“다시 한번 말하지만, 전 이쪽 분하고 별로 안 친해서. 굳이 만날 일이 없어요.”

내가 손가락으로 염 귀인을 가리키자, 염 귀인은 덩달아 손으로 나를 가리키며 거짓말했다.

"안 친한 건 맞아요. 하지만 웬일로 오라고 날 불렀기에 갔습니다. 그런데 가보니 천 귀인은 없고 시체만 있었죠."

불러서 왔다고?

"기몽 장군, 기몽 장군은 저분이 안 친한 제가 부르면 순순히 올 사람 같아요? 그것도 해시에?"

나는 황당해서 기몽 장군에게 동의를 구했다. 의외로 수사에는 객관적인 기몽 장군은 그건 그렇다고 납득해주었다.

"이보세요."

그걸 본 염 귀인은 더욱 기분이 상한 듯했지만.

"그럼 두 분 귀인께서 만나기로 한 건 일단 보류하고 넘어가겠습니다. 두 분은 결국 그날 만나지 못했으니까요. 게다가 그 시각……."

기몽 장군이 말을 하다 말고 품 안에서 종이를 꺼내더니 내용을 확인했다. 잠시 서류를 들춰서 확인한 그는 곧 거기에서 손을 떼고 자연스럽게 말을 이었다.

"그 시각에 천 귀인께서는 처소에서 주무셨고, 염 귀인께서는 다른 사람을 만나셨다고요?"

"맞아요."

"염 귀인께서는, 그러면 만난 사람이 누구인지, 아직도 제게 말씀해주시지 않으실 건지요?"

수사는 이런 식으로 지지부진하게 흘러갔고, 결국 기몽은 이번에도 별성과를 얻지 못한 듯 뚱한 얼굴로 일어섰다.

하지만 그는 부하를 시켜 염 귀인을 데려가라 지시한 후. 자기는 밖으로 나가지 않고 내 앞으로 와 섰다. 뭐야? 왜 안 나가고? 의아해서 쳐다보니, 그가 내 앞에서 웃으면서 물었다.

"오늘은 흑합이 도와주러 안 오나 봅니다?"

착각일 수도 있긴 한데. 그게 무척 즐거워 보였다. 약간 아쉬워 보이기도 하고.

"전에 흑합 장군에게 날 빼앗긴 게 화가 났나 봐요?"

"누구라도 화가 날 상황이었죠. 제 권한을 방해받은 거나 다름없으니."

그건 그렇지. 내키지 않지만 납득은 간다. 나도 내 일을 하는 도중 정파 놈 하나가 와서 방해하면 화가 났을 거다. 하지만 납득이 가는 것과 이 상황이 피곤한 건 전혀 별개였다.

"이번에도 흑합 장군이 도와줄 거라 기대한다면, 그 기대는 일찌감치 버리는 게 좋을 겁니다, 천 귀인. 그자는 지금 다른 임무로 궁 밖에 나가 있거든요."

"나갔다고요?"

"그렇게 사이가 좋더니. 말하지 않고 갔나 보군요?"

알고 보니 떠돌이는 흑합 장군이 아니었지. 당연히 흑합 장군은 나한테 자기 행선지에 대해 말할 이유가 없고. 하지만 그걸 가지고서 기몽 장군이 좋아하니까 괜히 짜증이 나네?

"물론 폐하께서도 도와주시지 않을 겁니다. 폐하의 총애를 잃으셨다지요? 가엾게도."

말을 끝낸 기몽 장군의 입가에 만족스러운 미소가 떠오르는 순간.

"장군님!"

문밖에서 누군가 외쳤다.

"무슨 일이냐."

기몽 장군이 묻자 문밖의 목소리가 호들갑스럽게 외쳤다.

"폐하께서, 폐하께서 사람을 보내 천 귀인을 풀어주라 하셨습니다!"

와. 기몽 장군, 표정이 장난 아니게 험악해졌어.

217

"들어와!"

기몽 장군이 버럭 외치자 문이 열리고 그의 부하가 나타났다. 부하는 내 쪽을 힐긋 쳐다보면서 보고했다.

"폐하께서, 천 귀인이 쪽지 때문에 오해를 샀단 들으셨다고…… 그 쪽지는 폐하께서 쓰신 것이니 천 귀인을 풀어주라 하십니다."

내가 손바닥 위에 자기를 올려두고 기만하기라도 한 양, 기몽 장군이 나를 피곤한 눈으로 쳐다보았다. 마치 백 년 동안 쉬지 못하고 당직을 선 표정이네. 하긴. 저 사람은 자기 할 일을 하려는데 자꾸 방해받는 상황이니 싫을 만도 하다. 죄가 없는 내 입장에선 저놈한테 들들 볶이는 게 괴롭지만, 저놈은 나한테 죄가 있는지 없는지 모르잖아?

어쨌든 일단 고개를 저어서, 이 일이 내가 한 짓이 아니란 표시를 했다. 나도 모르는 일이야. 내가 쪽지를 전한 건 폐하가 아닌걸. 이 시기에 딱 폐하가 사람을 보낸 것도 절대로 내 탓이 아니지. 암. 하지만 소용없었다.

"이렇게 또."

아무리 봐도 억지로 짓는 미소가 기몽 장군의 얼굴에 떠올라 있었다.

"제 품을 떠나시다니."

"그러네요. 자꾸 그렇게 되네요."

"이렇게 자꾸 도망 다니시면, 제가 정말 졸졸 쫓아다니게 될 텐데요."

그러진 마시고…….

밖으로 나오니 자유의 공기가 아주 좋구나. 상쾌함을 온몸으로 느끼기 위해 두 팔을 뻗자, 수사청 관리 몇 명이 나를 이상하게 쳐다본다. 어쩌면 '저 후궁은 올 때마다 쏙쏙 빠져나가는구만?' 하고 생각하는지도. 뭐 어때. 웃으면서 손을 흔들어주자 관리들은 바로바로 고개를 돌렸다. 나는 콧노래를 부르면서 처소로 돌아갔다.

"소주!"

처소로 돌아가자 울타리 안에서 초조하게 돌아다니던 원웅과 부성은 울먹이면서 나를 불렀다. 마치 죽으러 간 사람이 돌아오기라도 한 것처럼. 죽으러 갔던 건 아니지만 괜히 반가워져서 나도 얼른 그곳으로 달려갔고, 우리는 손에 손을 잡고서 펄쩍펄쩍 뛰었다. 나중에야 어색해져서 다시 손을 내렸지만.

생각해보니 내가 애네랑 이럴 만큼 친하진 않은데. 민망하구먼.

"괜찮으세요? 대체 이게 무슨 일이래요?"

"염 귀인이 소주를 어쩌구 했다던데, 진짜인가요?"

"응. 들어가서 얘기해줄게."

나는 얼른 원웅을 데리고서 방 안으로 들어갔다. 부성도 자연스럽게 따라왔다. 그렇게 셋이서 방 안에 모여 앉아서 얘기를 나누자, 연얼군주와 염 귀인에 관해 들은 원웅은 펄쩍 뛰면서 씩씩거렸다.

"아 진짜 너무들 하네! 왜 자꾸 소주를 들들 볶는 거래요?"

부성도 고개를 기웃했다.

"그러게요. 군주 전하는…… 그분도 너무하시지만 그래도 가족이 죽었으니 범인을 잡고 싶은 마음이 커서 그렇다 쳐도. 염 귀인은 왜 자꾸 소주에게 못된 짓을 하시는 걸까요?"

그걸 나한테 물어보면 내가 알까. 나도 궁금하다. 걔가 왜 그러는지.

편지 사건도 그렇고 이번에도 그렇고 도대체 이해할 수가 없어. 편지 사건이, 그래. 그것도 열 받지만 그건 내 손으로 쓰기라도 했지. 이건 대체 뭐냐고.

"흑합 때문이다."

그 순간. 우리가 구시렁거리는 소리를 뚫고 문밖에서 대답이 들려왔다. 여자 목소리였다. 누군지 확인해 봐. 내가 눈짓하자 부성이 얼른 문을 열고 나갔다.

"군주 전하!"

이윽고 그녀가 버럭 외치는 소리가 들려왔다. 군주? 연얼군주?

나와 원웅도 깜짝 놀라서 나갔다. 세상에. 정말로 연얼군주가 뒷짐을 진 채 사립문 너머에 서 있었다. 아이고 내 빈약한 처소…… 벽이 얼마나 얇은 거냐. 방 안에서 나누는 대화가 저기까지 다 들리는가 봐.

"군주 전하께 인사를 올립니다."

부성과 원웅이 황급히 인사를 올리자, 연얼군주는 고개를 끄덕여 내 궁녀들의 인사를 받아주었다. 그러고는 내 방을 가리키며 물었다.

"천 귀인. 얘기 좀 하지요."

별로 얘기하고 싶진 않지만…… 감히 군주를 쫓아낼 권력은 말단 후궁에게 없겠지? 어쩔 수 없이 나는 연얼군주와 둘이 내 방에 들어갔다.

"무슨 일로 오셨는지요?"

대신 문을 닫자마자 바로 볼일을 물었다. 솔직히 불편한 사이인데. 오래 같이 있고 싶진 않았다. 아, 그러고 보니 아까 밖에서 흑합이 어쩌고 저쩌고하지 않았나?

"염 귀인이 천 귀인에게 그러는 이유는 흑합 장군 때문이에요. 두 사람 사이에 관해서는 직접 조사해보도록."

"예?"

"그 정도 정보력도 없이, 폐하의 총애를 독차지하면서 살아남을 정도로 여긴 만만한 곳이 아니니까."

무슨 소리야?

"그걸 얘기해주러 오신 건가요? 몇 시진 전에, 제가 수사청에 있을 때는 궁녀를 보내서 협박하시더니요."

"협박이 아니라 거래를 청한 거죠."

그 상황에서 그게 거래로 들리겠냐…… 황당해하고 있자니 연얼군주가 다시 물었다.

"아직도 마음이 바뀌지 않았나요?"

"전에도 말씀드렸다시피, 진짜로 아는 게 없어서요."

저절로 한숨이 나온다. 나 이 말 몇 번 반복해야 하는 거지?

그때였다. 연얼군주가 무거운 목소리로, 목소리보다 더 무거운 화제를 꺼냈다.

"부모님이 암살당한 후 오라비와 난 둘이 의지하면서 지냈습니다. 내게는 오라비가 형제이자 부모이고, 내가 유일하게 믿는 사람이었어요."

그러더니 그녀는 갑자기 무릎을 꿇었다. 쿵 소리가 날 정도로. 놀랐다. 엄청나게 놀랐다. 세상에 군주가 내 앞에서 무릎을 꿇었어!

"왜 이러세요!"

나는 당황해서 얼른 그녀를 일으켜 세우려 했으나, 연얼군주는 일어나는 대신 애원했다.

"천 귀인! 제발 아는 게 있다면 말해줘요. 정말, 정말 사소한 거라도 좋으니까. 제발."

그 결연한 태도에 괜히 내가 나쁜 사람이 된 것 같았다. 결국, 머뭇거리다가 나도 그녀와 마주 보게 무릎을 꿇었다. 시선이 맞자 그녀가 눈을 동그랗게 떴다. 자, 들어봐.

"전하. 제가 말이에요, 절대로 전하를 기만하려고 거짓말을 하는 게 아닙니다. 정말로, 정말로 본 거라곤 지붕을 뛰어다니던 흑색 무복밖에 없어요. 심지어 멀리 있었고, 그조차 뒷모습이었지요. 전하. 그 먼 거리에 있는 뒤통수를 보고 그 사람이 누구인지 제가 어떻게 알겠어요. 아는 게 있다면 저도 차라리 빨리 말해서 털어버리고 싶어요."

"!"

"제가 전하와 무슨 원한이 있다고 말을 안 하고 버티겠습니까."

"복잡한 일에 얽히기 싫어서……."

"아무 말도 안 하는 게 제겐 더 복잡한 일이에요. 기몽 장군이 눈에 불을 켜고서 맨날 절 노린다고요. 전 정말로 알려드릴 게 없어서 말을 못 하는 거예요, 전하."

구구절절한 설명이 이번엔 통한 걸까? 군주의 눈동자가 흔들리더니 뿌옇게 눈물이 차올랐다. 그녀는 입술을 꽉 깨물었다. 하지만 나에 대한 분노라기보다는 허탈하고 막막해서 저러는 것 같았다. 그녀가 내게 매달린 이유는 그야말로 지푸라기라도 잡는 심정이어서였겠지. 그런데 내가 아니라고 거듭 말하자 이제야 슬픔과 절망이 밀려드는 모양이었다.

어쩌지? 설마 울 줄은 몰랐는데. 당황해서 쩔쩔매다가 나는 어색하게 그녀를 같이 끌어안고 등을 토닥였다. 고귀한 분이니 저리 꺼지라고 밀면 어쩌나 싶었는데. 군주는 그냥 조용히 계속 흐느꼈다.

그 상태로 얼마나 있었을까. 군주가 기어들어 가는 목소리로 "이제 괜찮습니다."라고 말했다. 안 그래도 팔이 좀 아팠던 참이라 나는 얼른 손을 내렸다.

그러고서 어색하게 뒤로 물러나자, 이번에는 군주가 헛기침을 했다. 곧이어 찾아온 정적은 개미가 기어가는 소리가 들릴 정도였다.

다행히 문밖에서 들려온 원웅의 목소리가 민망한 적막을 깨주었다.

"소주, 경사방에서 태감이 왔습니다!"

"이번에야말로 폐하를 완전히 홀려야 해요, 소주!"

"폐하께서 다른 사람들한텐 눈길조차 주지 않도록 하셔야 해요, 소주!"

간만에 경사방 태감이 찾아와서 원웅과 부성은 굉장히 들떴다. 두 사람은 도끼눈을 뜨고서 내게 신신당부했다. 말로만 끝나지 않았다. 따뜻한 물로 목욕을 도와주고 뭉친 근육을 풀어주고 머리카락을 부드럽게 해주고 공들여 치장도 해주었다. 황제가 승언이를 좋아한단 걸 아는 나로서는 두 사람의 노력이 헛되게만 보였지만. 그래도 저렇게 들떠 있는데 나서서 초 칠 필요는 없지. 적당히 따라주자.

그렇게 오랜 시간에 걸쳐서 평소 이상으로 공들여 가꾼 후. 나는 간만에 이불말이 상태로 황제의 침방에 옮겨졌다. 난 이번에도 황제는 당연히 방 안에 없을 거라 여겼다. 보통 내가 먼저 운반되고 이후에 황제가 나타났으니까. 그런데 웬일이야.

"운반되는 모습을 보니 더욱 우습구나, 계란말이."

오늘은 황제가 먼저 들어와 있었다. 머리카락이 촉촉한 것이, 아무래도 씻고 온 모양인데. 왜 씻고 온 거야? 아니, 자기 전에 씻는 건 당연하지만. 어쨌든 황제는 웬일인지 직접 다가와서 태감에게 나를 받아 안기까지 해주었다. 자주 있는 일은 아닌가 보다. 경사방 태감이 놀라서 눈을 휘둥그렇게 뜨는 걸 보니.

태감이 나가고 방 안에 단둘만 남게 된 후. 황제는 나를 침상 안쪽에 놓아주었고, 자기도 내 옆에 누웠다. 나는 어색하게 그를 쳐다보다가 감사를 전했다.

"또 빼내 줘서 고맙습니다."

"너처럼 자주 사고 치고 다니는 후궁은 세상에 없을 거다."

세상이 얼마나 넓은데 그럴 리가. 하지만 기붕의 손아귀에서 날 구해주었으니 일단은 비위를 맞춰주자.

"암요 암요, 전 특별하고 유일무이한 소중한 존재지요."

"칭찬이 아니야."

나도 비위 맞춘 것뿐이거든?

"?"

그런데 왜 저러지? 황제가 더 할 말이 있나? 내 쪽을 힐긋 쳐다보다가, 눈이 마주치자 괜히 딴청을 피우고. 그러다 또 나를 힐긋 보더니, 눈이 마주치면 또 딴청을 피운다.

"하나도 안 귀여우신데요."

심히 부담스러워서 타박하자, 황제는 나를 한 바퀴 굴려서 더 안쪽으로 밀어버렸다. 이 인간이 진짜 유치하게!

"이럴 땐 '할 말이 뭐냐'고 묻도록 하라, 천 귀인."

"할 말이 뭐냐."

"……."

화났나 봐. 또 한 바퀴를 더 굴려버리네? 젠장. 여기서 두 번만 더 굴러갔다간 벽이랑 마주 보고 자게 생겼어!

"아 좀 하지 마십시오!"

"나한테 할 말 없느냐."

"진짜로 하지 마십시오!"

"그거 말고."

"원하는 말만 듣고 살 수는 없으니, 사람이 말을 하면 들으십시오!"

큰일이다. 황제가 또 한 바퀴를 더 굴려서 밀어냈다. 이젠 진짜 딱 한 바퀴만 더 구르면 벽이다. 그나마 날 침상 안쪽에 두어서 다행이지. 내가 바깥쪽이었더라면 계란말이 상태로 뚝 떨어졌겠어.

어쨌든 이제는 말을 조심해야지. 입을 다물고서 눈치를 보자, 황제가 한숨을 내쉬면서 물었다.

"내가 쪽지에 대해 어떻게 아는지 궁금하지 않느냐?"

"아."

"아? 아예 생각도 안 한 모양이구나?"

"어떻게 아셨어요? 혹시 제 쪽지 보셨어요?"

황제가 청적에서 나가는 걸 본 다음 떡돌이에게 편지를 써서 바위 밑에 숨겨두었는데. 혹시 저 황제, 나가는 척했다가 다시 돌아와서 뒤진 거 아냐? 내가 받은 쪽지를 떡돌이가 아니라 황제가 썼다거나……? 몹시 의심스럽다.

내가 가자미눈을 뜨고서 쳐다보자, 황제는 시큰둥하게 대답했다.

"널 구한 건 너와 쪽지를 주고받는 사람이 내게 부탁했기 때문이다."

"예?"

"네게 그 쪽지를 쓴 사람이, 네가 오해받는 걸 원치 않으니 구해달라 했다 하였다."

"정말요? 떡돌이가요?"

"그래."

세상에. 떡돌이가 흑합 장군뿐만 아니라 황제와도 아는 사이였어? 심지어 황제는, 떡돌이가 부탁을 하니까 그걸 들어주는 사이였어?

"못 믿겠느냐?"

너무 놀라서 입을 벌리고 있자, 황제가 내게 가볍게 웃으면서 놀리듯 물었다. 나는 고개를 저었다.

"아니요, 못 믿어서 이러는 게 아니라. 떡돌이가 폐하와 친분이 깊어 보이니 신기해서요."

"그게 그렇게 신기한가?"

신기하지. 하지만 잘 생각해보니, 어쩌면 당연한지도 모르겠다. 흑합 장군의 이름을 사칭할 정도면 떡돌이도 직급이 낮은 내관은 아닐 텐데. 당연히 황제와 친분이 있을 수도 있지. 어쩌면 황제의 내관일 수도 있고. 아니, 어쩌면이 아니야. 떡돌이는 분명 황제의 내관이다. 황제에게 부탁해서 날 빼내 올 정도면 분명 황제의 내관이야. 승언이랑 내내 붙어 다니

는 거 봐. '내가 오다가다 본 허리 굽히고 있는 태관들 중에 떡돌이가 있었을지도……'

그때. 갑자기 황제의 얼굴이 코앞으로 훅 다가왔다. 나는 놀라서 주춤 고개를 뒤로 약간 뺐다. 황제는 잠자리에서도 면사를 쓰고 있고, 지금도 면사로 얼굴을 덮고 있다. 그러니 그의 생김새 때문에 놀란 건 아니었다. 단지 갑작스럽게 면상을 들이대니 놀랐을 뿐.

"왜요?"

그래도 애써 태연한 척 묻자, 면사 아래로 드러난 입술이 부드럽게 호를 그렸다.

"이제 어쩌지?"

"뭐가요? 그리고 얼굴 좀 치워주시면 안 돼요?"

"내 총애를 받고 싶지 않다더니. 일이 이렇게 되어버려 곤란하겠구나?"

"제가요?"

"다들 천 귀인이 황제의 총애를 다시 차지했다고 수군거릴 텐데. 감당할 수 있겠느냐?"

"그야…… 근데 얼굴은 언제 치워주실 건지요?"

면사를 덮고 있다지만 이렇게 가까이에서 얼굴 마주하고 말하자니 좀 민망한데. 만약 계란말이 상태가 아니었다면 더 민망했을 거다. 이럴 땐 손을 어디에 둬야 할지, 어떤 자세로 있어야 할지도 막막했을 테니.

다행히 황제는 내가 몇 번이나 부담스럽다고 하자 얼굴을 치워주었다. 그가 움직일 때 슬쩍 바람이 일면서 그린 듯한 턱선을 잠시 드러냈다 감추었다. 얼핏 봐도 잘생겼는데. 왜 항상 저 면사로 얼굴을 덮어둘까? 너무 잘생겨서? 다른 사람들이 자기 얼굴에 홀릴까 봐?

황제는 원래 자리에 돌아가 자기 베개를 베고 누운 다음, 내 쪽을 향해 돌아누우며 물었다.

"그래. 대답은?"

"무슨 대답이요?"

"사람들이 다시 널 주목할 텐데, 괜찮겠냐고."

"아 그건……"

대답하기 어려운 건 아닌데. 왜 자꾸 저런 걸 묻지? 그러고 보니 전에도 비슷한 질문을 하지 않았나? 이상하게 저 질문에 집착하네.

"왜 자꾸 그걸 물어보세요?"

궁금해서, 대답하지 않고 반대로 나도 같이 물었다. 황제가 여기에 대답하지 않으면 나도 대답하지 않을 생각이었다. 그 대답이 얼마나 간단한 것이든. 의외로 황제는 바로 대답했다.

"난 널 계속 부르고 싶은데. 네가 사람들이 신경 쓰인다고 하니 난 네가 신경이 쓰여 그런다."

이게 무슨 뜻이야. 날 계속 자기 침실에 부르고 싶다고? 혹시 이 황제…… 날 연모하나?

"그럼 승언이는요?"

당신이 좋아하는 사람은 승언이잖아? 그런데 왜 갑자기 나를?

"무슨 소리야?"

"폐하가 좋아하는 건 승언이 아니에요?"

결국, 황제가 마지막 남은 한 바퀴까지 굴려버렸다. 아닌가 보다.

벽을 코앞에 둔 채 나는 황제가 방금 자기 말을 자세히 해석해주기를 기다렸다. 하지만 황제는 아무 설명도 해주지 않았다. 끝까지.

긴 조사가 끝났다. 동기, 관계, 범행 시각 등등 여러 방면에서 꼼꼼히 털어낸 후에야, 염 귀인은 혐의를 벗고 자신의 처소로 돌아올 수 있었다.

"세상에, 우리 소주!"

염 귀인이 친정에서부터 데려온 궁녀는 울먹거리며 그녀를 보듬어주었다. 억울하기도 했고 그래도 풀려나서 다행이란 생각도 들었다.

초췌해진 염 귀인을 본 궁녀들은 화가 나 씩씩거렸다.

"폐하께서 친히 태감을 보내 천 귀인만 쏙 빼가셨다면서요? 참으로 너무하시지! 수사를 받고 죄가 없으면 어련히 나올 텐데, 그것조차 기다리기 싫으셔서!"

"정말로 고생한 건 잠깐 다녀간 천 귀인이 아니라 소주인데 말입니다."

"폐하께서 천 귀인을 잠시 멀리한 게, 사실은 진짜로 총애가 식어서 그런 게 아니란 말도 있던데."

"그럼?"

"천 귀인에게 사람들 시선이 몰리니까, 일부러 총애를 안 하는 척하신 거란 말도 있어."

"전 폐하보다 흑합 장군님이 더 너무하다고 생각됩니다. 문제가 된 시각에 염 귀인께서 장군님과 함께 있었단 말 한마디만 해주시면 되는데, 그걸 안 해주셔서 일을……."

"그만."

염 귀인이 말을 끊자 궁녀는 얼른 입을 다물었다. 그러나 여전히 도끼눈을 뜬 채였고, 자신의 말이 옳다고 여겼다.

그렇지 않나? 다른 사람은 몰라도, 흑합 장군은 염 귀인이 태감이 죽은 일과 아무 관련이 없단 걸 누구보다 잘 알 터.

그가 나서기만 했다면 염 귀인은 며칠 동안 고초를 겪을 필요도 없이 바로 혐의를 벗을 수 있었다. 이렇게까지 염 귀인이 고생을 한 건 전부 다 흑합 장군 탓이었다.

사실 궁녀들을 말리긴 했으나 염 귀인 역시 같은 생각이었다. 그녀는 쓸쓸하게 웃었다. 서운한 감정이 없다면 거짓이었다.

그뿐만이 아니었다. 배신감으로 쓰라렸다. 이쪽은 그가 괜한 의심을 살까 봐 입을 다물었는데. 저쪽은⋯⋯.

흑합 장군이 황제의 명령으로 자리를 비웠단 걸 모르는 염 귀인은 이 일이 몹시 실망스러웠다.

'역시 그는 이제 천 귀인을 흠모하고 있어.'

다른 여인을 사모하는 거. 그래. 그것까진 할 수 있다 치자. 사람 마음이야 변할 수도 있지. 하지만 마음이 변할 때도 예의는 있어야지.

자라난 원망은 눈 깜짝할 사이 싹을 틔우더니 그녀의 마음을 복수심으로 뒤덮었다.

'둘 다 가만히 두지 않겠어!'

개원이랑 나는 어떻게 사귀기 시작했더라.

내가⋯⋯ 늘 그렇듯이 쫓기고 있었지. 쫓기다가 잠시 숨도 돌릴 겸 가장 먼저 뒤쫓아 온 놈들의 목을 똑똑 부러뜨렸다. 미안한 마음은 들지 않았다. 먼저 칼을 들고 쫓은 것도 그놈들이고, 내가 그들의 목을 똑똑 부러뜨리지 않았다면 그들 역시 날 곱게 죽이지 않았을 테니.

그렇게 한숨을 돌리다가 개원이 개새끼, 당시에는 개새끼가 아니었던 개원이를 만났다.

"이쪽."

높은 담벼락 위에서 그는 손을 내밀었다. 나는 그 손을 잡았다. 그를 믿어서가 아니라 그가 날 속이려 하더라도 반격할 자신이 있었기에.

"피가 묻었습니다."

반대편으로 내려와 보니 아주 잘사는 고관대작의 집이었다. 그는 내게 손수건을 내밀었다.

"이마에 피가."

"내 피 아닌데."

"압니다."

그가 건넨 손수건에는 과꽃이 수놓아져 있었다. 독이라도 발라둔 건 아닐까. 손수건을 뚫어져라 내려다보는 내게, 그는 덤덤한 목소리로 말했다.

"여기에 있으면 됩니다. 세 시진은 안전할 겁니다."

그러고는 날 두고 그대로 뒤돌아 걸어갔다. 뭐 다른 말도 없었다. 혹시 이렇게 해놓고 사람들을 끌고 오는 거 아냐, 생각했지만 그렇지도 않았다.

우리의 첫 만남은 그게 다였다. 하지만 그날 그는 과꽃 다발을 들고 내 마음에 들어왔다. 이름도 모른 채. 그래서……

'황제는 내 어딜 보고 연모하는 거지? 아니, 연모하는 게 맞긴 한가? 날 연모한다면 계기가 뭐야?'

"소주? 표정이 왜 그렇게 험악하세요?"

"사랑을 고민하는 중이어서……."

"사냥을 고민하는 중이 아니라요?"

"아니야."

"폐하와 무슨 일이 있으신가요? 아니면 흑합 장군님 때문인가요?"

"흑합 장군은 나랑 아무 사이도 아니야. 그리고 폐하는……."

내가 입을 다물고 빤히 쳐다보자, 뒤꿈치를 들고 시렁 위에서 금색 단지를 꺼내던 부성이 위로 뻗었던 손을 내리고 물었다.

"왜 그러세요?"

"역시 헷갈리는 게 있으면 직접 물어봐야겠지?"

"예?"

그날 밤 경사방 태감이 찾아왔고, 나는 옷을 벗으면서 생각했다. 오늘 황제에게 직접 물어보자. 날 좋아해서 그런 말을 한 건지, 아닌지.

"귀인님, 오늘은 옷을 벗지 않으셔도 됩니다!"

"어? 그래?"

태감은 내가 옷을 벗으려 하자 펄쩍 뛰면서 말렸다.

"폐하한테 데려가려고 온 거 아냐?"

"맞지만 오늘은 침방으로 가는 게 아닙니다."

"그러면?"

태감을 따라서 간 곳은 이전과 같은 곳이면서도 이전과 다른 곳이었다. 그러니까, 황제가 머무르는 수많은 전각 부근인 건 같은데. 원래 난 여기를 내 발로 걸어서 가지 않았으니까. 발로 안 걷는 정도가 아니지. 길도 모른다. 시침을 들러 갈 때는 이불을 머리 위까지 씌워서 태감들이 들고 가주는걸. 그렇기에 내 발로 걸어가는 이 길은 평소와 전혀 다르게 여겨졌다. 게다가—

"방으로 안 가나?"

"예. 후원으로 모셔 오라 하셨습니다."

최종 목적지도 달랐다. 태감이 날 안내해준 곳은 황제의 침궁에 달린 후원이었는데, 후원으로 들어가는 길을 하얀 꽃들로 빼곡한 아치 덩굴이 둘러싸고 있었다.

달빛을 받아 쌀밥처럼 하얀 그 길 너머에는 하얀 바위와 달이 담긴 호수가 보였다. 황제는 호숫가에 홀로 서 있었다.

태감은 덩굴 안으로는 함께 들어오지 않고, 두 손으로 '저쪽으로 가시죠' 하고 방향만 알려주었다. 하얀 길을 따라 걸어가자 황제가 호수를 내려다보다가 몸을 돌렸다.

오늘 그는 금색 용포 차림이었다, 색을 맞춘 건지 얼굴을 덮은 면사도 금색이고.

"뭔 날인가요?"

침방에 안 부른 것도 그렇고, 차림새도 좀 다르고. 신기해서 묻자 황제가 하얀 바위 위에 놓아둔 꽃다발을 들어 올려 내게 건넸다. 월하향꽃이었다. 꽃다발을 받아 들자 그가 내게 먼저 말했다.

"널 연모한다, 천 귀인."

"으악."

놀라서 꽃다발로 황제를 칠 뻔했다. 아, 물론 오늘 만나면 좋아하느냐고 물어볼 생각이긴 했는데. 본인이 먼저 말할 줄이야! 게다가 대놓고 연모한대!

그가 웃음을 터트렸다.

"으악은 뭐야."

나는 꽃다발을 꽉 쥔 채 쩔쩔매다 고백했다.

"전 폐하를 안 연모하는데요?"

좀 더 솔직하게 표현하자면 황제의 사랑을 받고 싶은 마음도 없고.

모든 무림인이 숭배하던 개원이가 날 사랑한 이후, 나는 오히려 더욱 피곤해졌다. 원래는 '위험한 악적' 정도였다면, 개원이와 어울린 이후에는 '영웅을 타락시킨 빌어먹을 못된 악적'의 취급을 받았지.

개원이는 다 큰 성인이었고 충분히 자기 앞가림을 할 나이였는데도, 다들 내가 그의 눈알이라도 뽑아서 홀린 것처럼 굴었다. 얼마나 피곤하고 짜증 나던지.

그리고 난 황제의 사랑도 이와 비슷할 거라 생각한다. 만인지상의 위치에 있는 그가 날 사랑하면, 수많은 사람이 날 노리겠지. 그건 버겁다. 게다가…… 개원의 선례를 따져보면 그렇게 버거운 걸 참으며 사랑을 지켜도 결과가 좋을 거란 보장도 없고. 그러니 황제가 날 사랑한다면 그건 싫다.

"안다."

그런데 뜻밖에도 황제는 내 말에 전혀 상처받지 않은 목소리로 태연히 대답했다.

안다고?

"근데 이 꽃다발은 뭐예요?"

"짐은, 네가 짐을 연모하지 않기에 널 연모한다."

"제가 폐하를 연모하지 않는 게 폐하가 절 연모하는 이유가 되나요?"

"되던데."

"그 말씀은…… 폐하께선 변태란 뜻이신가요?"

황제가 다시 웃음을 터트렸다.

"그런가."

……부정하지 않아? 주춤 뒤로 물러났다. 변태다! 변태가 나타났어! 자기가 되게 이상하게 보이는 걸 모르나? 황제는 그래도 다시 웃었다. 변태 소리를 듣고도 좋아하는 변태라니. 일국의 황제가 변태라니. 세상에 이럴 일이 있나.

나는 꽃다발을 방패처럼 앞으로 내밀었지만, 황제는 별말 없이 다시 호수만 바라보았다.

'이상한 사람이야.'

다른 후궁을 마음에 품고 있었는가 했더니 그것도 아니고. 고자인가 했더니 그것도 아니고. 승언이를 좋아하나 했더니 그것도 아니고.

"어쨌든 저는 그냥 하던 대로 폐하를 안 연모해도 된단 거죠?"

"그래. 사랑은 받기만 해라."

"만약, 물론 그럴 리는 없겠지만 만에 하나라도 제가 폐하를 연모하게 되면요?"

233

황제가 뒷짐을 지고 내게로 고개를 돌렸다. 그의 눈은 면사 아래 가려져 보이지 않았으나, 느낌상 알 수 있었다. 우리가 눈이 마주쳤다는 걸.

잠시 그는 아무 말도 하지 않았다. 풀벌레 소리만 들려왔다. 간지러운 시간이 지나간 후에야, 마침내 꾹 닫혀 있던 입술이 열렸다.

"그건 그때 생각해보지."

방으로 돌아오자 측근 궁녀들은 하던 일을 멈추고 놀라서 다가왔다.

"오늘은 빨리 오셨네요, 소주?"

"폐하께서 바로 보내주시던가요?"

내가 쫓겨난 건 아닐까 걱정하는 얼굴들이었다.

"음. 응."

애매하게 대답하자 두 사람 다 내 손에 들린 꽃다발을 쳐다보았다. 그게 뭐냐고 묻고 싶은 눈치들인데. 결국, 아무도 꽃에 관해서는 묻지 못했다. 대신 원웅이 내가 피풍의 벗는 걸 도와주며 조심스럽게 물었다.

"안 좋은 일이 있으셨어요?"

내 표정이 별로구나. 왜들 이리 눈치를 보나 했더니. 내 표정 때문에 그랬나 봐.

"폐하가 내가 좋대."

나쁜 일이 있진 않았기에 흔쾌히 말해주자 부성이 비명을 질렀다.

"그럼 좋은 거잖아요!"

그렇지도 않아. 게다가 날 좋아하는 이유가, 내가 자길 안 좋아해서 좋아하는 거래. 이게 말이 되나?

간만에 떡돌이도 보고 이 일에 대해 상담도 해볼 겸 청적을 찾아갔다.

그 일 외에도, 인적이 드물고 사람들이 찾지 않는 공터, 그러니까 청적 같은 공터가 또 있는지도 물어볼 셈이었다. 무공을 익히려면 그런 장소가 필요한데, 후궁전 내에서는 더 찾기 힘든 듯하니까. 떡돌이는 내관이니까 지리에 관해서는 잘 알겠지.

그러나 아무리 기다려도 떡돌이는 오지 않았다.

한참 만에 나타난 건 전혀 의외인 사람.

'사자친왕?'

전에 황제와 마상 격구를 했던 사자친왕이었다. 화려한 은빛 겉옷, 화룡점정의 깃털 장식, 폭신해 보이는 부채까지. 오늘도 여전히 화려하네.

그런 모습으로 어슬렁어슬렁 걸어오던 사자친왕 역시 날 보고 놀란 표정을 지었다.

"천 귀인?"

나는 난감한 기분에 어색하게 웃었다. 여기서 저 사람을 만날 줄은 몰랐는데. 하지만 나만큼 놀란 표정을 지으면서도, 사자친왕은 굳이 가까이 다가와서 말을 더 걸었다.

"이런 곳에서 만나다니. 우연이로군요."

"예……."

"산책을 나온 겁니까?"

"뭐. 그렇지요."

"만날 분이 있는데 제가 방해를 한 건 아니고요?"

뭐야. 뭘 알고 말하는 거야 모르고 말하는 거야, 왜 저렇게 말해?

떨떠름한 표정으로 쳐다보자 그가 무해해 보이게 웃었다. 그냥 한 말이란 것처럼.

그래도 영 찝찝한 기분이라 나는 일부러 말을 돌렸다.

"친왕 전하께서도 산책을 나오셨어요?"

사자친왕은 순순히 그렇다고 대답하면서 부채질을 했다. 쌀쌀한 바람은 좀 소름이 돋을 정도였지만, 그는 추운지 겉옷을 여미면서도 부채질을 멈추지 않았다. 이상한 사람일세.

그 모습이 하도 신기해서 쳐다보자, 사자친왕이 물었다.

"왜 그렇게 빤히 쳐다보시는지?"

"부채요."

이 날씨에 그거 꼭 들고 다녀야 하나? 솔직하게 대답하자 사자친왕은 자기 부채를 자랑스럽게 보여주었다.

"무림에는 제갈세가라는 무가가 유명한데, 특이하게도 부채를 무기로 이용한다더군요."

아 걔들. 그걸로 허세를 부리긴 하지. 실제로 허를 찌르는 공격에도 사용하는 모양이지만. 근데 걔들도 주요 무기는 부채가 아니라 검이다. 검보다는 머리를 잘 굴리고.

그런데 그거야 그렇다 치고. 부채 얘기를 하는데 제갈세가 얘기는 갑자기 왜?

"제갈세가랑 연이 있으신가 봐요?"

연이 있을 수도 있지. 제갈세가 방계 중엔 관직에 오르는 이도 적지 않다 들었으니. 그러나 사자친왕은 하하 웃으면서 고개를 저었다.

"그건 아닙니다."

아니라고? 그런데 제갈세가 얘기는 왜 꺼냈대?

"제가 무림을 동경하거든요. 제갈세가와 부채 얘기를 듣는 순간 거기에 꽂혀버렸죠."

아아 그래서 이 날씨에 저런 부채를……. 하지만 친왕이 무림을 동경하다니. 동경할 만한 세계는 아닌데.

무림인이 되어 강해지면 무한한 힘과 자유를 느낄 수 있을 것만 같지만, 실제로는 아무리 강해져도 여전히 제약이 많다. 오히려 적만 더 많이 생겨나지. 남들과 다른 방식으로 강해지면 더욱 그렇고. 고귀한 집안에서 화초처럼 자란 분 눈에는 그런 것조차 재밌어 보일 수도 있겠지만.

"요즘은 정영검 개원에게 꽂혀 있습니다."

그러나 고상하게 자란 도련님이 무림을 동경한단 평범한 이야기는, 개원이 이름이 나오자마자 아주 거슬리게 들렸다.

하필 꽂힌 게 그놈이야. 물론 무림인 대부분이 그놈을 좋아하긴 하지만. 기분이 더러워져서 썩은 미소가 나왔다.

"또 다른 한 사람은 '천년비'란 고수죠."

뒤이어 나온 이름엔 사레가 걸려버렸지만. 침이 목구멍에 걸렸어!

내가 목을 잡고 콜록거리자 사자친왕이 등을 텅텅텅 두드리며 괜찮냐고 물었다.

"아 죄송."

얼결에 사과하면서 나는 사자친왕을 아주 희한한 놈 보듯 쳐다보았다.

날 존경한다고? 날 존경한단 사람은 처음 봐서 놀랐다. 내가 목표란 사람은 많이 봤지만. 죽이고 싶은 목표 말이다.

"흠. 흠흠."

뭐 그래도 나쁜 기분은 아닌지라, 나는 괜히 헛기침을 하고서 은근하게 물었다.

"근데 그 사람은 되게, 뭐야. 평판이 나쁘지 않아요?"

사자친왕이 의외란 투로 되물었다.

"천 귀인께서도 천년비에 대해 아십니까?"

알지. 나인데. 물론 솔직하게 대답할 수는 없지만.

"그냥. 오며 가며 들었어요."

대충 둘러대자 사자친왕은 흐뭇하게 웃으면서 고개를 끄덕였다.

"하긴. 오며 가며 들릴 이름이지요. 둘 다 대단하지 않습니까? 그 대단
하단 천년비를 죽인 정영검이나."

대단하긴. 개원이 개새끼.

"죽을 뻔했지만, 고비를 넘기고 부활한 천년비나."

"!"

이번에는 사례에 걸리진 않았지만, 숨이 목구멍에 턱 걸렸다.

진짜, 아까보다 몇 배는 더 놀라서.

누가 부활해?

6장

화살은 어디를 향하나

내가 후궁으로 부활한 걸 알고 저렇게 말하는 건가? 아니면 내가 천 귀인의 몸에 들어온 것처럼, 내 몸에는 다른 사람의 영혼이 들어갔나? 그것도 아니면 누군가 내 이름을 사칭하나?

여러 가지 생각이 머리에 떠오른다.

나는 긴장해서 사자 친왕을 노려보았다.

"별로 표정이 안 좋으시네. 천 귀인께선 천년비를 싫어하시나 보군요."

이런. 너무 노려봤구나.

"죽었단 얘긴 들었는데. 부활했단 얘긴 처음 들어서."

나는 일단 모른 척 물었다.

하지만 만약 사자친왕이 내가 천년비란 걸 알고서 저러는 거라면…….

'죽인다.'

나는 내공 없이 사용하는 무공 천수비를 펼치기 위해 한 손을 등 뒤로 보내 손가락을 갈고리처럼 접었다. 비밀을 지키는 가장 깨끗한 방법은 역시 목을 따는 거지. 그런데 궁궐 내에서 친왕을 살해해도 괜찮나?

괜찮을 거야. 난 죽었다 깨어난 연약한 후궁 몸이잖아? 맨손으로 사자 친왕을 죽였다고 누가 생각하겠어. 암.

"흑도단체 사하비단이 천년비를 구하고, 그게 인연이 되어 손을 잡았다더군요. 그런데 손은 왜 그렇게 하고 계십니까, 천 귀인?"

"등 긁으려고요."

사자 친왕의 대답을 듣고서 나는 손을 도로 원위치시켰다. 손가락에
힘도 풀었다.

다행이었다. 사자 친왕은 내가 천년비라는 걸 모르고 있어.

이름을 사칭한 천년비가 나타난 건지, 내 몸을 차지한 천년비가 있는
건지는 사자친왕이 한 말만으론 알 수 없지만. 일단 사자친왕이 나에 대
해 알고서 저런 말을 한 건 분명 아니다. 그보다 사하비단이라니? 사하비
단이라면 분명……?

'그 또라이 변태가 이끄는 집단 아냐?'

날 사칭한 사람이 누구든 미친 거 아냐? 하필 손을 잡아도 그 또라이
변태랑?

"천 귀인?"

아차. 이번엔 또 너무 오래 멍하니 있었나 보다. 내가 얼른 벌어져 있던
입을 닫자, 사자친왕이 웃음을 터트렸다.

"그렇게 놀랍습니까?"

"죽었다는 사람이 살아 있으니 놀랍지요. 또 전 천년비……인가 하는
그 사람이 독불장군이라고 들었거든요. 그런데 사하 뭔가 하는 집단이랑
손을 잡았다고 하니까 놀랍네요. 물론 제가 그 사람에 대해 잘 알진 못하
지만요."

"사하비단입니다."

"사하비단."

"천 귀인은 무림에 대해 잘 아는 건 아니군요?"

"내가 무림에 대해 알 일이 뭐가 있겠어요. 곱게 컸는데."

그런데 곱게 큰 분들이 자기 입으로 곱게 컸단 말을 하긴 하나? 모르겠

다. 다행히 사자 친왕도 이상하게 여기지 않는 눈치였다.

"그건 그렇지요."

그는 고개를 끄덕이며 눈을 빛냈다.

"하지만 사람은 죽었다 깨어나면 변한다지 않습니까. 심경에 변화가 온 거겠죠. 어쨌든 천년비와 사하비단이 손을 잡고 정영검 개원에게 복수를 통보했다니, 앞으로 일이 재밌어질 겁니다."

정말로 무림 얘기를 좋아하는구나. 눈에서 빛이 나네, 빛이 나. 즐거워 보인다. 듣는 나는 하나도 안 즐겁지만.

세상에. 가짜 내가 나타난 거로도 모자라, 가짜가 내 복수까지 다짐했다고? 대체 무슨 일이야?

사하비단. 부활한 천년비. 복수. 이 일들에 대해 자세히 알아보고 싶다. 그러려면 궐 밖으로 나가야 했다. 궁궐 안에서 무림 사정을 알기는 힘드니까. 하지만······.

나는 후궁전 가장 외벽으로 다가가 고개를 들어 살펴보았다. 높은 담벼락이 쭉 펼쳐져 있었다. 여길 빠져나간다? 턱도 없겠군. 궁궐에서 밖으로 나가는 외벽은 후궁전 외벽보다 훨씬 높을 텐데. 여기 벽만 해도 무공 없이 뛰어넘을 높이가 아닌걸. 내공 없이 사용하는 무공 천수비가 있지만 그건 경공이 아니었다. 위급 상황을 대비한 일격필살이자 비장의 한 수이지. 경공과는 거리가 멀다. 그러니 천수비를 이용해서 궐을 나갈 수는 없다. 정보를 얻으려면 수도라도 둘러보고, 하오문이든 개방이든, 정보를 취급하는 무림인을 만나야 하는데.

'젠장.'

그렇지만 이 몸으로는 궐 밖으로 나가지조차 못하고····· 어쩌지?

"뭐 하세요, 소주?"

내가 담벼락 끝을 향해 손을 뻗고 있자, 원웅이 되게 이상하게 보였나

보다. 그녀가 걱정스러운 얼굴로 날 불렀다. 나는 얼른 손을 내렸다.

"아니야. 그냥 담벼락이 얼마나 높은지 보고 싶어서."

"그런 걸 알아서 뭣 하게요. 얼른 가서 점심 드세요, 소주."

"응⋯⋯."

어차피 여기에 더 있어봐야 좋은 생각이 떠오르진 않지. 난 원웅을 따라 순순히 처소로 돌아갔다. 하지만 머리는 계속 굴렀다. 방법을 찾아. 방법을 찾아야 돼.

내가 이 몸으로 살려고 결심한 건 천소여가 죽었다고 생각했기 때문이었다. 그러나 만약 천소여가 살아 있고 우리 둘이 몸이 바뀐 거라면, 만나서 앞으로의 일을 의논해보아야겠지. 만약 천소여는 이미 죽었고 내몸에 엉뚱한 사람이 들어온 거라면⋯⋯ 뭐. 천소여의 몸을 차지한 내가 뭐라 뭐라 하겠어. 그냥 걔는 그 몸으로 살게 두고 나는 이 몸으로 사는 거지. 하지만 그런 사정 없이 멀쩡한 사람이 내 이름을 사칭해 이용하는 거라면⋯⋯!

"모가지를 똑 따주겠어."

"예? 소주, 저요?"

"아니, 아니야."

그러려면 일단 무공을 찾아야 한다. 하지만 어떻게? 여기엔 무공을 훈련할 만한 적당한 장소도 없는걸. 젠장. 그러고 보니 떡돌이! 떡돌이한테 청적 외에 한적한 장소가 있는지 물어보려던 참이었잖아? 사자친왕이 이상한 말을 해서 다 잊어버렸지만. 하지만 방금 더 좋은 방법이 생각났다.

굳이 떡돌이한테 부탁할 필요가 있나? 황제한테 부탁하자. 그는 내가 좋다 했잖아? 혼자 시간을 보낼 수 있는 공간을 찾아달라고 하면 찾아줄수 있지 않을까? 천만금이나 금은보화를 달란 것도 아닌데, 이 정도는 들어줄 수 있지 않을까? 명색이 황제인데? 암. 그럴 거야.

"원웅!"

"예, 소주."

"폐하를 뵈려면 어디로 가야 돼?"

"예? 폐하요? 먼저 찾아가시려구요?"

그 시각. 황제는 사자친왕과 마주 보고 앉아 다과를 먹고 있었다. 천 귀인에게 마음을 고백했던 이야기를 막 끝낸 참이었다.

사자친왕은 이야기를 다 듣자 혀를 차며 감탄했다.

"혼자 연모할 테니 그쪽은 연모하지 말라 하셨다고요. 대단합니다, 폐하. 정이 떨어져서라도 이젠 정말 폐하를 받아들이지 않겠군요. 거기까지 계산하신 겁니까?"

"정이 떨어지다니? 천 귀인이? 짐에게? 설마."

사자친왕의 말에 황제가 웃었다. 안 믿는 투였다.

"정말입니다, 폐하. 그런 말을 듣고서 정 안 떨어질 사람은 없어요."

사자친왕이 거듭 말했으나 황제는 쓰게 웃기만 했다. 그 모습에 친왕은 한숨을 내쉬었다.

"떡돌이니 뭐니 하는 이상한 이름으로 이중 연애나 하시고. 이게 무업니까, 대체."

"용포를 입고 있으면 의심하고 의심하고 의심할 수밖에 없지. 상대의 잘못이 아니야. 이 옷이, 사람을 그렇게 만든다. 하지만 떡돌이일 때에는 그게 아니니까."

"결국 진실은 밝혀질 거고, 사랑놀이는 깨어지기 마련입니다. 정말로 짝사랑으로 만족하시겠습니까?"

"난 사람도 사랑도 믿지 않아. 이 정도 거리가 좋다."

단호한 목소리에는 경계심이 가득했다.

사자친왕은 혀를 끌끌 찼다. 그도 자신의 이복동생이 왜 저러는지는 알았다. 알고 있지만……. 백 명의 사람이 있으면 각각 다 다를 텐데. 지레 겁을 먹고 마음을 닫아버리니 안타까웠다. 황제는 다시 중얼거렸다.

"이 거리가 좋다. 이 거리에 있으면 천 귀인이 가문, 권력, 부귀, 영화, 어떤 걸 사랑으로 포장하든 상처받지 않을 수 있으니."

"그러다 천 귀인이 대놓고 폐하를 금 나와라 뚝딱 은 나와라 뚝딱 정도로 여기면 어쩌시려고요."

"설마 대놓고 뭘 요구하고 그러겠느냐."

여기저기 물어보니 황제는 심궁에 있다고 했다.

'심궁이라니.'

심궁은 황궁 지도 딱 중앙에 있는 건물인데. 토론이나 회의 등 말 그대로 황제가 정무를 보고 대신들이 나랏일을 하는 곳.

"거기 가도 돼?"

측근 궁녀인 원웅에게 묻자, 원웅은 자기도 모르겠다고 대답했다.

"주의사항에 가지 말란 이야기는 없었지만…… 굳이 찾아가는 사람은 없는 거로 알고 있어요, 소주."

또 다른 측근 궁녀인 부성은 옆에서 다른 의견을 내밀었다.

"오늘도 폐하께서 소주를 시침에 부를지도 모르잖아요. 차라리 그때 뵙고 말씀드리는 게 낫지 않을까요?"

"폐하가 오늘도 날 부를지 안 부를지 어떻게 알고."

"어제 꽃다발까지 주셨는데도요?"

꽃다발을 주면서 한 말이 꺼림칙하니 그러지.

"일단 가보지 뭐."

가다 보면 알게 되지 않을까? 후궁이 들어가도 되는 곳인지 아닌지. 안 되면 들어오지 말라 막을 거 아냐. 마음을 먹자마자 나는 후궁전을 나가 심궁 구역까지 걸어갔다.

황제가 내 호위를 하라며 보내준 태감 귀자가 함께 가기에 길을 찾는 게 어렵진 않았다. 마침내 거대한 심궁 건물 앞에 도착하자, 와. 관리들 시선이 장난 아닌데?

"황제 폐하께서는 어디 계신가?"

그래도 다행인 건 물어보면 다들 위치를 알려주긴 했다. 그렇게 묻고 물어서 황제가 머물고 있다는 휴게실 앞으로 가자, 황제의 태감들이 내 얼굴을 알아보고는 다들 놀라서 눈을 휘둥그렇게 떴다. 그중 한 명은 아예 내게 다가와 물었다.

"천 소주, 여기엔 어쩐 일로 오셨는지요?"

"폐하를 뵙고 싶어서 왔는데. 뵈도 되나?"

태감은 당황한 얼굴을 숨기지 않은 채 귀자를 쳐다보았다. 그러고는 둘이 눈짓을 주고받다가, 한숨을 내쉬고서 돌아서서 방을 향해 고했다.

"폐하. 천 귀인님께서 폐하를 찾습니다."

대답 대신 안에서 짤랑 방울 흔드는 소리가 났다.

"들어오시랍니다."

방울 소리가 허락한다는 뜻이구나. 그래도 바로 만날 수 있어서 다행이야. 후궁은 못 들어가는 곳이라고 막아선다면 순순히 돌아설 생각이긴 했지만, 별개로 기분은 상했을 테니까.

태감 둘이 양옆에서 문을 잡고 열어주었고, 나는 그 사이로 들어갔다.

안으로 들어가자 아치문에 휘장이 어지럽게 늘어져 있어서, 덩굴 치우듯 그 휘장도 치우면서 들어갔다.

그러자 안쪽에 커다란 방석을 깔아둔 황제가 앉아 있는 게 보였다. 희한하게도 탁자는 보이지 않고, 커다란 방석만 여기저기 놓여 있다. 이국적으로 꾸민 건가? 황제의 앞에 찻잔 두 개가 있는 거로 보아서, 나 이전에 다녀간 손님도 있는 모양이고.

"제가 바쁜데 찾아왔습니까?"

혹시 다른 일이 있는데 내가 방해했나 싶어서 묻자, 황제는 아니라고 대답하더니 앉으라며 맞은편 방석을 가리켰다. 그곳으로 가서 치마를 펼치고 앉자, 황제가 짓궂은 목소리로 물었다.

"그거 아느냐? 여기까지 온 건 태후마마와 황후뿐이고, 후궁은 네가 처음이다."

"아 그래요?"

"그래."

"그렇구나."

"?"

"왜요?"

"그게 다냐?"

"뭐 다른 반응이 필요합니까?"

그런데 내가 오기 전에 뭔 일이 있었나? 별말을 나누지도 않았는데. 황제가 입술을 꾹 다문다. 꾹 닫힌 입에서 심술이 묻어났다. 뭐 어쩌란 거야? 왜 저러나 싶어 물끄러미 쳐다보자 시선이 부담스러운가. 황제는 결국 먼저 입을 열었다.

"그래, 여기에는 무슨 일로 왔느냐?"

"맞아. 폐하께 부탁드리고 싶은 게 있어서 찾아왔습니다."

아니 왜 자꾸 저래? 황제가 다시 입술을 다물었다. 차이점이 있긴 했다. 아까와 달리 이번에는 심술궂은 느낌이 없다는 거. 면사를 거두면 아마 딱딱하게 굳은 표정이 보일 것이다.

"아 또 왜요."

물어보지만 이번에는 툴툴대지도 않았다. 그저 웃는데. 그 미소가 아파 보일 뿐.

"말해보거라. 우리 천 귀인 부탁이라면 모두 들어주어야지."

목소리는 다정한데도. 왜 저러는진 모르겠지만 일단 말하라니 말하자.

"폐하. 사람들이 안 오는 조용하고 외진, 외지진 않아도 되는데 하여튼 조용하고 넓은 공간 없을까요? 청적 같은데요."

그런데 내가 뭔 말을 했다고? 황제는 차를 마시려다가 찻잔을 도로 내려놓으면서 황당하단 투로 물었다.

"넌 그게 부탁이냐?"

"그런 데가 있으면 알려주세요. 거기까지가 부탁입니다. 이왕이면 그런 장소에 저 외엔 아무도 못 오게 해주시면 더 좋고요."

이번엔 또 왜 저러는지 모르겠지만, 황제가 갑자기 한 손으로 자기 입을 가렸다. 면사 때문에 드러난 부분이 입뿐인데. 그 입조차 가리니 얼굴이 다 가려졌다.

어쨌든 굳이 입을 가린 채, 황제는 놀라워하는 투로 물었다.

"짐과 단둘만 있고 싶어서 그러하냐?"

"무슨 소리예요, 폐하도 없어야 아무도 없는 거죠."

황제가 이번에는 손을 확 입에서 떼는데, 다시 심술보 가득한 입 모양으로 돌아왔다.

아니 대체 왜? 왜 오늘따라 저렇게 변덕이 죽 끓듯 해?

권력자의 짝사랑 상대가 되는 건 참으로 편리하구나. 자신도 사랑해달라고 하면 곤란할 텐데. 혼자 짝사랑만 하겠다니, 이건 꽤 편하다.

황제는 변덕스럽게 툴툴거리면서도 결국 내가 말한 조건에 꼭 맞는 비밀 공간을 알려주었다. 완벽하게 숨겨진 공간은 아닌데, 귀신이 나온단 소문이 돌아서 사람들이 안 간단다. 그래도 괜찮냐고 묻기에 괜찮다고 대답했더니, 황제는 거기에 가라고 했다.

"그래 놓고 폐하께서 오시면 어쩌지요?"

"안 간다. 치사해서 가지 않는다."

"약조한 겁니다."

그렇게 단단히 약속까지 한 다음 날. 나는 신이 나서 황제가 알려준 장소로 갔다. 그가 약도까지 그려주어서 길 찾기도 쉬웠다.

그곳은 후궁전과 황후궁이 모여 있는 동쪽 구역 안이 아니라, 심궁과 동쪽 구역 사이 어딘가. 따지고 보면 황제의 침소와 가까운 구역에 있었다. 그래서 오히려 사람들이 안 다닌다지. 완벽하다, 완벽해!

가서 보니 높은 담장으로 둘러싸인 구역이 보였다. 문은 있었지만 떼버린 모양인데, 담 안쪽을 보니 더욱 완벽했다. 풀이 보송보송한 공터라니! 뭐. 사실 아직 날씨가 추워서 바삭바삭한 풀이지만, 어쨌든 이 정도면 최고다. 날씨 풀리면 보송보송해지겠지.

약간 꺼림칙한 게 있다면 황제의 침소와 가까운 구역인데도 귀신이 나온단 소문이 도는 이유……인데. 왜 그러냐 물어봤더니 황제도 신경을 안 써서 모르겠다 대답했지. 벽이 있단 건 이 안에 건물이 있었단 거고. 건물 안에서 누가 죽은 건가? 그래서 시체 치우고 건물도 치웠나? 하지만 귀신 소문은 계속 나고?

"흠. 가능성 있는데?"

하지만 무섭지는 않다. 죽은 사람이라면 많이 봤으니까. 그럼 탐색은 이 정도로 끝낼까?

나는 주위에 아무도 없다는 것을 확실하게 확인한 후 얼른 치마를 벗었다. 치마 안에는 미리 편한 바지를 입고 왔지. 이후 가볍게 몸을 푼 다음 가부좌를 틀어서 내공 상태를 확인했다. 본격적인 수련은 하지 못해도 잠들기 전에 내공심법은 꾸준히 해서인가. 쥐꼬리만큼이지만 내공이 모이긴 모였구나. 옛날에 비하면 턱도 없지만.

혹시 황제한테 내공을 높일 수 있는 영단 같은 거 달라고 하면 주려나? 그런 게 왜 필요하냐고 의심할까? 그래도 내가 익힌 게 마공이라 다행이지. 정파들이 익히는 내공심법을 익혔더라면 십오 년, 아니, 성인 몸이니 이십 년은 내공 모으느라 소진하지 않았을까?

그런데 막 정신을 집중해보려고 하는 순간. 이게 뭐야. 누군가 가까이 다가온다. 대놓고 오는 게 아니다. 살금살금 온다.

황제 이 자식, 혼자 두겠다더니 방해하러 온 거 아냐? 나는 도끼눈을 뜨고서 벌떡 일어났다. 하지만 살금살금 가까이 온 상대는 담 안쪽으로는 들어오지 않았다. 정신을 집중하고서 상대의 인기척을 살펴보니, 몸을 숨기고 내 쪽을 엿보기만 한다.

황제의 그림자들이 이런 기척인데. 혹시 황제가 사람을 보낸 건가? 내가 뭐 하는지 살피라고? 아주 염통머리 없는 황제 같으니라고! 자기가 안 보러 온다더니 남을 보네? 거짓말은 안 했네. 거짓말은 안 했는데…… 그래서 더 짜증 나네. 편법도 아니고 이게 뭐야?

결국 나는 무공 수련을 중단하고, 일부러 드러누워서 눈을 감았다.

"햇살 좋다……."

그러고서 태평하게 중얼거리며 그 상태로 내내 뒹굴거렸다. 황제의 그림자가 보다 보다 질릴 때까지. 이러다 보면 황제도 의심을 거두고 사람을 보내지 않겠지.

"기껏 혼자만의 공간을 달라 해놓고. 안에서 늘어져서 햇볕만 쬔다고?"

천년비의 예상대로 기적의 주인은 황제가 보낸 그림자였다.

그림자로부터 천년비가 비밀 장소에서 한 일들을 보고 받은 황제는 혀를 찼다.

"이렇게 게으를 수가 있나."

내내 누워서 일광욕만 하다니. '일들'이라고 하기도 뭐하지 않나.

"어찌할까요?"

"며칠 지켜보다가 계속 그런다면 다음부턴 가지 마라."

"예."

황제의 그림자는 정말로 끈질겼다. 일주일 동안 비밀 장소에 갔는데, 와, 일주일 내내 따라왔다. 내가 뒹굴뒹굴 노는 동안 담벼락 뒤에서 자리를 지키고 있었다. 안 지겨운가? 대체 언제 비켜주려는 거지?

그 때문에 요즘은 청적으로 가서 떡돌이도 만나지 못했다. 그냥 저 황제의 그림자와 누가 먼저 물러나나 경쟁 중이다. 그래도 요즘은 많이 지치긴 했는지, 지켜보다가 빨리 돌아가기도 하지만. 이대로 며칠 지나면 아예 안 올 것 같기도 하고…….

어쨌든 오기가 생겨서라도 오늘도 그 비밀 장소에 가려는데. 침실 밖으로 나갔더니 내 처소로 연얼군주가 걸어오고 있었다. 반사적으로 긴장해서 어색하게 쳐다보자, 그녀는 웃으면서 다정하게 말했다.

"오늘은 시비를 걸러 온 게 아니니 안 그래도 됩니다."

자기가 지금까지 시비를 건 건 아나 보다.

"예."

그래도 내가 낯설어하자, 연얼군주는 들고 있던 하얀색 자기 병을 들어 올렸다.

"뭡니까?"

"술. 같이 마십시다."

술? 나 술 잘 안 마시는데.

"떡을 좋아한다기에 떡도 좀 챙겨 왔어요."

떡도 내가 좋아하는 게 아닌데. 내가 떡 좋아한단 이야기는 어디서 들은 거야? 그렇다고 일부러 친해지겠다고 떡과 술을 챙겨온 사람한테, '나 그거 안 좋아해요'라고 보낼 수는 없었다.

나는 어쩔 수 없이 그녀와 함께 다시 방 안으로 들어갔다. 아이고, 한 두 시진은 어색해서 죽겠구나 생각하고서.

하지만 의외로 연얼군주는 시비를 안 거니 참 괜찮은 사람이었다. 죽은 오라비 얘기를 너무 많이 하긴 하지만…… 그건 어쩔 수 없지. 아직 슬픔이 가시지 않았을 때니까.

그렇게 반 시진쯤 지나자, 놀랍게도 나도 이 자리가 즐거워졌다. 떡도 맛있고. 술도 향이 좋고. 아까부터 내리기 시작한 비도 운치가 좋고. 무엇보다 내 또래와 이렇게 오랫동안 즐겁게 얘기해보는 건 처음이라 신이 났다. 개원이도 있지만 그놈은 개자식이니 예외로 치자. 떡돌이도 있지만…… 걔랑은 오래 얘기한 적은 없으니까.

그러다가 문득 연얼군주가 우스운 이야기를 꺼냈다.

"오라버니는 무림을 좋아했어요. 무림인들에겐 의와 협이 있다면서 늘 감탄했죠."

예? 무림인들한테요? 아이고오. 객관적으로 웃긴 이야기는 아니었지만, 듣는 무림인 입장에선 참 우스웠다.

사자친왕도 그렇고, 대체 귀하고 곱게 자란 왕족분들이 왜 무림에 신경을 이리 많이 쓴대? 게다가 의와 협은 얼어 죽을. 의와 협이 아니라 고집과 아집이겠지. 마음 맞는 이들끼리만 똘똘 뭉치는 성미 고약한 작자들.

아. 수오부군왕은 암살당했지. 귀하게 커도 여기저기서 위협을 많이 받긴 했겠어. 혹시 그래서 강한 걸 동경하는 건가?

"영향을 받아서 그런가, 나도 호기심은 있어요. 천 귀인은 어떤가요?"

"아 저도 뭐. 그냥 호기심 쪼끔. 남들 정도로만 있습니다."

어쨌든 다들 호기심이 있어 보이니, 나도 있다고 말했다. 그러다가 문득 좋은 생각이 났다. 연얼군주도 무림에 호기심이 있다니, 혹시 '부활한 천년비'에 대한 이야기를 알지 않을까? 내가 무공을 수련해서 월담이 가능해지기 전에 우선 연얼군주를 통해 그런 정보를 얻을 수는 없나?

일단 슬쩍 운을 띄워 보자.

"무림인 중에서는 '천년비'랑 '정영검 개원'이 둘이 특히 유명하다 들었는데요."

"두 사람 이름이라면 나도 들어봤어요."

연얼군주는 고개를 끄덕이며 술을 한 잔 마셨다.

"한쪽은 흑도. 한쪽은 정도. 그런데도 무척 친했다죠. 이런 점도 무림인들의 좋은 점 같아요. 다른 파끼리 서로 친구가 되다니, 정말 호방하지 않아요?"

무림인 당사자들이 아니라서 그런가? 사자친왕도 그렇더니, 연얼군주도 그 사실을 신기하게 여길 뿐 '천년비가 개원을 타락시켰다'고 보진 않는 눈치네.

나는 이에 용기를 가지고 좀 더 물어보았다.

"요즘은 어떻게 지낸대요?"

"천년비……."

비가 내릴수록, 두 손으로 만든 엉성한 무덤이 자꾸 패여갔다. 남자는 몸으로 무덤 위를 덮으며 흐느꼈다.

"왜 자결한 거냐. 왜."

빗물인지 눈물인지 모를 게 얼굴 위를 계속 흘러내렸다. 우산을 쓴 여자는 그 모습을 안쓰럽게 바라보다가, 결국 건디지 못하고 다가갔다. 그녀는 우산을 옆에 두고 남자의 등을 끌어안으며 같이 흐느꼈다.

"개원아. 이러지 마. 죽은 사람은 어쩔 수 없어. 네 몸만 상해. 응? 천년비도 네가 슬퍼하면 하늘에서 같이 슬퍼할 거야. 응?"

황제의 어머니, 즉 궁전 최고 우두머리께서 날 불렀다. 소식을 전해준 건 이번에도 측근 궁녀인 원웅이었다.

"지금 당장?"

"내일이요. 소주와 점심 식사를 함께하고 싶으시대요."

"알았어."

우두머리님이 날 왜 부르는진 모르겠지만, 부르면 가야지 뭐.

나는 태연히 대답하고서 황제가 준 내 비밀 구역에 갔다.

연얼군주와 만난 다음 날부터 황제가 보낸 그림자는 내 비밀 구역에 더 오지 않았다.

내가 여기서 하는 일이라곤 햇볕을 쬐는 게 전부라 믿고 드디어 포기한 모양이었다. 잘됐지. 덕택에 난 그날부터 본격적으로 무공 훈련을 시작했고, 오늘도 무공을 훈련하기 위해 온 거였다.

도착하자마자 나는 평소처럼 가부좌를 틀고서 운공을 시작했다. 하지만 일각 정도가 지나자마자 바로 다리를 풀고 바닥에 드러누웠다.

'집중이 안 돼.'

마공을 익힌 덕택에 나는 다른 무림인들보다 훨씬 빠르게 내공을 익힐 수 있다. 마공은 이게 장점이지.

하지만 마공을 마공이라 부르는 데는 이유가 있는 법. 내가 익힌 마공은 효과가 좋은 만큼 부작용이 크고 주의점이 많아서, 조금이라도 실수하면 몸이 마공을 버티지 못하고 우르르 무너진다. 이 때문에 내공을 돌릴 때 세심하게 잘 집중해야 하는데. 내일 태후를 보러 갈 일이 신경 쓰여서 집중이 안 되니 그냥 때려치운 거였다. 참 이상해. 대답할 땐 별생각 없었는데, 왜 인제 와서 갑자기 그 생각이 나는지.

'집중 집중!'

일다경 정도를 빈둥거리다가 다시 자세를 잡았지만 바뀌는 건 없었다. 한숨을 내쉬고서 나는 도로 가부좌를 풀었다.

하긴. 내가 이렇게 전전긍긍하는 것도 무리는 아니다. 어쩔 수 없지. 난 사람에게 잘 보이는 게 제일 힘든걸. 내가 궁중 생활에 대해 아는 건 많이 없지만, 높으신 분들한테 찍히면 고달파지는 건 안다. 연얼군주한테 찍혔을 때만 해도 얼마나 귀찮고 곤란했어? 권력에서 살짝 비껴가 있는 연얼군주만 해도 그 정도였는데, 우두머리인 태후한테 찍혔다가는……으으. 태후라면 전에 심심하다고 시를 읊어보라 했던 그분인데. 왜 갑자기 날 따로 부른 거지?

결국, 고민 끝에 청적으로 갔다. 떡돌이가 필요해. 떡돌이는 궁중 생활을 오래 했으니 이런 걸 잘 알 거 아냐.

그러나 한 시진 가량을 기다려도 떡돌이는 나타나지 않았다. 평소에는 여기에 죽치고 있는 건 아닌가 싶을 정도로 바로바로 나타나더니.

'에이. 평소에 이랬으면 애초에 비밀 장소를 따로 안 만들어도 됐는데.'

그러고 보니 요즘은 황제의 그림자와 신경전을 벌이느라 떡돌이 얼굴도 많이 못 봤어. 아쉽네. 어쨌든 더 기다려봤자 소용이 없을 듯해서 바위에서 일어났다. 그냥 처소에 돌아가야지.

그런데 청적에서 나가려고 보니 익숙한 얼굴이 그제야 나타났다.

"떡돌아!"

오랜만에 만난 떡돌이었다. 어디에 다녀왔나? 백색 장포 차림인데, 잘 어울렸다.

"뭘 한다고 그간 안 온 거지?"

오랜만에 만났단 생각은 떡돌이도 마찬가지인지, 그는 날 보자마자 인사를 생략하고 타박부터 했다. 근데 웃기네? 나도 며칠 못 오긴 했지만 자기도 그 전에 잘 안 나타났으면서!

"그러는 너야말로 뭘 한다고……"

하지만 똑같이 항의하려고 보니 난 떡돌이가 뭘 하느라 바빴는지 알고 있어서…… 입을 다물었다.

"왜 말을 하다 말고 멈춰? 신경 쓰이게."

그게 찝찝한가. 떡돌이는 인상을 찌푸리면서 되물었지만 난 고개를 젓고서 대답을 감췄다.

"아냐."

떡돌이는 자기가 내관인 걸 필사적으로 숨기잖아. 굳이 아는 척할 필요는 없어. 모른 척해주자.

"그렇게 그윽하게 쳐다보니 더 찝찝한데."

하지만 떡돌이는 눈치가 빨랐다. 그는 내가 자기를 보는 시선에 변화가 생겼단 걸 알아챈 듯, 연신 인상을 찌푸렸다.

그렇더라도 어쩔 수 없어. 네가 내시란 사실을 알았다고 말할 수는 없잖아? 이해는 안 가지만 떡돌이의 자존심이 이젠 떼고 없는 양물에 있다면 나는 그를 위해 입을 다물어주어야지.

"난 의리가 좋으니까."

"그윽한 시선이랑 의리가 무슨 상관인데?"

"있어, 그런 게."

"가끔씩 넌 좀 이상해."

"하지만 넌 이런 내 모습에 반했잖아."

"……."

"왜?"

떡돌이가 혀를 찬다. 다행이야. 내가 자기 정체를 알아차렸단 걸 아직 그는 모르나 봐. 그 순간. 문득 그를 위로해야겠단 생각이 들었다.

떡돌이는 얼굴이 참 잘났다. 내가 본 남자 중 다섯 손가락에 들 정도로. 난 떡돌이만큼 잘생긴 남자는 사자친왕과 개원이, 흑합 장군 외엔 본 적이 없다. 한 자리가 남지만, 사람 일은 모르니 한 자리는 비워두자. 젠장, 개원이 칭찬을 해주고 나니 기분이 더럽네.

어쨌든 결론은 떡돌이를 위로해주고 싶단 거다. 저렇게 잘난 얼굴을 하고서 의기소침해지다니. 사람은 누구나 장점이 하나 이상은 있는데, 떡돌이 장점은 그게 얼굴이니까.

"천 귀인. 몹시 신경 쓰이니까, 정말로 그렇게 가엾어 죽겠단 표정 좀 안 지으면 안 돼?"

"힘내란 말을 네게 하고 싶어서."

"힘내라니?"

"중요한 건 가운데 있지 않잖아."

"!"

떡돌이가 놀란 표정을 짓는다. 너무 대놓고 말했나? 아는 척할 생각은 없었는데.

"뭘…… 알고 말하는 건가?"

이런. 역시 너무 노골적으로 말했나 봐. 자기가 내관인 걸 들켰을까 봐 불안해하고 있어. 결국, 좀 더 에둘러서 표현했다.

"중요한 건 네 심장에 있단 뜻이야."

"왜 갑자기 그런 말을 하지?"

"네가 심란해 보여서."

그는 입을 다물고서 나를 멍하니 바라보았다. 이윽고 그는 당혹스럽단 목소리를 냈다.

"난 네가 멍청한 건지 영리한 건지 가끔 구분이 안 가."

"이 자식아, 누구더러 멍청하단 거야?"

"이런 걸 보면 분명……."

"멍청하단 말 생략해도 다 알아듣거든?"

떡돌이는 고민에 잠긴 얼굴로 팔짱을 꼈다.

내 말이 그에게 힘이 되었을까?

"아 참. 나도 너한테 상담할 거 있어."

"'나도'라니. 난 너한테 상담받은 기억이 없어, 천 귀인."

"방금 해줬잖아. 이리 와봐. 나도 해줘."

잡아끌자, 떡돌이는 툴툴대면서도 순순히 내 옆으로 왔고 우리는 나란히 커다란 바위에 앉았다. 앉기 전에 한 번 더 팅기는 시늉을 하긴 했으나, 막상 자리를 잡자 떡돌이는 바로 순순히 물었다.

"뭘 상담받고 싶은데? 혹시…… 연애 상담? 황제의 마음 같은 거? 그런 거라면 내가 알려줄 수 있는데."

"그렇게 티 안 내도 다 알고 있어."

너 황제 내시인 거.

"알아?"

"그리고 내가 궁금한 건 그딴 게 아니야."

"그딴…… 천 귀인!"

"있지, 우두머리 마마가 뭘 좋아하는지, 혹시 알아?"

"우두머리 마마는 또 누구야?"

"황제 엄마."

"!"

내가 대답하기 곤란한 질문을 했나? 떡돌이는 쉬이 대답하지 못하다가 물었다.

"황제보다 태후마마께 더 잘 보이고 싶은가 봐?"

좀 삐진 투였다. 대답하기 곤란한 게 아니라, 대답하기 싫은 질문이었나 보다.

그래, 자기는 황제 내시다 이거지. 황제를 좀 더 신경 써달라 이거지.

"응."

하지만 난 황제의 내시가 아니다. 난 거짓말은 하지 않겠다. 내 대답에 흠칫한 떡돌이는 곧 코웃음을 쳤다.

"머리 좀 굴리는데, 천 귀인."

게다가 빈정거리기까지. 그래도 나는 의견을 굽히지 않았다.

"응."

"의외로군. 넌 그런 건 전혀 신경 쓰지 않을 거라 여겼는데."

"우두머리한텐 잘 보이는 게 나아. 그리고 우두머리가 아닌 사람들한테도 잘 보여서 나쁠 건 없어."

"정말 예상 밖인데. 넌 항상 네 멋대로 하잖아."

"내가? 언제?"

"……."

떡돌이가 왜 저렇게 기막히단 표정을 짓는진 모르겠지만, 진심이다. 난 여기서 평화를 지키고 싶다. 이 몸으로 들어오기 전 너무 많이 시달리기도 했고…… 지금은 내 몸을 지킬 만큼 강하지도 않으니. 그러려면 우두머리와 잘 지내야지.

"그래. 본인이 모르면 된 거지."

뭐야 저 욕 같은 체념은? 내가 눈을 가늘게 뜨고 쳐다보자, 떡돌이는 고개를 설레설레 젓다가 기분 나쁘게 빙긋 웃었다. 하지만 내가 항의하기 전에 제대로 대답은 해주었다.

"넌 그냥 하던 대로 하면 된다."

"물론 나 자체가 매력적이긴 한데. 태후마마는 너랑 생각이 다를 수도 있잖아."

"태후마마는……."

왜 저러지? 갑자기 떡돌이가 말을 멈추더니 고개를 숙였다. 어딜 보나 했더니 발치에 난 버석한 풀을 쳐다보고 있었다. 왜 말을 안 하지? 의아해서 쳐다보았지만, 그래도 계속 풀만 보고 있는데…… 혹시?

"그 풀을 좋아하셔?"

"아니."

대답은 빠르네.

"그럼?"

다시 재촉하자, 떡돌이는 마지못해 알려주었다.

"태후마마는 자신을 잘 포장하는 사람에게 크게 데인 적이 있어."

개원이 같은 놈한테? 갑작스럽게 태후에게 동질감이 느껴지네. 심심하니 시를 읊으라 할 때는 다른 세상 사람 같고, 되게 멀게 여겨졌는데.

"그러니 너는 그냥 평소처럼 하면 돼. 넌 너일 때 가장 멋지니까."

"!"

"왜 그래? 얼굴이 빨개졌는데?"

"아니. 별로."

이번엔 내가 고개를 숙일 차례다. 내가 녀석의 말에 기습을 당한 것처럼 고개를 숙이자, 떡돌이는 날 미심쩍게 바라보며 중얼거렸다.

"아닌데. 얼굴이 많이 붉은데."

그러고는 자기 얼굴을 들이밀었다. 왜 이래? 나는 손을 뻗어 그의 얼굴을 밀어냈다. 그러자 어딘가에서 바스락 소리가 들려왔지만, 신경 쓰지 말자. 승언이겠지. 승언이는 내가 떡돌이를 편하게 대하면 늘 저러고. 떡돌이는 내 손에 얼굴이 밀려나면서도 웃음을 터트리며 놀려댔다.

"뭐야 천 귀인. 이런 말을 좋아하나 봐?"

"천만에!"

"좋아하는 눈치인데?"

"아니야."

"얼굴이 붉어졌잖아. 반응이 평소와 달라."

"아니라고."

"내가 너한테 반했다고 놀려대더니, 너야말로 나한테 반한 건 아닌가?"

"이런…… 고얀! 갈!"

아니라니까! 버럭 외치고서 씩씩거리고 있자니, 뒤늦게 아차 싶었다.

하지만 이미 떡돌이는 날 멍하니 바라보고 있었다. 이윽고 그는 배를 잡고 웃어댔다.

"너, 우리 아버지랑 말투가 똑같구나."

아니다. 이건 고수 말투다. 무림 고수쯤 되면 이런 말투를 사용해야 한다. 편하게 말하면 만만하게 본다고. 나는 민망해서 벌떡 일어났다.

사실, 떡돌이가 '나는 나일 때 가장 사랑스럽다'고 해서 좀 기분이 좋았다. 무림에서는 내가 숨만 쉬어도 그걸 못 견뎌 하는 놈들이 한가득이었다. 그런 놈들에게 쫓기면서 험한 소리를 듣다 보면, 가끔은 내 존재 자체가 문제인 건가, 그런 생각이 들지.

떡돌이가 한 말은 그래서 기분이 좋았다. 역시 내가 문제가 아니야, 그 새끼들이 문제였어, 이런 기분.

하지만 저렇게 낄낄 배를 잡고 넘어가는 걸 보니 열 받아! 잠시 들뜬 기분은 취소다.

긴장을 해도 시간은 잘만 흘러갔고 해는 오늘도 평소처럼 떠올랐다. 나는 평상시보다 좀 더 단정하게 차려입었고, 원웅은 거기에 최대한 솜씨를 발휘해서 천소여의 우울한 인상을 화장으로 가려주었다.

"잘하고 오세요, 소주!"

내가 처소를 나서기 전. 두 궁녀는 주먹을 불끈 쥐고서 응원했다. 뭘 잘하고 오란 건진 모르겠지만…….

"잘하고 올게!"

나도 똑같이 대답했다. 처소 밖으로 나가자 태후가 보낸 궁녀가 두 손을 공손하게 모은 채 서 있었다. 편견일지도 모르지만, 일반 다른 궁녀들보다 훨씬 위엄 있어 보이는 모습으로.

"이리로 오시지요, 천 귀인."

그녀는 나를 보자 무덤덤한 얼굴로 인사했고, 돌아서서 앞서 걸어갔다. 나는 마른침을 삼키고 그 뒤를 따라가며 한 번 심호흡했다.

"후!"

나답게 하자. 나답게. 엄청 잘 보이진 않아도 돼. 찍히지만 않을 정도면 괜찮아.

'찍힌 건가.'

찬바람이 분다. 살얼음이 공기 중에 다닥다닥 껴 있으면 이런 분위기일 것 같은데. 무표정한 얼굴, 굳은 입매, 흔들림 없는 눈동자. 태후가 내게 보여주는 것들이다. 그 눈치를 살피면서 나는 어디서부터 일이 잘못됐는지 곰곰이 되짚어보았다.

취미가 뭐냐고 묻기에 운동이라 대답한 게 잘못이었나? 사서경전을 읽어보았냐고 묻기에 들어는 보았다고 대답한 게 잘못이었을까? 아니면 후궁이 어떤 존재냐고 묻기에 깊게 생각해본 적 없다고 말한 거? 후궁들끼리 싸움이 붙으면 어떻게 할 거냐고 묻기에, 종목과 사유에 따라 다르다고 대답한 거? '군자의 복수는 십 년이 지나도 길지 않다'는 말을 어떻게 생각하냐고 묻기에, 십 년 기다렸다 복수할 정도면 이미 군자가 아닌 것 같다고 대답한 거……? 황후에 대해 어떻게 생각하냐고 묻기에, 기억을 잃어서 기억나는 게 없다고 대답한 게 문제였을지도.

젠장. 어떤 대답이 올바른 거고 어떤 대답이 잘못된 건지 알아야 판단을 하는데! 떡돌이가 솔직하게 대답하라 했잖아. 솔직하게 대답한 거라고……. 역시 '후궁이 어떤 존재냐'에 대한 대답이 문제였을까. 이건 좀 솔직하게 대답하지 않았으니. 그 순간.

"푸하하하!"

나를 뚫어져라 쳐다보던 태후께서 갑자기 껄껄 호탕하게 웃음을 터트렸다. 왜? 왜 갑자기 저렇게 웃어대시지?

태후께선 이젠 아예 옥좌에 팔을 걸치고 어깨까지 떨며 웃고 있었다. 그러다가 고개를 설레설레 저으며 말했다.

"듣던 그대로구나. 폐하께서 널 어여삐 여기는 이유를 알겠어."

뭘 어떻게 들으셨기에……? 황제가 나에 대해 뭐라고 말한 거야?

굉장히 신경 쓰이는 말이었다.

"입궁하거나 관직에 오르면 다들 변하게 되지. 남자든 여자든 나이가 적건 많건 신분이 높건 낮건 모두 다. 어쩔 수 없단 건 안단다. 변해야만 살아남을 수 있는 곳이거든. 살기 위해 변한 이들을 어찌 탓할까."

사람을 혼란스럽게 해놓고 태후께선 자기 할 말만 계속 이어갔다.

"하지만 머리론 알면서도 가끔은 계략을 꾸미지 않는 맑은 사람이 그리워져. 천 귀인은 그런 사람이로구나."

어쨌든 결론은 내가 마음에 드신단 건가? 그러면 된 건가? 떨떠름하게 쳐다보자, 태후께서는 중얼거리면서 아예 고개까지 끄덕거렸다.

"그래, 고궐 같은 놈보다 네가 훨씬 낫지. 맹한 게 나아."

들릴 듯 말 듯 한 소리지만 들었다. 이번에도 신경 쓰이는 부분이 두 개 있네.

고궐이 누구지? 남자 같은데. 설마…… 황제가 승언이 전에 총애한 사내인가? 그리고 맹한 게 낫다는 건, 나더러 맹하다고 하신 건가? 난 맹하지 않은데. 제갈세가 자식들처럼 머리를 팽팽 굴리진 못하지만, 그래도 내가 맹하단 소리 들을 정도는 아니지 않나?

"예쁘기도 하지."

흠흠흠. 그래도 나쁜 뜻으로 한 말씀은 아닌 듯하니 뭐. 게다가 태후 마마 좀 봐. 눈에서 꿀 떨어지겠다. 내가 되게 좋으신가 봐. 쳐다보고서 같이 히히 웃자 어째서인지 또 껄껄 좋아하시고. 황제도 그렇고 떡돌이도 그렇고, 연얼군주랑도 친구가 됐는데 이제는 태후마마까지! 나는 혹시 황궁 사람들이 좋아하는 유형일까?

그사이 식사가 끝났다. 이제 돌아가야 하나? 나는 좀 아쉬워서 태후마마를 힐긋거렸다. 몇 시진 전만 해도 오기 싫어 끙끙거린 주제에 할 행동은 아니지만 어쩔 수 없다. 난 날 향해 저렇게 눈으로 '어유 예뻐라' 하고 표현해주는 사람은 처음 봤는걸. 황제는 날 좋아한다고 말은 하지만 면사로 맨날 제 눈 가리고 있고. 떡돌이는 날 연모하는 게 분명한데 애가 가끔 눈이 이상해. 그래서 태후마마가 저렇게 '이뻐 이뻐' 하고 봐주시니 좋았다. 봐봐. 눈이 마주치니까 같이 웃어주시잖아.

"관어국에서 아주 맛있는 산딸기를 보내왔는데. 먹고 가련?"

산딸기까지!

"네!"

먹을 걸 챙겨주시다니! 태후마마는 정말로 내가 좋으신가 봐!

"천 귀인. 너…… 먹을 거 주면 다 좋아하는 건 아니지?"

다음 날, 떡돌이에게 태후마마가 날 무지 좋아하는 눈치라고 자랑하자, 그는 떨떠름하게 반응했다. 아니 이 내시가 말이야, 사람을 어떻게 보고!

"아니야. 그랬다면 난 널 좋아했을 텐데, 아니잖아."

사람을 돼지로 보는 게 마음에 들지 않아서 퉁명스럽게 맞받아치자, 떡돌이는 충격받은 표정으로 되물었다.

"왜 이래, 천 귀인. 너도 날 좋아하는 거 아니었어?"

"누가 그래? 내가 너 좋아한다고?"

"네 표정이."

"아니거든!"

내가 단호하게 소리치자 떡돌이는 더더욱 충격받은 표정으로 자기 가슴에 손을 올렸다.

하지만 진심은 아닐 거다. 말은 저래도 입이 웃고 있잖아.

"아, 맞아. 떡돌아. 넌 궁 안에서 벌어지는 일들에 대해 많이 알지?"

태후마마 일은 잘 해결됐고. 떡돌이에게 물어보고 싶은 게 하나 있었는데. 잘됐다. 방금 생각났어. 사실은 꼭 떡돌이에게 묻지 않아도 되지만, 그래도 별달리 물어볼 사람이 없고…… 내시들은 정보에 빠삭하다니까. 진실인지는 모르지만, 무림에선 다들 그렇게 말했다. 그러나 떡돌이는 눈썹을 치켜올리며 물었다.

"내가 왜 궁 안 정보에 빠삭할 거라 생각하지?"

넌 내시니까? 너무 편견인가? 내시라도 정보에 빠삭하지 않을 수 있나? 하지만 편견인지 아닌지 확인해볼 수도 없는걸. 상대는 자기가 내시란 걸 감추고 싶어 하니. 적당히 둘러대자.

"넌 뱁새 닮았잖아."

"욕?"

"칭찬인데."

"아무리 들어도 '뱁새가 황새 따라가면 가랑이가 찢어진다'는 속담이 생각나는 욕인데."

"아니야. 난 얼굴 보고 한 말이야. 넌 얼굴이 뱁새 닮았어. 그래서 뭔가 정보에 빠삭할 것 같아."

떡돌이는 수긍하지 못하는 표정이었지만 상관없다. 그냥 둘러대려고 한 말이니까.

"어쨌든 정보에 빠삭한 뱁돌아. 물어볼 게 있는데."

"자연스럽게 별명 바꾸지 말지?"

"흑합 장군이랑 염 귀인은 무슨 사이야?"

"흑합? 염 귀인? 두 사람은 갑자기 왜?"

떡돌이는 미간을 찌푸렸다. 뜬금없이 여기서 그 두 사람 이름이 왜 나오냐는 표정. 쟤 입장에서는 그럴 만도 하지. 하지만 나는 연얼군주가 염 귀인과 흑합 장군 이야기를 해준 후부터 내내 궁금했다.

267

"며칠 전에 염 귀인이 내관 시체 발견한 일로 누명 썼을 때. 혼자는 못 죽겠다면서 날 끌어당겼잖아?"

"……."

"나랑 접점도 없는 사람이 왜 그딴 짓을 한 건가, 엄청 화났거든. 근데 연얼군주께서 그러더라고. 흑합 장군 때문이래."

흑합의 이름을 사칭한 적이 있어서 찔리나. 떡돌이가 손가락을 움찔한다. 그 반응을 모른 척해주고서, 나는 질문을 마무리 지었다.

"사람들은 나랑 흑합 장군이 친하다고 생각하잖아. 네가 흑합 장군 이름을 사칭하는 바람에. 아무래도 그거랑 관련이 있는 것 같은데. 정확히 무슨 일 때문인지 알아?"

염 귀인은 앞에 선 수상쩍기 그지없는 사람을 쳐다보았다. 그 사람은 흑합에게 복수할 방법을 찾다가 소개받은 자였다.

비원. 이자를 소개해 준 사람은, 이 수상한 사람의 별호가 '비원'이라고 했다. 신통한 방법을 이용해 사람의 어두운 소원을 들어주기로 유명한 인물이라고. 소개해준 사람이 믿을 만한 사람인지라 결국 만나긴 했는데…… 실제로 보니 좀 불안했다. 게다가 궁전 안에서 만나는 것인지라 불안감은 한층 더했다.

"그래. 소원이 있으시다고."

주춤거리면서 너무 시간을 끈다고 생각했나. 마침내 상대가 먼저 입을 열었다.

염 귀인은 주춤했다. 상대의 목소리는 깊은 동굴 안쪽에서 내는 듯 낮게 울리는 목소리였다. 특이한 목소리. 어떤 가면으로 얼굴을 가려도 목소리를 듣는다면 바로 구분할 수 있을 정도다.

그러면 황궁 사람은 아닌가? 이런 목소리를 가지고 있다면, 아무리 얼굴을 가리고 행동해도 누구에게든 정체가 들킬 테니?

하지만 황궁 사람이 아닌데도 이 밤중에 깊은 동쪽 구역까지 왔다는 것. 그것만으로도 오싹하긴 마찬가지였다.

그러나 염 귀인은 지금 공포심보다 복수심이 더 컸다.

"흑합 장군에게 복수하고 싶다. 할 수 있겠느냐?"

"물론입니다."

"흑합 장군은 무술 솜씨가 대단한 데다 휘하에도 용맹한 장수들이 많아. 그런데 가능하다고?"

"신분이 높은 분에겐 그 나름의 처방이 있으니까요."

"귀인 천소여도 함께."

"그러지요."

공포란 특이하게도 오히려 정면에서 마주 보면 점점 크기가 작아지고 만다. 염 귀인도 그랬다. 입 밖으로 복수 이야기를 꺼내자 한결 불안한 마음이 가셨다.

염 귀인은 아까보다 차분하게 물었다.

"얼마면 되지?"

그러나 내내 순순히 대답하던 상대가 이번에는 고개를 저었다.

"이미 듣고 오셨을 텐데요. 전 돈으로 값을 받지 않습니다."

듣긴 했지만…… 염 귀인은 마른침을 삼켰다.

"그럼? 뭘 원하지?"

상대는 커다란 소매 안에서 천을 꺼냈다. 무언가를 똘똘 말아둔 흑색 천이었다.

"이것을 환한 낮에도 햇볕이 들지 않는 곳에 묻어주십시오. '천년비영

혼진쾌도래'라 쓴 종이와 함께요."

천을 벗긴 염 귀인은 깜짝 놀랐다.

그 안에는 잘린 머리카락이 들어 있었다.

"이걸 잘 묻은 다음 세 번 절을 하면 됩니다."

"이게 무슨……."

등골이 쭈뼛해져 중얼거리자, 옆에서 염 귀인의 측근 궁녀가 겁먹은 목소리로 속삭였다.

"이자와 거래하지 마세요, 소주. 이건 아닌 거 같아요. 수상해요."

소리를 들은 건지 푹 눌러쓴 모자 아래로 음침한 웃음이 흘러나왔다.

"맞습니다. 지금이라도 마음을 바꾸셔도 됩니다."

염 귀인은 침을 꿀꺽 삼켰다. 그럴까?

하지만 마음을 바꾸더라도 불안했다. 이미 저자는 이쪽의 얼굴을 보았잖아. 자신은 비원이란 자에 대해 아무것도 모르는데. 저쪽은 제 얼굴도 신분도 정확하게 알고 있었다. 지금 거래가 틀어지더라도 이 부분은 내내 신경에 거슬릴 터. 그렇다면 차라리…….

"황궁에서는 저주가 금지되어 있다. 이런 걸 묻다가 걸린다면 나는 냉궁에 갇히겠지."

염 귀인이 딱딱한 목소리로 말하자 비원이 조롱 조로 웃었다.

"황궁에 저주가 금지되어 있다고요?"

그럴 리가 없을 텐데, 하는 말투였다. 문득 염 귀인은 그의 정체가 궁금해졌다. 하지만 물어봐야 대답하지 않을 터. 염 귀인은 바로 본론을 꺼냈다.

"거래는 할 수 있어. 단, 어떤 식으로 복수를 할지. 그걸 말해. 그래야 나도 위험을 무릅쓸지 아닐지 결정할 수 있으니."

흑합 장군이 원래는 염 귀인이랑 약혼한 사이였다니. 뭐야. 전혀 안 어울리는 조합인데? 모르겠다. 이미 염 귀인이 후궁이고 흑합 장군은 떡돌이 친구여서 그렇게 느껴지는 건가?

내가 팔짱을 끼고 고개를 갸우뚱대자, 원웅이 나무 상자를 들고 지나가다가 이상하게 쳐다보았다.

"왜 자꾸 몸을 그렇게 흔드세요, 소주. 그러다 평상에서 굴러떨어지실까 봐 겁이 나요."

"고민 중이었어."

"무슨 고민이요?"

"말 못 할 고민."

떡돌이에게는 대놓고 물어봤지만, 그건 설마 이런 관계가 나올 줄은 몰라서 그런 거다. 하지만 이미 알아버렸는데, 소문내듯 말하기는 좀 그렇지? 어쨌든 염 귀인이 날 싫어한 이유는 이제 알겠네. 아직 흑합에게 마음이 남은 거야. 원인을 아니 이제야 좀 속이 시원하다. 왜 저렇게 날 싫어하나 진짜로 궁금했으니까. 시원한 것과 별개로 기분은 여전히 더럽지만.

'내가 뭘 어쨌다고! 심지어 진짜 흑합 장군은 나랑 아무 상관도 없는데!'

속으로 구시렁거리다가 몸을 일으켰다. 뭐, 내가 염 귀인 멱살을 잡고서 날 끌어들이지 말라고 해 봐야 무슨 수가 있겠어. 그 사람이 나한테 시비를 걸면 받아치면 되는 거고, 나는 내 할 일이나 하자.

"어디 가세요, 소주?"

"폐하의 품으로."

"예?"

"농이야."

황제가 보장해준 비밀 공간에 가야지. 가서 수련이나 해야겠어.

……그렇게 생각했는데.

"폐하께서 왜 여기 있어요?"

황제가 선객으로 와 있었다. 내가 황당해서 묻자, 그는 드러누워 있다가 상체를 일으키며 태연히 대답했다.

"짐이 말하지 않았느냐? 여긴 원래 짐의 비밀 장소인데."

"폐하도 안 오는 저만의 비밀 공간 아니었어요?"

"네가 먼저 가 있을 때는 짐이 눈치껏 안 왔던 거지."

"그런……!"

내 비밀 장소는? 나만의 비밀 장소는? 도끼눈을 뜨고서 씩씩거리자 황제가 웃음을 터뜨렸다.

"짐과 같이 있는 걸 싫어하는 후궁은 너 하나뿐일 거다."

"폐하가 모르서서 그렇지 더 있을지도 몰라요!"

"그럴지도 모르지. 하지만 그 사람들한텐 짐도 신경을 쓰지 않으니 상관없다."

말은 잘하지! 조 주둥이! 조둥이! 찰싹찰싹 두드려보면 속이 시원하겠네! 황제가 면사 아래로 입만 드러낸 건, 혹시 자기 주둥이를 두드려달라고 그런 건 아닐까?

"입을 맞추고 싶으냐?"

"아니요!"

"짐의 입을 계속 쳐다보는데."

떡 줄 사람은 생각도 안 하는데 혼자 웃겨! 떡 하니까 떡돌이 생각나네. 전에 만났을 땐 왜 떡을 안 줬지?

"무슨 생각 하느냐?"

"다른 사내 생각이요."

어라? 황제가 코웃음을 친다. 날 좋아한다면서, 내가 다른 사내를 생각한다는데 질투도 안 나나 봐? 하긴. 질투한답시고 누구냐 꼬치꼬치 캐묻는 것보단 낫지.

나는 팔짱을 끼고서 벽의 귀퉁이에 가 앉았다.

"……."

하지만 역시 황제가 신경 쓰인다. 운기조식도 할 수 없어. 운기조식 도중에 갑자기 말 걸거나 건드리면 어떡해? 지금은 관심 없는 척 누워 있지만, 그가 계속 저 상태로 있을 거란 보장은 없다. 결국 일어서자, 거봐. 황제가 바로 눈을 뜨고 물었다.

"어디 가느냐?"

"제 처소에요."

"방금 왔으면서?"

"전 혼자 있고 싶은 거지 폐하와 둘이 있고 싶은 게 아니라서요."

내 대답이 싫은지 황제가 작게 혀를 찼다.

"계란아."

이어서 부르는 목소리는 차가웠다. 차가운데 장난기만 가득하다. 어떻게 그게 가능한지는 모르겠지만.

"계란아."

"누구더러 자꾸 계란이래요?"

"별명을 멋대로 짓는 건 네 특기가 아니었나?"

"아닌데요?"

"발뺌하는 게 특기인가."

"아이고오."

나는 코웃음을 치다가 문득 상대가 황제란 게 떠올라서 황급히 입을 다물고 곁눈질했다. 평소처럼 행동하고 보니 신경이 쓰였다. 황제는 손가락 하나로도 사람을 죽일 수도 있는데. 내가 앞에서 너무 멋대로 굴었나? 이게 다 내가 잘난 탓이다. 무림의 절대 고수. 그것도 뭘 하든 미움받는 고수로 지내면서, 내 마음대로 행동하는 데 익숙해져서 그래.

나도 처음부터 이러진 않았다. 처음엔 사람들에게 환심을 사고 싶어서 이 시선 저 시선 신경을 썼지. 하지만 어떻게 행동해도 결국 그들이 날 미워할 거란 걸 알게 된 후에는 그냥 내 마음대로 행동했다. 그게 습관이 되었나 봐. 지금은 후궁의 몸이고, 황궁 안이고, 이전만큼 강하지도 않고, 상대는 심지어 황제인데. 자꾸 옛날처럼 행동하다니. 뭐 옛날이라고 부를 만큼 오래전도 아니지만. 어쨌든 이제부터라도 신경을 써야 할까?

"계란말이."

"하명하시옵소서, 폐하."

"……."

아. 별로였나? 면사 아래로 드러난 황제의 입술 양 끝이 아래로 처진다. 저건 마치…….

"메기수염…….'

"뭐?"

"아, 아니요. 아니옵니다."

"하던 대로 하거라. 소름이 돋는다."

저 황제가! 기가 막혀서 입술을 벌리자, 그사이. 황제가 가뿐한 몸놀림으로 코앞까지 다가왔다.

깜짝이야. 몸놀림이 생각보다 가볍고 날래잖아? 나는 놀라서 뒤로 주춤 물러났다.

"왜, 왜요?"

당황해서 묻자 황제는 사람을 놀라게 한 주제에 태연하게 요구했다.

"계란아. 따라 해보아라."

"뭘요?"

"짐의 말을."

"짐의 말을."

왜 이런 요구를 하는지는 모르겠지만.

"계란아. 따라 해보아라."

"계란아. 따라 해보아라?"

"사랑합니다, 계란아."

"사랑합니다, 계란아?"

"사랑합니다, 폐하."

"……."

뭐어!

"짝사랑으로 만족한다면서요?"

"짐은 분명 말을 따라 하라 했을 텐데. 짐이 그렇게 말했던가?"

"멋대로 고백시키려 드니까 그렇죠!"

이 황제 좀 보게. 아주 능구렁이야 능구렁이? 내가 허리에 손을 올리고 혀를 차자, 면사 아래로 드러난 황제의 입꼬리가 올라갔다.

장난……을 친 건가? 젠장. 뭐 표정이 보여야 구분이 가지. 혹시 저 면사, 자기가 무슨 표정인지 가리려고 두른 건가? 그런 거라면 효과적인데?

"무슨 후궁이 연모한다고 말 한마디 안 해주나."

"짝사랑만 하겠단 폐하도 있는데요 뭘."

"말 한마디 안 지지."

"원래 전 승리만이 목표입니다."

"그래서 네가 좋다."

"……."

갑자기 훅 치고 들어오는 말에 놀라서 풀을 뽑았다. 뽑은 풀을 꼭 쥔 채 그를 쳐다보자, 황제가 웃음을 터트렸다.

"풀은 왜 뽑는 거냐."

반대로 나는 저절로 인상이 일그러졌다. 저 사람은 진짜 이상해. 어디부터 어디까지가 진심인 건지 모르겠어.

다행히 다음 날에는 황제도 내 비밀 구역에 침범하지 않았다. 그다음 날에도. 덕택에 나는 이틀 내내 운기조식을 하고, 몸 안의 내공을 가다듬어보고, 간단하게 기초 체력을 다듬고, 어디 근육이 부족한지 점검하며 시간을 보냈다. 진즉 이랬다면 얼마나 좋아?

하지만 중간중간 황제가 생각났다. 아, 절대로 그 황제를 좋아해서 이러는 게 아니다. 그냥…… 그냥? 결국, 연얼군주가 술을 마시자면서 놀러 왔을 때. 나는 대놓고 물어보았다.

"원래 폐하는 말을 그런 식으로 해요?"

연얼군주는 내 앞에 술을 졸졸 따라 주다가 되물었다.

"말을 어떤 식으로 하는데요?"

"뭐가 장난이고 뭐가 진담인지 모르게 해요."

그건 그렇고 연얼군주 이 사람, 술 정말 좋아하네. 연얼군주는 자기 앞의 잔도 술로 채우더니, 그걸 홀짝 입안에 털어 넣고서 고개를 기웃했다.

"글쎄요. 전 폐하랑 말을 많이 섞고 그러진 않아서."

아. 왕족이라고 해서 무작정 친하진 않구나.

"폐하가 천 귀인은 자주 놀리나 봐요?"

"날 연모한대요."

"그러면 좋은 거 아닌가?"

"근데 그게 진심인지 아닌지 모르겠어요."

좋아하는 사람한테 짝사랑으로 남고 싶다고 말하는 사람이 어딨어. 게다가 짝사랑으로 만족한다면서 내 입으로 자기를 좋아한다는 말은 듣고 싫어 하고.

연얼군주는 술을 입에 털어 넣었다. 쓰지도 않은지 표정에 변화가 없었다. 군수는 그 상태로 고개만 기웃하다가 "흠." 소리를 내며 털어놓았다.

"폐하가 사람들에게 곁을 주지 않긴 해요."

"얼굴은 맨날 왜 가리는 거래요?"

"글쎄요. 별로 신경 쓰지 않고 살아서."

연얼군주는 황제가 얼굴을 가리건 얼굴을 떼고 다니건 별 상관이 없다는 듯 어깨를 으쓱했다. 황제 쪽에 아예 관심이 없구나, 이 사람.

그러다가 군주가 내게 물었다.

"그런데 폐하가 진심인지 아닌지 신경 쓴단 건, 천 귀인은 폐하에게 진심이라는 건가요?"

"아니요."

"예?"

묻기에 대답했을 뿐인데, 연얼군주가 입을 커다랗게 벌렸다. 그러고는 입가를 가리더니, 고개를 내 쪽으로 내밀며 목소리를 죽였다.

"천 귀인은 그럼 폐하를 야망을 위한 도구, 뭐 이런 거로 보는 건가요?"

"아니, 그건 아닌데요."

"그럼요?"

"그렇게 깊게 생각해본 적이 없는데."

연얼군주는 이번에도 화들짝 놀랐다.

내 말이 이상한가? 하지만 정말인걸. 황제가 진담으로 저러는 건지 장난으로 저러는 건지 신경이 쓰이긴 하지만, 그건 황제가 황제니까 그런 거고…… 황제한테 밉보이면 곤란해지잖아.

"복잡한 사이네."

연얼군주는 혀를 차고서 다시 빈 잔에 술을 따랐다.

"폐하께서 천 귀인을 유달리 챙기기에 이번에는 정말로 좋아한다고 생각했거든요."

"폐하께서 날 유달리 챙기는 편인가요?"

"의무 날짜가 아닌데도 시침하라 부르는 건 천 귀인뿐이잖아요."

그게 대단한 건가?

"침상에서 재우고 아침에 보내는 것도 천 귀인뿐이고."

음. 그건 다들 놀라긴 했지. 그런데 막 고개를 끄덕이는 그 순간. 갑자기 머릿속에 누군가 속삭이는 느낌이 났다. 낮은 목소리. 귀를 거치지 않고 뇌에 대고 속삭이는 낮은 목소리였다.

- 천년비.

이름을 부르는 듯한……. 내 이름을 부른다고? 나는 놀라서 연얼군주를 쳐다보았다.

"절 불렀어요?"

기겁해서 묻자 연얼군주가 "네?" 하고 되물었다.

"내가 불렀나요?"

그러고는 자기 얼굴을 자기 손으로 툭툭 두드리며 고개를 기웃했다.

"어휴 내가 취했나?"

그 사이에도 다시 목소리가 들려왔다.

- 천년비.

황급히 주위를 둘러보았다. 이번엔 확실히 들었어. 연얼군주의 목소리가 아니었다. 그런데 이상하게도 그 목소리가 남자의 목소리인지 여자의 목소리인지 구별이 되지 않았다. 목소리에 어감 자체가 없는 듯. 마치 돌을 깎아 만든 목소리 같았다. 이상해. 그 순간.

- *천년비.*

다시 한번 더 목소리가 들려왔다. 그걸 마지막으로 눈앞에 안개로 차오르는가 싶더니 갑자기 정신이 흐릿해졌다.

녹색 휘장이 기둥과 지붕을 덮고 있고, 바닥은 모두 회백색 돌이었다. 황제는 중앙에 놓인 커다란 책상 앞에 앉아 있었다. 평소에는 그 좌우로 측근들이 서서 조언하거나 급한 서류를 먼저 올렸을 터나 오늘은 달랐다. 책상 앞에는 흑합 장군 한 사람만이, 오른쪽 옆에는 측근 태감만이, 그리고 주위에는 늘 붙어 다니는 호위들만이 있었다.

"하명하신 대로 조사하였으나, 수오부군왕과 접촉한 무리는 연얼군주 쪽과는 관련이 없었습니다."

황제는 흑합 장군의 보고를 들으며 고개를 끄덕였다.

"그렇군. 하지만 혹시 모르니 시선을 떼지 말고 좀 더 지켜보라."

"예, 폐하."

수오부군왕이 무림의 사특한 이들과 손을 잡고서 간교한 계략을 꾸미고 있단 걸 알게 된 후.

황제는 이복형제에게 몇 번이나 둘러 경고하였으나 군왕은 그의 말을 듣지 않았고, 결국 황제는 측근 그림자를 보내 그를 직접 처단하였다.

그러나 아직 그 사특한 무림인들이 누구인지는 알아내지 못했다.

그래서 혹시 그 무림인들이 이번에는 군왕의 누이인 연열군주에게 접근하진 않나, 흑합에게 지켜보라 지시했다. 그 결과를 오늘 흑합 장군이 황제에게 보고하는 것이었다.

"그 무림인들이 누구인지는 알아냈느냐?"

"이 부분은 정확하진 않습니다."

"정확하지 않아도 좋다. 말하라. 감히 황가를 능멸하려 한 이들이 누구인지, 모든 가능성을 열고 조사해야 할 테니."

"사하비단. 이런 이름을 가진 무림의 흑도 단체가 관련이 있지 않나 싶습니다."

황제는 손가락으로 툭 책상을 두드렸다.

"의외로군. 마교나 혈교 쪽일 거라 여겼는데."

"예. 원래는 변방의 작은 무뢰배 무리였으나, 새로이 수장을 맞이한 후로 급부상 중이라 합니다."

황제는 잠시 생각에 잠겨 있다가 입을 열었다. 그 단체에 대해 무어라고 말을 하려는 듯. 그러다가 그는 다시 입을 다물었다. 휘장 아치문 너머로 어린 얼굴의 태감 한 명이 서성이는 게 눈에 들어와서였다. 어린 태감은 발을 동동 구르면서 걱정스러운 얼굴이었다.

"와서 말하라."

황제가 눈치채고서 부르자, 태감은 당황스러운 표정으로 우물거렸다.

"어서 오라!"

그 모습을 본 황제의 수석 태감이 꾸짖자, 어려 보이는 태감은 그제야 달려와 얼른 허리를 숙였다.

"송구하옵나이다, 폐하. 실은 천 귀인께서 쓰러졌단 보고를 들었는데, 이를 언제 말씀드려야 할지 곤란하여……."

말을 다 잇기도 전에 황제가 벌떡 일어났다.

"궁의를 보내라! 어서!"

황제는 황급히 지시하며 일어섰다. 지체할 틈도 없이 곧장 동쪽 구역으로 달려가는 그를 그림자들이 바삐 뒤쫓았다. 동영궁 안으로 들어간 황제는 천 귀인의 처소로 달려가며 이를 갈았다.

"멀어, 멀어, 멀다. 가까운 데 두든가 해야지."

마침내 낮은 사립문 울타리 너머로 태감들이 우는 모습이 보였다. 조급해진 황제는 울타리를 걷어차고 들어가 벌컥 문을 열었다.

"계란아!"

안에서는 궁녀 둘이 엉엉 울다 황제를 보자 황급히 허리를 숙였다. 인사를 받을 틈도 없었다. 그는 곧장 침상으로 다가갔다.

"폐하."

궁의가 천 귀인을 진맥하다 말고 일어서려 하자, 황제는 손을 저었다.

"됐다. 진맥부터 해라."

"송구하옵니다."

탕 궁의가 진맥을 마저 하는 사이, 황제는 최대한 입을 다물고 있으려 애썼다. 그러나 탕 궁의가 천 귀인의 손목에서 손을 떼자, 더 참지 못하고 다급하게 물었다.

"어떠하냐?"

"심장이 너무 느리게 뛰고 있습니다."

돌아온 대답은 반대로 황제의 심장을 빠르게 만들었다.

"심장이 느리게 뛴다니? 그게 무슨 말이냐? 중병이냐?"

"그게……."

"말하라."

"병이라 하기엔 그 외 다른 증세는 없습니다. 부상도 없고, 독에 당한 것도 아닙니다."

"한데 심장이 왜 느리게 뛴단 거냐."

"그걸 모르겠―"

"찾아내라. 모르면 알아내라."

말을 끊은 황제가 차갑게 명령했다.

눈을 가렸는데도 서늘한 시선이 느껴졌다. 폐하께서 천 귀인을 지극히 총애한단 소문이 사실이로구나!

탕 궁의는 얼른 허리를 숙였다.

"예, 폐하."

"천 귀인이 쓰러졌다고?"

측근 궁녀가 전한 말에 염 귀인은 바둑을 두다가 놀라서 벌떡 일어났다. 그 바람에 바둑알이 바닥으로 떨어지며 툭 소리를 냈다.

우 귀인은 떨어진 바둑알을 내려다보며 혀를 찼다.

"왜 그렇게 놀라고 그래요? 혹시 지고 있으니까 일부러 떨어트린 거 아니에요?"

우 귀인은 천 귀인의 소식을 듣고서도 태연한 얼굴이었다.

"천 귀인이 쓰러졌다잖아요."

염 귀인이 설명했지만, 그래도 우 귀인은 바둑알을 주워 원래의 자리에 덤덤히 놓기만 했다.

"같이 들었어요. 하지만 나랑 무슨 상관이에요. 친하지도 않은데."

사실 친하지 않은 정도가 아니었다. 우 귀인은 천 귀인에게 악의를 품고 있었다. 일전에 천 귀인의 조언을 들어 황제 앞에서 허공에 대고 주먹질을 했다가 단단히 망신을 당한 일 때문이었다. 그건 두 사람의 오해로 벌어진 일이었으나, 우 귀인은 아직도 그게 천 귀인의 고의라 믿고 있었다.

"염 귀인도 천 귀인하고는 친하지 않잖아요."

"그래도 같은 후궁인데, 걱정될 수밖에 없죠."

"난 그렇게 착하지 않아서."

염 귀인은 아랫입술을 깨물었다.

며칠 전 그녀가 비원이란 자와 거래를 하지 않았더라면, 그녀도 우 귀인처럼 태연히 굴 수 있었을 것이다. 하지만 그게 아니니 이렇게 심장이 뛸 수밖에.

"혼자 있고 싶어요. 오늘은 돌아가 줘요."

염 귀인이 이마를 손으로 감싸며 부탁하자, 우 귀인은 바둑돌을 아쉬운 듯 바라보며 일어났다.

"그럼 나중에 봐요."

우 귀인이 나가자, 소식을 전한 측근 궁녀는 더욱 가까이 염 귀인에게 다가가 목소리를 낮추었다.

"소주. 혹시 그 머리카락 때문에……."

"쉿."

염 귀인은 놀라서 손가락을 입 앞에 댔다.

궁녀는 얼른 입을 다물었으나 눈동자가 두려움으로 가득했다.

"왜 쓰러졌는지는 들었어?"

"모르겠습니다. 방 안에서 군주 전하와 놀다가 갑자기 쓰러졌나 봐요."

"전하가 한 짓은…… 아니고?"

"당연히 아니겠지요. 그런 거라면 군주 전하가 굳이 천 귀인의 방에 왜 찾아가셨겠어요. 범인으로 오해받기 쉬울 텐데요."

"상태는 어떻대?"

"궁의도 왜 쓰러졌는지 이유를 모른대요. 그래서 지금 폐하께서 화가 아주 많이 나셨다 하고요."

염 귀인은 손을 덜덜 떨다가 초조하게 물었다.

"죽을 거…… 같아?"

"심장이 무척 느리게 뛴다던대요."

염 귀인이 비원과 거래하는 모습을 지켜본 궁녀도, 주인만큼 겁이 난 얼굴이었다.

염 귀인은 주먹을 쥐고서 입가를 가렸다.

천 귀인에게 복수를 다짐했지만 죽일 생각은 아니었다. 그냥 적당히 비웃을 수 있는 그런 일. 그 정도 수준을 원했다.

제일 좋은 건 천 귀인이 흑합과 간통을 한다고 몰아가서 한쪽은 냉궁에 가둬버리고 한쪽은 변방에 보내는 것인데, 아예 쓰러져버릴 줄이야.

"나 때문이면 어쩌지?"

염 귀인이 들릴 듯 말 듯 아주 작게 속삭이자, 궁녀가 고개를 빠르게 저었다.

"그럴 리가 없어요. 너무 심려치 마세요, 소주."

궁녀는 다부지게 말했으나 염 귀인은 전혀 위안을 받지 못했다. 머리카락 이야기를 먼저 꺼낸 게 궁녀였기 때문이다.

"하지만 그런 거라면……."

초조해하던 염 귀인은 그러다가 무언가를 깨닫고서 벌떡 일어났다.

"흑합 장군!"

"예?"

"나는 둘 다에게 복수를 해달라 했잖아. 근데 천 귀인이 쓰러졌어. 그럼 흑합 장군도 쓰러졌을 거 아냐!"

"아. 그러네요."

"그 사람이 죽으면 난……!"

"소주? 어디 가세요, 소주?"

일어난 염 귀인이 황급히 문을 열고 밖으로 나가자, 측근 궁녀는 놀라서 뒤를 따라 달려갔다.

아이고 이게 무슨 일이야! 나는 깜짝 놀라서 주위를 둘러보았다.

여기 어디래? 처음 보는 천장이었다.

'뭐지?'

누가 내 이름을 세 번 불렀는데…… 이후에 기억이? 눈을 비비고 좀 더 자세히 보니 더 당황스럽다. 역시 처음 보는 천장이야. '천 귀인'의 침실이 아니다. 그래도 비슷한 일이 두 번째라 그런가, 처음만큼 놀랍지는 않네. 그러다가 창문을 발견하고서 그쪽으로 가보았다.

둥그런 창문 너머로 멀지 않은 곳에 작은 개울이 보였다. 그 위로 개울만큼 작은 다리가 있고. 밤이네. 다리 위에는 누군가 서 있다. 뒷모습이라 얼굴은 보이지 않지만.

'누구지?'

고민하다가 창문을 열자, 그 순간. 다리 위에 서 있던 사람이 이쪽으로 고개를 돌렸고, 나는 놀라서 욕할 뻔했다.

'저 사람!'

사하비단의 수장. 또라이 변태잖아? 반사적으로 얼굴이 구겨졌다. 저 변태가 여기 왜 있어?

그사이, 또라이 변태는 눈이 마주치자마자 이쪽으로 다가오기 시작했다. 뒷짐 지고 걸어오는 거 봐. 그런데…… 저게 미쳤나? 평소에 보던 표정이 아니었다. 살얼음이 낀 차가운 얼굴. 변태 같지 않다. 왜 저러나 싶어 쳐다보고 있자니, 창문 바로 앞으로 다가온 또라이 변태가 오싹한 말투로 말했다.

"귀한 몸이니 잘 모시고 있으라 했을 텐데요. 밤에는 창문을 열지 마십시오. 그분 몸이 상하지 않습니까."

뭐라는 거야 이건? 목소리는 매정한데 내용이 따습잖아? 황당해서 인상을 구겼으나, 또라이 변태는 더 설명하지 않고 창문을 탁 닫았다. 도로 창문을 열고서 저 주둥이를 딱 내려칠까…… 생각하다가 일단 몸을 돌렸다. 설마 또 이상한 몸 안에 들어온 거 아니야? 불안해서.

원래 또라이 변태는 날 볼 때마다 배시시 웃으면서 "넝녕."이라고 제멋대로 불러댄다. 그런데 저렇게 나온단 건, 이번에도 나는 내 몸으로 깨어난 건 아니란 거지. 젠장. 이번엔 설마 또라이 변태네 동생, 뭐 그런 몸으로 깨어난 거 아냐? 물론 또라이 변태에게 동생이 있는지는 나도 모르지만.

아. 다행히 저기 거울이 있다. 나는 얼른 그곳으로 다가가 거울 뚜껑을 열었다. 누구냐. 이번엔 대체 무슨 몸으로 들어온 거야.

그런데…….

'나잖아?'

세상에. 나, 원래 몸으로 돌아온 거야? 생각해보니 잠시 의식을 잃기 전 누군가 내 이름을 세 번 불렀지. 혹시 영혼을 도로 불러왔다거나 그런 걸까? 아니, 일단 내 몸이 내 몸이 맞는지부터 살피자. 가능성이 적긴 해도 나랑 흡사하게 생긴 다른 사람일지도 모르잖아.

나는 얼른 침대 위로 올라가 가부좌를 틀고 운기조식을 했다. 하지만 온몸 곳곳이 내공을 돌리고 나니 확신이 왔다. 역시 나야. 내 몸이야!

"와."

얼결에 만세를 부르다가 도로 내렸다. 기분이 싱숭생숭해서.

내 원래 몸. 내공과 근육으로 가득 찬 내 몸을 되찾은 건 좋은데. 다시 빌어먹을 정파 놈들에게 악적 소리를 들으며 쫓길 생각을 하니 그건 좋지 않았다. 궁전에서도 마냥 평화롭진 않았지만, 그래도 원래 몸으로 지낼 때보다는 여유로웠잖아.

게다가 떡돌이. 나 좋아하는 우리 내시는 어째. 내가 없어서 우는 거 아냐? 같이 떡 나눠 먹을 사람도 없고? 황제는? 나를 짝사랑만 하겠다는 이상한 황제는 어쩌지?

……아냐, 걔는 나 없어도 잘 지낼 거야. 후궁만 몇 명이야? 내가 없으면 또 다른 짝사랑 상대를 찾아서 놀걸? 연얼군주가 차라리 걱정되지.

원웅이랑 부성도 어떻게 되나 좀 염려된다. 일반 궁녀들은 여러 사유로 부서 이동이 가능한 것 같았지만, 내가 알기로 두 사람은 천소여가 친정에서 데려온 측근 궁녀였다.

그 둘도 이동이 될까? 아니면 두 사람은 도로 천소여네 집으로 가나? 아니면 보상금 같은 걸 받고서 궁녀 생활을 관두나?

'어? 잠깐만.'

생각해보니 내가 지금 걔들 걱정할 때가 아니잖아? 지금 내 상태도 단순히 '만세! 돌아왔어!' 할 때가 아니야. 이상한 점이 하나둘이 아니라고.

의문점 하나. 또라이 변태가 왜 나한테 저리 남처럼 굴지? 아니, 우리가 물론 남은 맞지. 맞는데. 평소 또라이 변태의 행동을 떠올리면 진짜 이상하다. 내가 괜히 그놈을 또라이 변태라 부르는 게 아니잖아? 게다가 그놈. 감기가 어쩌구 한 말. 마치 나랑 최근에 얘기를 나누었던 것처럼 말했어. 난 내내 천 귀인 몸속에 있다 왔으니, 그놈하고는 진짜 오랜만에 만나는 건데도.

'내 몸속에도 혹시 다른 영혼이 들어왔었나?'

가능성 있다. 충분히 있어. 사자친왕이 그랬지. '부활한 천년비'가 사하비단과 손을 잡았다고. 그러면 내 몸속에 들어온 그 영혼이 변태 또라이

와 손을 잡았던 건가? 들어왔다면 누구? '진짜 천소여'의 영혼? 아니면 전혀 다른 누군가의 영혼?

의문점 둘. 그렇다 치고. 내가 어떻게 원래 몸으로 돌아온 거지? 의식을 잃기 전에 들은 그 목소리. 그게 열쇠일까?

그리고…… 제일 중요한 마지막 의문. 난 용고를 먹고 죽었는데 어째서 멀쩡하지?

나는 심장 부근에 손을 가져다 댔다.

참으로 이상해. 천 귀인도 용고를 먹었다지만, 나는 그녀가 어떻게 용고를 먹은 건지, 먹은 게 진짜 용고인지, 심지어 그걸 어떻게 구해 먹었는지조차 하나도 아는 게 없다. 그래서 탕 궁의가 놀라 하는 걸 보면서도 별생각을 하지 않았다.

하지만 이 건은 다르다. 나는 분명 용고를 먹었다. 심장을 녹이는 통증도 느꼈고, 내가 죽어간다는 걸 분명히 알았다. 그런데 심장이, 사라졌어야 하는 심장이 이렇게 멀쩡하게 뛰……지 않네?

뭐야! 내 심장! 내 심장 안 뛰고 있잖아?

나는 당황해서 상의를 벗어 던지고 심장 부근을 살폈다.

"으어!"

그러자 뜻밖에도 심장 부근에 처음 보는 흉터가 있었다. 놀라서 거울 앞으로 가서 보니 더욱 잘 보였다.

잠깐만, 뭐야 이거! 아니, 심장이 안 뛰면 지금 어떻게 살아 있는 건데?

나는 발을 구르다가 황급히 창가로 다가가 문을 열었다.

"야!"

그러고서 소리를 내어 변태 또라이를 부르자, 아직 다리에 서 있던 변태 또라이가 고개를 돌렸다.

이윽고 그는 낮게 욕을 뱉더니 다가와서 제 윗옷을 벗어 내 얼굴과 상체를 동시에 덮었다.

"조심하라 했을 텐데."

아까와 같은 싸늘한 목소리. 하지만 난 이번에는 아까처럼 참지 않았다. 대신 상의를 도로 내리고서 변태 또라이의 멱살을 잡았다. 확 끌어당기자 그는 대번에 끌려왔다.

"야, 내 심장 어디 갔어?"

나는 이를 갈며 외쳤다. 그러자 변태 또라이가 눈을 몇 번 깜빡이더니 갑자기 눈썹 끝을 내려뜨리고는 물었다.

"넹넹?"

"왜 자꾸 남 이름을 멋대로, 아니, 내 심장 어디 갔냐고!"

버럭 외치자 대답은 없고 그가 또 "진짜 넹넹?" 한다. 이어서 변태 또라이는 대답을 생략하고 커다랗게 웃어댔다.

뭐가 그리 좋은지 혼자서 껄껄 웃어대던 변태 또라이는, 이번엔 내 턱을 잡고 위로 올렸다. 눈이 마주치자 눈매가 가늘게 휘었다.

"돌아왔구나, 넹넹."

"네가 진짜로 죽고 싶구나."

머리로 녀석의 머리를 박아버리자 쿵 소리가 났지만, 녀석은 아픈지 주저앉으면서도 여전히 웃어댔다.

"내 심장 어디 갔는지나 말해. 내가 왜 여기에 있는 건지도."

변태 또라이는 웃음을 뚝 그치고는 내가 집어던진 자기 윗옷을 다시 들어서 내게 내밀었다.

"옷부터 입어. 모르는 사람이 보면 누가 변태로 보일까?"

녀석의 질문에 내가 상의를 벗고 있단 게 기억났다. 아. 젠장. 심장을 확인한다고…….

낯부끄럽지만 나는 태연한 척 윗옷을 받아 대충 걸치고 매듭을 맸다.

"이거 봐. 내가 하나부터 열까지 다 챙겨줘야 한다니까."

변태 또라이가 자연스럽게 내 옷매무새를 자기가 다시 고쳐주려고 하기에 얼른 뒤로 물러났지만.

"허튼수작 그만하고 대답이나 해."

나는 다시 물었다. 그러나 변태 또라이는 이번에도 대답해주지 않았다. 히죽 웃으면서 창틀에 턱을 괴고 놀리듯 묻기만 했다.

"은인인데 은인 대접은 좀 해주지 그래?"

"은인? 무슨 소리야?"

"쓰러져 있는 너를 내가 발견해서……"

그런데…… 이상해. 그가 무어라 말을 하는데 갑자기 소리가 들리지 않았다. 눈앞이 어질어질하고 또다시 안개가 차올랐다.

확신이 왔다. 나 기절할 것 같은데. 또.

"됐다."

염 귀인은 흙투성이 손으로 머리카락과 종이를 움켜쥐었다. 얼굴은 눈물범벅이지만 그녀는 웃고 있었다.

"됐어."

"소주……."

"도로 파냈으니 흑합은 죽지 않을 거야. 그렇지?"

측근 궁녀는 "네, 네" 서둘러 대답하며 주위를 살폈다. 외진 곳이라 보는 사람이 없지만, 잘못하면 저주를 한 거라 오해받을 수도 있었다.

"알았으니 빨리 가요, 소주."

측근 궁녀는 염 귀인이 파둔 흙을 재빨리 덮고 발로 문질렀다.

"얼른 가요. 빨리요."

그때.

"거기 누구냐."

수사청의 끈질긴 사냥개, 기몽 장군이 나타났다.

의식을 차리자마자 벌떡 일어서려 했지만, 손이 움직이지 않았다. 누군가 내 손을 잡고 있어서 그렇다.

고개를 돌리자 얼굴을 가린 면사가 보였다. 그 아래로 드러난 입술과 긴 목도. 황제구나. 시선을 더 아래로 내리니 이번에는 손이 보였다. 내 손을 덮은 커다란 손이.

하지만 내가 깨어났는데도 황제가 영 반응이 없는 게 이상했다.

"폐하."

결국 직접 불러보자 그제야 손이 움찔했다. 약간 아래로 숙이고 있던 고개도 위로 올라왔다. 잠들어 있었구나. 난 또 걱정스럽게 나 보고 있는 줄 알았지. 면사 저거 사기 치기 딱 좋네.

"계란아?"

"누구더러 계란…… 아니, 폐하 맞아요?"

"깨어나자마자 뭔 소릴 하는 게냐."

그의 손을 쥐어보자 단단했다. 황제인데도 손이 단단해. 황제 손은 말랑할 줄 알았는데.

"깨어나자마자 유혹부터 하고."

"폐하가 맞는지 확인해본 건데요."

"왜 자꾸 짐을 확인하는 게냐. 의식을 잃었다 깨어난 건 네 쪽인데."

아까 깨어났을 때, 난 생전 처음 보는 곳에 있었으니까. 내 원래 몸으로 돌아갔었지. 심장이 없는데도 살아 있었어. 대체 어찌 된 영문인지 모르겠지만. 하긴. 지금도 어찌 된 영문인지 모르겠는 건 마찬가지다. 원래 몸에 돌아왔나 싶더니, 왜 또다시 천소여의 몸인 거지?

"머리가 아프냐."

"예?"

"네가 이렇게 조용한 애가 아닌데."

홀로 고민에 빠진 모습이 이상한가.

황제가 손을 들어 내 이마를 짚었다.

"열은 없고."

걱정에 잠긴 목소리……

"제가 쓰러졌습니까?"

"그래."

"걱정하셨습니까?"

황제는 손을 내리며 한숨을 내쉬었다.

"그걸 말이라고."

"어떻게 된 거예요?"

"짐이 묻고 싶다. 갑자기 쓰러졌단 말을 듣고 어찌나 놀랐는지."

"변태 또라이……"

"뭐라?"

"아니, 폐하 말고요."

내 몸으로 돌아갔을 때 만난 변태 또라이, 그놈은 뭔가 알고 있을지도 몰라. 그놈에게 물어보면 대답이 돌아올까?

'하지만 지금 몸으로 그놈과 만날 수가 있나?'

심각하게 고민하고 있자니, 황제가 나를 끌어안았다. 몸이 기우뚱하더니 커다란 품 안에 파묻혔다.

황제는 생각보다 가슴이 넓었다. 단단하고.

놀라서 올려나보자, 그는 두 팔로 나를 꽉 가둔 채 중얼거렸다.

"성격이 더러우면 건강하기라도 하든가. 놀라게 하지 마라."

이 인간이 지금 무슨 소리 하는 거야? 누구 성격이 더럽대?

따지고 싶지만 그의 목소리에 걱정이 가득하니 지금은 넘어가 주자. 내 귀에 닿은 그의 가슴에서 심장 소리가 너무 크게 들리기도 하고……

"어휴. 폐하는 저한테 완전히 푹 빠지셨네요. 이제 어쩔래요?"

"……일각만 입을 다물거라."

"소주께서 쓰러지신 동안 얼마나 난리가 났는지 몰라요!"

"폐하께서 탕 궁의한테 완전히 멋있게 호통을 치셨어요!"

황제가 돌아간 후, 측근 궁녀인 원웅과 부성은 신이 나서 손까지 휘저어가며 떠들었다.

하지만 밝은 모습과 달리 둘 다 눈은 퉁퉁 부어 있었다. 내가 갑자기 의식을 잃어버리니 많이 놀랐나 보다. 그 때문에 나는 한동안 두 사람을 달래주느라 온갖 건강한 척을 다 해야 했다. 팔도 내밀어보고 기합도 질러보고 일부러 웃을 땐 입도 크게 벌리고.

그러다가 두 사람이 좀 괜찮아졌다 싶을 즈음에야, 나는 틈을 엿봐서 얼른 질문했다.

"있지, 내 상태가 정확히 어땠어? 혹시 내가 쓰러졌을 때 말이야. 기억을 잃기 전의 모습으로 돌아오진 않았어?"

이거 진짜 궁금했다. 내가 내 진짜 몸에 잠시 돌아갔을 때, 반대로 이 몸에는 '진짜' 천소여가 돌아왔는지 아닌지.

물론 내 진짜 육신에서 지낸 영혼이 천소여의 영혼인지 다른 사람 영혼인지도 아직 확실하지 않지만.

그러나 원웅과 부성은 어리둥절한 얼굴이었다.

"아니요?"

"소주는 계속 쓰러져 있었어요."

"심장 박동이 아주 느려졌는걸요."

"탕 궁의도 원인을 모른다 하고……."

그럼 내 영혼이 내 몸에 돌아간 사이 이 몸은 빈 몸으로 있던 건가? 그건 왜 그렇지? 몹시 수상쩍다. 역시 빨리 무공을 익혀서 몰래 월담해 수도로 나간 다음 정보를 수집해야겠어. 언제 또 그런 일이 벌어질지 모른단 거잖아. 어찌 된 일인지 빨리 알아내야 해. 게다가 다음에도 일이 지금처럼 진행된단 보장이 없었다. 다음에 내 몸에 돌아갔을 땐 천 귀인의 몸에 다시 못 돌아올지도 모른다.

그러면 이 몸은 어떻게 되는 걸까? 죽을까? 내가 죽으면 황제는 슬퍼할까? 오늘 보니 의외로 진지하게 걱정한 모양이던데. 의외였지. 난 내가 없어져도 떡돌이가 걱정을 하지 황제는 무덤덤할 줄 알았는…… 아 떡돌이! 떡돌이는 지금 얼마나 놀랐을까!

"청적에 좀 다녀올게."

내가 침상에서 일어나자 원웅이 놀라서 펄쩍 뛰었다.

"소주! 깨어난 지 얼마나 되셨다고요!"

부성은 밖으로 나가더니 얼른 탕약을 가져와 내밀었다.

"맞아요. 지금은 그냥 이거 드시고 한숨 푹 주무세요. 병명을 모르니 최대한 몸을 사리셔야지요."

병외 문제가 아니야. 그냥 영혼이 나갔다 들어온 거라고! 갑갑해라. 말을 할 수 없으니 답답하네. 두 궁녀가 나를 말리는 이유는 안다. 저 두 사람의 눈에 나는 환자지. 의식을 잃었다가 막 깨어난 환자. 그런 환자가 갑자기 벌떡 일어나 나가려는데 말릴 수밖에 없을 거야.

"알았어."

결국 두 사람의 말을 따라 도로 침상에 앉았다. 생각해보니, 떡돌이도 내가 깨어났단 소식을 들었을 거야. 내시니까. 그러니 꼭 지금 보진 않아도 될 거다. 만나기로 약속한 것도 아니고…….

"근데 이 탕약, 꼭 먹어야 돼?"

"나간 지 얼마나 됐다고 돌아오십니까. 여기가 뭐 좋은 데라고요."

기몽 장군이 혀를 차자 염 귀인은 탁자 위에서 주먹을 꽉 쥐었다. 누군 오고 싶어서 온 줄 아나.

하지만 우물에서 태감의 시체를 발견해 목격자이자 용의자로 심문을 받은 지 며칠 지나지 않아 이번에는 아예 수상쩍은 현장에서 검거됐으니, 기몽 장군이 기가 차 할 만도 했다.

"난 아무것도 하지 않았다."

억울한 마음을 꾹 누르며 염 귀인은 차분하게 말했으나, 기몽 장군은 웃으면서 자기 눈두덩이를 가리켰다.

"제 눈은 무언가를 보았습니다만."

"그냥 산책을 했을 뿐이다."

"산책도 하고. 흙도 파고. 판 김에 뭐도 좀 묻고. 그런 거지요. 네."

'뭐를 묻었다'는 말에 염 귀인이 움찔하자, 기몽 장군은 미간을 찌푸리며 웃었다.

"참 시기적절하지 않습니까? 하필 이때에 천 귀인이 별다른 이유도 없이 쓰러졌으니까요."

"나와는 관계가 없다. 난 천 귀인이 쓰러진 후에 그곳에 간 게 아니냐."

"제가 아까 말을 잘못했군요. 염 귀인께서는 묻으러 간 게 아니라 파내러 간 것이지요."

"나는——"

염 귀인은 다시 말하기 위해 입을 열었으나, 기몽 장군이 탁자에 두 가지 물건을 내려놓자 바로 말문이 막혔다.

하나는 머리카락을 싼 천. 하나는 '천년비진쾌도래'라고 쓴 종이. 둘 다 수사청에 오자마자 압수당한 것들이었고, 흙이 묻어 있었다.

"천 귀인이 쓰러진 후 이걸 파냈다는 건, 천 귀인이 쓰러지기 전에 이걸 묻었을 가능성이 크단 거지요."

"나와는 상관없어."

기몽 장군은 빙그레 웃었다.

"폐하께서도 과연 그리 생각하실는지."

그가 밖으로 나가자마자 염 귀인은 두 손에 얼굴을 묻었다. 하필 일이 꼬여도 이렇게······.

그사이. 밖으로 나간 기몽 장군은 종이를 펼쳐보았다.

염 귀인 앞에서의 의기양양한 표정과 달리 그의 표정은 심각했다. 정황상 염 귀인의 행적이 수상하긴 하지만, 염 귀인의 말처럼 종이에 쓰인 문구가 이 일과 그녀가 전혀 상관이 없는 것처럼 보이게 만들었기 때문이었다.

'보통은 저주 당사자의 이름을 써둘 텐데. 왜 천소여가 아니라 천년비라 써둔 거지? 무슨 다른 뜻이 있나?'

7장

사람을 믿지 않는 남자

걱정과 달리 내가 쓰러진 뒤로도 별다른 일은 없었다. 나는 아픈 데도 없었고, 날 부르는 괴이한 목소리도 더 듣지 못했다.

아. 희한한 소식이 하나 있긴 하다. 염 귀인이 나한테 저주를 걸다가 현장에서 기몽에게 발각되어서 지금 수사청에 가 있다고.

"이참에 아예 냉궁에 처박혀서 못 나오게 됐으면 좋겠어요."

부성은 소식을 전해주다가 제풀에 화가 나서는 입에서 불을 내뿜었다.

"진짜 한두 번도 아니고. 항상 이게 뭐래요?"

그렇게 평화롭게 일주일 정도가 지났을까? 이 분위기를 환기하기 위해서인지 또 후궁들이 동원된 마상 격구 놀이가 열렸다.

그런데 이번에는…….

"우리가 참석한다고?"

전에 마상 격구 시합을 강제로 관람하다가 실수한 후. 나는 혹시나 해서 격구 규칙을 부성과 원웅에게 들어 익혀두었다. 다음에도 같은 실수를 하면 안 되니까.

그래서 이번 격구 시합 이야기를 들었을 때는, 이젠 규칙을 아니까 제대로 응원할 수 있다고 자신만만하게 갔는데. 태감이 뜬금없이 모인 후궁들에게 격구용 의상을 주는 게 아닌가. 황후도 몰랐던 일인지 어리둥절한 얼굴이었다.

"이게 무엇이냐?"

황후가 묻자, 황제 옆에서 늘 따라다니는 태감이 허리를 조아렸다.

"송구하옵니다, 황후 폐하. 응원만 하는 것은 소주들도 지루하실 거라고, 이번에는 직접 참여하라는 황명이십니다."

이어서 태감이 설명하길, 이전처럼 사자친왕과 황제가 두 패로 나누어지는 건 그대로인데, 거기에 소속되어 경기를 뛰는 사람이 이번에는 병사들이 아닌 후궁들이 될 거란다.

전에 후궁들이 응원하던 장소를 보니, 어느새 병사인지 관리들인지 모를 이들이 모여 앉아서 이미 북과 장구를 들고 있었다. ……어째서인진 모르겠지만 기몽 장군도 있네. 너도 응원하러 왔니?

눈이 마주치자 그가 씩 웃는다. 웃지 마, 자식아. 우리가 언제부터 웃으면서 인사 나누는 사이라고. 어쨌든 이번에는 응원을 병사들에게 시킬 모양이구나.

'진짜 지들 멋대로네.'

혀를 찼지만 어쨌든 마음에 든다. 보는 것보단 뛰는 게 재밌지. 납득하고서 나는 격구할 때 입을 옷과 방어구를 받은 후 근처의 건물로 가서 옷을 갈아입었다. 지급된 신발 역시 평소보다 편해서 마음에 들었다. 이런 게 있으면서 왜 평소엔 주질 않는 거냐. 왜.

그렇게 옷을 입고서 경기장으로 가보니 어느새 말도 준비되어 있고, 사자친왕과 황제 역시도 도착해 있었다. 둘 다 후궁들과 비슷한 차림인데, 차이점이 있다면 머리에 꽂은 깃털? 수탉이냐……, 뭐야 저 깃털은?

"마마님들, 이쪽으로 오시지요."

황당해서 두 남자가 머리에 꽂은 깃털을 보고 있자니 경기 진행을 맡은 태감이 후궁들을 부른다. 가리키는 곳으로 가서 서자, 태감은 추가된 규칙을 빠르게 설명해주었다.

"송구하옵지만, 마마님들께 소속을 고르게 하면 당연히 모두 폐하를 고르실 테니, 공정성을 위해 친왕 전하께서 한편이 될 마마님들을 먼저 뽑기로 하셨습니다. 나머지 분들은 자연적으로 폐하와 한 소속이 되어 경기를 치르실 겁니다."

태감이 설명을 끝내자, 이미 말을 맞췄는지 뒷짐을 지고 서 있던 사자 친왕이 앞으로 나서며 우리에게 포권을 취했다.

"후궁 마마들과 함께 경기하게 되어 영광입니다."

그러고는 자연스럽게 황후에게 다가가 물었다.

"황후마마와 한 소속이 될 영광을 제게 주시겠는지요?"

"그러지."

황후는 우아하게 웃고서 그에게 다가갔고, 그런 식으로 사자친왕은 한 명 한 명 자기 소속이 될 후궁들에게 한편이 되어 달라 요청했다. 여기서 거절할 수도 없는지라 대다수는 기쁜 듯 받아들였다.

그런데 참. 사자친왕과 황제가 경기 결과를 두고 내기라도 했나? 사자 친왕이 뽑은 구성원을 보면 좀 웃기다. 황후는 황후라 뽑은 느낌이지만, 다른 후궁들은 뼈대를 보고 뽑은 티가 났다. 자세가 바르고 건강해 보이는 후궁들 말이다. 엄청 이기고 싶은가 보네…… 생각하는 순간, 근처에서 태감의 목소리가 들려왔다.

"이제 한 분만 더 고르시면 됩니다, 전하."

그 즉시 사자친왕은 바로 내 쪽을 확 돌아보았다. 그러고는 놀랍게도 씩 웃더니 내 앞으로 다가오며 황제에게 물었다.

"제가 천 귀인을 제 소속으로 데려가면, 폐하께서 화내실까요?"

그 장난스러운 목소리에 나도 모르게 시선이 황제에게 갔다.

그러게. 과연 어떤 반응을 보일까? 화는 안 낼 거 같긴 한데. 젠장, 면사 좀 벗어라. 면사 때문에 표정이 안 보이잖아. 일단 입만 봐서는 별 표정이 없는데…… 곧 그 입꼬리는 삐죽 위로 올라갔다.

"이건 승패를 노리는 경기이니, 당연히 괜찮지."

"그럼 저는—"

"하지만 천 귀인은 몸이 약해 경기에 도움은 안 될 거다."

뽑지 말란 이야기네. 그러나 사자친왕은 의미심장하게 웃더니 농담조로 다시 대꾸했다.

"위험을 감수한 경기는 그 나름대로 재미가 있죠."

뽑지 말라는 데도 저러는 걸 보니, 황제를 놀리고 싶은가 봐. 그래도 사자친왕이 이렇게까지 나오니, 황제가 뭐라 대답할지는 좀 궁금해지는데?

나는 황제를 쳐다보았다. 황제도 사자 친왕의 질문을 듣고 내 쪽을 보고 있었다. 눈이 보이진 않지만, 각도상 날 보는 것 같다. 자, 어떻게 대답할 거야, 황제?

하지만 이번에는 망설이는 시간이 짧았다.

"뽑지 마라."

황제의 단호한 말에 사자친왕은 의뭉스럽게 웃었다. 태감도 입을 가리고 히죽댔다. 후궁들은 표정이 좋지 않지만.

나는 기분이 묘해졌다. 뭐야. 혹시 저 황제, 나는 자기랑 한편을 해야하니까 뽑지 말라는 걸 돌려 표현한 건가? ……날 진짜 좋아하긴 하네.

하지만 그 감동은 황제가 자기편을 고를 때 깨졌다. 염 귀인이 수사청에 잡혀가는 바람에 인원이 홀수가 되어서 한 명은 경기에 참여하지 못하게 되었는데, 황제가 바로 날 가리키면서 말했기 때문이다.

"천 귀인을 빼면 되겠군. 전력이 안 될 테니까."

내가 당황한 티가 났나. 태감이 내 눈치를 보며 응원석을 가리켰다.

"천 귀인께서는 저쪽으로 가 앉으시지요. 나중에 결원이 생기면 천 귀인을 부르겠습니다."

저 못된 황제 같으니라고! 감히 나를 무소속으로 만들다니! 나는 무림에서도 늘 혼자 놀았는데! 궁전에서도 혼자 놀란 말이냐! 나는 황제가 친 뜻밖의 뒤통수에 기가 막혀서 주먹을 꽉 쥐었다. 감동은 이미 얼어서 죽었다. 하지만 씩씩대도 별수 없었다. 황제는 휙 말머리를 돌렸으니.

결국 나는 콧김을 내뿜으면서 응원석으로 가 털썩 앉았다. 내가 속상해하자 원웅은 차가운 물을 건네주면서 웃었다.

"폐하께선 소주가 걱정되는 거예요. 전에 쓰러진 적도 있으시잖아요."

그러면 그렇게 말했어야지! 대놓고 내가 쓸모없다잖아! 원웅은 필사적으로 좋은 소리를 이어갔지만, 이미 분노는 내 마음을 잠식했다. 나는 찬물을 한 번에 들이키며 주문을 외웠다. 결원 생겨라. 결원 생겨라. 결원이 생기는 즉시 내가 본때를 보여주마. 감히 이 천년비를 무시하다니.

그 순간. 효과가 있었나. 정말로 결원이 생겼다. 공이 혜비의 말 밑으로 가자 말이 펄쩍 뛰고, 그 바람에 혜비가 낙마한 것이다. 응원하던 병사들이 다들 벌떡 일어났고, 대기하던 의원들은 눈 깜짝할 사이 달려가 혜비를 들것에 실어 나왔다.

혜비가 크게 다치지 않은 게 확인되자, 경기를 진행하는 태감이 나를 보며 외쳤다.

"천 귀인께서 친왕 전하의 편으로 들어오시겠습니다!"

오호라. 나는 사자친왕 쪽이구나. 잘됐다. 애초에 나를 따돌린 건 황제 자식이니까.

내가 옆에 놓아둔 채를 쥐고 천천히 일어나자, 원웅과 부성이 큰 소리로 응원했다.

"잘하세요, 소주!"

"소주, 점수 많이 따세요!"

혼자서 응원석을 지키는 내가 불쌍했었는지, 근처의 병사들도 환호하면서 장구를 쳐주었다.

"힘내십시오, 천 귀인!"

흥. 그렇게 하더라도 내 상처받은 마음은 치유할 수 없어.

나는 한 손을 들어 올려 '조용히' 신호를 보냈다. 병사들은 단체 훈련을 잘 받았는지 눈치껏 바로 조용해졌다. 그 고요한 적막이 내게 잘 어울렸다. 나는 이제 고원을 뛰노는 한 마리의 늑대가 될 셈이니까.

나는 채를 한 바퀴 휙 돌려 꼬나쥐고서 낮게 일갈했다.

"아니. 이 몸은 점수 따위 따지 않는다."

"예?"

"내가 따는 건 오로지 적들의 모가지뿐."

"!"

내가 당당하게 걸어가 말 위에 홀쩍 올라타자, 사자친왕은 의외란 투로 감탄했다.

"자세가 좋군요?"

당연하지. 여기서 나보다 말을 잘 타는 사람은 없을 거다. 천라지망을 피하기 위해 말 위에서 밥 먹어본 사람만이 나와 겸상할 수 있다.

하지만 구구절절 내 기마 실력을 뽐내는 대신, 나는 고독한 늑대처럼 웃고서 채를 멋지게 돌렸다.

"그럼 경기를 다시 시작하겠습니다!"

"천 귀인이 격구를 잘하나 봅니다?"

기봉 장군의 부관이 옆에서 물었다. 천 귀인이 대가리 어쩌구 하는 걸 똑똑히 들은 부관이었다. 기몽 장군은 미묘한 표정으로 웃었다.

"글쎄. 나도 본 적이 없으니 모르지."

"아주 위풍당당하던데요."

그러자 다른 부관이 낄낄 웃으며 끼어들었다.

"기세등등한 거지. 폐하의 총애를 한몸에 받잖는가."

"말에 올라타는 자세도 그렇고, 제법 실력이 있을 수도 있겠는데?"

"타는 자세가 좋다고 격구를 잘하는 건 아니지. 특히 마상 격구는."

기몽 장군은 부하들을 둘러보았다. 천 귀인의 솜씨를 기대하는 건 부관들뿐만이 아니었다. 그 밑의 일반 병사들도 다들 장구채와 북채를 쥐고서 한 방향, 천 귀인이 있는 방향을 뚫어져라 보고 있었다. 최근 들어 천 귀인만큼 화제를 몰고 다닌 후궁이 없다 보니, 다들 궁금해하는 듯했다. 게다가 천 귀인은 수사청에 몇 번이나 왔지만 올 때마다 황제가 빼간 전적도 있지 않던가. 아까 출전하기 전 내뱉은 의미심장한 말도 그렇고.

"장군께서는 어떻게 보십니까? 천 귀인이 격구를 잘할 것 같습니까?"

"보면 알겠지."

말을 하는 사이, 마침내 경기가 시작되었다. 부관은 얼른 천 귀인 쪽으로 고개를 돌리고 입을 다물었다. 처음에는 다들 흥미롭게 지켜보았다. 손은 열심히 장구며 북을 두드리는데, 시선은 다들 천 귀인에게만 향할 정도로. 그러나 시간이 지날수록 점차 실망하는 이들이 늘어났다.

"아깝네요."

후궁들이 천 귀인과는 제대로 맞붙지도 않으려 한 탓이었다. 황제의 총애를 받고 있는 데다 얼마 전에 쓰러진 전적이 있는 후궁. 실수로 다치게 했다가는 황제에게 밉보일 게 분명하니, 후궁들로서는 피할 수밖에 없었다. 게다가…….

기몽 장군의 옆에서 부관이 웃음을 터트렸다.

"천 귀인은 격구를 잘 못 하나 보군요."

"공은 저쪽에 있는데 엉뚱한 방향으로만 맴돌다니."

딱히 다른 후궁들이 안 막더라도, 천 귀인은 격구를 못 했다. 다른 후궁들은 공을 쫓거나 막거나 열심히 하는데, 천 귀인이 탄 말은 홀로 엉뚱한 방향을 맴돌 정도였다. 시간이 흐를수록 후궁들이 천 귀인을 피하는 건지 천 귀인이 공을 피하는 건지 구분하기 어려울 지경이었다.

"하긴. 픽픽 쓰러질 정도면 몸이 튼튼하진 않겠지요."

"그래도 당당하게 나가기에 비장의 한 수가 있으려니 했는데."

기몽 장군의 양옆에서 부관 둘은 내내 대화를 나누었다. 한껏 기대했다가 크게 실망했는지 아쉬워하는 투로. 그러나 기몽 장군은 말없이 경기를 지켜보기만 했다.

그때. 천 귀인에게 실망하느라 잠시 경기 흐름을 놓쳤던 부관이 "오오!" 하는 소리를 냈다. 공이 황제와 사자친왕 사이로 흘러가자, 황제와 사자친왕이 그 공을 치기 위해 엄청난 속도로 반대 방향에서 말달리기 시작한 것이다. 이대로 가다가는 충돌이 일어나지 않을까 염려될 정도로 빠른 속도였다.

그걸 본 병사들은 미친 듯이 북을 두드리면서 환호했다. 반면 궁의들은 혹시라도 황제와 친왕이 동시에 다칠까 봐 발을 동동 굴렀다.

기몽 장군은 눈썹을 치켜떴다. 꽤 위험한 거리. 자칫 잘못하면 정말로 누군가는 크게 다칠 거리다. 그러나 둘 다 여전히 말 속력을 늦추지 않았다. 심지어 두 사람은 아직 공을 노리는지 채까지 들어 올렸다.

그렇게 채와 채가 속도를 타고 맞부딪치려는 바로 절체절명의 순간.

"내 것이다!"

어디선가 천 귀인이 나타나더니 공을 획 가져갔다.

"……."

병사들은 환호하다가 우뚝 멈췄다. 방금 뭐였지? 고래와 고래가 싸우고 있는데, 어디서 물개 하나가 사이로 '핑' 나타나 지나간 느낌이었다. 한 박자 늦게야 다들 뜨악해서 북 치기, 장구 치기를 멈추었다.

무슨 일이 벌어진 거지? 대체 어디서 나타난 건가? 천 귀인은 혼자 외진 곳을 맴돌지 않았나? 왜 갑자기? 아니, 그보다. 공을 가로채도 하필 황제와 친왕이 노리는 공을 가로채다니. 윗사람이라고 봐주지 않고 경기를 하는 것도 어느 정도지. 이건 무슨 눈치를 팔아먹는 수준 아닌가.

'저 여자가?'

기몽 장군도 황당해서 입을 다물지 못했다. 그러나 그사이. 천 귀인은 모두가 놀란 틈을 타서 황제 쪽 득점 문으로 빠르게 돌진하고 있었다. 아까 맹하게 경기장 주위를 기웃댈 때와는 전혀 다른 속도였다. 사자친왕은 뒤늦게 정신을 차리고서, 천 귀인 쪽으로 말을 돌리며 외쳤다.

"천 귀인! 이쪽으로!"

사자친왕과 비슷하게 이성을 차린 황제도 천 귀인의 뒤로 미친 듯이 따라붙기 시작했다. 게다가 천 귀인의 앞에는 길을 막고 선 후궁이 둘. 반면 사자친왕의 앞으로는 아무도 없다. 여기서 천 귀인이 사자친왕에게 공을 넘기면 사자친왕이 득점하기 딱 좋은 위치였다.

"천 귀인!"

그러나 천 귀인은 사자친왕의 부름을 무시하고 달렸다. 이게 뭔 일인가 싶어 지켜보던 부하들이 더욱 뜨악해 입을 벌렸다.

"폐하를 무시하고 있어."

"전하도 무시하고 있어."

"점수엔 관심 없다더니……."

이 경기장에서 점수에 목숨을 건 사람은 누가 봐도 천 귀인 혼자였다. 그 틈에 황제는 천 귀인의 바로 뒤까지 추격해 채를 치켜들었다. 아슬아

슬하게 공을 뺏어갈 뻔한 그 순간.

"천 귀인! 이쪽!"

사자친왕이 말머리를 옆으로 돌리며 다시 외쳤다. 이제 마지막 득점 기회였다.

"점수는!"

"?"

"내 것이다!"

그러나 천 귀인은 천둥처럼 외쳤고, 그 소리에 사자친왕이 탄 말이 놀라서 비틀했다.

'협동심이 전혀 없어……'

부하들은 다들 북채를 내려놓고 입을 손으로 막았다. 그 순간. 천 귀인이 채로 공을 딱 내리쳤다. 황제가 공을 뺏으려 했으나 간발의 차이로 천 귀인의 채가 먼저 공을 쳤다. 엄청난 속도로 나아간 공은 '팡' 소리를 내며 득점 문을 뚫고 나갔다.

다들 멍해져서 뜯긴 득점 문을 바라보았다. 선수로 뛴 후궁들도, 황제와 사자친왕도, 응원하던 병사들도, 심지어 기몽 장군조차 넋을 놓고 천 귀인을 바라보았다.

"후."

이 와중에 천 귀인은 혼자 뿌듯한 표정으로 땀을 닦는 시늉을 했다.

"좋은 전투였다."

사람들은 동시에 생각했다.

'천 귀인…… 눈치 없구나.'

마상 격구가 끝나자 사람들이 날 보는 눈빛이 변했다. 다들 입을 손가락 한 마디만큼 벌리고 눈은 동태처럼 뜨고 날 쳐다본다. 속으로 감탄하고 있는 거지. 세상에, 천 귀인은 대단하구나! 겉은 우울해 보이지만 속은 아주 정열적이었어! 그들의 감탄이 귓가에 들리는 듯해서, 나는 어깨를 당당하게 폈다.

천년비의 몸일 때는 내가 아무리 대단한 업적을 남겨도 다들 날 인정하지 않았지. 하지만 이곳에서는 내가 노력하는 모습을 보이니 다들 순수하게 감탄하는구나. 어떤 의미로는 조금 감동이었다.

"이야. 기가 막힌데."

심지어 사자친왕조차 저렇게 말해주어서, 나는 황제를 향해 활짝 웃어 보였다.

격렬한 운동을 한 후 따뜻한 물에 목욕하면 기분이 좋다. 그 물에서 좋은 향기가 나면 더욱 좋다. 게다가 목욕을 끝내고 나오자 원옹은 내게 시원한 꿀물도 주었다.

"고마워."

"아니요, 소주. 고생 많으셨어요."

"나 멋있었지?"

"암요. 우리 소주가 최고예요. 세상 누가 뭐래도 당당하게 살아가는 거예요."

"그럼!"

꿀물을 마신 후 침실로 들어가 침상에 눕자 잠이 쏟아졌다. 아직 천소여의 몸은 체력이 약해서 그럴까? 하지만 기분 좋은 수마였다. 굳이 저항하는 대신 나는 가물가물 밀려오는 졸음에 편하게 몸을 맡겼다.

그러다 실제로 깜빡 잠이 든 모양이다. 밖에서 들려오는 소리에 눈을 떠보니 어느새 창밖이 붉었다. 저녁? 한 시진은 잔 모양인데? 상체를 일으키고서 눈을 비비자, 얄팍한 벽 너머로 밖에서 주고받는 대화가 다 들려왔다.

황제가 보낸 태감이 왔구나. 황제가 저녁 식사를 나와 함께하고 싶어 한단다. 내 격구 하는 모습을 보고 새삼 반했나 보지. 침상에서 일어서자 마침 문을 열고 부성이 들어오며 외쳤다.

"소주, 일어나셨네요! 깨우기 죄송했는데."

"응."

저 벽이 방음이 안 되더라고.

"잘됐어요. 빨리 꾸며 드릴게요."

"이대로 가면 안 돼?"

"절대 안 되죠!"

곧 원웅까지 달라붙어서 내 머리카락을 좌우로 두 가닥만 땋은 후 그걸 돌돌 말아 올려주었다. 황제가 이미 기다리고 있기 때문인지 최대한 간단한 치장이었다. 대신 거기에 하얀 장신구를 달고 옷도 하얀색으로 입어서, 거울을 보니 평소보다 좀 더 단아한 인상으로 보였다.

그러고서 밖으로 나가자, 태감은 황제가 기다리는 정자로 나를 안내해 주었다. 심궁과 동쪽 구역 사이에 있는, 작은 호수에 반쯤 걸쳐서 지은 정자로. 예쁘네. 운치 있고.

황제는 먼저 와 있었는데, 분위기를 엄청나게 잡고서 난간에 기대어 호숫물을 내려다보고 있었다.

그 모습이 마치 한 폭의 수묵화…… 수묵화? 저러고 있으니 떡돌이와 좀 비슷한 것 같기도? 떡돌이도 가만히 있으면 수묵화처럼 보이는데.

"계란아."

고개를 기웃하고 있자니, 황제가 고개를 돌리며 나를 불렀다. 그러자 수묵화 같던 인상이 싹 사라지면서, 그냥 평소의 황제가 되었다. 사실 황제는 얼굴을 가렸으니 인상이고 뭐고 보이지도 않지만.

잠시 뒤. 우리는 상을 마주하고 앉아 식사를 했다.

"웬일로 식사를 하자 부르십니까?"

나는 한가득 차려진 상을 보며 감탄해 물었다. 오늘 무슨 날인가? 황제가 준비해놓은 음식들은 내가 평소에 먹는 소박한 상과는 비교도 되지 않을 만큼 푸짐했다. 떡, 만두, 탕은 기본이고 기본 반찬만 서른여섯 가지에 주요리만 아홉 개다. 얘는 맨날 이런 걸 먹나? 그래서 피부가 저리 좋은가?

"오늘 많이 뛰지 않았느냐."

"암요."

"짐은 너처럼 열정적으로 격구 하는 사람은 처음 보았다."

"헤헤. 감사합니다."

"칭찬하는 게 아닌데."

"그럼 질투하는 건가요? 제 실력을? 아. 하긴. 폐하는 제 공을 노렸지만 뺏지 못하셨죠?"

"……."

"진짜 질투예요?"

"생각 중이다. 이 미묘한 감정이 둘 중 어느 쪽에 그나마 더 가까울지."

날 사랑하는 마음과 내 실력을 부러워하는 마음. 둘 사이에서 갈등한단 건가? 어쨌든 내 일은 아니기에 젓가락을 들어서 앞에 놓인 조기구이 살점을 집어 입에 넣었다.

와. 입안에서 사르르 녹잖아? 예전에 어촌에 갔을 때, 시장에서 사서 혼자 불에 구워 먹은 맛과는 차원이 다르다. 당시에 나는 한 마리 사 온 조기를 거의 다 태워 먹는 바람에, 울면서 까만 부분까지 다 먹었지. 그런데 여기서 나온 조기는 태우지 않았는데도 바삭하고 비린내가 없다.

"격구는 어디서 배운 게냐?"

"독학으로요."

내 궁녀들한테 규칙에 관해 물어보고 외웠지. 근데 황제는 밥 안 먹나? 왜 내 얼굴만 보고 있지? ……설마 날 사랑하는 마음이 '보고만 있어도 배가 부르다'는 경지에 벌써 오르진 않았을 텐데. 우리가 만난 지 얼마나 됐다고.

"다행이로다."

"왜요?"

"사랑하는 우리 천 귀인을 혼낼 수는 없으니, 네게 격구를 그따위로 가르친 사람을 혼낼 생각이었거든."

"……그따위요?"

순간. 맛있던 조기 맛이 뚝 떨어졌다. 자세히 보니 좀 탄 부분이 있는 것 같다. 그는 웃으면서 젓가락을 들었지만, 나는 젓가락을 내려놓고서 그에게 항의했다.

"제 실력을 지금 그따위라 폄하하신 겁니까?"

다음 날. 하루해가 지났지만, 황제가 한 말은 여전히 가슴에 남아 분노의 장작이 되었다. 나는 그 장작을 빼버리기 위해 청적으로 달려가서, 씩 씩거리면서 허공을 향해 주먹질을 했다. 나쁜 황제! 나쁜 황제! 그러고 있자니 떡돌이가 나타나 떡을 건네며 물었다.

"무슨 일 있어? 왜 이렇게 화난 얼굴이야?"

그러고는 자기도 떡을 한 입 크게 베어 물고서 오물오물 씹으며 날 보는데…… 오래간만에 만났는데도 아주 자연스러운 태도였다. 우리가 어제 보기라도 한 양. 그 분위기가 나에게도 전해져서, 나는 오랜만이라고 좋아하는 대신 떡을 움켜쥐고 솔직하게 털어놓았다.

"황제 새끼, 아주 얄미워 죽겠어!"

"!"

이런. 갑자기 떡돌이가 얼굴이 벌게져서 콜록거린다.

가루가 목에 걸린 건가. 등을 두드려주자 그는 가까스로 진정해서 눈가에 고인 눈물을 닦았다.

"방금 뭐라고?"

내가 실수했다. 떡돌이는 황제의 내시이니 그의 앞에선 말을 조심해야 했는데. 나는 내 입을 찰싹찰싹 손바닥으로 두드렸다. 떡돌이도 자기 가슴을 제 주먹으로 두드리며 다시 물었다.

"왜 그래? 정말로 무슨 일이 있는 건가?"

"있어. 날 화나게 만든 일이 있지."

"그게 뭔데?"

"자세히는 알려줄 수 없어. 하지만 두고 봐. 내가 폐하의 엉덩이를 노리고 있으니."

"!"

그 거만한 엉덩이, 언젠가 기회를 잡아서 걷어차고 말 테다.

그런데 떡돌이 쟤는 왜 또 사레에 걸렸어? 식도가 약한 거 아냐?

"미리 경고하자면 황제의 엉덩이를 그렇게…… 그렇게 험하게 노리면 안 돼."

기침을 멈춘 떡돌이는 멀쩡해지자마자 잔소리를 퍼부었다.

하지만 그 잔소리 내용이 좀 이상해. 험하게 노리면 안 된다고?

"그럼 뭐 부드러운 깃털 달린 도구라도 사용하란 거야?"

그걸로 두드려?

"도구도 안 돼!"

떡돌이는 얼굴이 벌게져서 단호히 외쳤다. 까다롭긴.

나는 한숨을 내쉬었다. 안다. 떡돌이가 까다로운 게 아니다. 그래. 황제의 엉덩이를 걷어차는 행위 자체는 어렵지 않다. 발을 들어서 '탕' 차면 되는걸. 문제는 황제를 호위하는 수많은 그림자. 황제를 걷어찬 다음 받게 될 혐의들이다. 이십오 년 전인가. 황제 머리카락을 한 움큼 뽑았다가 시해죄로 처형당한 관리가 있었다지. 대체 어떤 상황이기에 관리가 황제의 머리카락을 한 움큼이나 뽑은 건진 모르겠지만.

어쨌든 엉덩이를 걷어차도 그럴까? 황제 시해 혐의를 받게 될까? 걷어차는 게 힘들다면 손으로 치면 어떨까? 손으로 치면 시해 혐의는 안 받을지도 몰라. 음…… 허락을 받고 치면 절대로 시해 혐의가 아니지. 그래. 황제한테 슬쩍 물어봐야겠다. 제가 폐하의 엉덩이를 손으로 두드려도 괜찮을까요? 황제가 "그리하라."고 허락해주면 두 번 정도 살살 두드려야지. 그러다가 방심하는 순간 세게 한 번 치는 거야. 그러고서 실수라고 잡아떼면 될 거야. 황제는 자존심이 세니까 하나도 아프지 않다고 하겠지?

"완벽하다."

"예?"

"내 계획이 완벽해."

원웅이 데친 시금치를 들고 오다가 눈썹을 치켜올렸다.

"가끔 소주는 혼자 밑도 끝도 없는 이상한 말을 하세요."

"혼잣말이 습관이 되어서 그래."

난 혼자서 지내는 일이 많았으니까. 그런데 별 생각 없이 한 말에 원웅이 '네가 언제 그런 습관이 있었는데?'로 보이는 의아한 표정을 지었다.

아차! 원웅은 천소여가 친정에서부터 함께 지낸 시녀라 했지.

"있어, 그런 습관이."

그래도 나는 계속 우겼다. 본인이 그렇다는데 어쩌겠어.

"근데 시금치는 갑자기 왜 들고 와?"

하지만 혹시 모르니 말도 돌리자.

"이거요—"

그런데 원웅이 대답하려던 찰나. 한발 앞서 귀자가 사립문 너머에서 나를 불렀다.

"소주, 기몽 장군께서 찾으십니다."

기몽 장군이란 소리에, 원웅은 시금치가 든 바구니를 내려놓으며 나를 걱정스레 보았다.

"소주, 기몽 장군이래요."

그러게. 기몽 장군이라니. 이번엔 또 왜? 저절로 불안한 마음부터 든다. 어쩔 수 없다. 그 이름은 떳떳해도 신경이 쓰이는 이름인걸. 우물에서 살해된 태감이 발견되었을 때, 그때는 내가 뭐 잘못한 게 있어서 불려갔나? 아니잖아. 그때도 영문 모르고 갔다.

그래도 피할 길이 없는지라 밖으로 나가보니, 기몽이 사립문에서 딱 한 걸음 안으로 들어와 있었다.

'넌 제발 좀 오지 마라……'

내가 탐탁지 않게 쳐다보자, 그는 장난스레 웃으며 인사했다.

"오늘은 염 귀인에 대한 일로 찾아왔습니다, 천 귀인. 수사청으로 모시고 가지 않을 테니 이 몸을 너무 싫어하진 마시지요."

"염 귀인은 왜요?"

"염 귀인이 천 귀인을 저주한 혐의로 수사청에 잡혀 있습니다."

"그건 들었어요."

"염 귀인이 천 귀인을 저주했을 때 천 귀인이 쓰러진 걸로 아는데요. 혹시 그 전후로 이상한 점이 없었습니까?"

"이상한 점이라면······."

있었지. 누군가 내 이름, 내 진짜 이름을 속삭였다. 그 소리는 뇌에 대고 속삭이는 듯했다. 근데 이 일을 말해도 되나?

그 순간.

"혹시 천 귀인, 원래 이름이 '천년비'였습니까? 개명한 적 없습니까?"

놀랍게도 기몽이 먼저 내 이름을 말했다.

"없는데!"

나는 반사적으로 대답하고서 눈을 부릅뜨고 주장했다.

"천소여란 이름은 내가 어릴 때부터 지니고 있던 이름이고, 그 이름에 담긴 뜻은 높고 비상한데 어디서 다른 사람의 이름을 가져와서 개명했니 어쩌니 하는 건지 모르겠군요. 지금 그런 이야기를 들으니 아주 당황스러운데요?"

젠장. 변명하다 보니 말이 너무 길어졌다. 천소여의 이름이 높고 비상한지 아닌지는 당연히 모른다. 그냥 놀라서 발뺌한 거다. 원래 도둑은 제 발 저리니까. 난 도둑은 아니지만.

기몽 장군은 눈을 깜빡이다 물었다.

"그러니까······ 모르는 이름이란 거군요?"

내가 황급히 고개를 끄덕이자, 기몽 장군은 의외로 순순히 알겠다면서 돌아갔다. 하지만 내 심장은 원래 속도로 돌아가지 못했다.

나는 그의 뒷모습이 완전히 멀어지기를 기다리다가, 그가 아예 보이지 않게 되자마자 평상에 앉아서 손부채질을 했다. 와. 엄청 놀랐어.

"소주, 괜찮으세요?"

"아니. 난 저자랑 안 좋게 몇 번이나 얽혔잖아. 그래서 저자만 보고 나면 막 심장이 쿵쿵 뛰고 그래."

놀라서 묻는 부성에게, 나는 적당히 둘러대고서 더욱 빠르게 손부채질을 했다.

태연한 척하기에는 심장이 너무 많이 뛰어서, 침상에 돌아와 누워서도 여전히 잠들 수가 없었다.

기몽 장군은 왜 갑자기 내 진짜 이름을 말한 거지? 왜 나한테 개명했냐고 한 거야? 염 귀인에 관해 수사하다 그 이름을 말했다는 건…… 염 귀인이 내 이름을 알고 있던 건가? 그래서 그 이름에 관해 물어봤나? 아니면 내가 가짜라는 걸 알아서 떠보는 걸까?

모르겠다. 그런 분위기는 아니긴 했는데. 어쨌든 앞으로는 최대한 '천년비'와 철저하게 다르게 행동해야겠어. 내가 나라는 걸 누구도 짐작하지 못하게. 무슨 상황인지도 좀 알아보고.

그러나 결심을 한 지 얼마 지나지 않아 일이 벌어졌다.

그날 밤. 아무리 이불 안에서 몸을 뒤척여도 잠이 오지 않아서 결국 찬 바람을 쐬기 위해 밤 산책을 하고 있는데, 이상한 기척이 가까이 오는 게 느껴진 것이다. 나는 바닥에 쪼그리고 앉아 손가락 한 마디만큼 자란 꽃을 구경하다가, 숨을 멈추고 들려오는 소리에 최대한 집중했다. 바람 소리, 풀벌레 소리와 섞였지만, 신발이 흙을 밟는 소리가 내 쪽으로 살금살금 다가오는 걸 알 수 있었다.

누구지? 원웅? 부성? 아니야. 걔들은 늘 인기척을 내고 다니잖아. 귀자도 아니다. 지금 발소리는 자기의 접근을 최대한 숨기는 발소리인걸.

침입자라고 판단을 내린 후에도 나는 계속 꽃을 구경하는 척 가만히 있었다. 그러다가 침입자가 바로 뒤까지 오는 순간. 내공 없이 펼칠 수 있는 비장의 한 수인 천수비를 펼쳐 상대의 급소를 내려쳤다. 동시에 그쪽의 내공을 빠르게 뒤흔들었다. 이게 천수비의 무서운 점이다. 내 내공이 없을 때, 남의 내공을 뒤흔들어 공격하는 방식. 상대가 내공이 많을수록 효과적이지.

침입자는 엄청난 충격을 이기지 못하고 바로 푹 기절했다.

'이크.'

나는 몸을 옆으로 피해 침입자가 맨땅에 쓰러지게 한 후, 자리에서 일어났다. 옆으로 누운 침입자를 발로 굴려서 정면을 보게 눕히자, 침입자가 쓴 까만 복면이 드러났다. 복면을 쓰고 몰래 다가오다니! 역시 나쁜 뜻을 품고서 날 찾아온 놈이로구만! 그런 거라면 날 너무 쉽게 보고 접근했는데? 코웃음을 치면서 나는 손을 뻗어 침입자의 얼굴을 가린 복면을 확 벗겨냈다. 누군지 면상이나 보자!

"……."

모르는 사람이네. 도로 씌워주자. 그냥 사람이나 부르자. 그러면 병사들이 알아서 수사청에 끌고 가겠지. 수사 욕구에 가득 찬 기몽 장군은 좋다고 잘 수사를…….

그러나 잘 나가던 생각은 중간에 우뚝 멈추었다.

'안 돼.'

오늘 기몽이 나더러 천년비 이름에 관해 물었잖아? 난 모른다고 대답했고. 그런데 무공을 익히지 않은 '천 귀인'이 이 와중에 자객을 때려잡았다? 기몽 장군은 분명 이상하게 여길 거다. 그러다 천년비가 실존하는 무림 고수 이름이란 것까지 알게 되면……. 젠장. 내가 사람을 부를 일이 아니야. 이 자객은 치워둬야겠다. 나 말고 다른 사람이 발견하게 하자.

'하지만 어디에?'

기절한 자객을 처리하는 방법이 뭐가 있을까? 일 번. 여기에 버리고 간다. 이 번. 땅에 묻는다. 삼 번. 다른 데 숨겨둔다.

땅에 묻으면 죽겠지? 죽으면 괜히 너 의심을 살 거다. 입을 막기 위해서 죽인 거냐 의심할 테니. 좋아 이 번은 제외하자. 그러면 일 번 아니면 삼 번인데……. 일 번으로 할까? 여기 버리고 가는 거. 그래, 다른 데로 이동하다가 괜히 들키기라도 하면 골치 아플 거야. 버리고 가는 게 낫겠어.

결정하자마자 나는 얼른 자리를 떴다. 하지만 다섯 걸음 만에 다시 돌아왔다. 저쪽 앞에서 발소리가 나서. 심지어 이쪽으로 오는 발소리다. 결국 돌아서서 반대 방향으로 가려는데, 젠장! 반대 방향에서도 발소리가 나잖아! 여기는 삼거리였기에, 이렇게 된 이상 남은 길은 하나뿐이었다. 그러나 남은 길로 달아나는 것도 곤란했다. 여기에 이 자객을 버려두고서 딱 하나 남은 길로 내가 달아나 봐. 이쪽에서 마주친 사람들은 쓰러진 자객을 발견하면 당연히 내가 달아난 길로 쫓아올 텐데. 아직 내 내공은 사람들을 따돌리고 달아날 정도가 아닌걸.

어쩔 수 없이 나는 자객의 발을 잡고 남은 길로 같이 끌고 갔다. 그런데 질질 걸어가고 있자니 저만치에서 또 누군가 오는 소리가 났다. 젠장, 이번엔 외길인데! 미치겠네! 길 좀 여러 개 만들어! 황궁 건물은 누가 구조를 만든 거야? 다행인 건 이번에는 옆쪽에 약간 틈이 있단 거. 사람 하나는 집어넣을 수 있는 틈이다. 팔을 좀 구겨야 하겠지만 괜찮다. 내 팔 아니잖아. 나는 얼른 기절한 자객을 그 틈에 집어넣었다. 다리와 팔을 접어서 욱여넣으니 쏙 들어가네.

작업을 끝내자마자 발소리는 더욱 가까워졌다. 태감이든 궁녀든 그냥 날 향해 인사 한번 하고 지나가겠지? 누구든 얼른 지나가길 기다리면서, 나는 자객을 집어넣은 틈을 내 몸으로 막고 섰다. 이러면 바깥쪽에선 자객이 보이지 않지. 완벽해!

"천 귀인?"

그러나 궁녀 아니면 태감이라 여겼던 행인은 내가 아는 얼굴이었다. 하얀 머리, 짙은 눈화장. 기몽 장군이잖아. 젠장, 얘하고는 또 왜 이렇게 자주 마주치는 거야?

"여기서 무얼 하십니까?"

심지어 기몽 장군은 그냥 지나가는 대신 다가와 묻기까지 했다. 나는 최대한 온화하게 웃으면서 손으로 하늘을 가리켰다.

"달빛이 예뻐서요. 산책을 좀. 밤하늘이 좋으니 공기도 쐬고요."

뭐야. 내가 달빛이 예쁘다는데 왜 네가 떨떠름한 표정을 지어?

"쓰러진 지 얼마 되지 않으실 텐데. 지금은 안정을 취하는 게 낫지 않으십니까?"

"멀쩡한데요 뭘."

"하긴. 격구 하시는 걸 보니 이미 쾌차하신 것 같긴 했습니다."

격구 이야기에 황제가 한 말이 떠올라 기분이 상했지만, 나는 그래도 웃으면서 고개를 끄덕였다.

"하하."

억지로 웃기까지 해주면서. 자, 그러니 얼른 돌아가. 가버리라고. 가던 길이나 가세요.

그러나 기몽 장군은 꺼지지 않았다. 대신 내게 친절하게 제안했다.

"그래도 천 귀인께서는 몇 번이나 습격을 받으셨지 않습니까. 혹시 모르니 이 기몽이 처소까지 바래다 드리겠습니다."

웃겨! 언제부터 제가 나한테 저런 친절을 베풀었다고! 아주 쓸데없이 착한 척이었다.

"괜찮아요."

웃으면서 거절했지만 그래도 기몽은 가지 않았다.

"절로 가요."

결국 손가락으로 그가 가야 할 방향을 알려주자, 기몽은 눈을 가느다랗게 떴다. 물론 다리는 여전히 그대로. 젠장, 저 날카로워지는 눈 좀 봐. 무슨 생각을 하는 거야?

"혹시 뒤에 뭘 감추고 계십니까?"

으악! 심지어 대놓고 묻잖아! 비명이 나올 뻔했다.

"아니요."

나는 얼른 고개를 저었지만, 그는 이미 수상한 냄새를 맡은 모양인지 발이 내게로 한 걸음 더 가까워졌다. 그래도 버티고서 비키지 않자, 기몽 장군은 한 걸음 더 다가왔고, 우리는 코앞에 마주하고 서게 되었다. 기몽은 그 거리에서 날 내려다보며 중얼거렸다.

"뒤에 뭘 감추고 계신 듯한데요."

"아닌데요?"

"그러면 잠시 옆으로 비켜주시겠습니까?"

"싫은데요?"

"……."

"난 누가 나한테 이래라저래라 하면 싫어서."

"저도 이래라저래라 하는 게 싫습니다. 그러니 자발적으로 비켜주신다면 서로 편할 텐데요."

질긴 놈. 내 궁정 생활 최대의 방해물은 얘로구나. 무조건 내 등 뒤를 확인하겠단 놈의 태도를 보니 아주 이가 갈린다. 하지만 여기서 더 버티면 정말로 이상해 보일 것 같아서, 나는 생각 끝에 알겠다고 고개를 끄덕였다. 그리고 옆으로 비키는 척을 하다가…….

'천수비!'

기몽 장군의 배에 주먹을 꽂아 넣었다.

"큭."

기몽 장군은 짧게 신음을 뱉고 내게로 쓰러졌다.

나는 얼른 그를 받아 들었다.

'아 무거워.'

그리고 나서 옆으로 던진 다음 주위를 살폈다. 젠장. 어쩌지? 숨겨야 할 사람이 두 명이 되어 버렸어. 진짜로 어쩌지? 고민 끝에 일단 구석에 박아둔 자객을 도로 꺼내서 기몽 장군 옆에 눕혔다. 다행히 둘을 번갈아 살피자 좋은 생각이 떠올랐다.

'그렇게 하면 되겠구나!'

나는 기몽 장군의 허리춤에서 검을 꺼낸 다음 검을 기몽 장군의 손에 쥐어주었다. 짠! 이러면 둘이 다투다가 기절한 것처럼 보이지 않을까?

'음……. 아니네.'

좀 어색해서, 이번에는 자객의 손을 움직여서 방어하는 자세를 만들어 주었다. 하지만 바꾸고 나서 봐도 여전히 어색해서, 마지막으로 기몽을 그 위에 덮어주었다. 그다음 두 발 물러나서 보자 저절로 박수가 나왔다.

'완벽해!'

'뭘 하시는 거지?'

초한은 황제의 그림자로, 황제가 천 귀인이 무얼 하는지 보고 오라며 자주 보내는 그림자 중 하나였다. 하지만 그녀는 은신술에 가장 뛰어난 그림자이기에, 후궁 하나를 감시하는 일 외에도 해야 할 일이 아주 많았다. 당연히 하루 종일 천 귀인만 보고 있진 않았다.

오늘도 그랬다. 그녀는 다른 일로 자리를 비웠다가, 황제에게 특수한 밀명을 받고서야 천 귀인을 찾아 나섰다. 그 밀명이란 '천 귀인이 왜 갑자기 짐에게 적의를 보내는지 조사하라'였다. 그런데 처소로 가 보니 천 귀인은 자리를 비운 상태였다. 이에 행적을 따라가다가 이곳으로 왔는데. 뜻밖에도 도착해서 보니, 천 귀인이 쓰러진 두 남자를 이용해서 인형 놀이를 하는 게 아닌가.

'한 명은 기몽 장군인데? 왜 저 둘을 겹쳐두지?'

이상해서 쳐다보고 있자니, 천 귀인이 시원하다는 표정으로 둘을 내려 다본다. 그러다가 고개를 젓더니, 기몽 장군의 각도를 슬쩍 옆으로 바꾸었다. 그러고는 아래에 깔린 복면인의 옷을 찢었다.

'저걸 왜?'

초한은 놀라서 눈을 휘둥그렇게 떴다. 그사이, 복면인의 멀쩡한 옷을 찢은 천 귀인은 멀리서 그 모습을 보더니 만족해서 고개를 끄덕였다.

'뭘 하는 거야? 왜 저렇게 뿌듯해하는 거지?'

그렇게 알 수 없는 행동을 한 후. 천 귀인은 혼자 허공을 향해 주먹질하더니 낄낄 웃으며 기봉 장군과 복면인을 향해 의기양양하게 예고했다.

"두고 보라지. 폐하도 내가 이렇게 만들어줄 테니."

이윽고 그녀는 춤을 추며 팔랑팔랑 사라졌다.

천 귀인이 사라지자, 초한은 황급히 복면인의 복면을 벗겨 얼굴을 확인했다. 그러고서 다시 복면을 씌워주고 천 귀인을 뒤쫓아갔다.

다행히 천 귀인이 이후 바로 처소로 돌아갔기에, 문이 닫히는 걸 확인하자마자 초한은 황제를 찾아갈 수 있었다. 황제는 달빛 아래에서 홀로 술을 마시다가, 초한이 나타나자 차갑게 물었다.

"알아냈느냐?"

"송구하옵니다. 폐하께서 명령하신 건 아직 알아내지 못하였습니다."

"그런데 왜 벌써 오느냐?"

황제의 목소리가 시린 칼날처럼 변했다.

"그게……"

초한은 입을 우물거렸다. 그 모습을 본 황제가 차갑게 명령했다.

"말하라."

초한은 다시 어물거리다가 가까스로 보고했다.

"천 귀인이 어떤 사내의 옷을 찢는 걸 보아서……."

말이 끝나자마자 황제가 든 술잔이 손바닥 안에서 깨어졌다. 이어 황제는 눈썹을 치켜뜨며 물었다.

"무어라? 사내의 옷을 찢어? 어느 사내를?"

"모르겠습니다."

황제가 입술을 꽉 깨무는 걸 본 초한은 황급히 말을 이었다.

"오해이십니다. 옷을 찢어서 뭘 어떻게 하신 게 아닙니다. 아니, 뭘 어떻게 하신 게 맞는데, 폐하께서 생각하시는 그런 걸 하신 건 아닙니다."

"재단사도 아닌데, 천 귀인이 사내의 옷을 찢어서 할 수 있는 게 무엇이 있단 말이냐?"

"그 위에 기몽 장군을 겹쳐두셨⋯⋯."

깨진 술잔을 내려놓고 황제가 새롭게 든 술잔이 툭 아래로 떨어지며 또 깨졌다. 황제의 표정이 혼란으로 가득해졌다.

"기몽을 왜?"

"저⋯⋯ 그리고 이상한 말씀을 하셨습니다."

"이상한 말이라니? 여기서 더 이상한 말을 했다고?"

초한은 머뭇거렸다. 이번 말은 황제와 관련된 말이다 보니, 내뱉기가 곤란해서. 하지만 그녀는 그림자였기에, 있던 일은 그대로 보고해야 했다.

"천 귀인께서 말씀하시길, 폐하도 꼭 이렇게 해줄 거라고⋯⋯."

"!"

"이십오 호가 임무에 실패하고 붙잡혔다고?"

부하가 한 뜻밖의 보고에 비원이 눈썹을 치켜뜨고 물었다.

"누구에게?"

염 귀인에게 흑합과 천 귀인을 향한 복수를 약속한 후. 비원은 흑합 장군과 천 귀인에게 각각 부하를 보냈다. 비원은 흑합 장군에게 부하를 보내면서 성공 확률을 반반으로 잡았다. 흑합 장군은 뛰어난 무위로 유명했으니까. 하지만 비원은 천 귀인에게 간 부하는 절대로 실패하지 않고 돌아오리라 생각했다. 그런데 천 귀인에게 보낸 자객이 붙잡혔다고? 죽은 것도 아니라 잡혔어? 원래 생포가 죽여서 잡는 것보다 어려운 법 아닌가.

"황제가 천 귀인에게 고수를 호위로 붙인 건가?"

"그렇기도 하지만 이번은 그 고수가 나선 게 아닙니다."

"그럼?"

"마침 지나가던 기몽 장군이 목격하고 구해주었다 합니다."

"기몽 장군이?"

"왜, 군왕 전하 암살 사건의 수사를 맡은 그자 말입니다."

비원은 차갑게 감탄했다.

"그자의 실력이 대단하군. 천 귀인은 운이 좋아."

그러나 막상 비원이 감탄하는 기몽은 지금 고민에 빠져 있었다.

'내가 잡았다고?'

사라진 기억 때문에. 기몽 장군이 기억나는 건, 야밤에 혼자 벽에 기대어 서 있던 천 귀인뿐. 뒤에 뭘 숨겼냐고 물어보았더니, 뭔지 확인하라며 옆으로 물러섰지. 거기서 기억이 끊어져 있다.

그런데 정신을 차려보니 갑자기 자신은 자객을 잡은 영웅이 되어 있었다. 자객을 잡기는커녕 구경도 하지 못했는데.

"왜 그러십니까. 대단한 공을 세우셨는데, 표정이 좋지 않으십니다."

"공. 공이라."

"감히 황궁을 습격한 자객을 잡았는데, 대단한 공이지요. 이대로라면 흑합 장군도 곧 따라잡으실 수 있을 겁니다."

"따라잡다니? 내가 그자보다 뒤처진단 뜻이냐?"

"예? 아니, 절대로 그런 뜻이 아닙니다!"

괜히 부하에게 신경질을 낸 기몽 장군은 팔짱을 끼고서 심각한 표정으로 책상 위 보고서를 노려보았다. 보고서에는 자객을 심문한 내용이 적혀 있었다. 자객은, 천 귀인이 황제의 총애를 얻는 게 보기 싫었던 사람에게서 명령을 받고 잠입했다고 했다. 죽일 생각은 아니고, 그냥 잡아다가 겁을 줄 생각이었다고. 기몽 장군은 코웃음을 쳤다.

'그럴 리가 있나.'

기몽 장군은 붙잡힌 자객의 말을 전혀 믿지 않았다. 죽일 생각이 아니었단 것도, 명령을 내린 사람에 대한 것도. 체포되어서 제일 처음 한 말은 가짜 진실이 확률이 높으니까.

"……"

하지만 자객의 말이 진실인지 아닌지보다 지금은 천 귀인에게 더 신경이 쓰였다. 자객보다 천 귀인이 더 수상해 보이고.

"장군?"

기몽 장군이 허공만 쳐다보자, 그게 이상하게 보인 부하가 조심스럽게 불렀다. 대답은 없었다.

한참 후. 기몽 장군은 책상에서 일어섰다.

"잠시 나갔다 오지."

심장이 두근두근하다. 물론 내 뒤처리는 완벽했지만, 혹시라도 기몽이나…… 하여튼 누구라도 수상한 점을 발견하고서 날 찾아올까 두려웠다. 그래서 몸이 안 좋단 핑계를 대고서 일부러 청적에도 가지 않았다.

"이거 시금치죽이에요, 소주. 이걸 드셔보세요."

"오늘은 소화되기 쉬운 음식으로만 드세요, 소주."

다행히 며칠 전 쓰러졌던 덕에 아무도 내 꾀병을 이상하게 받아들이지 않았지만. 미안해, 원웅. 미안해, 부성. 일부러 걱정 끼치는 건 아니야.

그렇게 온종일 내 침실에서 뒹굴뒹굴하면서 하루를 무의미하게 흘려보내던 그날 저녁. 정확히는 아직 해가 다 지지 않은 저녁 직전. 결국, 사달이 벌어졌다. 해가 막 저물어가고 관리들이 퇴청하는 그 시각. 기웅이 내 처소로 온 것이다.

"아니, 그 장군은 왜 자꾸 소주를 찾아온대요?"

원웅이 씩씩거리자, 웬일로 부성이 말렸다.

"그래도 소주를 습격하려던 자객을 잡아주셨잖아."

"하긴. 그건 그래."

"그건 그래"는 무슨. 아니야. 게다가 분명 난 기웅과 자객 둘만 놔두고 갔는데. 기웅이 날 습격하려던 자객을 잡았다는 이야기는 대체 어쩌다가 나온 건지 모르겠네. 젠장, 그보다 어쩌지?

"안 나가보세요, 소주?"

평소에는 툴툴대면서도 기웅이 오면 바로 나가던 내가, 오늘은 침상에 앉아 발만 구르자 이상했는지 부성이 물었다.

"소주? 왜 그러세요?"

왜 그러냐고 대답도 할 수가 없어서 갑갑하구만.

"지금 내가 몸이 너무 안 좋아서 만나기 힘들다고 해봐."

나는 일단 아까부터 밀고 있던 꾀병을 계속 밀었다. 힘없이 대답하고서 침상 등받이에 몸을 기대 눈을 감았다가 슬쩍 실눈을 뜨자, 원웅이 내 말에 따르기 위해 나가고 있었다. 부성은 걱정스러운 얼굴로 나와 문을 번갈아 보고 있었는데, 내가 안 나갔다가 경을 치를까 봐 걱정하는 것 같았다.

둘 다 천 귀인에게 참 잘하는 측근 궁녀들이지만, 확실히. 이런 걸 보면 원웅 쪽이 좀 더 뭐랄까. '천소여' 자체에 애정이 있는 것 같아. 부성은 좀 더 현실적으로 보여. 그렇다고 부성을 나쁜 사람이라 할 수는 없지만. 아무래도 상사로서는 원웅이 더 마음에 들 수밖에 없네. 둘이 능력 차이가 나는 것도 아니니.

"소주. 소주."

그러나 밖으로 나간 원웅조차 얼마 지나지 않아 다시 들어왔다.

"기몽 장군님이, 걱정되어서 그냥 갈 수가 없다고 괜찮은지 잠깐 보고 가시겠다는데요. 들어와도 되냐고 물으세요."

"……원웅아."

"네, 소주."

"기몽 개새끼라고 한번 말해줘."

"기몽 개새끼…… 아이고머니나! 제가 기몽 개새끼란 말을 감히 어떻게 하겠어요, 소주. 전 기몽 개새끼 같은 말은 입에 담는 것만으로도 심장이 두근거려요."

세 번이나 말해주다니. 역시 원웅 최고. 엄지를 치켜들자, 원웅은 눈을 찡긋하고서 엄지를 같이 치켜들었다. 부성이 이럴 때가 아니란 얼굴로 채근했다.

"소주, 기몽 장군에게 들어오라 할까요?"

"응."

어쩔 수 없지. 이렇게까지 하는데 돌려보내면 더 이상해 보이겠지. 결국 마지못해 받아들였다. 젠장. 좋게 생각하자. 이왕 이렇게 된 김에, 뭐가 어떻게 됐길래 갑자기 기몽이 날 구한 게 됐는지, 나도 좀 알자.

잠시 후. 문이 드르륵 열리고 기몽이 안으로 들어왔다.

"혹시 제게 무슨 짓을 하셨습니까?"

안으로 들어오자마자 기몽이 한 말은 이거였다. 나는 힘없이 침대에

늘어져 있다가 순간 베개를 던질 뻔했다. 역시 기억이 남아 있는 건가? 머리를 몇 번 두드리면 기억이 사라질까?

"그게 무슨 소리인가요?"

하지만 인내심을 발휘해 베개는 그대로 두고, 일단 모른 척 물었다.

"몸이 안 좋은 사람에게 오자마자 그런 말도 안 되는 이야기라니."

화난 척 덧붙이기도 해보고.

"이런. 실례했습니다."

내 말을 들은 기몽은 얼른 사과부터 했다. 그래 봐야 사과 뒤에는 다시 같은 질문이지만.

"그런데 제게 무슨 짓을 하셨습니까?"

역시 베개를 던질까. 머리를 상하좌우로 탕탕탕 두드려주면 기억을 조작할 수 있을지도…….

"제 머리를 내려치셨습니까?"

"아니요."

아직.

"그런 것치곤 너무 제 머리만 집중적으로 쳐다보시는데."

"정말 아니에요."

아직.

내 말이 믿기 어려운가. 기몽 장군이 눈을 가느다랗게 뜬다.

근데 저 남자, 이 와중에 눈화장은 정말 착실하게 했구나. 궁궐에서 만난 모든 사람, 남자 여자 통틀어서 저 사람이 눈화장을 제일 정성스럽게 해. 직접 하나?

"이번엔 또 제 눈만 보시는군요."

이런. 기몽이 나를 더욱 의심쩍게 보잖아. 한숨을 내쉬고서 아예 시선을 돌렸다. 이러면 되겠냐? 이러면?

"어제 무슨 일이 벌어졌습니까? 무슨 일이 있었기에 제 기억이 사라진 겁니까? 왜 제가 귀인을 공격한 자객을 잡은 사람이 되어 있고요?"

기몽은 또다시 물었다. 그런데 듣고 있자니 이상하네. 무슨 소리야?

"날 공격한 자객을 잡았단 이야기는 장군이 한 거 아닌가요?"

"제가요?"

"난 그렇게 생각했는데."

내 입으로 말하진 않았으니, 당연히 당사자인 기몽이 주장했을 거라 여겼지.

그러나 기몽의 표정을 보니 아닌가 보다. 그 역시 처음 듣단 소리다.

"전 천 귀인이 자객에게 습격당했단 것도 몰랐습니다. 뭔가를 감추고 있다고만 생각했을 뿐."

뭐라고? 그럼 정말로 기억이 사라진 게 이상해서 날 찾아온 거야? 그러면 그 이야기는 누가 퍼트린 소문이야? 설마…… 다른 목격자가 있었나?

머리를 팽팽 굴리느라 내가 잠시 생각에 잠긴 사이.

기몽이 의심스럽다는 투로 물었다. 또.

"천 귀인께서 자객을 쓰러트린 다음, 저 역시 쓰러트린 건 아니십니까?"

그런데 이번에는 질문이 좀 더 정확하고 구체적이었다.

나는 정곡을 찔린 데 놀라서 그에게 되물었다.

"그게 무슨 소리인가요?"

내가 발뺌하자, 기몽은 딱딱한 목소리로 설명했다.

"지금까지 일어난 일을 맞춰보면 그렇게밖에 해석이 되지 않습니다. 그러면 천 귀인께서 무언가를 감추고 있던 것도, 제가 자객을 잡았단 소문이 난 것도, 제가 중간에 기억을 잃은 것까지도 말이 되니까요."

빼어난 수사관만큼 범인을 짜증 나게 하는 건 없는 법이다. 어떻게 저렇게 쏙쏙 잘 알아맞히지? 하지만 인정할 수는 없는지라, 나는 얼른 소매를 걷어붙였다.

"뭐 하시는 겁니까?"

기몽이 의아해서 바라보았지만, 그러거나 말거나 소매를 팔꿈치까지 걷어붙였다.

"이거 봐요."

그러고서 기몽에게 내 팔을 보여주자, 그는 황급히 몸을 돌리며 날 질책했다.

"어, 어찌 이러시는 겁니까."

이 와중에 귀는 왜 빨개진 거야? 누가 보면 내가 팔이 아니라 다른 부위를 보여준 줄 알겠네.

"아 좀 보라고요."

거듭 재촉하자 기몽은 마지못해 몸을 돌렸다. 나는 그의 앞에 대고 내 팔을 흔들어 보여주었다.

"보여요? 이 여리여리한 팔목?"

아직 내공과 체력 위주로 훈련하는 중이라 '천 귀인'은 팔이 여리여리하지. 근육도 제대로 안 붙어 있다. 물론 여기서 말하는 근육은 무림인 기준 근육이다. 사람이니 기본적인 근육은 당연히 있겠지. 하지만 기몽은 무인이니, 이 팔을 보면 내가 무슨 의도로 말하는 건지 알아차릴 거다.

역시나. 기몽은 내 팔을 빠르게 보더니 인상은 찌푸렸으나 고개는 끄덕였다.

"그렇군요."

"난 이렇다 할 훈련을 받은 적도 없고 내공도 없어요. 곱게 큰 귀족이라고. 그런데 내가 자객을 잡고 기몽 장군까지 잡았다고요?"

나는 손을 가리고 일부러 과도하게 까르르 웃었다.

"그게 정말이라면 기몽 장군은 장군직 때려치워야겠네요."

331

기몽 장군은 발끈했으나 반박하진 못했다.

"알았으니 소매는 도로 내리시지요."

기몽 장군이 나간 사이. 염 귀인은 홀로 시간을 보내고 있었다. 머리가 복잡했다. 아무리 생각해도 도대체 어디서부터 무엇이 잘못된 건지 알 수가 없어서. 일이 꼬이고 꼬여서 몇 가지 오해가 있었지만, 그걸 모르는 염 귀인으로서는 갑갑할 수밖에 없었다. 한참 만에 흑합을 떠올린 염 귀인은 쓸쓸하게 웃었다. 그는 무사할까?

'물론 수상한 그 물건들을 모두 파냈으니 무사하겠지.'

그때. 누군가 문을 두드렸다.

염 귀인은 당연히 기몽이라 생각했으나, 상대는 대답하지 않았다. 이윽고 문을 열고 들어온 사람은 기몽이 아니었다.

"그쪽—!"

염 귀인과 거래를 한 그 수상쩍은 사람. 비원이었다. 염 귀인은 놀라서 의자에서 벌떡 일어났다. 저자의 말을 따랐다가 천 귀인이 거의 죽을 뻔했다. 그만큼 위험한 인물이었다. 긴장할 수밖에.

"여긴 어떻게 들어온 거지?"

염 귀인이 묻자 비원은 대답 대신 물었다.

"묻기로 한 건 묻으셨습니까?"

염 귀인은 차갑게 쏘아붙였다.

"묻었으니 천 귀인이 쓰러졌고, 천 귀인이 쓰러졌으니 내가 여기에 잡혀 왔겠지."

그 순간. 비원이 인상을 찡그렸다. 그게 무슨 소리냐는 듯. 염 귀인은 어리둥절해졌다. 천 귀인을 쓰러뜨리기 위해 묻으라고 한 거 아닌가?

잠시 조용해졌다. 기다려도 비원이 말을 하지 않았으므로, 이번에는 염 귀인이 먼저 입을 열었다.

"어쨌든 의뢰는 취소하겠어. 난 흑합과 천 귀인에게 복수를 하고 싶던 거지, 둘을 죽이려던 게 아니야."

"그러면 머리카락은 어디에 있습니까?"

"몰라. 여기 잡힐 때 뺏겼으니까."

비원이 기막히다는 듯 웃었다.

"머리카락은 뺏기고, 본인은 잡히고. 그런데 의뢰는 취소하겠다?"

그 태도에 들어 있는 비웃음에, 염 귀인은 긴장해서 물었다.

"취소할 수 없단 거야?"

비원이 빙그레 웃었다.

"이미 일을 진행했는데. 지금 취소하면 되겠습니까?"

"원하지 않아. 홧김에 부탁한 거고. 지금은 흑합이건 천 귀인이건, 복수하고 싶지 않아."

사실 복수는 여전히 하고 싶었다. 하지만 이자에게 복수를 맡겼다가는 그 크기가 생각 이상으로 커질 터. 그러니 이렇게 둘러대는 것이었다. 그러나 비원은 쌀쌀맞게 대꾸했다.

"당연히 거래는 더 진행하지 않을 겁니다. 그쪽은 요구 조건을 제대로 이행하지 못했으니까요. 심지어 물건까지 빼앗겼고."

"잘됐네."

갑자기 비원의 목소리가 확 낮아지면서 방 안이 스산해졌다.

"하지만 수고비는 받아 가야겠습니다. 그쪽의 변심 탓에 제 부하와 물건이 사라졌으니, 그 대가는 직접 치르시길."

이후 밖으로 나온 비원은 어둠 속에 자연스럽게 스며들어 갔다. 그러나 그의 표정은 자신이 몸을 감춘 어둠보다 어두웠다.

'천년비의 영혼을 불러들이는 머리카락을 묻게 했는데, 천 귀인이 쓰러졌다……?'

"……무사히 넘어간 건가."

내가 혼자서 중얼거리자, 원웅이 옷을 정리하면서 물었다.

"뭐가요 소주?"

"기몽 장군 말이야."

나는 팔짱을 끼고서 대답했다.

이틀 전. 나를 아주 의심스럽게 바라보면서 나간 기몽은 다행히 이후로 아무 말이 없다. 하긴. 이 여리여리한 팔뚝을 보고서 '내가 저 팔뚝에 졌다니!' 생각하고 싶진 않겠지.

"어쨌든 이로써 전부 다 무사히 넘어간 거네. 그럼 됐지."

나는 다시 평범한 생활로 돌아간 거야. 이제 안심해도 될까? 기몽에게 자객은 어떻게 되었는지 물어볼걸. 이미 날 노렸던 자객이라 소문났으니 내가 뒷이야기를 물어보아도 이상하지 않았는데.

억지로 안심한 것도 몇 시간이 다였다. 저녁이 되자 이 생각이 떠올라 뒤늦게 후회되었다. 어휴, 바보. 하지만 이미 물 건너갔겠지? 지금 내가 기몽을 찾아가거나 기몽에게 사람을 보내서 이 얘기를 묻잖아? 기몽은 대번에 자신이 품었던 의심을 되살릴 거다. 그 의심은 장작을 넣은 모닥불처럼 활활 타오를 거고, 그는 다시 한번 더 나를 추궁할 거야. 자기 기억이 왜 사라졌냐고.

그런데 원웅은 이불에 대체 뭘 넣었기에 이렇게 좋은 향이 날까? 게다가 따끈하다. 이불이 왜 따끈한지는 안다. 내가 잠자리에 들기 전에 원웅이 미리 따뜻한 돌을 넣어두어서 그래. 요즘은 원웅이 제일 좋아. 나는 좋은 향이 나는 이불을 끌어안고서 흐뭇하게 침상을 뒹굴었다.

다행히 이러는 사이, 다시 한번 더 마음이 편안해지면서 '기몽이 무슨 대수냐' 하는 안이한 마음이 들었다. 그래. 이제 위험한 순간은 다 지나갔어. 난 다시 궁전에서 조용히 살아가는 평화로운 천 귀인으로 돌아가면 되는 거라고.

그러나 뿌듯하게 생각하며 눈을 감는 순간. 밖에서 경사방 태감의 목소리가 들려왔다.

오늘 내 목표는 연꽃이다. 정확히는 내 목표가 아니라, 내 측근 궁녀 둘의 목표가 연꽃이다. 황제가 간만에 시침을 들라 나를 부르자, 두 사람은 날 인간 연꽃처럼 만들기 위해서 정성을 다해주었다.

머리카락은 하늘하늘하게 꼬아서 말고, 뺨에는 연보라색 연지를 바르고, 머리 여기저기에 하얀 꽃잎을 꽂았다. 진짜 꽃잎은 아니고 천 조각을 오려서 만든 가짜 꽃잎인데, 거기에 몇 개 보석을 꿰매서 덧붙이기까지 했다. 어차피 발가벗고 가는데, 참 열심히도 치장시켜주는구나. 아니, 발가벗고 가니까 머리나마 열심히 치장해주는 건가?

하여튼 간만에 잔뜩 꾸민 채, 나는 이불말이 상태로 황제의 침소로 옮겨졌다. 그리고서 이제는 익숙해진 침상에 누워 황제를 기다리자, 잠시 후 까만 장포 차림의 황제가 들어왔다.

"오랜만에 뵙습니다, 폐하."

그 모습을 보다가 내가 먼저 인사를 건네자, 황제는 웃으면서 "그래." 하고 대답했다. 잘 대답해놓고서 갑자기 가자미눈을 떴지만. 뭐야. 왜 갑자기 생선 눈깔을 하고 그래?

"왜요?"

"넌 짐에게 화가 나지 않았던가?"

"제가요?"

"그래."

"제가 언제—"

화가 났네. 말 바꾸자.

"화가 풀렸대요? 지금도 화난 거 맞아요."

생각해보니 내 마상 격구 실력을 황제가 '그따위'로 내리깐 후, 내가 화를 냈었지. 이후에 큰일이 벌어져서 다 까먹어버렸지만. 서둘러 말을 돌린다고 돌렸는데도 황제는 나지막하게 웃었다.

"잊어버리고 있었나 보군. 너 잘 까먹는구나."

"아닌데요. 기억하고 있었는데요. 전 쉽게 뭘 잊고 그러지 않는데요."

우겨보지만 황제는 이미 내가 자기에 관해 잊고 있었다 확신한 듯했다. 괜히 발끈하게 되네. 하지만 우기면 내가 더 유치하게 보일 테니 가만히 있자.

그사이. 황제는 검은 장포 자락을 스르륵 풀어 헤쳤다. 옷자락이 내려가는 소리가 나며 그의 탄탄한 상체가 드러났다. 씻고 왔나? 피부가 촉촉해 보여. 그 상태로 황제는 태연히 옆에 누웠다.

"계란아."

그러고는 눕자마자 먹물 같은 목소리로 나를 불렀다. 나는 화난 목소리로 '왜요!'라고 대답할까, 생각하다가 그냥 평소처럼 대답했다.

"왜요?"

솔직히 말하자면, 지금은 황제에게 화가 나지 않아서 그렇다. 그가 내 마상 격구 실력을 '그따위'라고 말했을 때. 그때는 화가 났는데. 그 화를 까먹을 때 분노도 같이 사라졌다.

"왜 부르세요, 폐하?"

그래. 화가 나지 않는데, 일부러 화난 목소리를 낼 필요는 없지.

"계란아. 너 짐에게 고백할 게 없느냐."

그러나 황제가 질문을 던지는 순간. 난 아직 내가 화를 내야 한단 걸 깨달았다. 지금은 화를 풀 때가 아니야.

"제가 화나 있을 땐 막 가볍게 말 걸고 그러지 마십시오. 저는 쉽게 화를 푸는 소심한 사람이 아니니까요."

나는 차갑고 도도하게 말하고서 눈을 감아버렸다. 옆에서 기가 차서 헛웃음을 뱉는 소리가 들렸지만 그래도 눈을 뜨지 않았다.

안다. 화내는 순서가 좀 틀렸지. 나라고 몰라서 뒤늦게 화를 내는 게 아니다. 하지만 그의 말에 순순히 대답하기에는 찔리는 게 너무 많아서……. 나야 존재 자체가 비밀투성이잖아. 이런 처지다 보니, 황제가 '고백할 게 없냐'고 물어보면 어떤 걸 묻는 건지 몰라서 심장이 막 두근두근하는걸. 그러니 '도둑이 제 발 저린다'고, 일단 버럭 화를 내는 거다. 다행히 최근에 만났을 때도 난 화를 내고 있었으니.

"계란아."

그러나 황제는 눈치 없이 다시 내 이름을 불렀다. 게다가 이 황제가 오늘 목소리에 술을 타서 왔나. 왜 이렇게 내 귀를 취하게 하는 소리를 내? 괜히 소름이 돋는다. 오싹해서 고개를 돌리자 어쩐지. 면사로 가린 그의 얼굴이 지나칠 정도로 가까이 다가와 있었다.

"왜, 왜요?"

그게 좀 부담스러워서 고개를 조금 뒤로 빼며 거듭 묻자, 황제는 다시 한번 더 물었다.

"계란아. 나한테 고백할 게 없느냐?"

이어서 덧붙이는 말.

"있을 텐데?"

"……."

뭐야. 진짜로 뭔가를 알고서 묻는 건가? 안 그래도 찔리는 게 많은 마음이 더욱 쿵덕쿵덕 두근거린다.

생각해보자. 내가 황제에게 고백해야 할 게 뭐가 있지? 가장 최근 일로는 기몽 사건. 그전 일로는 황제의 엉덩이를 노리고 있다 선언한 사건. 시초가 되는 사건으로는 내가 천 귀인이 아니란 거……?

"계란아."

어느 것도 말할 수 없어서, 결국 나는 얼른 말을 돌려버렸다.

"사랑해요."

"!"

황제는 내게 자기를 사랑하지 말라고 했지. 그래서 말을 돌리기 위해 '사랑한다'는 말을 고른 것이다. 황제가 듣기 싫어하는 말이니까. 그는 내 고백을 들으면 불쾌해서 다른 의구심을 접을 테니까.

효과가…… 있나? 내 고백을 들은 황제는 아무런 말도 하지 않았다. 옆으로 누워 날 쳐다본 채 그대로 굳어만 있을 뿐. 사실은 면사 때문에 날 쳐다보는지 아닌지도 구별이 안 되긴 하지만. 어쨌든 미동조차 없는 건 확실하다.

"폐하?"

그게 이상해서 슬쩍 불러보지만…… 대답이 없네.

"폐하아……?"

대답을 기다리다가 다시 한번 더 불러보았다. 이번에는 목소리를 좀 늘여서. 말끝을 길게 늘여서 부르면 좀 애처롭게 들리는 효과가 있다. 내가 이렇게 부르면, 개원이는 "어쩔 수 없네."라면서 내 부탁을 들어주곤 했지. 그 부탁이 무엇이든. 그러니 황제도 아니, 여기서 개원이 개자식 얘기가 왜 나왔지? 그놈에 대한 건 떠올리지 말자. 하여튼 이번에도 내 말꼬리 늘이기는 효과가 있었다. 내내 침묵하던 황제가 입을 연 것이다.

"진심으로 하는 말이냐?"

"고백하라면서요."

"내가 하란 고백은……."

"사랑해요."

거듭 말하면서 눈을 빠르게 깜빡이자, 황제는 주춤 뒤로 얼굴을 뺐다.

"심히 부담스럽구나. 너무 과하게 깜빡이는 게 아니냐."

"이러면 사랑스럽지 않습니까?"

"이러지 마라, 계란아."

사랑스럽지 않구나? 나도 뭐. 사랑스러우라고 한 건 아니다. 어쨌든 이걸로 됐다. 황제는 이미 내 사랑 고백에 휩쓸려서 내 과거 고백은 까먹은 듯하니. 봐봐. 내게 추궁하길 멈췄잖아? 얌전히 두 손을 배 위에 올리고서 생각에 잠겨 있어. 면사로 얼굴을 덮었지만, 고개가 정면을 향한 채 움직이지 않는 걸 보면 확실하다.

나는 잠시 황제의 옆모습을 쳐다보았다. 약간. 아주 약간 서운한 마음이 드는 것도 같았다.

'내 고백이 역병이냐.'

의심스러운 걸 추궁하다가도 고백 한마디에 다 까먹어버릴 정도로 충격적이었나? 잠시 그가 내게 말을 걸어주길 기다리다가, 결국 휙 나도 정면을 보고 누워 눈을 감았다.

다음 날, 정신이 가물가물해서 눈을 떠보니 이미 옆자리에는 황제가 없었다. 나는 하품을 하면서 상체를 일으켰다. 그러고서 멍하니 있기를 한…… 일다경 정도? 밖에서 날 부르는 소리가 들려왔다.

"천 귀인, 기침하셨는지요?"

"어어. 일어났어."

소리 높여서 대답하자, 내게 일어났는지 물은 목소리는 이번에는 들어가도 되겠냐고 물었다. 들어와도 된다고 하자, 문이 열리고서 황제의 태감이 들어왔다. 경사방 태감은 아니고, 황제 뒤를 늘 따라다니는 측근 태감이었다. 사람들이 오 공공이라 부르던데.

"폐하께서 소주가 깨어나면 무사히 처소로 바래다주라 명하셨습니다."

나는 고개를 끄덕이고서 물었다.

"폐하는?"

"조강이 있으시어 먼저 자리를 비우셨습니다."

전에 보니까 조강 안 나갈 때도 많더만. 오늘은 착실하게 나갔네. 나는 조금 기운이 빠졌지만, 오 공공은 모른 척 웃으면서 문 뒤에 선 태감에게 눈짓했다. 그러자 덩치 큰 태감이 다가와 나를 번쩍 들어 올려주었다. 이 불말이 상태라 이렇다. 돌아가려면 이렇게 도움을 받아야 해. 그 상태로 처소로 돌아가 보니, 부실한 사립문 울타리 너머까지도 맛있는 냄새가 풍겨왔다.

"무슨 냄새야?"

침상으로 운반되면서 부성에게 묻자, 부성은 몹시 기뻐하는 얼굴로 자랑했다.

"아침에 폐하께서 보내신 음식들이에요. 모두 어선방에서 만든 것들이래요! 폐하께서 소주께 맛난 걸 많이 먹이라 하셨어요!"

"그래?"

"원웅이 씻는 걸 도와드릴 동안 빨리 데워서 차려둘게요, 소주."

날 침상에 내려놓은 태감은 꾸벅 인사를 하고서 나갔다.

하지만 태감이 나가고서도 나는 한동안 계란말이 상태로 멍하니 천장만 바라보았다. 황제가 갑자기 어선방 음식은 왜 보냈을까? 내 고백을 모른 척하고 나니 조금 미안해졌나? 그래서 밥이라도 먹이려는 건가?

대답을 찾기 전, 원웅이 얼른 들어와 날 돌돌 감싼 이불을 풀어주면서 기분 좋게 웃었다.

"폐하께서는 소주가 정말로 좋으신가 봐요."

"글쎄."

"소주는 그렇게 생각하지 않으세요?"

"그냥 좀."

본인 말로는 날 좋아한다지만. 정말로 날 좋아한다면 내가 사랑한다고 말하자마자 말문이 막히진 않았을걸. 사랑을 고백하면서 자기는 짝사랑만 할 거라 선언하지도 않았을 거고. 어제 날 무시해놓고서는 아침에 나만 달랑 두고 가버리지도 않았을 거야.

"폐하는 날 사랑하진 않는 거 같아."

"소주!"

원웅이 놀라서 자기 입 앞에 손가락을 가져다 댔다. 그래, 여긴 방음이 잘 안 되지. 밖에서도 목소리가 들리니 조심해야지.

"하지만 정말이야."

나는 목소리를 낮추어서 소곤소곤 다시 말했다.

원웅은 슬픈 눈을 했다.

"왜 그렇게 생각하세요? 폐하께서는 소주에게만 모든 걸 특별하게 하시는데요?"

"말하지 않아도 알 수 있는 게 있잖아."

"……."

나도 황제를 사랑하지 않는 건 마찬가지이긴 하지. 그러면 된 건가?

원웅의 도움을 받아서 깨끗하게 씻은 후. 나는 이번에는 깔끔한 녹색 옷을 차려입었다. 머리는 거추장스러운 게 싫으니 하나로 묶어 달라 하고, 그 상태로 황제가 미리 보내두었다는 식사를 했다. 밥은 맛있네. 그렇게 궁녀들과 음식을 잘 나누어 먹고 배가 부르자 아까보다는 기분이 나아졌다.

그래. 생각해보니 그렇다. 황제도 날 진심으로 사랑하는 게 아니고, 나도 그냥 말 돌리기 용으로 고백을 한 건데. 내가 뭐하러 신경을 써? 이게 다 내 자존심이 높아서 그렇다. 내 높은 자존심이 가짜 고백까지도 신경 쓰게 만드는 거야.

다행히 그렇게 생각하자 한결 마음이 편안해졌고, 점심 무렵이 되었을 때는 내 비밀 훈련 장소에 가서 무공 훈련을 할 마음도 들었다.

그러나 막 나서려고 할 때. 뜻밖의 사람이 찾아왔다. 이번에는 기몽 장군이 아니었다.

"환완아?"

"네. 의전방에 소속된 의전 관리 중 하나래요."

그렇게 설명해도 누군지 모르겠어. 어쨌든 그런 사람이 있다 치고.

"그 사람이 누군데 날 찾아와?"

의전 관리……라면 뭐 황궁에서 축제라도 열리나? 일단 거부할 만한 권력이 없기에 순순히 들여보냈다.

들어온 사람은 염소와 같은 인상이었다. 나를 보자 꾸벅 인사를 하는데, 참으로 간교하고 계획적으로 보였다. 첫인상으로 사람을 판단하면 안 되지만.

"절 만나주셔서 감사합니다, 황후마마."

하지만 환완아가 날 보자마자 하는 말에, 나는 최소한 이 사람은 첫인상으로 판단해도 된다는 느낌을 받았다. 뜬금없이 황후마마라고? 빈이나 비도 아닌 귀인한테? 내가 가자미눈을 하고 쳐다보자, 환완아는 눈웃음을 지으며 자기 입가를 두드렸다.

"이런. 아직은 천 귀인이시지요. 제가 너무 앞서 말을 했군요."

이 새끼 말하는 거 좀 보게? 내가 고개를 기웃하면서 쳐다보자, 환완아는 눈꼬리가 더 휘어지도록 진득하게 웃었다.

"이놈이 뭔 말을 하나, 생각하시나 봅니다?"

눈치 빠른 놈이잖아? 순간 손가락이 움찔했다. 그걸 본 환완아는 정말로 간신처럼 끌끌 웃으면서 말을 이었다.

"귀인 마마. 신은 귀인 마마께서 요즘, 아니, 전에 없이 폐하의 지극한 총애를 받고 있다 듣고 왔습니다."

"그러세요?"

"예. 귀인 마마께서는 곧 높고 높은 자리로 올라가실 터. 하지만 그 자리로 가는 길엔 수많은 정적들의 방해가 많겠지요."

"아 예."

"그 길에 도움 좀 드리고 싶어 왔답니다."

"도움을 주려고 온 게 맞나요? 생면부지 초면에 너무 친절하신데."

"물론 지금 도움을 드리면 언젠간 저도 도움을 받으리란 생각도 있습니다. 신은 약간의 투자를 좀. 하고자 왔나이다."

"투자."

"예. 어찌 생각하십니까?"

"아니. 어찌 생각하냐고 해도 영 뜬금없어서. 다시 한번 말씀드리지만 너무 초면이신데."

"초면이니 이런 제안을 하는 거지요. 구면이라면 이미 한배를 탔거나 적일 테니, 이런 제안을 감히 하겠습니까?"

상대가 뭔 말을 하는지 영 갈피가 안 잡힐 경우. 어떻게 해야 할까.

정답. 가만히 있으면 중간은 간다.

"……."

내가 눈을 멀뚱멀뚱하게 쳐다보자, 비열하게 웃고 있던 환완아가 처음으로 난처한 기색을 보였다.

"마마?"

"왜 자꾸 마마라 부르세요? 저 마마 아닌데요."

"음."

자꾸 바꿔 불러대는 호칭을 정정해주었더니, 그는 더욱 난감한 기색으로 물었다.

"외람되지 않다면 저…… 마마, 아니, 천 귀인. 제가 무슨 말씀을 드리는지, 지금 이해하고…… 계시지요?"

"네. 근데 우리 초면이에요."

"……음."

"왜요?"

계속 그런 식으로 몇 번 진실을 지적해주자 많이 민망했나. 환완아는 결국 염소수염을 만지작거리더니 조심스럽게 제안했다.

"으음. 괜찮다면 제가, 다음에 다시 와도 괜찮겠습니까?"

"그러세요."

천 귀인의 처소에서 나온 환완아는 염소수염을 쓰다듬으면서 바삐 걸어갔다. 그는 매우 당황했다. 그럴 수밖에. 영민하고 현명한 후궁들에게 한 치의 관심도 안 보이던 황제가 처음으로 빠진 여자라 해서 어떤 여자인가 했는데.

'살짝 멍청한 분을 좋아하시나.'

환완아는 분명 그렇다고 확신했다. 총애받는 후궁에게 관리가 찾아와서 손을 잡자고 제안하면, 보통은 척 알아듣지 않나? 그런데 천 귀인은 입만 벌린 채 쳐다보고 있으니, 자기 말을 이해는 하는 건지 난감했다. 무슨 생각을 하는지, 아니, 생각을 하고 있긴 한지도 구별이 안 되었다.

"그러고 보니 마상 격구 때 눈치 없이 폐하의 득점을 뺏어간 다음 혼자 환호했다 했던가. 천 귀인을 비방하는 우스갯소리로 들었는데 진짜일지도……."

그때, 걸어가는 환완아를 뒤에서 누군가 불렀다.

"환 대인."

돌아보자, 그를 부른 사람은 동영궁에서 지내는 또 다른 후궁, 규빈이었다. 환완아는 규빈을 보자마자 얼른 표정을 싹 바꾸고 웃는 얼굴로 아는 척 인사했다.

"이게 누구십니까. 규빈마마 아니십니까."

목소리만 들으면 무척이나 반가워하는 목소리였다. 규빈 역시도 친근한 지기를 만난 듯 친절하게 웃으면서 다가와 물었다.

"안비마마께 가시는 길입니까?"

"안비마마를 뵙고 싶은 마음이야 굴뚝 같지만, 근신 중이신 분께 제가 찾아가면 폐가 되지요."

그러나 환완아가 안비를 보러 온 게 아니라고 하자, 규빈의 표정에 약간 금이 갔다. 환완아의 말을 듣자마자, 그가 다른 후궁을 만나고자 동영궁에 왔단 걸 눈치챈 것이다.

"환 대인이 찾아와도 폐가 되지 않는 후궁이 누가 있을까요. 천 귀인?"

환완아가 웃으면서 대답을 피하자, 규빈은 아까와 달리 입가에 희미한 비웃음을 보이며 물었다.

"그래, 천 귀인과는 좋은 우정을 나누었나요?"

"아주 영민하신 분이더군요."

"천 귀인이 영민?"

규빈이 이번엔 대놓고 비웃자, 환완아는 말하고도 좀 부끄러워졌다. 그냥 어진 분이라고 칭찬할 걸 그랬나. 하지만 말을 정정할 기회는 없었다.

"그래요. 영민한 천 귀인과 좋은 우정을 나누었길 바랍니다."

천 귀인은 멍청해서 그게 좋은 선택일진 모르겠지만, 하고 다 들리게 혼잣말을 뱉으면서 규빈이 인사도 없이 가버렸기 때문이다. 우아하게 멀어져가는 그 뒷모습을 바라보다가 환완아는 혀를 찼다.

"좀 더 생각을 해보고 올 걸 그랬나."

규빈은 안비와 언니 동생 할 정도로 친했다. 분명히 이 소식을 근신 중인 안비에게 전할 터. 천 귀인과 제대로 거래를 트지도 못했는데, 오히려 안비에게 찍히기만 한 게 아닐까 찝찝했다.

'하지만……'

천 귀인이 받는 총애는 지금까지 모든 후궁들이 받은 것보다 훨씬 컸다.

"줄을 잡으려면 가장 빨리 잡아야지. 위험은 감수하는 수밖에."

잠시 치민 불안감을 다잡은 환완아는, 자신의 선택이 나쁘지 않았다고 중얼거리며 소맷자락을 펄럭이고 다시 걸어가기 시작했다. 그 모습을 먼 발치서 황제의 그림자가 처음부터 끝까지 지켜보았다.

환완아가 돌아간 후. 나는 비밀 장소로 가서 훈련을 하다가, 해가 지자마자 얼른 처소로 돌아와 미리 씻었다. 그러나 운기를 하면서 기다려도 황제는 날 부르지 않았다. 그 때문에 약간 기분이 상했다. 내 고백이 그리 기분이 나빴나?

다음 날. 결국 비밀 장소에서 훈련하다가 떡돌이에게 하소연이라도 좀 하자 싶어서 청적으로 갔다. 간다고 해서 만난단 보장은 없지만, 만나게 된다면 좋으니까. 없으면 거기서 훈련을 이어서 해도 되고.

다행히 떡돌이는 청적에 먼저 와서, 바위에 앉아 풀피리를 만지작거리고 있었다. 그러다 내가 "떡돌 장군!" 하고 외치면서 뛰어가자, 고개를 들고 눈을 마주치면서 웃는다.

"왜 이렇게 신났어?"

그래! 사람이 이렇게 아는 척도 하고 살아야지!

"지금 좀 외로워서. 기분도 상하고."

"외로워?"

내가 옆에 앉자마자 떡돌이는 품에서 떡을 꺼내서 내밀었다.

"내가 이걸 안 줘서 그런가."

그래! 사람이 이렇게 먹을 것도 베풀고 살아야지! 아. 생각해보니 먹을 건 황제도 보냈구나. 싸가지도 같이 보내서 그렇지.

"그런가?"

어쨌든 '히' 웃고서 떡을 받아 들고 먹었다. 그리고서 떡돌이가 풀피리 가지고 노는 걸 지켜보다가 털어놓았다.

"고민 상담해 줘."

"뭔데?"

"나 지금 황제한테 화가 났거든. 전이랑은 다른 일로."

떡돌이는 풀피리를 만지다 멈추더니, 내 쪽을 쳐다보지도 않고 물었다.

"무슨 일인데?"

"폐하한테 내 말 이르지 마?"

"안 일러. 한 번도 이른 적 없어. 난 그럴 위치가 아니어서."

떡돌이…… 직급이 낮은 내시인가 봐. 거시기도 없는데 권력도 없구나.

"있는 게 없네."

"뭐?"

"하긴. 그래도 있는 폐하보다 없는 네가 백 배는 나아. 그게 중요해? 이게 중요하지."

"뭘 자꾸 생략하고 혼자 말하는 거야?"

나는 고개를 젓고서, 그에게 내 고민에 대해 말했다.

"폐하는 쫌팽이야."

떡돌인 잠깐 눈썹을 치켜올리더니 바로 물었다.

"왜?"

왜긴 왜야?

"내가 사랑한다고 한마디 했더니, 바로 피한다?"

내 말에 떡돌이도 황제가 치졸하게 여겨지나 보다. 그는 잠시 시선을 피하고서 눈동자를 굴렸다. 내 말이 맞는데, 자기는 황제의 내시다 보니 같이 욕하기 좀 곤란하다 이거지. 하지만 꼭 같이 욕해줄 필요는 없다. 그냥 말만 들어줘도 좋은걸. 그러나 친절한 떡돌이는 내게 본격적인 상담이 필요하다고 여겨지나 보다.

"황제를 사랑해?"

결국 눈알 굴리던 걸 멈추고서 좀 더 파고든 질문을 해주었다.

"황제가 널 피해서…… 괴로워?"

그게 고마워 나는 얼른 고개를 젓고 그의 어깨에 머리를 대고 외쳤다.

"그럴 리가 있나! 난 황제를 안 사랑해! 난 네가 백 배는 더 좋아!"

걔는 사기꾼이거든! 물론 따지고 보면 너도 사기꾼이지만!

"아. 그래? 그러면 서운할 필요도 없잖아. 왜. 황제의 총애가 있어야 권력이 생기니까, 그게 아쉬워?"

하지만 이 새끼 좀 보게나. 내가 자기가 더 좋다고 말해주는데도 인상이 왜 저래? 게다가 빈정거리기까지 하네? 내가 다른 건 몰라도 내 욕 하나는 기가 막히게 포착한다, 이 내시야.

"요거 봐, 요거 봐!"

결국 화가 나서 아프지 않게 허벅지를 찰싹찰싹 때리자, 떡돌이는 차갑고 싸늘한 내시인 척 나를 바라보다가 깜짝 놀라서 눈썹을 치켜올렸다.

"주둥이, 요 주둥이. 말을 왜 이리 밉게 해?"

"아니, 짐, 나는."

"떡 주면 말을 밉게 해도 된대? 떡 주면 그래도 된대? 아니거든?"

"아니, 나는 그냥……."

허둥지둥하던 떡돌이는 곧 억울한 표정으로 항의했다.

"나더러 어쩌라고!"

"내가 황제를 욕하면 같이 욕하고!"

"……."

"내가 네가 좋다면 너도 내가 좋다 말해야지."

"왜?"

"넌 날 좋아하잖아."

"!"

"아니야?"

"……맞아."

"그럼 지금 해야 할 말은 뭐야?"

"연모한다. 얄미운 것."

"널 거짓으로 사랑하는 사람과 널 진심으로 사랑하는 사람이 같은 사람이라 생각해보아라."

하얀 바둑돌이 판 위에 놓이며 딱 소리가 났다. 사자친왕은 떨떠름한 표정을 했다.

"뭐 하러 그런 번거로운 생각을……."

그러나 황제가 빤히 쳐다보자, 사자친왕은 얼른 말을 바꾸었다.

"다양하게 해보면 도움이 되지요. 해보겠습니다."

잠시 생각하는 시늉을 하던 그는 이윽고 싱긋 웃었다.

"했습니다."

황제가 물었다.

"어떻겠느냐?"

조급한 목소리였다. 그러나 사자친왕은 대답하지 않았다. 대신 하얀 바둑돌 옆에 검은 바둑돌을 놓으며 태연스레 물었다.

"천 귀인 얘기입니까?"

"……."

"모르는 척해드릴까요?"

그 능구렁이 같은 질문에 황제가 슬쩍 흘겨보자, 사자친왕은 소리 없이 웃음을 터트렸다.

"폐하께서는 천 귀인과 관련되면 왜 이리 복잡하게 구십니까."

"총애한 지 한 달도 되지 않았는데 벌써부터 관리들이 접근하고 있다."

"그거야 어쩔 수 없는 일 아닙니까. 막는다고 막아지는 것도 아니고."

황제는 대답 대신 하얀 바둑돌을 내려놓았다.

"심각한 척하시더니. 그래도 바둑은 잘 두시네요. 좀 봐주면서 두시지."

사자친왕은 그 기묘한 수를 보고서 혀를 찼다. 황제는 도움이 안 되는 이복형제를 흘겨보며 고개를 저었다. 사자친왕은 그의 고민이 무척 가벼운 듯 표현했지만, 황제는 정말로 진지하게 고민 중이었다.

천 귀인은 '황제'를 사랑하지 않는다. 그러나 거짓으로 사랑한다고 고백한다. 반면 천 귀인은 '떡돌'을 사랑한다. 황제에게 거짓으로 사랑을 고백한 일을 털어놓을 만큼. 그 사이에서 오는 감정적 괴리감이 너무나 커서 심란했다. 어쨌든 진짜 정체는 황제 쪽이니까.

그런 마음은 저녁 식사를 하기 위해서 황후와 단둘이 만났을 때 더욱 커졌다.

"폐하께서는 현명한 분이시니 중간에서 잘 처리해주시리라 믿고 있지만. 그래도 황후 된 몸으로서 한 말씀 드리지 않을 수가 없습니다."

황후가 진지하게 한 말 때문이었다.

"폐하. 천 귀인이 벌써부터 정치적 야욕을 보입니다. 의전 담당관인 환완아가 이미 천 귀인을 찾아왔고, 규빈과 신경전을 벌였다더군요."

황제가 찻잔을 내려놓자 '찰칵' 그릇과 그릇 부딪치는 소리가 맑게 울렸다. 그러나 맑은 소리는 커다란 발자국이 되어 진흙 같은 황제의 마음에 뚜렷하게 흔적을 남기고 끈끈하게 물러났다.

"지금은 환완아 한 사람일 뿐이지만, 천 귀인이 천씨 가문임을 잊지 마셔야 합니다. 딸 셋을 모두 후궁으로 밀어 넣은 그 천씨 가문 말입니다."

걱정으로 가득한 황후의 목소리를 들으며 황제는 말없이 차를 들이켰다.

"그러고 보니까. 고궐이 누구야?"

떡돌이와 만난 뒤, 나는 마음이 깔끔하고 시원해져서 비밀 장소로 가서 해가 지기 직전까지 몰입해서 수련했다. 덕택에 몸은 고되지만 마음은 깔끔한 상태였다.

그래서인가? 처소로 돌아와서 씻고 사과를 먹으며 쉬고 있자니, 예전에 태후마마가 지나가든 한 말이 떠올랐다. 고궐 같은 놈보다는 내가 낫단 말. 당시엔 이게 칭찬인가 흉인가 헷갈려서 별생각 없이 들었는데. 일단 호기심을 가지고 나니 더욱 궁금해진단 말이지.

내 질문을 들은 원웅은 어깨를 으쓱했다.

"저희는 소주를 따라 입궁한 거여서 그전 일에 대해서는 자세히 몰라요, 소주."

부성도 말을 보탰다.

"네. 여기저기서 주워들은 정도밖에는……."

"난 그 주워들은 정도도 몰라. 주워들은 얘기라도 해봐. 누구야?"

뭐야. 누구길래 그래? 가볍게 한 질문인데. 원웅은 부성을 보고 부성은 원웅을 본다. 서로에게 말을 미루듯이. 혹시 되게 나쁜 사람인가?

"이름도 꺼내면 안 되는 반역자라든가, 그런 거야?"

"반역자……는 아니지만……."

"아니지만?"

"선황폐하께서는 반역자만큼 싫어한 사람일걸요."

뭐라고?

"난 처음 듣는데?"

그런 사람이라면 무림에도 이름이 나야 하지 않나? 하지만 전혀 들어 본 적 없는 이름이다. 부성이 떨떠름하게 내 말에 반박했다.

"그야 소주께서는 기억을 잃으셨으니까요."

"아. 그렇지."

그 말을 듣자마자 내가 말실수를 했단 걸 깨달았다. 그러네. 난 기억 잃은 설정이지. 말조심하자.

"조용히 들을게. 얘기 계속해줘."

내가 재촉하자 결국 원웅과 부성은 번갈아서 이야기를 해주었다.

"폐하의 누이인 화연 장공주님에 대해서는 아세요?"

"이름은 모르겠지만 있었단 건 들어봤어. 아, 물론 아주 최근에."

근데 죽지 않았나? 거기까지가 내가 아는 전부다. 천년비 시절에도 황실 얘기엔 별 관심이 없어서.

"화연 장공주님이 사랑한 신분 낮은 사내 이름이 고궐이요."

이건 처음 듣는데? 아니, 그렇게 되면 '고궐보다는 네가 낫다'는 뜻은 안 좋은 거 아냐? 둘 다 마음에 안 들지만, 신분 높은 천소여가 그나마 낫단 뜻? 하지만 태후마마가 그런 어감으로 말하는 건 분명 아니었는데.

"어쨌든 그 사람이 왜?"

무슨 말을 하려고 그러나. 원웅이 목소리를 갑자기 엄청나게 낮추었다.

"고결하고 깨끗한, 신분이 낮지만 누구보다 빼어난 인재라고 선황 폐하께서도 몹시 아끼셨거든요? 신분이 낮은 걸 안타까워하시면서요. 신분 때문에 정혼은 열렬히 반대하셨지만…… 어쨌든 폐하뿐만 아니라 다들 그렇게 생각했어요. 강직하고 인품 좋은 사내가 사랑에 미쳐서 부나방처럼 장공주님께 빠져들었다고."

여기까지 들으면 애절한 사랑 이야기네. 하지만 방금 둘이 그랬지. 선황제가 고궐을 반역자만큼 싫어한다고. 그 말은 즉—

"까보니 아니었구나?"

"네. 신분 상승을 위해서 그런 행세를 한 거였나 봐요."

"어이쿠."

"진짜인지 가짜인진 모르겠지만, 장공주님이 병사가 아니라 그 일 때문에 자결한 거란 말도 있어요."

"아이쿠."

태후마마 말이 맞네. 그놈보단 내가 나아. 한 백배 천배쯤 더 낫지. 고개를 끄덕이고 있자니 부성이 중얼거렸다.

"다들 쉬쉬하는 이야기이니 그 얘긴 안 하는 게 좋아요, 소주."

"지금도 그래?"

"폐하께서 장공주님과 사이가 돈독하셨거든요."

"아……."

"당시에 충격을 많이 받으셨대요. 게다가 그때 일 때문에, 태후마마랑 황제 폐하께서는 누가 그런 쪽으로 속이고 접근하는 걸 되게 싫어하신대요. 가짜로 사랑을 고백한다거나, 인품 좋은 척하거나 뭐 그런 거요. 하긴. 감히 그분들에게 거짓 사랑을 속삭일 만큼 간 큰 사람은 황궁에 있지도 않겠지만요."

……어라.

"진짜야?"

'사랑 쪽이 더 클까, 이용하고자 하는 마음이 더 클까.'

황제가 붓을 움직이다가 우뚝 멈추자 먹물이 한자리에 모여 번져나갔다. 꿈틀거리는 용 같던 필체가 흐려지자 지켜보던 정자관이 조심스럽게 알렸다.

"폐하. 붓을 움직이지 않고 계십니다."

황제는 그제야 정신을 차리고 붓을 벼루에 내려놓았다.

"마음이 어지러우니 글씨가 써지지 않는구나."

"오늘은 이만하고 쉬시겠습니까?"

"그래야겠다."

정자관이 종이와 붓, 벼루 등을 치우는 동안 황제는 의자에 몸을 완전히 기댔다.

그는 생각하면 생각할수록 혼란스러워졌다. 천 귀인이 떡돌이에게 말하던 걸 떠올리면 사랑스러워서 열 손가락 하나하나를 깨물어보고 싶은데. 침상 위에서 거짓 사랑을 속삭이던 걸 떠올리면 '미리 정을 끊는 게 낫지 않을까' 생각이 들었다. 그러고 있자니 문득 궁금해졌다.

'기억을 잃었는데, 천 귀인은 어떻게 공부하고 있으려나.'

원래 후궁들의 공부는 황후가 맡는다. 하지만 의무가 아니다 보니, 역대 황후들의 성향에 따라 교육 정도가 달랐다. 어떤 황후는 후궁들 교육에 굉장히 공을 들여서, 후궁들이 '내가 후궁이 된 건지 한림원에 온 건지 구분이 안 간다'고 치를 떨게 만든 반면, 아예 손을 놓고 일말의 관여를 하지 않는 황후도 있었다. 지금 황후는 어느 쪽도 아니지만, 굳이 따지자면 관여하지 않는 쪽에 가깝다. 하지만 단체 강론이 없더라도 개인적인 공부는 다들 하니, 천 귀인도 뭔가를 하고 있을 텐데…….

"강론? 웬 강론?"

오늘은 기초 체력을 위주로 훈련하느라 동쪽 구역 안을 거의 열 바퀴는 돌았다. 그 때문에 처소로 돌아왔을 때는 이미 배가 등가죽에 달라붙어 있었다. 그런데 얼른 밥 먹자 말했더니, 부성이 뜬금없이 강론 이야기를 꺼낸 것이다.

"너 그런 거 좋아해?"

아주 몹쓸 취향을 가졌잖아? 내가 기겁해서 치를 떨자, 원웅이 펄쩍 뛰었다.

"제가 듣고 싶어서 그러는 게 아니어요, 소주! 공문이 내려왔어요."

"무슨 공문?"

"여기요."

나는 원웅이 내민 종이를 받아 펼쳤다. 반듯한 필체로 세 줄 문장이 달랑 있었다.

"서책을 가까이하고 성인의 말씀을 곁에 두는 것만큼 즐거운 일은 없다. 여럿이 모여서 토론하고 의논하면 더욱 즐거울 터. 미시에 태평전으로 모이라."

모이라. 명령이네. 선택권이 없구만. 와 젠장. 욕이 나온다. 명령이면 그냥 '가르쳐줄 거 있으니 필수 참석'이라 쓸 것이지. 세상에서 제일 즐거운 게 공부란 말은 왜 써둔 거야? 이 세상에 즐거운 게 얼마나 많은데? 심지어 의논하고 토론한대…… 공포다. 게다가 미시?

"얼마 안 남았잖아!"

배에서는 꼬르륵꼬르륵 난리가 났는데!

"빨리 알려드리려고 여기저기 소주를 찾아다녔는데, 통 안 보이시더라고요……. 죄송해요, 소주."

원웅을 탓해 무엇할까. 내가 운동을 한답시고 여기저기 계속 돌아다녀서 그런걸.

"얼른 씻고 옷 갈아입으세요."

힘없는 나를 원웅이 재촉했다. 결국 나는 내키지 않지만 씻기 위해 욕실로 걸어갔다.

땀을 씻어낸 뒤에는 단정한 녹색 옷을 입고 머리는 하나로 땋아 늘어뜨렸다. 겉옷 역시도 최대한 덜 하늘거리는 차림으로. 어떻게 입고 싶으냐는 부성의 질문에 내가 "눈에 안 띄게 만들어줘."라고 부탁했기 때문이다. 하지만 태평전에 도착하자마자 나는 의복 선택에 문제가 있었단 걸 깨달았다.

젠장. 왜 죄다 흑색 아니면 백색 옷차림이지? 흑백 세상에 나 혼자 녹색이었다. 아주 대놓고 '여기 주목!'이라고 손을 흔드는 꼴이잖아? 역시나. 내가 들어가자마자 사이좋게 대화 중이던 후궁들이 묘한 눈짓을 주고받는다. 후궁들뿐이랴. 내시들은 대놓고 웃음을 참는 표정들이고. 왜 쳐다 보냐고 고래고래 고함 지르고 싶은 걸 참고서, 나는 제일 뒷자리로 가 앉 았다. 괜찮아. 강론을 맡은 사람만 날 못 보면 돼. 뒷자리에 앉으면 좀 덜 보이겠지. ……안 보이겠지?

'……보이는구나.'

그러나 기대와 달리 강론을 맡은 선생은 들어오자마자 내 쪽부터 봤 다. 그나마 다행이라면 조금 인상을 찡긋한 게 전부일 뿐, 강론을 하면서 는 내게 말을 걸지 않는다는 점이었다.

시간이 지나자 나는 더욱 안도했다. 저 자리에선 내가 잘 안 보이는 게 분명해. 들어올 때를 제외하고는 단 한 번도 눈이 마주치지 않았잖아? 내 옷이 앞사람에게 가려지는 게 확실하다. 놀랍게도 안심하자마자 바로 잠 이 몰려왔다.

"성인께서 말씀하시길, 사람으로서 지켜야 할 덕은 아홉 가지가 있으 니, 그중 하나는 친구 간의 덕이고 부부간의 덕이며 형제자매 간의 덕이 고……."

내 잘못이 아니다. 강론을 맡은 저 관리의 목소리가 잠들기 딱 좋은 배 경이라 그런 거지. 결국, 나는 책을 앞에 세워둔 채 꾸벅꾸벅 졸기 시작했 다. 괜찮아. 제일 뒷자리니까 아무도 못 볼 거야…….

"저럴 거라 예상은 했지만, 너무 예상에 그대로 들어맞으니 참."

강론이 벌어지는 방을 뒷문에서 바라보며 황제가 혀를 찼다. 앞문에 서 있으면 눈에 띄니 일부러 뒷문으로 와서 있었는데. 천 귀인도 마침 딱 제일 뒷자리에 앉은 터라 뭘 하는지 눈에 그대로 들어왔다.

그는 자신의 그림자인 승언과 최측근 오 공공이 둘이서 눈짓을 주고받 으며 '천 귀인의 반응을 보려고 굳이 강론까지 여신 폐하도 좀……'이라 고 생각하는 건 알지 못했다.

그때였다. 수업하는 내내 천 귀인 쪽을 힐긋거리던 학자가 일부러 쾅 소리가 나게 서진을 내려놓았다. 그 소리에 깜짝 놀란 천 귀인이 퍼뜩 고개를 드는 순간.

"천 귀인께 질문하겠습니다."

학자가 대놓고 천 귀인을 지목했다.

"이런."

그걸 본 황제가 작게 탄식했다. 천 귀인이 대답을 잘 못할 걸 아니까.

그러나 의외로 천 귀인은 잠깐 고개를 기웃했을 뿐 똘똘하게 대답했다.

"물어보시지요."

그 태도는 무슨 질문을 하든 다 대답할 수 있다는 듯 자신감이 넘치고 당당했다.

그 모습이 의외인지 학자도 좀 놀란 표정을 지었다. 실제로 학자는 '혹시?' 하는 생각 중이었다. 황제가 가장 총애한단 후궁이 강론하는 내내 졸아대기에 살짝 기분이 상했고, 이에 일부러 망신을 주려고 깨웠는데. 저 태도를 보니 강론이 지루해서 졸았을 수도 있겠다 싶어서였다. 그가 한 강론은 쉬운 내용은 아니었으나, 그리 어려운 내용도 아니었으니.

"그러면 묻겠습니다."

그래도 일단 지목을 했기에 학자는 질문을 던졌다.

"천 귀인이 옹우자처럼, 쌀은 서 말뿐인데 먹을 입은 백 명인 상황에 처했다 가정해 봅시다. 천 귀인은 어떤 방법을 사용하겠습니까?"

정말로 강의가 지루해서 존 건가.

천 귀인은 놀랍게도 웃음을 터트렸다.

"쉽군요."

황제는 눈을 빛내며 천 귀인을 쳐다보았다. 처음엔 그냥 천 귀인을 구경하려고 만든 자리인데. 이렇게 되고 보니 그래도 천 귀인이 똑똑하게 대답했으면 싶었다. 태도만 보면 대답할 것도 같았고. 후궁들도 '맹한 것 같지만 아닌가?' 싶은지 천 귀인 쪽을 주목했다. 곧 천 귀인의 자신만만한 목소리가 강론실 안을 채웠다.

"98명을 없애면 됩니다."

"……."

"……."

"……."

"참고로 말씀드리자면, 한 명을 남기는 이유는 혼자 있으면 심심하기 때문이죠."

천 귀인이 자신만만하게 웃자 강의실 안을 찬바람이 훑고 지나갔다. 후궁들은 다들 당황해서 수군거렸다.

'뭐 저렇게 당당하게 오답을……?'

'모르고 들으면 정답 같다!'

'천 귀인은 부끄러움이 없는 건가?'

칭찬할 준비를 하고 있던 황제는 순간 낚여서 "영리한데."라고 말할 뻔하기까지 했다. 그러나 곧 그는 인상을 찡그리며 말끝을 흐렸다.

"저 대답……?"

오 공공이 한탄했다.

"예. 참으로 당당한 오답입니다. 그래도 기죽지 않으시니 다행이지요."

황제는 고개를 저었다.

"아니, 그게 아니라. 누구였더라?"

"예?"

"짐이 황태자일 때. 저 비슷한 말을 한 누가 있었는…… 아아."

황제가 중얼거렸다.

"어릴 때 사자친왕이 저 비슷한 말을 했었지."

강론인지 토론인지가 끝나자마자, 나는 가장 뒷줄에 있던 덕에 제일 먼저 강의실 밖으로 나올 수 있었다.

'왜 다른 사람들은 안 나오지?'

그리고 다 나오고 나서야 눈치챘다. 다른 후궁들은 강론을 진행한 관리에게 인사를 하고 있단 걸. 수업이 끝났다고 곧장 밖으로 튀어나온 건 나 하나뿐이었다.

"젠장!"

결국, 나는 이를 갈고서 다시 안으로 들어갔다. 그러나 그 순간. 이번에는 후궁들이 우르르르 빠져나갔다. 인사가 다 끝난 것이다. 눈 깜짝할 사이 나는 강론을 진행한 관리와 단둘만 남게 되었다. ……이런 와중에 작별 인사하는 건 좀 이상하지? 그냥 조용히 나가자. 어차피 강의 끝나자마자 바로 밖으로 나갔을 때, 그때 이미 밉보였을 거야.

그러나 내가 강론실을 빠져나가려 몸을 돌리는 순간. 긴 종이를 둘둘 말아 챙기던 관리가 날 발견하고는 아는 체를 했다.

"천 귀인이시군요."

"아. 예."

"학구열이 있으시군요. 천 귀인께서도 제게 질문하고 싶으십니까? 이해가 안 가는 부분이 있다면 얼마든지 물어보시지요."

아니…… 난 그냥 인사하려고 들어온 건데. 다른 후궁들과 시기가 맞지 않았을 뿐. 하지만 이 상황에서 인사 얘기만 꺼내고 나가면 내가 무식해 보이겠지? 결국 나는 몰래 빠져나가는 걸 포기하고서 우물거렸다. 그래도 이왕 독대하게 되었으니, 무언가 현명한 질문이라도 하고 나가야 할 분위기라서. 저 관리가 한 착각처럼. 하지만 뭐라고?

"저기."

아. 그래. 그거 물어보자.

"예."

"옹자가 누구예요?"

"그게 누굽니까?"

뭐?

"왜 쌀이 세 바가지 있었는데 혼자 밥 지어 먹었다던……?"

관리가 나를 지그시 바라본다. 이윽고 그의 입에서 작게 한숨이 흘러나왔다.

"옹자가 아니라 옹우자입니다."

"아! 이름이 비슷해서."

"쌀 세 바가지가 아니라 쌀 서 말이었고요."

"아. 이것도 비슷하네요."

"혼자 밥 지어 먹었단 얘긴 아예 하지도 않았습니다."

음. 이건 안 비슷하구나. 머쓱해지네. 나는 민망한 기분을 피하기 위해 어색하게 웃었다.

상대가 안 따라 웃으니 더 민망해졌지만. 웃는 얼굴에 침은 못 뱉는다지만 정색은 할 수 있나 봐. 원치 않게 교훈을 하나 얻었네.

"예. 알려줘서 고맙습니다."

어쨌든 돌아가자. 이 정도로 말 섞었으면 됐지.

"조심히 가요."

나는 손을 흔들고서 몸을 돌려 문을 열려 했다. 그러나 한발 앞서 관리가 내 옆으로 손을 같이 뻗었다. 내 팔, 아니 천소여의 팔보다 관리의 팔이 더 길었기에, 그가 먼저 문을 열었다. 드르륵 소리가 나며 문이 옆으로 밀려났고, 나는 관리를 향해 고맙다고 슬쩍 눈인사했다. 그러고서 내 처소로 돌아가려는데…… 이게 웬일이야? 나가서 한 반 각 정도 걸어갔는데. 그 관리도 내내 나랑 같은 방향으로 걷는 게 아닌가.

내가 가는 방향이 저 관리가 가는 방향이었다. 기가 막혔지만 동시에 몹시 어색해졌다. 눈 마주칠 때마다 고개 까딱이는 것도 한두 번이지. 딱 세 발짝 떨어져 선 채 말도 안 하고 한 길을 걸어가자 점차 머쓱해졌다. 차라리 아예 말을 안 섞었다면 몰라. 조금 전 대화까지 했으니. 결국 내가 먼저 은근슬쩍 말을 붙여보았다.

"저쪽으로 가시나 봐요?"

"황후마마께서 구해달라 하신 책이 있습니다."

"아. 황후마마는 책 좋아하시나 봐요?"

"영민하고 현명한 분이시지요. 서책을 가까이하시고요."

"아. 서책. 나도 서책 늘 가까이하는데."

"그러십니까?"

"그럼요, 베고 잘 때 높이가 딱……."

이 말은 하지 말자.

"좋아 보이지만 베고 자거나 하진 않아요."

나는 얼른 말을 정정했다.

"그렇군요."

상대는 별로 주의 깊게 안 듣는 느낌이지만. 그래, 무슨 상관이냐. 우리가 또 얼굴 볼 것도 아니고. 하지만…….

내가 입을 다물자마자 다시 분위기가 어색해진다. 이게 문제다. 설명할 땐 말 잘하더니. 저 관리, 참으로 말수가 적은 사람이네. 결국, 또다시 내가 입을 열었다.

"근데 그쪽은 어디 소속이에요? 폐하 명으로 강론하고 할 정도면 되게 유식할 것 같은데."

게다가 목소리. 아까는 강론을 들을 때는 잠들기 딱 좋은 목소리라고 표현했지만, 이렇게 걸어가면서 들으니 객관적으로 참 좋은 목소리다. 그

욱한 저음? 들어도 들어도 듣기 좋은 저음이 이런 목소리 아닐까 싶은데.

"한림원 학자 비원입니다."

"와 한림원. 거기 머리에 똑소리 나는 똑똑이들만 모이는 데잖아요. 되게 유식한 분이구나."

"똑똑이라니요?"

그렇게 대화를 억지로 이어가는 사이. 마침내 동영궁이 눈앞에 나타났다. 안심이야. 황후에게 간다 했으니, 저 관리는 이쪽으론 안 가겠지.

"저는 저쪽으로 갑니다."

역시! 동영궁의 입구 부근에 도착하자, 관리 쪽이 오히려 내게 먼저 작별을 고하잖아?

"조심해서 가시길."

덤덤하게 인사한 그는 몸을 돌려 다른 방향으로 걸어갔고, 나는 그 뒷모습을 잠깐 쳐다보다가 얼른 동영궁 안으로 들어왔다.

어휴. 이제 좀 편안해진다.

그래도 어려운 수업을 들은 것치곤 잘했어. 대답도 자신 있게 했고!

8장

사랑을 믿지 않는 여자

비가 내리는 듯 마는 듯하더니 나중에는 참새 오줌만큼 찔끔찔끔 떨어지는 이상한 날씨였다. 나는 하늘을 멍하니 올려다보면서, 훈련을 하러 갈지 말지 고민했다. 날씨가 참 애매해서. 계속 이 정도로 비가 내리면 괜찮지만, 이따가 갑자기 소나기로 변하면 어쩌지?

하지만 결국 훈련을 하러 갔다. 그리고 근력을 기르는 위주로 수련한 뒤, 온몸에 진이 빠져서 처소로 돌아왔다. 다행히 소나기는 내리지 않았지만, 가랑비에 옷 젖는 줄 모른다더니. 이미 머리카락과 의복은 촉촉하게 젖어 있었다.

"어휴, 소주! 감기 걸리셔요!"

측근 궁녀인 원웅이 놀랄 정도로. 나는 원웅에게서 마른 수건을 받아 들고서 고맙다고 인사했다. 그러고서 옷이며 목덜미, 머리카락을 닦는데 사립문 저 너머 멀리서 낯익은 사람이 걸어오는 게 눈에 들어왔다.

"어? 흑합 장군이네요?"

원웅도 다른 수건으로 내 뒷머리를 닦아주다가 그 사람을 발견하고서 놀라 중얼거렸다. 그래. 낯익은 사람은 흑합 장군이었다. 혹시 다른 데 가나 싶었는데. 흑합은 내게로 걸어오더니 사립문 너머에서 날 향해 인사를 건넸다.

"오랜만에 뵙습니다, 천 귀인."

내가 흑합 장군과 묘한 사이라 오해 중인 원웅이 작게 탄성을 뱉었다.

하지만 누군가 자기를 보며 탄성을 뱉는 게 자주 있는 일인가. 흑합은 눈 하나 깜짝하지 않고 내게 물었다.

"잠시 드릴 말씀이 있습니다, 천 귀인."

항상 기몽만 왔는데 흑합이 오니까 신기하네. 어쨌든 흑합은 가까이하기 싫은 사람은 아니기에, 나는 얼른 허락해주었다. 무슨 일이지? 궁금하기도 하고. 그러나 방으로 들어가 흑합이 내게 꺼낸 이야기는, 내가 짐작한 범위에서 완전히 벗어나 있었다.

"귀인. 염 귀인을 도와줄 수 있겠습니까?"

나는 눈을 동그랗게 뜨고서 그를 쳐다보았다.

"내가요? 왜요?"

염 귀인은 날 저주하다가 잡혀간 거 아냐? 근데 내가 왜? 내가 황당해서 되물었으나, 흑합은 구구절절이 설명하지 않았다. 대신 고개를 숙이며 다시 한번 부탁했다.

"무탈하게 꺼내달란 이야기는 아닙니다. 그저 한마디 말만 보태준다면, 이 은혜는 바로 갚겠습니다."

아니 왜 이러세요? 나는 깜짝 놀라서 그의 턱을 잡고 도로 위로 올려주었다.

흑합은 얼결에 고개가 들리자 떨리는 눈동자로 내 손을 쳐다보았다.

"방금……?"

이런. 얼결에 옛날처럼 굴어버렸어. 나는 흑합의 턱을 들어 올린 손을 얼른 무릎 위로 내리면서 말을 돌렸다.

"내가 염 귀인을 도와주면 은혜를 어떻게 갚을 건데요?"

"……왜 도와야 하는지 물어볼 거라 생각했는데. 의외로군요."

"물어봐도 대답 안 할 거잖아요."

날 죽이려고 달려들던 이들 숫자가 백 명이 넘는다. 옛날에 난 그놈들한테 일일이 물었다. 왜 나한테 이렇게 덤비냐고. 대답하는 놈은 거의 없었지만. 그 덕분에 깨달음은 얻었다. 아, 사람들은 이런 거에 대답 잘 안 하는구나.

흑합도 마찬가지다. 자기가 개인적인 사정을 설명하고 부탁할 생각이었다면 애초에 먼저 말했겠지. 하지만 안 하잖아. 그러면 내가 무슨 일인지 물어봐야 무슨 소용이겠어? 역시. 흑합은 내 말에 부정하지 않았다. 대신 차분하게 다시 입을 열었다.

"폐하의 면사 아래 모습."

응?

"볼 수 있도록 도와드리겠습니다."

"그쪽, 폐하 사람 아닌가? 지금 폐하를 배신하겠단 뜻?"

나는 황당해서 물었다. 와 이 남자. 생긴 것도 그렇고 분위기도 그렇고, 대단한 충신 인상인데. 아니었어? 흑합은 고개를 저었다.

"사소한 배신 한 번 정돈 넘어가 주실 겁니다. 한 번은 너그럽게 넘어가 주셔야 할 이유도 있으니까요."

무슨 소리야? 못 알아듣겠어. 하지만 그건 그거고……

"싫어요."

나는 딱 잘라 거절했다.

흑합은 눈썹을 치켜올렸다. 내 거절을 예상하지 못했단 표정이었다.

"어째서? 폐하의 맨얼굴을 보고 싶어 하지 않았습니까?"

누가 그래?

"별로."

"!"

369

이미 올라간 눈썹이 더 올라간다.

"왜 그렇게 놀라요? 별로 놀랄 대답도 아닌데."

"당연히 보고 싶어 할 거라 생각했습니다. 폐하의 후궁이시니까요."

"폐하의 얼굴은 본 적이 없지만, 몸은 본 적 있어요. 그거면 충분하죠."

와. 눈썹이 3단계로 올라갔어. 여기서 더 올라갈 수도 있을까? 시험해보고 싶다! 하지만 굳이 그러진 않았고, 대신 일부러 딱딱한 말투로 이유를 설명해주었다.

"몸 어쩌구는 농이고. 사실 진짜 이유는 이거예요. 내가, 뒤통수치는 사람을 아주 싫어한단 거."

개원이 그 개새끼가 생각나거든.

나는 말을 마치자마자 자리에서 일어났다.

"차 다 마시고 가세요. 저도 다 마셨으니 갑니다."

말을 하고 나니 여기는 내 방이구나. 하지만 도로 앉으면 사람이 참 민망해질 거야. 그냥 나가자. 이대로 내 비밀 장소로 가서 훈련 좀 더 하면되겠지. 안 그래도 개원이 생각을 하자마자 다시 분노가 막 솟고 있으니.

"천 귀인. 잠시."

그러나 흑합은 내가 나가기 전, 뒤에서 날 불렀다. 문고리를 잡고 돌아보자, 그는 처음 보는 당황한 표정을 짓고 있었다. 와. 저런 표정도 짓는구나. 늘 덤덤한 사람이라 생각했는데. 내가 할 말 해보라고 신호를 보내자 그는 황급히 말했다.

"정말로 폐하를 배신하는 게 아닙니다. 이미 그분께 한 번이라면 '건방진' 행동을 눈감아주겠단 허락을 받은 상태이고—"

"도와주진 못해요. 하지만 그쪽의 사랑은 응원할게요."

굳이 들을 필요 없는 말 같아서 나는 말을 또 끊고 돌아섰다.

"천 귀인. 잠시."

그러나 흑합 역시 또 날 불렀다.

"배신 아니란 거 알았어요. 그만 불러요."

결국 나는 한숨을 내쉬며 말했다.

"사랑이 아닙니다."

그러나 흑합이 이번에 한 말은 배신 운운이 아니었다.

"아니라고요? 방금 여기 와서 폐하를 배신, 아, 배신 아니라 했지. 하여튼 염 귀인을 위해 폐하를 팔려고까지 했잖아요."

그런데 사랑이 아니라고?

"게다가 두 사람은 예전에 정혼……."

이런. 정혼 얘기는 꺼내면 안 되는 건가? 내가 우물거리자 흑합은 자리에서 일어나 내게 다가와 정정해주었다.

"친구입니다. 날 때부터 옆집에서 자란."

"정혼했던 사이라고 들었는데."

"가문이 비슷하고 사이도 좋고 나이도 맞으니, 집안 어르신들이 정했던 겁니다."

"친구인데 정혼했다고요?"

"친구이니 정혼하기 더 좋았던 거지요."

와. 귀족들의 사상은 참 독특하잖아?

"이제 그분은 더는 제 정혼녀가 아니지만, 그래도 제 친구였던 과거까지 변하지 않습니다. 해서 도움을 청했을 뿐이니 노여워하지도 오해하지도 말아 주시길 바랍니다."

아까는 사정을 절대로 말 안 할 것처럼 굴더니. 사랑을 응원한다고 하자마자 바로 줄줄이 사정을 이야기하네. 오해받는 거 싫은가 보다. 하긴. 염 귀인은 이미 후궁이 되었으니, 잘못하면 유부녀를 탐하는 남자가 되는 건데. 그런 오해라면 풀고 싶겠지. 하지만 대단하잖아? 우정 때문에 저런 부탁을 하다니.

"우정은 위대하네요."

"?"

"사랑은 별거 없단 거 이미 알고. 충의는 우정에게 밀리고. 역시 우정이 최고인가."

"······혹시 '충의는 우정에게 밀리고'가 제 얘기입니까?"

"네."

흑합이 좀 기분 나쁘단 표정을 짓는다.

"다시 말하지만 이건 폐하께서 먼저 시작한······."

그러고는 무어라 변명하려 했으나, 그는 결국 입을 다물었다. 구질구질하게 변명하기 싫은가 보다.

어쨌든 그의 우정은 확실하게 내게 감동을 줬다. 나는 문고리를 놓고서 활짝 웃었다.

"알았어요. 두 사람의 우정에 감동했으니, 내가 한번 도와줄게요. 근데 도움은 안 될 거예요. 기몽 장군은 날 별로 마음에 안 들어 하거든요."

"그러면 저도 폐하의 면사를—"

"그럴 필요 없다니까. 배신하는 거 싫다고요."

"!"

나는 씩 웃고서 종이와 벼루, 붓, 먹을 꺼낸 다음 얼른 먹을 갈아서 종이 위에 편지를 썼다. 기몽 장군에게 쓰는 편지다. 내용은 '염 귀인은 저주와 관련이 없는 것 같다'는 이야기.

나는 얼른 다 쓴 편지를 흑합에게 보여주었다.

"이걸 기몽 장군에게 보낼게요. 그러면 됐어요?"

그런데 왜 저래? 흑합은 편지는 안 보고 나만 보고 있었다.

내 얼굴에 먹물이라도 튀었나? 편지를 내려놓고 손으로 얼굴을 더듬거렸지만…… 손에 묻어 나오는 건 없는데? 이상하네.

인상을 찌푸리고 쳐다보자 흑합이 작게 중얼거렸다.

"천 귀인께서는 볼 때마다 절 놀라게 하시는군요."

뭐래. 날 놀라게 한 건 그쪽이지. 떡돌이와 둘이서 날 속였으면서. 하지만 방금 놀랍단 건 나쁜 뜻으로 한 말은 아닌 것 같으니 반박하지 말자.

"……."

아니, 그보다 좀 그만 쳐다봤으면 하는데.

결국 견디다 못해서 나도 그를 눈에 힘을 주고 같이 쳐다보았다.

그렇게 우리는 잠시 그 상태로 서로를 이상하게 쳐다보았다.

"소주! 소주! 황, 황제 폐하께서 오셨습니다!"

원웅이 황급히 부를 때까지. 황제가 왔단 이야기를 듣고서야 흑합은 내게서 시선을 떼고서 손으로 문을 가리켰다. 먼저 나가란 뜻이겠지?

나는 고개를 끄덕이고서 문밖으로 나갔다. 문을 열자마자 내 초라한 사립문 너머로 황제가 위풍당당하게 서 있는 게 보였다.

내가 고백 좀 했다고 그렇게 열심히 피해 다니더니. 아주 당당하게 머리를 들고 있었다. 쪼잔한 황제는 물러가라고 외치고 싶지만, 감히 황제에게 그런 언동을 보일 수는 없겠지.

"오셨습니까, 황제 폐하."

나는 속으로만 구시렁거리면서 순순히 그에게 예의를 갖추어 인사했다. 그런데…… 뭐야? 황제가 일어나도 좋단 신호를 보내지 않는다. 게다가 고개가 아주 미세하게 오른쪽 왼쪽 오가는 걸 보니, 나와 흑합 장군을 번갈아 쳐다보는 것 같다.

나와 흑합 장군을 번갈아 바라보는 황제의 표정이 좋지 않다.

아. 물론 이건 감이다. 얼굴을 가리고 있어서 표정이 좋지 않은지 좋은지 정확하게 구분은 못 한다. 그렇지만 분위기라는 게 있지 않나.

침실 안에 사람은 셋. 분위기는 얼음. 와, 이런 상황에선 훈기가 들어오다가도 빠져나가겠는걸? 지금쯤 밖에서 원웅과 부성이 발을 동동 구르고 있겠지. 분명 그럴 거야. 소리가 다 새어 나가니까.

"둘이서 할 얘기가 있는데. 짐이 방해라도 한 건 아닌가 염려되는군."

침묵을 깬 건 황제였다. 그의 시원스러운 말투는 얼핏 들으면 농담 같았다. 목소리만 조금만 덜 떨렸어도 진짜 농담 같았을 것이다.

흑합 장군이 얼른 대답했다.

"아닙니다. 막 나가려던 참이었습니다."

"막 나가려 했다고?"

"예, 폐하."

"왜? 왜 짐이 오자마자 나가려 했지? 짐이 들으면 안 될 이야기라도 했나 보지?"

아니구나. 아예 농담인 척할 마음도 없나 봐.

"아닙니다, 폐하. 폐하께서 오기 전부터 나가려 하였습니다."

이 와중에도 흑합은 덤덤했다. 자기 주군이 저렇게 나오면 당황할 만도 한데. 평소에도 황제가 자주 저러나?

어쨌든 황제도 태연하긴 마찬가지였다. 상대가 저렇게 덤덤히 나오면 '내가 과장되게 반응하나?' 싶을 수도 있는데, 그는 덩달아 차분했다.

"그래."

황제는 부드러운 목소리로 손을 저었다.

"그럼 하던 이야기 계속하거라."

"!"

"짐은 여기서 없는 듯 차례를 기다리고 있겠다."

흑합 장군이 돌아간 후. 부성은 목각 인형처럼 덜컥덜컥 걸어 들어와서는, 연한 노란색과 연두색 떡을 담은 접시를 탁자 위에 조심스럽게 놓고 나갔다. 목에 땀이 찔끔찔끔 나오는 걸 보니, 부성도 방 안의 좋지 않은 분위기가 느껴지나 보다.

나는 둘만 있게 되자마자 바로 황제를 타박했다.

"되게 치사하셨습니다."

그러나 황제는 몹시도 태연하게 손을 뻗어서 떡을 자기 입에 가져갔다.

"어떤 점이?"

"그냥 잠깐 들른 건데. 뭘 그리 타박하세요?"

"연모하는 상대가 잘난 이성과 함께 있는 걸 좋아하는 사람은 없다."

"변명을 그럴듯하게 하시네요."

반사적으로 대꾸를 먼저 한 다음에야, 황제가 나를 '연모하는 상대'라고 칭했단 걸 깨달았다.

나는 연두색 떡을 입에 넣고 씹다가 놀라서 그를 쳐다보았다.

"연모하는 상대요?"

황제는 태연히 대답했다.

"그래."

와. 먹던 떡을 뱉어버릴 뻔했네.

내가 떫은 표정을 짓자 그걸 본 황제가 물었다.

"왜 그런 표정이지?"

"제가 무슨 표정 같은데요?"

"못 들을 걸 들었단 표정."

"그렇다면 못 들을 걸 들었으니 이런 표정이 나왔겠지요."

"짐이 못 들을 말을 하였느냐?"

"네."

갑자기 또 추워지네. 분위기가 서늘해진다.

면사를 슬쩍 들어 올려보고 싶어.

그러면 저 안에서 화난 표정이 나오겠지.

타타탁, 긴 손가락으로 빠르게 탁자를 두드린 황제가 웃음기 섞인 목소리로 물었다.

"어떤 점이?"

"어떤 점이 못 들을 말이냐고? 그걸 몰라서 물어? 진짜 웃기지 않아?"

내가 씩씩거리면서 허공에 삿대질하자, 떡돌이는 옆에서 기자떡을 먹으며 물었다.

"혹시 그 앞에 있는 사람이 폐하야?"

"앞에 누구."

"네가 손가락으로 가리키는 방향."

"그럼, 폐하지!"

"……."

나는 다시 씩씩거리며 허공을 향해 마구 콕콕콕 찌르는 흉내를 냈다.

"이건 폐하 옆구리! 이건 반대쪽 옆구리! 이건 폐하 등! 볼!"

"……이상해."

"아주 웃기지 않아? 자기는 내가 사랑한다고 말 한마디 하자마자 뽀르르 참새처럼 날 쫄쫄 피해 다녔으면서. 자기는 대놓고 나더러 연모한대! 사람이 아주 이중적이야!"

떡돌이는 말없이 우물우물 떡을 먹었다. 내가 손가락으로 허공을 찌르면, 자기가 찔리는 듯 몸을 약간씩 움찔거리긴 했지만. 쟤는 오늘따라 왜 저렇게 조용해? 결국 나는 씩씩거리던 걸 멈추고서, 떡돌이의 옆으로 가 앉았다.

"넌 이 일에 대해 어떻게 생각해?"

그러고서 묻자 떡돌이는 어깨를 으쓱했다.

"내가 여기에 대해 어디 할 말이 있나."

"할 말 있어."

떡돌이는 픽 웃으면서 장난스럽게 되물었다.

"같이 욕해 달라고?"

"아니."

"그러면?"

"폐하의 심리가 뭔 거 같아?"

"!"

"완전히 삼자의 입장에서 볼 때, 그럴 때만 보이는 게 있을 거잖아. 네 생각엔 폐하가 왜 저렇게 이중적으로 구는 거 같아?"

내시라 그런가. 떡돌이는 갑자기 난처한 표정이 되었다. 하긴. 황제의 내시 된 입장인데, 주군의 심리를 마음대로 추측하기 곤란하겠지. 결국 나는 손을 내저었다.

"괜찮아. 말 안 해도 돼."

그러나 청개구리인가. 말을 안 해도 된다고 말하자마자 떡돌이는 입을 열었다.

"내 생각엔 아마……."

아마?

"에이, 말도 안 돼. 자네 상상력이 참으로 풍부한 거 아닌가?"

껄껄거리는 소리가 객잔 안을 채웠다. 제법 넓은 객잔인데. 말을 한 사람의 목소리가 어찌나 쩌렁쩌렁한지, 손님들 대부분이 그 목소리를 들을 수 있을 정도였다.

개중엔 구석 자리에 앉은 개원도 포함되었다. 개원은 보는 사람의 입맛이 떨어질 정도로 국수를 맛없게 먹다가 인상을 찡그렸다. 그는 이유 없이 시비 거는 사람을 혐오하지만, 지금 이 순간에는 왜 이렇게 시끄럽냐고 저 덩치 큰 산적 같은 남자의 멱살을 잡고 싶은 심정이었다. 거침없던 그 애처럼.

"……."

생각하니 눈시울이 뜨겁고 그리워져서, 개원은 젓가락을 내려놓고서 마른세수를 했다. 몇 입 먹지도 않았지만, 그 애를 떠올리자 목구멍이 막혀서 도저히 더 먹을 수가 없었다. 그토록 먹을 걸 좋아하던 그 애는 이젠 아무것도 먹지 못할 텐데. 하필 마지막에 먹은 게 그 독한 독이라니. 그리고…… 이러면 안 되는데. 그녀가 원망스럽다. 도대체 왜? 왜 자결해 버린 거지?

그때. 그 쩌렁쩌렁한 목소리가 다시 들려왔다.

"아니, 정말이라니까? 천년비는 살아 있고, 사하비단에 들어간 게 분명하다고. 그 악적을 본 사람이 하나둘이 아니야!"

개원은 손을 내려놓고서 산적 같은 남자를 쳐다보았다. 천년비. 그자의 입에서 우스갯거리로 등장한 이름이 그의 뇌를 꼬집었다. 이어서 커다란 분노가 치솟았다. 누가 살아 있어? 개원은 더 참지 못하고 일어났다. 이 두 눈으로 그녀의 시신을 보았는데. 누가. 누가 살아 있다고?

눈 밑이 까맣게 내려온 채, 개원은 저벅저벅 남자에게 걸어갔다. 그리고 무어라 말을 할 틈도 없이, 그자의 목을 쥐고 벽에 들이밀며 오싹하게 웃었다.

"감히 누구의 이름으로 약을 파나?"

목이 졸린 남자는 '켁' 소리를 내면서 주먹을 휘둘렀다. 그러나 주먹은 목적지에 도달하지 못했다. 개원이 다른 손으로 남자의 손목을 잡아 꺾어버린 탓이다.

"무림인이야!"

"사파다!"

그 소란을 본 사람들이 비명을 지르며 달아났으나, 이 와중에도 싸움에 익숙한 몇몇은 오히려 재미난 구경거리가 생겼다면서 좋아했다. 그러거나 말거나 개원은 흉흉한 눈길로 남자를 쳐다보았다. 그 서슬 퍼런 눈길에, 시선을 받은 남자는 덜덜 떨면서 위세를 부렸다.

"누, 누구냐. 내가 누군진 알고—"

개원은 무표정하게 말을 잘라버렸다.

"가문도 이름도 내세울 필요 없다. 난 널 모를 테고, 넌 날 알 테니."

"사파. 사파냐."

남자는 모르겠지만 지금 개원은 말을 하면서도 진지하게 충동에 휩싸여 있었다. 함부로 헛소문을 퍼트리는 이자를 그냥 죽여버릴까. 평소라면 절대로 하지 않을 생각이지만, 그는 아직까지 천년비의 죽음에서 헤어나오지 못한 상태였다. 천년비는 살아 있을 적 수많은 헛소문에 시달렸고.

   - 세상 사람들, 얘 좀 보라고요! 이게 뭐가 정파 영웅이야!

이 와중에도 천년비가 '아이고 아이고' 하소연하는 목소리가 귓가에 어른대지 않았더라면…….

결국 개원은 스스로를 다잡고서 남자의 목을 놓고 숨을 골랐다. 그러나 겉으로 보기에 그는 일말의 흐트러짐조차 없었다.

"왜, 나한테 왜 이러는 거요."

남자는 벽에 딱 달라붙어서 숨도 제대로 쉬지 못하다가, 개원의 분위기가 한결 가라앉자 덜덜 떠는 목소리로 항의했다.

"호, 혹시, 혹시 내가 천년비 이름을 얘기해서 그러오? 천년비 부하요?"

이어서 남자는 억울한 얼굴로 울먹였다.

"아니, 천년비 부하면 내가 없는 말 한 게 아니란 것도 알 거 아니오."

개원은 미간을 찡그렸다. 없는 말을 한 게 아니라니? 남자는 거짓말을 하는 것 같지 않았다. 정말로 몹시 답답하고 분한 얼굴이었다. 개원은 남자를 놓아주고서 물었다.

"무슨 말인가."

남자는 욱신거리는 목을 만지작거리면서 속으로 생각했다. 천년비가 사하비단에 들어간 걸 모르나? 그러면 부하도 아닌 것 같구만 왜 저런대. 주군이나 부하나 수준이 똑같구만, 똑같아. 물론 속내일 뿐. 남자는 아주 공손하게 설명했다.

"사하비단이란 단체에 대해서는 아시지요, 대인?"

"안다."

"네, 천년비가 거기에 들어갔다고 합니다. 아직 공개적으로 발표하진 않았지만 본 사람이 한둘이 아니랍지요."

"헛소문."

"아니, 아닙니다. 왜, 개천문 문주 아시지요? 그 주둥이가 비틀려도 바른말만 한다 했는데 천년비가 진짜로 주둥이를 비틀어버린……."

"그자가 왜."

"그자도 제 눈으로 똑똑히 보았다 하였습니다. 천년비가 사하비단 수장과 나란히 걸어가는걸요."

개원의 눈이 커다래졌다.

남자는 그의 눈치를 살폈다. 대체 누구기에 천년비 소식에 이리 집중하지? 그러다가 남자는 순간 천년비의 연인이라는 정영검 개원을 떠올렸다. 하지만 남자는 그는 자기가 떠올린 이름을 바로 부정했다. 눈앞의 아름다운 사내는 절대로 정영검 개원이 아닐 것이다. 정영검 개원은 정의롭고 온화한 영웅 중의 영웅이지, 이렇게 처음 보는 사람 목이나 조르고 그런 이가 아니니까. 하긴. 이자가 누구든 무슨 상관이야. 판단을 마친 남자는 슬그머니 몸을 옆으로 빼내다가 얼른 밖으로 줄행랑쳤다.

"아이고오! 밥값! 저자가 밥값 안 내고 도망치네!"

뒤늦게 객잔 주인이 펄쩍펄쩍 뛰었으나 남자는 이미 달아난 후였다. 객잔 주인은 개원을 원망스럽게 보면서도 사람 목 조르는 걸 막 본 후라서 대신 돈을 내란 소리는 하지 못했다. 그사이. 개원은 충격에 잠겨 있다가 뒤늦게 분노로 타올랐다.

'사하비단의 누군가 천년비를 사칭하는 건가.'

"폐하도 사람이잖아. 그냥 마음이 계속 변하는 게 아닐까?"

한참 만에야 떡돌이가 내놓은 답은 그리 마음에 차지 않았다.

"뭐야 그게."

"사람은 수시로 마음이 변하니까."

떡돌이는 대답을 하고서 내 눈치를 살폈다. 내가 자기 대답을 어떻게 받아들이나 몹시 궁금하다는 듯이.

"아이고."

저절로 혀 차는 소리가 나네. 한숨도 나오고.

"왜?"

자기가 뭔 말을 한 줄 모르나? 떡돌이는 긴장한 얼굴로 물었다.

"내 대답이 오답 같아?"

그럼 그걸 정답이라고 말한 거냐.

"애써 폐하를 두둔하고 싶은 네 마음은 알겠어. 넌 폐하의 내, 흠. 폐하의 편이니까."

"방금 무슨 단어를 말하려다 바꾼 것 같은데."

"아니야. 말이 꼬인 거야."

"정말?"

"그래. 어쨌든 네 말은 오답이야."

"어째서?"

떡돌이가 눈을 가느스름하게 떴다.

"너도 황제는 사람이 아니라고 생각해? 다른 이들과는 다르다고?"

"다른 사람이랑 같은 사람이 어딨어? 사람은 다 남이랑 다르지 뭘."

"!"

"그리고 결정적으로."

"결정적으로……?"

"네 말대로라면, 황제는 XX 이기적인 사람이 되잖아."

"!"

떡돌이는 눈을 부릅뜨더니 몹시 당황스럽단 목소리로 중얼거렸다.

"파격적이고 험악한 단어에 놀라야 할지, 말의 내용에 놀라야 할지."

"맞잖아. 내가 연모한다고 할 때는 싫다고 피해 다녔으면서, 내가 잘난 사내와 있는 건 싫어서 막 질투하고. 그런데 그게 그냥 생각이 변해서 그렇다고? 이렇게 이기적인 사람이 어디 있어?"

"이리 말하니 좀 똘똘해 보이기도 하고……."

"뭐래."

떡돌이는 말없이 내게 기자떡을 건넸다. 자기가 생각하기에도 자기 변명이 이상했단 걸 알아차린 거지.

"변명 못 하는 사람은 변명할 일이 거의 없는 거라는데. 떡돌이 넌 평소에 변명할 일이 많이 없나 봐?"

편견일지도 모르지만, 내시라면 높은 분들 사이에서 말도 잘하고 눈치도 빠삭해야 하지 않나? 변명 솜씨도 일품이고? 그런데 떡돌이 쟤는 왜 저렇게 눈을 부릅뜨고 날 쳐다봐?

"왜 그렇게 놀란 얼굴이야?"

내가 콕 집어서 물은 후에야 떡돌이는 표정을 관리했다. 그의 커다랗고 고운 손이 자기 얼굴을 더듬거리더니 천천히 아래로 내려갔다. 이윽고 그는 눈을 몇 번 깜빡이다가 나지막하게 웃었다.

왜 웃지? 내가 무슨 말을 했다고? 갑작스러운 웃음이 이상해서 쳐다보자, 그는 턱을 괴고서 놀리듯 물었다.

"언젠간 너도 알게 될까. 네가 가끔 얼마나 예리한 말을 했는지?"

"속도 좋지. 말하는 거 보면 절대 안 그럴 사람 같은데."

기몽은 천년비가 보낸 편지를 보며 혀를 찼다. 맞은편에 앉은 염 귀인은 파리한 안색으로 그 모습을 바라보았다. 염 귀인은 기몽이 읽는 편지가 누가 보낸 건지 몰랐다. 심문 도중 갑자기 꺼내 읽으니, 그냥 수사와 관련된 편지겠거니 할 뿐.

잠시 후. 기몽은 탁 소리가 나게 편지를 책상에 내려놓고서 물었다.

"혹시 천 귀인의 약점 잡은 거 있습니까?"

염 귀인은 딱 잘라 부정했다.

"그럴 리가."

기몽은 미묘하게 웃었다.

"차라리 그편이 더 이해하기 쉬웠을 텐데."

무슨 소리지? 염 귀인은 인상을 찡그렸다. 기몽이 하는 말은 아까부터 이해하기 어려웠다. 그 시선을 느꼈나. 마침내 기몽이 편지를 탁상에 내렸다. 염 귀인의 시선이 자연스럽게 편지로 향했다. 편지 가장 아래쪽에 쓰인 이름으로.

"천 귀인……?"

"천 귀인이 말하길, 염 귀인께선 자신을 음해할 리 없다는군요."

"!"

기몽은 뜻밖의 발신인 이름을 보고 놀란 염 귀인에게 떠보듯 물었다.

"어느 쪽입니까?"

무슨 소리지?

"천 귀인이 안목이 없는 겁니까, 안목이 있는 겁니까, 안목을 가린 다른 원인이 있는 겁니까."

질문 하나를 던질 때마다 기몽은 탁자를 손가락으로 한 번씩 톡 톡 톡 두드렸다.

염 귀인은 의외로 반듯한 서체에 시선을 고정한 채 되물었다.

"어느 쪽이길 원하는가."

어제 떡돌이가 한 말은 무엇이었을까. 내가 어떤 예리한 말을 했단 걸까. 내가 자기 정체를 알고 있단 걸 들킨 건가. 하지만 자기 입으로 말하긴 민망하니 돌려서 표현한 건가, 머릿속으로 오만가지 생각을 하면서 하루를 보낸 다음 날.

수련 갈 채비를 하는데. 뜬금없이 염 귀인이 찾아왔다.

'수사청에 잡혀 있는 염 귀인이 나를 무슨 수로 찾아왔단 거지?'

의아했으나 진짜로 염 귀인이 날 찾아온 게 맞았다. 게다가 염 귀인은 자기가 풀려난 게 내 덕이라고 했다. 내 편지를 본 기몽 장군이, 피해자인 내가 이렇게 주장하니 우선 풀어주겠다 했다고. 아니, 그 인간은 자기가 언제부터 내 말을 그리 잘 들었다고 편지 한 통 읽고 염 귀인을 놓아줘? 물론 수사청에 구속되어 있지 않을 뿐이고, 처소에서 계속 수사는 받을 거라지만…… 그래도 영 이상해.

"천 귀인은 내가 풀려난 게 마음에 안 드나 봐요?"

내가 뚱한 게 티가 났나. 염 귀인이 자기가 풀려난 상황에 관해 알려주다 말고서 화난 얼굴로 물었다.

"솔직히 말해도 되나요?"

"아니요."

그러면서 왜 물어본 거야?

뭐 어쨌든. 수사청에서 나왔다고 하니 일단 축하해주어야 하나?

"괜한 일을 했어요, 천 귀인. 이렇게 착한 척하지 않아도 되는데."

아. 축하 안 해줘도 되나 봐. 본인이 알아서 선 그어주네.

염 귀인의 딱딱한 말에 나는 고개를 끄덕이고서 영혼 없이 웃었다.

그래, 축하도 안 하고 착한 척도 안 할 테니 좀 돌아가 줄래? 보아하니 할 말도 없는 것 같구만. 하지만 도대체 방문 목적이 뭐지? 염 귀인은 '넌 괜한 일을 했다, 착한 척하지 마라' 등 온갖 듣기 싫은 소리를 퍼부으면서도 놓고서 막상 떠나지는 않았다. 그녀가 내 질책을 끝낸 건 한참이 지나서였다.

"일단 빚을 졌으니 나중에 나도 갚아는 줄게요."

그조차도 복수하겠다는 사람처럼 말하는 바람에, 나는 그녀의 말을 바로 알아듣지 못했다.

"예?"

나는 얼결에 되물었다. 하지만 그 말을 남기고서, 염 귀인은 벌떡 일어나더니 그냥 나가버렸다.

'뭐야……?'

"이보세요? 염 귀인?"

뒤에서 불러보지만, 염 귀인은 절대로 멈추지 않았다. 그 뒷모습을 바라보며 홀로 서 있자니, '혹시?' 하는 생각이 든다. 저게 고맙단 표현은 아니겠지?

"……."

그런 거기만 해봐라. 저 동글동글한 이마에 아주 땅콩을 먹일 테니.

땅콩 안 먹일 테니 도로 가줬으면 좋겠다. 다음 날. 수련을 가려는데 오늘도 염 귀인이 나타났다.

"오늘은 또 왜요?"

황당해서 묻는 내게 염 귀인은 뻔뻔한 얼굴로 대답했다.

"빚 갚으러 왔어요."

"지금요?"

"네."

그리고 염 귀인은 내 처소를 가리키며 물었다.

"들어가도 돼요?"

뭔가 싫었지만 일단 들여보내 주었다. 빚 갚으러 왔다니 뭐 도움 되는 일을 하러 왔겠거니 싶어서.

그런데…….

"왜 여기 죽치고 앉아 있어요?"

"빚을 갚아야 하는데, 어떻게 갚아야 할지 모르겠어요."

"그럼 염 귀인 처소에 돌아가서 생각해보면 되잖아요."

"거기 있으면 오히려 모르죠. 옆에 있어야 뭘 도와야 할지 알게 되지."

애 이런 성격이었니? 나는 황당해 죽겠는데. 염 귀인이 돌아가자 측근 궁녀인 부성은 오히려 좋아하며 이렇게 말했다.

"전 소주께서 친한 후궁이 없어서 늘 걱정했는걸요. 친한 후궁이 생겨서 좋아요."

"난 연얼군주랑 친하잖아."

"하지만 그분은 왕족이시잖아요."

"연얼군주가 왕족인 게 여기서 무슨 상관인지 모르겠어. 그리고 나 염 귀인이랑 친한 사이 아니야."

"내일 또 오면, 흑합 장군이 부탁해서 쓴 편지라고 말해야겠어. 귀찮아 죽겠어."

그날 저녁. 수련을 마친 후 청적에서 만난 떡돌이에게 나는 어제와 오늘 일을 털어놓고서 한숨을 내쉬었다. 떡돌이를 보자 그가 마지막에 한 묘한 말이 새삼 떠올랐지만…… 생각해보니 그건 그리 신경 쓸 말도 아니었지. 지금은 거의 다 잊었다.

떡돌이는 내가 염 귀인 이야기 하는 걸 곰곰이 듣다가 물었다.

"염 귀인이 네 친구로 적합하지 않다고 생각해?"

"적합하지 않다고 생각하는 게 아니라, 친구가 아니야. 염 귀인은 나한테 은혜를 갚고 싶어서 저러는 모양인데. 그 은혜는 내 선의에서 나온 은혜도 아니었어."

하지만 염 귀인이 친구가 아니라 믿는 건 나 하나뿐인가.

387

"친구는 끼리끼리 뭉친다던데. 염 귀인이 이상해 보인다면, 결국 너도⋯⋯?"

떡돌이는 오히려 날 놀려댔다. 부성도 그렇고 떡돌이도 그렇고. 염 귀인이 내 방에 몇 번 찾아왔단 이유만으로 우리가 대단한 친구가 된 것처럼 여기는 눈치였다. 뭐야. 궁전 안은 친구의 기준치가 낮은 거야? 그냥 대화 몇 번 나누면 모두 모두 친구야?

어쨌든 갑자기 이렇게 몰리는 데 골이 나서, 나는 어깨로 떡돌이를 옆으로 밀어내며 그를 끌어들였다.

"그러면 너도 나랑 끼리끼리겠네?"

떡돌이는 밀면 밀리는 대로 주욱 움직이면서 되물었다.

"내가 왜?"

"친구끼리는 끼리끼리라며."

하지만 내가 정곡을 찌르자, 그는 다시 제자리를 찾아 앉으면서 자신만만하게 말했다.

"난 네 친구가 아니잖아. 난 널 좋아한다면서. 그러면 친구가 아니지."

그의 말은 그럴듯했다. 며칠 전이었다면 나도 맞는다고 인정했을지도 몰랐다. 하지만 지금은 아니다.

"이젠 아니야. 우리도 그냥 친구거든."

내가 딱 잘라서 그가 한 말을 부정하자, 떡돌이는 눈썹을 치켜올렸다.

"우리가 그냥 친구라고?"

나는 고개를 끄덕였다.

"어."

"왜 말이 바뀌었지? 전엔 내가 널 좋아한다고 우기더니."

"생각이 바뀌었거든."

"?"

"생각해보니 우정이 더 좋은 거 같아. 영원하고."

연인인 개원이는 날 버렸지만, 옆집 소꿉친구인 흑합은 자기 옛 친구인 염 귀인을 버리지 않았지. 이것만으로도 둘의 무게가 다르잖아.

"그래서 이제부턴 난 너랑 친구만 할 거야."

"!"

비교적 가벼운 분위기로 여러 학문이나 서적에 대한 담론을 나누는 시간이었다. 황제가 이상한 명령을 내렸다.

"우정보다 사랑이 더 좋단 증좌를 찾아내라."

뜬금없는 명령에 신하들이 웅성거리며 서로 눈치를 살폈다. 그딴 증좌가 어디 있다고 저런 명령을 내리시나? 우정을 그리는 시는 많고 사랑을 찬양한 시도 많으나, 두 개를 비교한 시는 적었다. 설령 있다 한들 그건 증좌가 될 수 없었다. 게다가…….

"우정이 사랑보다 좋다 확신하는 사람을 설득할 수 있을 만한 걸로."

뭐란 말인가 저 까다로운 조건은? 신하들이 서로 눈치를 살피며 웅성거리자, 사태를 아는 오 공공이 황제를 슬쩍 곁눈질했다. 면사로 얼굴을 가리고 있어 표정을 알기 어두우나, 오 공공은 충분히 짐작할 수 있었다. 아주 다부지고 굳은 표정을 하고 있으리라는 걸. 오 공공은 작게 한숨을 내쉬었다. 천 귀인은 왜 갑자기 폐하께 우정이 최고란 말을 해서……. 물론 천 귀인에겐 '떡돌'은 친구이니, 나쁜 뜻으로 한 말은 아닐 터이지만.

그때. 용기 있는 대신 한 명이 조심스럽게 손을 들고 물었다.

"외람되오나 폐하. 어찌 그런 명을 내리시는지 여쭈어도 되겠사옵니까……?"

황제는 바로 대답하지 않았다. 그러나 면사에 가려진 황제의 표정은 보는 사람들로 하여금 많은 상상을 하게 만들었다. 대신들은 용감하게 나선 이를 걱정스레 보았다. 혹시 저 질문이 폐하의 심기를 노하게 하는 건 아닐까? 그걸 보며 진실을 아는 오 공공은 또다시 한숨을 내쉬었다. 그는 이번에도 혼자만 알았다. 황제가 지금 대답하지 않는 건 그냥 할 말이 궁해서란 걸.

잠시 후. 면사 아래로 드러난 입술이 열렸다.

"다 쓰임이 있다."

"쓸모없어 보이는데."

굳이 떨떠름한 감정을 숨기지 않고서 내 의견을 들려주자, 염 귀인이 아니꼬운 표정으로 내게 되물었다.

"쓸모없어 보인다고요?"

"네."

상황은 이렇다.

이각 전. 염 귀인이 날 찾아왔다. 또. 귀찮지만 가라고 떠밀 수도 없는지라, 나는 마지못해 염 귀인을 방 안에 맞이했다. 가만히 마주 앉아서 얼굴만 보면 심심하니, 부성에게는 차를 가져다 달라 부탁했다. 그런데 웬걸. 부성은 시키지도 않았는데 과일까지 같이 가져왔다. 차와 과일이 차려졌으니, 일단 다 먹어야지. 남기면 아까우니까. 그래서 이걸 먹다 보니 우리는 생각보다 오래 마주하고 앉아 있었다.

마침내 음식을 다 먹었을 때. 나는 이제야 염 귀인을 돌려보낼 좋은 구실이 생겼구나 하고 안심했다.

그러나 염 귀인은 나가지 않았다. 대신······.

"이것까지 주고 싶진 않았지만."

이렇게 말을 꺼내더니, 내 처소에 올 때부터 들고 있던 연한 녹색 보따리를 턱 탁자 위에 내려놓았다. 솔직히 말하자면 염 귀인이 이걸 가지고 왔을 때부터 내내 신경이 쓰인 상태였지. 팔 힘을 기르려고 들고 다닐 리는 없으니 분명 내게 줄 선물이다, 싶어서. 하지만 나는 표정 관리를 하고서 모른 척 물었다.

"그게 뭔가요?"

"선물이요."

이 부분에서는 솔직히 표정 관리가 좀 어려웠다. 난 선물을 좋아해서……. 어쩔 수 없다. 받아본 적이 많이 없는걸. 게다가 내가 받아본 선물 종류만 해도 그렇다. 보통은 숨어 있던 자객이 검을 휘두르면서 이렇게 외치지. "받아랏, 이게 내 선물이다!"

그러면 난 그 자객을 없앤 다음, 검과 돈, 기타 여러 가지 도구들을 알뜰살뜰하게 챙긴다. 이게 내가 받은 선물의 4할을 차지한다. 나머지 4할은 음식 안에 숨겨진 독이라거나 방석 안에 숨겨진 검. 뭐 이런 종류. 그외 2할은 개원…… 개새끼. 개원이 생각은 하지 말자. 어쨌든 그런고로 나는 선물, 정상적인 선물을 좋아한다.

"흠흠. 어떤 선물인데요?"

"기대해도 좋아요. 아주 좋은 선물이니까."

근데 이미 충분히 기대한 얼굴이네요, 얄밉게 덧붙이면서도 염 귀인은 순순히 보따리를 끌렀다.

그 안에서 나타난 건 손바닥 반 정도 크기의 유리병이었다. 유리병 자체는 이뻤다. 안에 풀뿌리 같은 게 든 상당히 의심스러웠지만.

"독?"

이번에도 내 선물은 독인 거야? 궁궐까지 들어왔는데 또? 내가 떨떠름해서 묻자 염 귀인은 딱 잘라 부정했다.

"아니에요. 몸에 좋은 거예요."

"보약?"

"비슷하죠. 아니, 보약이라고 할 수도 있겠네요."

염 귀인은 그리 말하고는 독약이 아니란 걸 증명이라도 하듯 직접 뚜껑을 열고서 한 모금을 크게 마셨다.

"자. 독약 아닌 거 확인."

그걸 보자 기분이 좋아졌다. 세상에! 천년비가 보약도 선물 받다니! 그것도 궁중 사람한테! 히죽 웃으면서 나는 얼른 병을 끌어다 챙겼다.

"고마워요, 염 귀인. 가끔은 착하네요."

"가끔······."

염 귀인은 인상을 찡그렸으나, 자기도 그간의 행적이 걸리는지 반박하는 대신 턱을 치켜올렸다.

"폐하께 드리면 아주 좋은 효과를 볼 수 있을 거예요."

그러나 염 귀인의 말을 듣자 그녀의 턱을 도로 내려주고 싶어졌다.

"폐하? 폐하께 드리라니요?"

"정력에 좋은 음식이거든요. 아니, 약이죠. 절세단이라고. 들어봤어요? 알음알음하게 유명한데."

"정력?"

"그거, 천신괴의가 만든 거예요. 사실 정력에 좋다고는 하지만, 그 부분을 빼고 보아도 아주 좋은 보약은 맞고요."

천신괴의. 안다. 유명한 무림인이자 의원이지. 의술 실력 하나는 끝내주는데 사람을 치료하는 데는 관심이 없는 의원. 주로 하는 일은 위험한 험지를 돌아다니며 재료를 캐다가 별 희한한 약 종류를 만들어 파는 것.

여기서 그 이름을 들을 줄이야. 아니, 그보다 정력에 좋은 음식을 왜 나한테 줘?

"폐하한테 직접 드려요. 이걸 왜 나한테 줘요?"

폐하한테 줘야 하는 거면 내 선물이 아니잖아! 내가 놀림당한 기분에 씩씩거리면서 유리병을 염 귀인 쪽으로 도로 밀어내자, 염 귀인은 되레 자기가 더 짜증 내며 되물었다.

"장난해요? 님을 봐야 뽕을 따지, 폐하를 못 뵈는데 정력에 좋은 약을 언제 먹이래? 요즘 폐하께선 천 귀인만 보잖아요."

"난 내 입에 들어가는 거 아니면 내 선물로 안 쳐요."

"그럼 이걸 폐하한테 드리고서 점수라도 따요."

내가 싫다는데도 염 귀인은 군이 절세단을 내게 넘기고서 가버렸다.

"와! 염 귀인께선 참으로 세심하고 배려 깊으시네요!"

부성은 방 안에 들어왔다가 설명을 듣고는 사람 속도 모르고 염장을 질렀고. 부성까지 나가고 방 안에 홀로 남은 뒤. 나는 쓸데없이 가지게 된 절세단을 노려보았다. 젠장. 저걸 어쩌지? 황제에겐 주기 싫은데. 주면 오해할 거 아니야.

"……."

아. 떡돌이? 떡돌이에게 줄까? 그래, 좋은 생각이다. 걔는 내시니까 정력에 좋은 약도 보약처럼 먹지 않을까? 이거 몸에 좋은 약은 맞는다면서?

약을 잘 보관하고 있다가 이틀 후. 나는 청적에 약을 가져가서, 떡돌이를 만났을 때 등 뒤에 절세단을 감추고 물었다.

"떡돌아. 보약 줄까?"

떡돌이는 종이로 총총 감아온 떡 포장을 끄르다가 영문 모를 얼굴로 날 보며 되물었다.

"보약? 갑자기?"

"응. 줄까?"

떡돌이도 선물이 좋은가 보다. 그는 보약 이야기에 안색이 환해지더니, 떡 포장 끄르던 걸 멈추고 내게 손을 내밀었다.

"다오."

나는 등 뒤에 감추고 있던 유리병을 내밀었다.

"짠."

떡돌이는 유리병을 받아 들고는 안에 든 풀뿌리를 살피며 물었다.

"이 안에 든 게 약초인가? 어디에 좋은 거지?"

"여러모로 몸에 좋대. 가장 좋은 부위는 따로 있지만, 그거 빼고도 대체로 다 좋대."

"가장 좋은 부위?"

"응. 그게 어디냐면―"

내가 설명을 해주려는 찰나. 떡돌이가 씩 웃더니 한 손을 들었다.

"잠시."

입을 다물고 쳐다보자 그가 거만하게 턱을 치켜들었다.

"먹어보고 알려줄게. 어디에 가장 좋았나."

무어라? 나는 떨떠름해서 그의 턱을 도로 내려주었다.

"안 될걸. 먹어봐도 넌 모를 텐데?"

넌 내시니까. 그건 내시한텐 소용없는 거고. 그렇지만 내가 떡돌이 정체를 안단 건 비밀이잖아. 아, 어쩌지?

내가 우물거리자 떡돌이가 눈살을 찌푸리며 물었다.

"무슨 뜻이지?"

"말 그대로."

그러고서 주저하다가 일단 약의 성능을 말하려는 찰나. 떡돌이는 손을 들더니, 아예 내 입을 막고서 고개를 저었다.

"아니. 괜찮아. 내가 먹어보고 알려주겠다."

"아 뭐…… 그래. 그러면."

그렇게까지 거부하니 못 알려주겠네.

하긴. 위험한 게 아니면 그걸로 된 거지. 쟤는 어차피 먹어도 몸이 건강해졌단 외엔 아무것도 모를 텐데 뭐.

"잠이 오지 않으니 노래 좀 불러주겠느냐."

난 황제가 대체 무슨 생각인지 모르겠다. 내가 사랑한다고 말할 때는 꺼리더니. 흑합 장군과 어울리자 다가와 질투하고. 이번에는 밤중에 불러서 노래를 부르래. 솔직히 좀 고깝다. 이 황제, 진짜 제멋대로잖아?

"왜 노래를 제게 불러 달라 하십니까? 노래 잘하는 가인들이 하나둘이 아닐 텐데요."

"네게 책임이 있기 때문이다."

"무슨 책임이요?"

"……그런 게 있으니, 노래나 불러보거라."

노래를 부르게 할 거면 날 돌돌 싸매고 있는 이 이불 계란말이부터 풀어주든가. 차라리 이전처럼 정원에 불러서 노래를 시키든가. 시침을 들라며 계란말이 상태로 불러놓고서 노래를 부르라니, 아주 짜증이 난다.

난 오늘 밤 떡돌이가 그 절세단을 먹었는지 안 먹었는지 궁금해하며 보내야 하는데! 어쨌든 시키니 해야지. 저 사람은 황제고 나는 황제가 아니니까.

"듣고 싶은 노래가 있으십니까?"

"천년의 홍분도 가라앉는 노래. 건전하고 담백하고 무정한 노래로."

"취향 한번 독특하십니다. 그런 노래가 어디 있습니까?"

"너라면 가능하다. 너라면."

무슨 뜻이야 이 황제? 저거 욕 아냐?

떨떠름하지만, 어쨌든 저잣거리에서 축제 날 손을 잡고 빙글빙글 돌면서 부르는 노래를 마지못해 불러주었다.

"개굴개굴 개구리가 너굴너굴 너구리랑 뽀글뽀글 머리를 말면, 지나가던 양이 야앙야앙 울면서 비웃고 간다……."

자, 내 노래 실력이 형편없는 걸 알았다면 이 상태로 노래시키진 마.

그러나 웬걸?

"노래가 야하구나. 좀 더 담백하게."

황제가 몸을 비틀며 괴로워하더니 희한한 소리를 했다.

"이게 야해요?"

내가 황당해서 묻자, 황제는 더욱 고통스러워하며 말했다.

"그래. 양을 빼거라. 야하냐는 질문도 빼고."

뭐지 이 남자.

"뭐 이상한 약 드셨습니까?"

'야앙 야앙' 소리 듣고서 야하다 할 정도면 일상생활이 불가능할 수준 아닌가? 그런 사람은 아닌 듯했는데. 뭐 저녁 식사 후에 이상한 약이라도 먹었나?

"이게 누구 때문……!"

"누구 때문인데요?"

황제는 헛기침을 하더니 단호하게 다시 요구했다.

"노래하라. 계속하라. 양 빼고."

"좋은 아침."

처소로 돌아온 내가 평소보다 쉰 목소리로 인사하자, 측근 궁녀 둘은 얼굴을 손으로 감싸고 자기들끼리 묘한 눈길을 주고받았다. 귀자는 큼큼 헛기침하면서 시선을 피하고. 그러다가 원웅이 히히 웃으면서 물었다.

"소주, 꿀물을 타 드릴까요?"

"응. 밤새 노래를 불렀더니 좀 힘드네."

원웅은 '노래는 무슨' 하는 음흉한 표정으로 웃고는 신이 나서 밖으로 나갔다. 그 뒷모습을 멍하니 바라보다가 나는 내 쉰 목소리가 궁녀들에게 오해를 일으켰단 걸 깨달았다. 진짜로 밤새 노래를 부른 건데. 궁녀들은 다른 걸 상상하는 눈치였다. 하지만 굳이 아니라 할 필요도 없어서, 나는 오해를 방치한 채 원웅이 타다 준 꿀물을 마셨다.

그러고서 한숨 자자, 그제야 피로가 가셔서 청적으로 갈 만한 힘이 났다. 사실은 청적도 안 가고 쉬고 싶지만, 그래도 떡돌이에게 무슨 약인지 알겠냐고 묻고 싶었다. 진짜 먹었는지도 궁금하고.

"무슨 약이었어?"

이 질문은 내가 떡돌이를 보자마자 하려던 건데. 뭐, 정확히 따지자면 내가 하려는 질문은 '무슨 약효 같아?' 쪽이지만. 어쨌든 날 보자마자 질문은 떡돌이가 먼저 했고, 나는 대답 대신 그에게 되물었다.

"먹었어?"

"어."

"무슨 약 같은데?"

나는 뒷짐을 지고서 히히 웃으면서 그를 놀렸다. 역시 넌 효과 없지? 떡돌이는 쉬이 대답하지 못했다. 굳은 얼굴로 시선을 피할 뿐. 그러다가 재차 물었다.

"무슨 약이었지?"

"정력에 좋은 약. 대단한 신의가 지었단 약."

나는 히죽 웃었다. 너랑은 상관없는 약이지? 거봐! 넌 먹어도 모른다니까? 떡돌이도 그 생각을 한 건지 당황한 표정이었다. 내시인 자기에게 그런 약을 주다니, 놀리는 건가 의심하는 표정.

"그걸 왜 나한테⋯⋯."

"몸에 좋대."

천 귀인과 헤어진 후. 심각한 얼굴로 고민하던 황제는, 심궁으로 걸어가다가 돌연 멈추어 서서 오 공공에게 물었다.

"천 귀인이 무슨 의도로 '떡돌'에게 정력에 좋은 약을 준 것 같으냐?"

오 공공은 두 손을 모으고서 조심스럽게 대답했다.

"소신은 7세 때 거세를 하여 그런 쪽으로는 잘 모르옵니다, 폐하."

"나는 거세하지 않았으나 천 귀인의 의도를 모르겠다."

황제는 난감한 얼굴로 중얼거렸다. 차라리 '황제' 쪽에 주었더라면 무슨 의도인지 잘 알았을 것이다. 한데 그걸 '떡돌' 쪽에 주다니. 게다가 사랑보다 우정이 좋다고, 우정만 하겠다고 선언을 한 뒤에? 앞뒤가 맞지 않았다.

그때. 있는 듯 없는 듯 뒤따르던 그림자 승언이 조심스럽게 모습을 드러내고서 의견을 냈다.

"분발해보라는 뜻이 아닐는지요?"

어느 날, 친구가 입을 맞춰도 되느냐고 묻는다. 이런 경우 어떤 대답을 해야 할까.

일 번. 나 좋아해? 이 번. 왜? 삼 번. 미쳤어?

평소처럼 청적에서 만난 떡돌이 이야기다. 전에는 얌전히 떡을 꺼내 준 녀석이, 오늘은 뭘 곰곰이 생각하는가 싶더니. 이런 질문을 꺼낸 거다.

내가 입을 벌리고 멍하니 쳐다보자, 떡돌이는 눈치를 살피며 되물었다.

"천 귀인? 괜찮아?"

괜찮냐고? 아니! 엄청나게 놀랐는데!

"왜 그런 질문을 해? 미쳤어? 나 좋아하니?"

전혀 괜찮지 않기에 나는 딱 잘라서 우수수 질문을 쏟아냈다. 나는 사랑보다 우정이 더 대단하단 걸 알아차렸고, 떡돌이와는 우정만 나누기로 맹세까지 한 터였다. 떡돌이 본인에게도 나의 이러한 결심을 잘 전했지. 그런데 인제 와서 뭐? 입을 맞추어봐도 되냐고?

그러나 내 질문에 떡돌이는 자기가 더 떨떠름해하는 눈치였다.

"난 네가 이걸 원하는 줄 알았는데."

무어라?

"왜 그런 오해를 해?"

"그야 네가…… 내게 그런 약을 주었으니."

"그런 약? 정력제? 내가 주둥이 맞추자고 정력제 줬겠어?"

황당해서 되묻자, 떡돌이는 눈썹을 치켜올리더니 잠시 고개를 기웃하다 중얼거렸다.

"그런가."

"그래!"

나는 허리에 손을 올리고서 타박했다.

"그리고 내가 분명 말했잖아. 우린 우정만 할 거라고."

하지만 떡돌이는 오해를 했으면서도 눈 하나 깜빡하지 않았다. 태연히 웃으며 넘어갈 뿐.

"우정도 나누고 입도 나눌 수도 있는 거지, 뭘."

"안 그래. 내 상식에선 안 그래. 황궁에선 다 그래?"

"글쎄."

떡돌이는 잠깐 고민하는가 싶더니 짓궂게 웃으면서 말했다.

"그런 사람도 있고 아닌 사람도 있지."

입 맞추는 우정이 무슨 우정이냐고, 인공호흡 빼곤 인정 못 한다고 따지려다가 나는 도로 입을 다물었다. 하긴. 내가 궁궐에 대해 뭘 안다고. 궁궐 일에 빠삭한 내관이 그렇다면 그런 거지. 게다가 궁궐은 후궁부터가 하나둘이 아니잖아. 거기서부터 이미 일반적이지 않은걸.

다행이라고 해야 할지. 우정도 나누고 입술도 나누자는 떡돌이의 제안은 이후 곧장 잊어버렸다. 일부러 잊으려고 잊은 게 아니라, 다른 일로 바빠서 잊은 것이다.

염 귀인은 수사청에서 풀려나긴 했지만 아직 완전히 혐의를 벗은 건 아니었다. 이 때문에 나도 사건 관련자로서 진술하기 위해 이래저래 불려갈 일이 몇 번 있었는데, 그 탓이었다. 하긴. 내가 바빠 봐야, 이 일로는 염 귀인 쪽이 더 바쁘긴 하겠지만. 어쨌든 오며 가며 염 귀인을 만날 일이 많아진 터라, 나는 이참에 그녀에게 내내 벼르던 말을 해주었다.

"내가 염 귀인을 위해 기봉 장군에게 서신을 쓴 건, 흑합 장군이 부탁해서 그런 거예요."

"흑합 장군이……."

그런데 염 귀인은 정말 아예 짐작을 못 했나 봐. 내가 이야기해주자마자 흔들리는 눈동자로 나를 바라보는데, 그 표정이 평소와 사뭇 달랐다.

'괜찮은가?'

난 그냥 긴장 없이 그냥 툭 전해준 건데. 저렇게 반응하니 괜히 신경 쓰이네. 내가 눈에 띄게 눈치를 살피자, 염 귀인은 그제야 손을 저었다.

"알려줘서 고마워요."

그러면서 힘없이 웃는데. 그 미소는 어쩐지 안도하는 것처럼 보였다. 눈이 마주치자 염 귀인은 초탈하게 웃으며 어깨를 으쓱했다.

"배반당한 게 아니라니 좋네요."

아아. 실제로 안도하는 거구나. 하지만—

"배반당한 거라니요?"

"혹합 장군이 배신했다 생각했거든요. 그건 아니라니 다행이라고요."

사연이 가득해 보이는데. 염 귀인은 자세한 설명은 해주지 않았다. 나 역시 너무 사적인 일 같아서 더 묻진 않았다.

하지만 '배반당한 게 아니라 다행이다'면서 웃는 모습에, 어쩐지 개원이 생각이 나서 가슴이 묵직해진다. 개원이도 날 배반한 게 아니라면 좋겠는데…… 그럴 일은 없겠지. 그건 오해일 수가 없으니.

"?"

힘없이 막 돌아서려는데 멀지 않은 곳에서 진득한 시선이 느껴졌다.

'뭐지?'

염 귀인의 어깨를 톡톡 두드려주던 걸 멈추고, 나는 시선이 느껴지는 곳을 쳐다보았다.

시선의 주인은 기몽이었다. 그가 근처 건물 난간 뒤쪽에 뒷짐을 지고 서서 날 보고 있던 것이다. 그러다 나와 시선이 마주치자, 태연히 고개를 끄덕였다. 빤히 쳐다보다가 걸린 건데도 눈 하나 깜짝하지 않는 태도로.

'참 대단하구나.'

고개를 설레설레 젓고서 나는 도로 고개를 돌렸다. 재랑은 엮이지 말자. 사냥개 같아.

먼 거리에서도 상대를 강렬하게 잡아두는 사람들이 있다. 그런 사람들은 수많은 인파 속에서도 자신의 존재감을 또렷하게 드러냈다. 그건 아름다움이나 화려함과는 전혀 별개의 영역이었다.

기몽 장군은 천 귀인이 그런 사람이라고 생각했다. 물론 겉으로는 그런 점이 느껴지지 않는다. 하지만 그녀는 일단 눈이 마주치면 시선을 떼기가 어려웠다. 기몽 장군은 어떤 사람들이 이런 느낌을 주는지 잘 알았다. 자신을 감추고 싶어 하는 사람들. 오히려 그런 사람들일수록 남들의 시선을 붙잡는 분위기를 풍긴다. 딱 저렇게.

그래서 기몽 장군은 더욱 이상하게 여겼다. 뭘까. 저 여자는 대체 뭘 감추고 있기에, 저렇게 혼자 어두운 구덩이처럼 호기심을 자극할까. 적당히 부유하고 적당히 명망 있는 가문에서 태어나 고생 없이 탄탄한 대로만 밟아온 사람일 텐데?

그때.

"장군님."

부관이 뒤에서 그를 불렀다. 기몽 장군은 아쉽지만 천 귀인에게서 시선을 떼고 뒤를 돌아보았다. 부관이 허리를 숙이고 있었다.

"무슨 일이지?"

"장군님께서 지시하신 대로, '천년비'란 이름에 관해 조사하였습니다."

기몽 장군은 자신이 부관에게 했던 명령을 떠올렸다. 염 귀인이 '천년비진쾌도래'라는 종이를 가지고 있는데, 그걸 묻자 천 귀인이 쓰러진 사건. 미신이라면 미신일지도 모르나, 아무래도 신경이 쓰여서 '천년비'란 이름에 관해 조사를 지시한 지 며칠. 그 결과가 벌써 나온 모양이었다.

"그래. 누구지?"

"고관대작의 자제나 본인 중 그 이름을 가진 이는 아무도 없었습니다. 하지만 나라 전체에 그 이름을 가진 이는 총 225명이옵고—"

"생각보다 너무 많은데."

수많은 백성 중 225명만이 '천년비' 이름을 사용한다면, 사실 그리 흔한 이름은 아니었다. 하지만 기몽은 하나하나 조사를 해야 하는 입장이

다 보니 225명이 너무 많게 느껴졌다.

"예. 그들에 관한 자세한 사안은 따로 보고서로 정리해 올리겠습니다."

"고관대작이 없다지만 설마 다 고만고만하게 살진 않을 거고. 개중 가장 눈에 띄는 사람은 누구였지?"

"무림 악적 천년비입니다."

"원웅. 궁궐 담을 몰래 넘어가다가 걸리면 어떻게 돼? 큰 벌을 받아?"

내 질문이 적절하지 못했나? 월담 이야기를 꺼내자마자, 원웅이 새 옷을 꺼내오다 말고 우뚝 멈춰 서더니 입을 벌리고 날 쳐다보았다.

"월담이요?"

저 황망한 표정이라니. 생각보다 더 무거운 벌을 받나?

"소주, 월담하시려구요?"

원웅은 당황해서 내게 캐물었다.

"월담은 무슨. 내가 무슨 수로."

원웅의 반응이 생각보다 격하기에 나는 농담인 척 하하 웃으면서 손을 내저었다. 물론 거짓말이다. 월담할 수 있으면 하고 싶다. 무공을 조금이라도 되찾자마자 가장 먼저 월담부터 할 거다. 그렇지만 이걸 굳이 원웅에게 말할 필요는 없지.

"한데 그런 무서운 얘길 왜 물으세요? 어휴, 듣기만 해도 곤란해져요. 아까 얼마나 놀랐는지 몰라요."

"듣는 것만으로 곤란할 정도야? 들키면 어찌 되는데?"

"모르긴 몰라도 큰일 나지 않을까요?"

"몰라?"

모르면서 그렇게 무서워한 거야?

"월담하다 걸린 후궁이 없거든요."

"그럼 의외로 그냥 넘어갈 수도 있지 않을까?"

"설마요."

원웅은 잠시 곰곰이 생각해보더니, 심각한 얼굴로 입을 열었다.

"몰라도 짐작 가는 게 있잖아요. 이게 그런 일이에요. 분명 수상하다고 이상한 누명까지 써서 아주 큰 벌을 받을걸요?"

그러고는 내 눈치를 살피면서 다시 한번 철저하게 확인했다.

"소주. 월담하려고 꺼낸 말 아니시죠? 정말로?"

"그럼!"

나는 큰 소리로 대답하고서 건성으로 책 한 장을 넘겼다. 하지만 속으로는 '젠장!' 하고 외쳤다. 젠장 젠장 젠장! 어쩌지?

내가 이런 고민을 하게 된 데는 다 이유가 있다. 무림에서 가장 아는 게 많다는 정보호. 그자가 수도에 왔단 이야기를 들어서이다. 보통 정보 하면 개방과 하오문, 정보호 이렇게 셋을 꼽는데, 개방과 하오문은 집단인 반면 정보호는 개인이었다. 정보호는 개인의 몸으로 그 대단한 개방과 하오문 사이에 이름을 끼워 넣은 괴짜 무림인이었다.

'내 위치도 그 새끼가 많이 흘리고 다녔지⋯⋯.'

어쨌든 그 밉지만 유명한 정보호가 수도에 왔다는 소식은, 어제 청적에 놀러 갔다가 떡돌이 대신 만난 사자친왕에게 들었다. 무림에 관심이 많은 사자친왕은 정보호를 초대해서 온갖 이야기를 들을 거라면서 벌써부터 신이 나 있었지. 덕택에 묻지도 않은 얘기를 술술 해주었고, 그 바람에 나도 얼결에 같이 바람이 들어버렸다. 정보호 그자라면, 사하비단과 사하비단에 들어갔다는 '가짜 천년비' 이야기도 알지 않을까? 하고.

'젠장. 나도 그자를 만나보고 싶어!'

하지만 지금 내 실력으로 월담은 무리였다. 황궁 월담은 그냥 담만 넘어서 되는 게 아니니까. 담벼락 주위를 포진하고 있는 위병들에게 들키지 않고 나가야 하고, 들키지 않고 돌아와야 하니까 뛰어난 경공 실력이 뒷받침되지 않으면 힘들지.

"어쩐다."

떡돌이한테 물어볼까? 걔는 내관이니까, 개구멍이라든가 그런 데 빠삭할 것 같긴 한데…….

결국 고민 끝에 나는 떡돌이에게 남몰래 궐 밖으로 빠져나갈 방법에 관해 물었다.

"궐 밖에 나가고 싶다고?"

하지만 좋은 선택이 아니었을까? 떡돌이는 내가 부탁이 있다고 하자 무엇이든 말하라 하더니. 궐 밖에 나가고 싶은데 방도가 없다고 묻자, 차갑게 되물었다.

"왜? 황제가 이중적인 사람이라서, 아예 떠나고 싶어?"

"그거 알아?"

"뭘."

"떡돌이 넌, 가끔 폐하한테 너무 이입해."

"!"

"정신 차려, 자식아."

너는 내시라고. 황제가 아니야. 왜 네가 그렇게 차갑게 되물어? 무릎을 찰싹찰싹 두드리고서 현실을 일깨워주자, 떡돌이는 헛기침을 몇 번 했다. 그러고는 한결 차분해진 목소리로 다시 물었다.

"그런데 정말로 밖에는 왜? 후궁이 싫어? 귀인 자리가 너무 낮나?"

"아니. 그냥 밖에 잠시 나가고 싶단 건데."

"떠나고 싶단 게 아니라?"

"응."

떡돌이는 내 말에 헛기침하더니 괜히 신경질을 부렸다.

"그럼 그리 말하지. 말을 왜 그리 헷갈리게 해? 똑 부러지게 말해야지."

"이 이상 어찌 똑 부러지게 말하란 거래?"

"한데 밖에는 왜?"

떡돌이는 괜히 자기 옷고름을 만지작거리더니 나를 곁눈질했다. 왜 저렇게 쳐다보지? 의아해서 덩달아 같이 쳐다보자, 떡돌이가 은근한 목소리로 물었다.

"야시장이라거나. 그런 데 가보고 싶어 그래? 같이 갈까?"

"같이?"

"밖에서 놀고 싶어서 그런 거 아닌가? 나도 나가기 힘든 몸이지만, 네가 같이 가자 하면 시간을 좀 내어줄 수도 있는데."

"아닌데."

"아니야?"

"응."

"그럼 왜?"

"만나고 싶은 사람이 있어서."

"……."

내 말에 떡돌이는 옷고름에서 손을 떼더니 허리를 세우면서 인상을 찡그렸다.

"누구? 네 가문 사람? 아니면 옛 친구?"

"친구는 아니고."

"그럼?"

남자……라고 말하면 수상하겠지? 나는 그냥 얼버무렸다.

"있어, 그런 사람."

떡돌이는 그 대답이 더 수상쩍게 여겨지는 모양이지만. 표정 좀 봐. 눈이 얼마나 가늘어지는 거야? 하지만 솔직하게 말할 수 없는 화제인지라, 나는 결국 머뭇거리다가 거짓말했다.

"여자야."

"남자로군."

소용없었지만.

"아닌데? 진짜 여자야."

"여자라면 굳이 여자라고 말하지 않았겠지."

나는 딱 잡아뗐지만, 떡돌이는 이럴 때만 예리해졌다. 그는 팔짱을 끼더니 바위에서 일어나며 차갑게 쏘아붙였다.

"난 능력이 없어서 궐 밖에 나가는 걸 못 돕겠는데."

"아까는 같이 나가자며?"

말이 왜 그새 바뀌어?

"내가?"

"네가."

"잘못 들었겠지."

떡돌이에게 개구멍 위치라도 들을 생각이었는데. 그걸 실패한 후, 나는 내 비밀 수련 장소로 가서 눈앞에 떡돌이가 서 있다 생각하고 열심히 발차기를 했다.

에이, 치사해라! 거시기 떼면서 대인배의 풍모도 같이 떼어버렸나? 분명 개구멍 위치를 아는 것 같았는데. 내가 다른 사람을 찾으러 간다니까 일부러 안 가르쳐주는 거야. 틀림없다. 그러니 처음에는 같이 나가자고 신나서 말했다가 뒤늦게 말을 바꿨지.

하지만 아무리 씩씩대도 떡돌이는 이미 지나간 마차였다. 날 도울 리가 없었다. 이제 와 거짓말로 같이 나가자 한들 거짓말이란 걸 분명 알테지. 떡돌이 이놈. 내가 우정으로만 남자 했는데도 아직 날 좋아하는게 틀림없어. 그래서 질투하는 거야. 하지만 지금은 이게 중요하지 않지. 중요한 건 궐 밖으로 나가는 건데…….

'아! 그러면 되겠다!'

"궐에서 도망치게 도와줘요."

내 말이 그렇게 충격적인가. 흑합 장군을 찾아가 부탁하자, 장군이 입을 연못가의 붕어처럼 쩍 벌렸다. 못 들을 걸 들은 얼굴이었다. 눈을 세번 정도 깜빡인 후에는 그는 아예 자기 뇌를 의심했다.

"죄송합니다, 천 귀인. 제가 뭘 잘못 들었습니다."

"미안하다면 궐에서 도망치게 도와줘요."

"……."

흑합 장군은 입을 꾹 다물고서 나를 바라보았다.

지금으로부터 한 시진 전, 정보호를 만나야겠단 마음을 먹은 후. 나는 처음에는 떡돌이에게 이 부탁을 했다. 하지만 질투심에 눈이 먼 떡돌이는 내 부탁을 단호하게 거절했지.

그다음 순서로 내가 떠올린 게 바로 흑합 장군이었다. 흑합 장군은 마음이 넓잖아. 내게 빚을 지기도 했고. 그래서 달려와 부탁한 건데. 어째 반응을 보니 이 사람도 좀……?

"싫은가요?"

"싫다 좋다의 문제가 아니라."

흑합 장군은 한 손으로 입가를 가리더니 난처한 듯 이마를 찌푸렸다.

"천 귀인께서는 황제 폐하와 정이 깊은 줄 알았습니다."

"안 깊어요."

"!"

"그리고 내가 궐 밖에 나갔다 오는데, 정이 무슨 상관이래요?"

"나갔다가…… 다시 오는 겁니까? 이쪽으로?"

떡돌이도 그러더니, 흑합 장군도 내가 아주 떠나겠단 뜻으로 오해한 건가? 뭐야. 이러니까 떡돌이 말처럼 내가 말을 똑 부러지게 못 하는 건가 싶잖아.

흑합 장군은 손가락으로 밖을 가리키더니, 굳이 우리 사이에 놓인 땅을 한 번 더 가리켰다. 고개를 끄덕이자 그는 안도의 한숨을 내쉬었다.

"아. 그런 거군요."

"그런 거예요. 도와줄 수 있어요?"

"하오나 신은—"

"난 염 귀인 도와줬는데."

"제 시비들 사이에 섞여서 나갔다 오는 건 어떠십니까? 가능할까요?"

시비들 사이에 섞이긴 했는데. 나는 되게 자연스럽게 섞였는데. 시비들이 자연스럽지가 않네. 내가 황제의 후궁인 걸 알아서인가. 흑합의 시비들은 나와 나란히 걸어가면서도 내내 경직된 표정을 풀지 못했다.

그 사이에서 혼자 멀뚱멀뚱 걷다가 인적 드문 길거리에 왔을 즈음. 나는 결국 흑합 장군에게 말했다.

"데려다줘서 고마워요."

여기서부턴 헤어지자고요. 그쪽 시비들 덕에 내가 너무 수상해 보이잖아. 하지만 흑합 장군은 내 말에 대답하는 대신 호위와 시비들에게 무언으로 눈짓했다. 그러고는 그들이 뒤로 물러나자 내게 나지막한 목소리로 물었다.

"언제까지 나와 계실 건지요?"

"한 저녁 무렵?"

"해시면 충분하시겠습니까?"

모르겠다. 정보호를 바로 찾으면 충분하고. 아니면 안 충분하고. 그렇지만 무리해서 돌아다닐 필요는 없지. 오늘 못 찾으면 다음에 나와서 찾는 게 안전해.

"그럼요."

내가 흔쾌히 대답하자, 흑합 장군은 제 머리에서 머리카락을 묶은 끈을 풀었다.

검은 끈이네. 그런데 왜 저걸 담벼락 옆 나뭇가지에 묶고 있지?

"보이십니까? 해시에 이곳으로. 기억하실 수 있겠는지요?"

아하. 이 용도구나. 흑합 장군 머리 좋네! 하긴. 돌아가려면 다시 흑합 장군과 만나야 하지. 하지만…….

"아는 집 나무예요?"

"……."

"기억은 했는데. 혹시 이 집 주인이 끈만 가져갈까 봐요."

그러면 기억해둬도 나중에 헷갈릴 거 아냐. 손가락으로 담장 너머를 가리키자, 흑합 장군은 한숨을 내쉬더니 덤덤하게 대답했다.

"제 집입니다."

아. 그러면 안심이고.

"알았어요. 해시. 여기로. 고마워요."

흑합 장군과 헤어진 뒤, 나는 간만에 완전한 자유의 몸으로 어슬렁어슬렁 거리를 배회했다.

거리는 여전했다. 한쪽에선 곡예사가 입에서 불을 뿜고, 한쪽에선 과일을 팔고 있고, 어린아이들이 서넛씩 뭉쳐서 뛰어다니고. 늘 시끌벅적하구나. 내가 이 몸으로 들어오기 전이랑 똑같아. 좋네. 어딘가에 숨어서 날 노리는 정파 놈들이 없으니 그것도 좋다. 여유롭게 좀 놀다 가고 싶은 기분이 들 정도로. 하지만 그러면 안 되겠지. 정보호부터 찾자.

"실례하겠소."

나는 편안하게 걸어 다니다가, 지나다니는 사람 중 일부러 무림인 복식인 여인을 불렀다. 정보호는 무림인 사이에서 유명하니까.

"무슨 일이지요?"

"수도에 정보호란 자가 왔다 들었는데."

"정보호."

예상대로 여인은 정보호가 누구인지 아는 눈치였다. 어째서인지 쉬이 대답하진 않았지만. 대신 그녀는 내 행색을 아래위로 살폈다. 내가 무림인 같지 않으니 '왜 정보호를 찾지?' 생각하는 눈치였다. 단순히 복장의 문제가 아니라, 내 몸에선 무술을 익힌 느낌이 없으니까.

"심부름이오."

"심부름꾼의 말투가 이럴 정도면, 어디 궐에서라도 오셨나."

"!"

뭐야. 그냥 지나가는 무림인 하나 붙잡은 건데, 왜 이렇게 날카로워? 내가 찔끔해 쳐다보자, 여인은 빙그레 웃더니 손가락으로 커다란 건물을 가리켰다.

"저쪽. 확인해본 건 아니고. 얼핏 듣기로."

"저 건물은 어디오?"

"태안루."

여인은 그리 말하고서 돌아서서 가버렸다. 그런데 어째서지? 돌아설 때 묘하게 장난스럽게 웃고 있던데.

'태안루가 어디기에 저래?'

'아. 저래서 장난치듯 말했구나.'

태안루에 와서 보니 아까 그 무림인이 묘한 말투로 위치를 알려준 이유를 알겠네. 태안루는 어마어마하게 거대하고 화려한 건물이었던 것이다. 게다가…….

"불합! 돌아가시오!"

문 앞에, 덩치도 키도 일반 사내의 두 배는 돼 보이는 거구와 호리호리한 체구의 학사가 나란히 서서, 들어가려는 이들에게 제멋대로 합과 불합을 매기고 있었다.

"아니, 니들이 뭔데 멋대로 불합을 외쳐?"

때마침 그들에게 불합 평가를 받은 이가 화가 나서 따지고 있었고. 나는 바로 문으로 가는 대신, 태안루로 들어가는 다리 난간에 앉은 채 상황을 지켜보았다.

"행색이 추레하고, 눈빛이 탁하고, 기골이 약하며 부귀하지 않아 보이니 불합!"

오 저게 기준인가.

"누, 누가 추레하고 탁하고 약하다고?"

"빈궁해 보이는 건 왜 빼지?"

"이, 이 미친놈들이!"

불합 받은 이는 화가 나서 삿대질을 했으나, 거구 쪽이 그 손가락을 꼭 쥐고서 가만히 바라보자 독기가 순식간에 쭉 빠져서는 슬그머니 제 손을 거구의 손아귀에서 빼냈다. 그러고는 얌전하게 돌아섰다. 그 모든 광경을, 합격을 받아 손님이 된 이들이 안쪽에서 낄낄거리면서 놀려대고.

······뭔진 모르겠지만 입구에서부터 되게 기분 나쁜 자들이네. 정보호는 왜 하필 저런 데 들어가 있는 거야? 나도 저기 들어가야 하나? 아니면 여기서 정보호가 나오길 기다릴까? 어차피 정보호 얼굴은 아는데.

그런데 들어갈지 말지 결정을 아직 못한 그때.

"거기 낭자."

거구와 학사 중 학사 쪽이 날 부르며 씩 웃었다.

"여기 들어가려던 거 아니신가?"

입구에서부터 사람을 급 나눠서 골라내는 놈들이라 그런가. 나 말고도 구경하는 사람들이 한가득한데. 어떻게 내가 들어가려고 기다리는 중이란 걸 알았지? 당황스럽다. 학사의 말이 사실이라 더 당황스러웠다. 난 저 안에 들어가야 했다. 하지만 지금 내 의복으로 통과할 수 있을까? 엄청 깐깐하게 판단하는 모양이던데. 앞에 악평을 받은 사내도 저자들은 '추레한 행색'이라 표현했지만 실제로는 그냥 무난한 정도였는걸.

"들어갈 거야, 말 거야?"

내가 당황해 있는 사이, 학자가 아까보다 한결 오만해진 목소리로 물었다. 눈치 빠른 새끼. 내가 우물쭈물하는 걸 보니 만만해진 모양이지? 이렇게 된 이상 어쩔 수 없네. 나는 턱을 치켜들고서 그쪽으로 다가갔다.

"들어갈 거다."

저렇게 무시하는 놈 앞에선 오히려 당당하게 나가야 한다. 아니면 더무시하거든. 저런 놈들 사상이야 어차피 비슷해서 이쪽이 거만하게 굴면 알아서 합격을—

"불합. 가시오, 낭자."

······아닐 수도 있고. 아니, 내가 뭐 했다고 벌써 꺼지래?

"내가 왜 불합이란 거냐?"

수긍할 수 없어서 따지자, 학사는 아까 불합 받은 사람에게 하듯 빙그레 웃으면서 조목조목 설명해주었다.

"행색이 추레하고, 눈빛이 좋지 않고, 기골이 약하며 부귀하지 않아 보이니 불합."

이 새끼. 아까랑 거의 똑같이 말하잖아?

"여긴 차를 파는 곳 아닌가. 차를 마실 돈이 있으면 됐지, 내가 여기 직원들 눈요기까지 시켜주어야 하나?"

저 말이 진짜인지 아닌진 모르겠으나, 어쨌든 나는 발끈해서 따졌다.

사실 생각해보면 꼭 안 들어가도 되긴 했다. 여기에서 정보호가 나오길 기다릴 수도 있지. 언제 나올진 모르겠지만. 하지만 상황이 이렇게 되고 보니 오기가 들었다. 어떻게 해서든 들어가겠다는 오기가.

"다들 그렇게 욕하며 떠나가지."

그러나 학사는 웃으면서 내 말을 술술 넘겨버렸다. 이렇게 나오는 사람이 한둘이 아니었단 듯이. 나는 더욱 어깨를 펴고 따졌다.

"내가 누군 줄 알고 행색만으로 판단하지? 이렇게 나왔다가 후회할 거란 생각은 안 드냐?"

"호. 알고 보면 대단한 신분이기라도 하단 건가?"

"알고 보면 대단히 무서운 사람일 수 있단 거지."

거구와 학자가 서로를 쳐다보며 낄낄 비웃었다. 짜증 나는 건, 구경하는 사람들 역시도 같이 비웃단 거였다. 이 자식들아, 니들도 못 들어가서 여기 구경하고 선 거 아냐? 공감은 못 해줄망정 왜 비웃고 있어? 나는 화가 나서 주먹을 쥐고 씩씩거렸다.

"난 저 안에 꼭 들어가야 한다. 꼭 들어가야 할 중대한 이유가 있어!"

그런 내 모습에 뭐 감흥이라도 왔나? 학사는 잠시 생각에 잠겨 있더니 돌연 이렇게 제안했다.

"좋아. 그럼 내기를 하지."

"내기?"

"이 친구와 힘겨루기를 해서 이기거나, 시를 읊어 내가 인정하게 만들거나. 그러면 들여보내 주지. 어떻소, 낭자?"

"……."

"자신 없으면 가도 좋고."

학사가 빙그레 웃으면서 도발했다. 그 모습을 보다가 나는 손가락을 들어 올렸다.

"자신 있어. 그쪽과 붙지."

절대로 도발에 넘어간 게 아니다. 진짜로 자신이 있어서 이래!

"이게 무슨 소란이냐."

보통은 '태안루주'라고 불리는 이 다루의 주인은, 바깥에서 들려오는 떠들썩한 소리에 인상을 찡그리고서 난간으로 나왔다. 그러자 난간을 꼭 잡고서 아래를 구경 중이던 총관이 얼른 손을 내리며 상황을 설명했다.

"밖에서 한 손님이 안으로 들어오겠다 떼를 쓰다 내기를 하게 된 모양입니다."

태안루주는 눈썹을 치켜올렸다.

"내기를? 어느 미친 자가? 여기 소문도 모른다더냐?"

"물정에 어두워 보이는 여인이었습니다."

총관의 설명에 태안루주는 난간 아래를 내려다보며 혀를 찼다.

"그럼 적당히 돌려보내면 될 것을."

문턱을 높이고 거만하게 굴수록 오만한 손님은 덩달아 열광한다. 이게 태안루주의 생각이었다. 어차피 이 다루 자체가 돈 벌자고 만든 가게도 아니었고, 태안루주는 돈을 벌기보다 명성을 얻기를 원했다. 그가 원하는 것을 가져다줄 명성을.

태안루주는 이런 안이한 마음가짐으로 다루를 운영했다. 손님을 받을 때도 깐깐하게 가려서 받았고, 입구 밖에선 누구보다 냉랭하게, 가게 안에선 누구보다 따뜻하게 손님을 맞이했다. 가게에 들어올 수 없단 평가를 내린 손님 중 억지로라도 들어오겠다 우기는 이가 있다면, 문지기들의 안목이 틀렸다는 걸 내기를 통해 증명하게 만들었다.

하지만 입구에서 불합을 받아 안에 들어오지 못하는 손님들이라 해도 대부분은 항의만 할 뿐 내기는 하려 하지 않았다. 내기에서 지면 문지기들이 속곳만 남기고 죄다 벗겨 쫓아내 버리기 때문이었다.

그런데 지금 웬 여인이 그 내기를 하려 한단다.

"어찌할까요? 지금이라도 그만하게 둘까요?"

총관이 태안루주에게 질문하는 사이. 평범한 복색을 한 여인은 이미 손가락으로 학사를 가리키고 있었다.

"저자와 시 내기를 하겠다!"

태안루주는 바로 전 안타깝다는 듯 말했으면서도 무심하게 대꾸했다.

"두어라. 요즘은 내기하겠다 나서는 손님이 아예 없었으니. 이 일이 우리 다루의 악명을 높여주겠지."

"예."

"술이나 한잔 가져오고."

"술이요?"

"저렇게 당당하게 시로 내기를 하자 제안할 정도면, 한 수 자신감은 있지 않겠나. 시에는 술이지."

태안루주가 어느새 구경꾼처럼 난간에 걸터앉자, 총관은 얼른 밖으로 나가 심부름꾼에게 술을 가져오게 시켰다.

내기를 건 여인이 시를 읊기도 전에 술과 안주가 차려지자, 태안루주는 작은 잔에 술을 한 잔 부어 놓고 여인을 흥미롭게 내려다보았다.

총관도 다시 옆에 자리를 잡고는 히죽이며 물었다.

"저 여인이 이 안으로 들어올 수 있을까요?"

"설마."

"그런데 술까지 가져오라 하셨습니까?"

"웬만한 시로는 절대로 문지기의 인정을 받지 못하지. 하지만 도전하다 쫓겨가는 모습만으로도 즐거운 놀잇감은 되지 않을까."

빙그레 웃은 태안루주는 먼저 술을 한 잔 마셨다.

술의 쌉쓰름한 끝 맛이 사라지기 전, 딱 맞게도 겁 없이 내기를 건 여인이 시를 읊기 시작했다.

"즐거운 기분으로 문을 나와 그리운 이를 보러 왔는데. 님도 아닌 이가 들여보내지 않고 있으니, 지금 내 기분은 어떠한가."

투박하지만 흐름은 괜찮군, 생각하면서 태안루주는 다시 눈을 감고 술을 한 모금 홀짝였다. 가엾은 미래를 모르고 발버둥 치는 생명이라. 참으로 가련하고 운치 있지 아니한가.

"개 같구나."

"!"

하지만 그 운치는 한 문장이 보태지는 순간 와그작 일그러졌다. 태안루주는 술을 마시다가 '풉!' 총관을 향해 뱉고 말았다. 총관은 인상을 찌푸렸으나, 상사에게 따지지는 못하고 손수건을 꺼내 옷을 닦았다.

"방금 그게 시였느냐?"

태안루주는 황당해 중얼거리고서 아래를 내려다보았다. 같은 생각인지, 잠시 어리둥절해 있던 학사도 입술을 깨물고 묻고 있었다.

"그런 수준으로 여길 통과하려고 온 거요?"

반면, 이를 지켜보던 사람들은 오히려 낄낄거리면서 더욱 즐거워했다.

"그냥 욕한 거네."

"어우 속 시원하다."

"그래, 입구에서 잘리면 기분 더럽지."

태안루주는 가까스로 제정신을 차리고서 허, 헛웃음을 터트렸다. 그러나 끝이 아니었다.

"이따위 시로는—"

학사가 '절대 인정 못 한다'고 외치기 전. 시를 읊은 여인이 눈 깜짝할 사이 그의 앞으로 다가가더니, 멱살을 쥐고서 서늘하게 물은 것이다.

"이젠 내가 내기를 내지. 내 시를 인정해라. 인정하면 살 것이되, 인정하지 못하겠다면……"

여인이 엄지로 학사의 목을 좌에서 우로 스윽 긋는 순간. 태안루주는 들고 있던 잔을 떨어트렸다.

'저 동작!'

협박은 웬만한 일에는 다 잘 통한다. 이건 만고불변의 진리다. 하지만 가끔 목숨을 가지고 협박해도 안 통하는 자들이 있는데, 허세와 자존심이 목숨보다 소중한 자들이 그렇다.

"한가락 하는 자로군. 하지만 여기서 내 목을 따더라도 그따위 시는 인정할 수 없다!"

눈앞의 이 학사 같은 사람들 말이다. 좀 기분 나쁘네. 내 시가 죽어도 인정할 수 없을 정도로 형편없단 거냐.

물론 작정하고 지은 시가 아니라 그냥 협박용으로 대충 지은 시이긴 하지…… 그래도 말이야, 이 몸이 궁중에서 한가락 날리는 시인인데!

"정말 그렇게 나오시겠다?"

"그래."

내가 거듭 위협적으로 건들거려도 학사는 외려 자신만만하게 웃었다.

"이곳이 어디지? 대중천의 수도 한가운데. 날 죽이고 이 안에 들어간다 한들 보는 눈이 몇일까. 과연 낭자는 무사히 돌아갈 수 있을까?"

이 자식…… 천잰데? 맞는 말만 하잖아? 떨떠름해서 눈을 끔뻑이고 있자니, 학사는 그 틈에 얼른 뒤로 물러났다. 그래도 무섭긴 했는지 거구의 뒤로 쏙 숨긴 하지만. 어휴 얄미워. 하지만 학사의 말이 옳다 한들, 나는 이대로 돌아갈 수 없었다. 천년비의 몸이었다면 이쯤에서 포기하고 돌아갔을 거다. 돌아갔다가 몰래 숨어들어왔겠지. 하지만 지금은 그 정도의 경공 실력이 없잖아.

그렇게 이러지도 저러지도 못하기를 일각 가량. 서로 눈싸움만 계속하고 있을 때였다. 다루 안에서 누군가 나오더니 이쪽으로 다가오는 게 아닌가. 누군가 싶어 보니, 염소의 수염과 사슴의 눈을 가진 아저씨였다. 손님인 줄 알았는데, 여기 직원들과 아는 사이인 모양인지, 학사와 거구는 사슴 눈 아저씨가 가까이 오자 바로 인사를 건넸다.

"잘 나오셨습니다, 총관님. 그렇지 않아도 여기 이 무식한데 살기 넘치는 낭자 때문에 아주 곤란한 처지였습니다."

인사뿐만 아니라 고자질도 건네고. 그보다 저 아저씨가 여기 총관이구나. 이상한 기준으로 손님들을 쫓아내는 다루의 총관치고는 참 눈이 따스하시네.

"보았다."

어쨌든 그 총관은 거구의 고자질을 들었는데도 덤덤하게 대답했다. 보았다고. 어디서 본 거야? 설마 저 위층에서?

얼결에 고개가 위로 올라갔다. 그 순간. 난간에 팔을 걸치고 여기를 보고 있는 웬 수려한 미남자가 눈에 들어왔다. 복색이 후궁들 복장을 여러 개 합친 것보다 더 화려한 남자였다. 사자친왕과는 다른 의미로 화려한 사람. 사자친왕이 깃털파라면 저자는 보석파다. 그러다 눈이 마주치자 난간을 손가락으로 툭 두드리면서 고개를 기웃하는데…… 왜 저렇게 날 뜨거운 시선으로 바라보지?

천년비일 적, 누가 날 저렇게 바라보면 답은 하나였다. 날 노리는 정파 새끼. 혹은 사파인데도 현상금이 고픈 새끼들. 하지만 지금 내 몸에는 현상금 같은 거 안 걸려 있는데? 저렇게 볼 만한 사람이 있나? 의아해하고 있자니 총관이란 자가 갑자기 날 불렀다.

"거기 낭자."

고개를 내리자, 눈이 따스한 총관이 차갑게 턱으로 입구를 가리키며 말했다.

"들어와라. 루주님께서 시가 인상 깊어 특별히 통과시켜주라 하신다."

학사는 뭐 씹은 얼굴로 나를 쳐다보았다. 내가 이 안으로 들어가는 게 자기 자존심을 짓밟고 가는 것처럼. 하지만 여기 주인이 들어오라는데 자기가 뭐 어쩔 건가. 나는 인상을 찌푸리고 쳐다보는 학사에게 방긋 웃으면서 손을 흔들어주고 얼른 안으로 들어갔다.

하지만 안으로 들어오자마자 미소를 다시 잘 감추어두었다. 음. 확실히 이상하긴 하지. 나도 내 시가 적절하지 않았단 걸 아는걸. 아까 그 학사 놈처럼, 죽어도 인정 못 한다고 우기는 건 기분 나쁘지만. 어쨌든 여기 주인이 내 시에 감탄해서 만나자고 할 정도는 아니란 걸 분명히 안단 말이지. 그런데 여기 주인은 왜 날 만나자고 할까?

"여깁니다."

의아해하는 사이. 총관이 5층 꼭대기 방 앞에 멈추어 서며 말했다.

"고맙네."

나는 머릿속에 연신 떠올랐다 사라지는 온갖 가정을 뒤로하고서, 방문을 열었다. 일단 만나보면 알겠지. 진짜로 내 시에 탄복해서 만나자고 한 사람인지, 다른 속내가 있어서 날 만나자고 한 사람인지.

문이 열리자 나타난 사람은 뜻밖에도 아까 저 앞에서 보았던 남자. 화려한 차림을 하고서 난간에 기대어 날 내려다보던 보석파 남자였다.

저 사람이 여기 주인이구나. 여유롭게 구경하는 걸 보고 분명 백수일 거라 생각했는데. 아. 눈이 마주쳤어. 나는 남자를 살피던 걸 멈추고 어색하게 인사했다. 일단 도와줘서 고마우니까.

하지만 태안루주는 인사를 받는 대신 내게 뚫어져라 시선을 고정한 채 자기 앞의 탁자를 가리켰다. 뭐야, 거기 앉으라고? 나 바쁜데? 그러나 거기 앉기 싫다는 의미로 내가 고개를 젓자, 태안루주는 자연스럽게 찻주전자를 들어 맞은편 잔에 따라주려다가 인상을 찡그렸다. 그러고는 나를 '왜 안 앉지?' 하는 눈으로 쳐다보았다. 왜 안 앉냐고?

"들어오게 해줘서 고맙다. 근데 지금 좀 바빠서."

이 이유 때문에. 흑합 장군과 만나기로 한 시간이 정해져 있으니까. 게다가 실제로 보니 그는 내 시에 탄복한 것 같지도 않았다. 즉, 다른 목적으로 날 부른 것 같다. 하지만 그렇더라도 태안루주는 날 도와준 사람이기에, 나는 잠시 생각해보다가 제안했다.

"나중에 나도 그쪽을 한번 도와주마."

이 정도면 됐겠지? 도움 한 번 도움 한 번이면 피차일반이고.

그런데 나가려는 나를, 태안루주가 말을 걸며 한 번 더 붙잡았다.

"날 어디서 본 적이 없나?"

나가려다 말고 돌아보자, 그는 아까 내게 따라주려던 차를 자기 찬에 따르고 있었다. 졸졸졸 차 따르는 소리가 적막한 방에 울려왔다. 차 한 잔을 다 따른 그는 찻잔을 들어 올리면서 다시 나를 보았다.

"없는데."

나는 솔직하게 대답했다. 그러고서 다시 나가려는데, 뭐야. 태안루주는 또 거듭 물었다.

"정말로 날 본 적이 없나?"

"없는데."

왜 루주는 저렇게 과거사에 집착하는 거야? 아. 맞아. 난 천소여의 옛 지인들에 대해 모르잖아. 혹시 천소여가 저 남자와 아는 사이인가? 그래서 날 도와주고, 자기를 본 적이 있냐고 물어보나? 그렇다면 본 적 있다고 대답해야 하나? 그런데 난 기억 잃은 걸 딱히 감추고 있지도 않은걸. 굳이 알릴 필요가 없어서 사방에 알리고 다니지도 않지만……

어쨌든 떨떠름하게 있자니, 태안루주가 찻주전자를 달칵 앞에 내려놓으며 다시 물었다.

"그러면 천년비란 사람. 그 사람은 혹시 본 적 있나?"

"!"

뭐야 이 인간. 내가 천년비라는 거, 혹시 알고서 묻는 거야? 갑자기 여기서 그 이름이 왜 나와? 아무 관련이 없잖아? 내가 말실수를 했나? 아냐. 생각해보아도 그런 건 없다. 난 저자가 묻는 말에 최대한 단답으로 했다고. 머리를 팽팽 굴려보지만, 답은 나오지 않았다.

"그 사람이 누군데?"

일단 시치미를 떼자.

"흠."

그러나 태안루주는 찻잔 주둥이를 엄지로 문지르면서 웃었다. 과연 정말 모를까, 묻는 듯한 눈으로. 하지만 내가 아니라는데 자기가 뭘 어쩔건가. 나는 덩달아 당당하게 쳐다보았다.

그 순간. 무언가 코앞으로 다가왔고, 머리카락이 바람을 맞은 양 뒤로 휘날렸다. 눈 깜짝할 사이 태안루주가 코앞에 와 있었다. 손에는 검을 들고서. 심지어 그 검은 내 이마 바로 앞에 있어서, 간담이 순식간에 서늘해졌다. 하지만 놀라움보다 더 커다란 감정은 분노였다. 자존심이 상했다. 상대의 움직임을 눈으로 다 보았으면서 막지 못하다니!

그러나 내가 제대로 대응하지 못했다는 게 오히려 태안루주에게 혼란을 준 모양이다.

"아닌가……."

내가 멍하니 있기만 하자, 그는 바로 내 코앞까지 들이밀었던 검을 내리며 고개를 기웃했다. 젠장. 저 "아닌가……."는 '천년비 같았는데 천년비가 아닌가.'를 줄여 말한 거겠지? 미치겠네. 저자는 갑자기 내 어딜 보고서 그런 생각을 한 거야? 심장이 쫄깃해지다 못해 고동이 되겠다.

어쨌든 나는 속마음을 숨기고 건조하게 상대를 쳐다만 보았다. 다행히 상대는 의심과 호기심이 같이 사라졌는지, 매몰차게 손을 저으며 추방령을 내렸다.

"모른다면 됐다. 나가봐라. 엉터리 시로 들어올 수 있는 건 이번이 마지막이란 걸 명심하고."

태안루주……. 누군진 모르겠지만 긴장을 늦추지 말아야겠어. 일단 오늘은 정보호를 보러 온 거니 그쪽을 탐문하지만, 다음에는 태안루주쪽도 조사해봐야겠다. 그가 나를 뜬금없이 천년비와 엮어서 생각한 것도 이상하지만, 가장 이상한 건 천년비로서도 나는 그자를 모른단 거다.

'이건 조사해볼 만한 일이야.'

어쨌든 지금은 정보호에 집중하자. 빨리 해결하고 흑합 장군과 약속한 장소로 가야 하니. 보자……. 무사히 다루 안에도 들어왔고. 이젠 정보호만 찾으면 되는데. 정보호는 어느 쪽에 있으려나?

'저기 있네.'

다행히 고생고생하면서 안으로 들어온 보람이 있어서, 나는 정보호를 얼마 지나지 않아 바로 발견했다. 사실 발견하고 말고 할 것도 없이 제일 넓고 값비싼 자리에 있었지만.

나는 안심해서 그쪽으로 걸어갔다. 그러나 정보호의 옆에 있는 사람을 발견하고서 주춤 멈추어 섰다.

'사자친왕?'

정보호와 사자친왕이 마주 보고 앉아서 주거니 받거니 뭘 계속 마셔대고 있었던 것이다. 아아. 맞아. 사자친왕이 정보호와 식사할 거라든가, 그딴 말로 자랑을 해댔지. 여기 있을 만하구나.

젠장. 하지만 이해가 가는 것과 별개로 속으로는 욕이 나온다. 나는 입술을 깨물고 허공에 발길질을 해댔다. 사자친왕 앞에서 정보호를 만날 수는 없잖아.

'어쩌지?'

천년비가 정보호를 발견했지만, 뜻밖의 방해물에 봉착해 고민하는 그 시각. 천 귀인의 측근 궁녀 두 사람 역시 뜻밖의 인물을 마주해 몹시 난처한 상황이었다.

"일찍 잠들었다고?"

황제 때문이었다. 황제가 직접 천 귀인의 처소로 오더니, 부실한 울타리 너머에서 그들의 소주를 찾기 시작한 것이다.

"그게……"

원웅과 부성은 서로를 쳐다보며 발을 동동 굴렀다. 원웅과 부성은 그들의 소주가 만날 사람이 있다며 궐 밖으로 나간 걸 알고 있었다. 정확히 어디에 간단 말은 하지 않았지만, 새벽 즈음 돌아올 거라 하였다.

- 폐하께서 찾으시면 어쩌지요?

그 통보를 들은 원웅이 걱정스럽게 물었지만, 천 귀인은 절대 그럴 일이 없다고 큰소리쳤다.

- 요즘 폐하는 날 부르지도 않잖아. 싸운 후로 영 관심이 없어. 찾으면 내가 몸이 안 좋아서 일찍 잠들었다고 해. 거짓말하기 영 그러면 외출한 후로 아직 안 들어왔다 하거나.
- 만약 직접 오시면…….
- 안 그래, 안 그래.

원웅은 울상을 지었다. 소주, 엄청 자신만만하게 확신하시더니 이게 뭐예요. 직접 찾아오셨잖아요.

하지만 원웅은 황제가 자기 얼굴은 가리고 다녀도, 남 얼굴 살피는 데는 이골이 난 사람이란 걸 몰랐다. 황제는 원웅과 부성의 태도를 보고서 방 안에 사람이 없다는 걸 대번에 눈치채고 중얼거렸다.

"외출했나 보군. 아직 안 들어왔고."

황제는 그냥 알아챈 바를 말했을 뿐이었으나, 원웅과 부성은 낯빛이 하얗게 질려서 황급히 무릎을 끓었다.

"송구하옵니다!"

어쩔 수 없는 상황이지만 감히 황제에게 거짓을 아뢰다니. 잘못하면 큰 벌을 받을 수도 있는 일이었다.

"됐다. 천 귀인이 시켰겠지."

하지만 황제는 심각하게 받아들이는 대신 일어나라 손짓했다. 그러고는 원웅과 부성이 쭈뼛거리며 일어나자,

"안에서 기다리겠다. 날이 늦었으니 곧 오겠지."

하고 태연히 말하면서 천 귀인의 침실 안으로 들어갔다. 그걸 말리지도 못하고서 원웅과 부성은 서로를 쳐다보며 발을 굴렀다.

"빨리 오셔야 할 텐데. 금방 오시겠지?"

"밤을 새우고 온단 말씀은 없으셨으니……."

부성은 한숨을 내쉬고서 초조하게 입술을 제 손으로 꼬집었다.

"대체 어딜 가신 거야?"

어디나 마찬가지다. 인내심을 가지고 기다리다 보면 좋은 기회는 꼭 찾아오기 마련이다.

이번에도 그렇다. 정보호와 사자친왕을 주시하기를 삼각 정도. 마침내 사자친왕이 술기운이 오른다면서 자리에서 일어섰다. 다루에서 뭔 술을 얼마나 마신 거야? 황당했지만, 이거야말로 사자친왕의 눈을 피해 정보호에게 접근할 기회였다. 때마침 점소이 하나도 그들이 새로 주문한 요리를 들고 지나가기에, 나는 그 점소이에게 얼른 돈을 건네고서 부탁했다.

"그 요리. 내가 저 객에게 전달해도 되겠나?"

점소이는 시큰둥하게 고개를 돌리다가, 내가 건넨 돈의 액수를 보고는 얼른 "네!" 하고 대답했다. 그러나 막상 돈을 챙기려다 말고서 의심스러운 눈초리를 보냈다.

"혹시 자객은 아니시지요?"

"이런 허술한 자객이 어딨어?"

"한데 왜……?"

"싫음 말아."

대답 대신 돈을 도로 압수하려 하자, 점소이는 돈을 홱 낚아채 소맷자락에 넣으면서 웃었다.

"갔다 오시지요."

아무래도 입구에서 학사와 덩치 두 명이 손님들을 한 차례 가려내다 보니, 일단 이 안에 들어와 있으면 아주 위험한 손님은 아닐 거라 확신하는 모양이었다.

"고마워."

그러나 돈을 받고 요리 접시를 내게 건네다가, 점소이는 다시 행동을 멈추고 한 번 더 물었다.

"진짜 자객이 아니시지요?"

"아니라니까."

"진짜지요?"

"그럼. 그냥 접시만 저기에 전달하고서 질문 하나만 할 거야."

점소이는 그제야 요리 접시에서 손을 뗐다.

염려 마. 나는 점소이에게 안심하라고 방긋 웃고서 얼른 정보호 쪽으로 다가가 접시로 정보호의 머리를 내리쳤다.

"으악! 자객 아니라면서요!"

"아니, 낭자는 누군데 내 머릴 내려치시오?"

정보호는 그 짧은 찰나 손을 들어 내 공격을 막아내고는, 황당하단 눈으로 나를 쳐다보았다. 막을 만도 하지. 정보호가 정보에 미친 자라지만, 단순히 정보 수집 실력만 좋은 건 아니었다. 그는 무술 실력도 누군가에게 당할 만큼 호락호락하지 않다. 정보를 모은답시고 온갖 곳을 돌아다니는데. 사지 멀쩡히 목숨 부지하려면 웬만한 실력으로 될 리가. 어쨌든 비명을 질렀던 점소이는 정보호가 멀쩡하자, 그제야 안심해서 내게 다시 외쳤다.

"자객 아니라면서요!"

"앞에서 공격했으면 자객 아니잖아."

"아니, 그런 게 어딨습니까!"

앞에서 공격하면 기습이고 뒤에서 공격하면 암습이지. 자객이 하는 건 암습이고, 내가 한 건 기습이니까 엄연히 다르지 않나? 하지만 굳이 이 부분을 두고 점소이와 논쟁할 필요는 없지. 나는 점소이와 말을 더 섞는 대신 정보호에게 사과했다.

"초면에 공격해서 미안하오. 내 급한 볼일이 있어 눈길 좀 끌어보았소."

정보호는 멀뚱멀뚱 날 쳐다보다가 입을 손가락 한 마디 정도 벌렸다.

"접시 내려치는 솜씨가 보통이 아니던데. 눈길을 끌려 그랬다고?"

"그대는 아는 것도 많고 쫓아다니는 이들도 많다 들었소. 그래서 웬만한 이와는 아예 상대도 안 해준다고. 그대의 눈길을 사로잡아야만 말을 섞어준다던데."

"아니, 이 낭자 해석 실력이 아주 국가 장원급이로구만. 눈길 사로잡으란 말을 어찌 그리 해석하나?"

"정말 미안하오."

나는 최선을 다해서 미안하단 표정을 지어 보였다. 물론 이건 가식적인 표정이고, 사실은 하나도 미안하지 않다. 절대적인 악감정이 있어서 그렇다. 내가 무림악적 천년비로 악명을 떨칠 때, 이 새끼가 내 위치를 여기저기 팔아댄 탓에 엄청나게 고생했거든. 이놈은 내가 접시가 아니라 대접으로 내려쳐도 순순히 머리를 내밀어야 해.

"이보시오, 낭자. 눈길을 사로잡으란 말은 사회적 위치를 쌓아오든, 눈돌아갈 재물을 가져오든, 그걸 무시할 만한 강자가 되어오든, 하여튼 이런 뜻이지, 냅다 머릴 내려치란 뜻이 아니오!"

"아하."

"아하?"

"이제 알았으니 헷갈리지 않겠소."

"이 낭자가?"

황당해하는 정보호에게, 나는 얼른 천 귀인의 처소에서 박박 긁어 모아온 패물 주머니를 내밀었다. 정보호는 고함을 지르려다가 떨떠름해서 주머니를 받아들었다.

"이건?"

"정보 값."

"그래도 챙길 건 챙겨 왔군."

정보호는 툴툴거리면서도 주머니 안을 살폈다. 하지만 그뿐. 그는 주머니를 챙기지도 돌려주지도 않고서 잠시 생각에 잠겼다.

왜 저러지? 양이 좀 애매한가? 하지만 있는 건 다 담아온 건데. 저거 꽤 돈 좀 나갈 텐데. 걱정이 되어 보고 있자니, 정보호의 입가에 꺼림칙한 미소가 걸렸다.

그 순간.

"하하하하."

멀지 않은 곳에서 소나무 같은 웃음소리가 들려왔다. 돌아보자 사자친왕이 다가오며 웃고 있었다. 젠장. 술기운 오른다더니 빨리도 왔네. 그를 보자 저절로 인상이 구겨진다. 하지만 사자친왕은 가까이 오면 올수록 더욱 능구렁이처럼 웃었다. 그러고는 완전히 가까이 오자 시선을 내게 고정한 채 정보호에게 말했다.

"정 동생, 함부로 대하지 않는 게 좋을 거네. 왜 이런 모습으로 왔는진 모르겠지만, 이분은 아주 신분 높은 분이니."

젠장. 나는 속으로 욕을 뱉었다. 그나마 다행이라면 정보호도 같이 욕을 뱉었다는 거.

아무래도 정보호는 내게 정보를 팔지 않을 생각이었나 보다.

"그래, 뭘 묻고 싶소, 의외로 신분 높은 낭자?"

다행이지 않은 게 있다면······.

'사자친왕, 이 쓸모있는 척 구는데 쓸모없는 자식.'

기껏 정보호가 내게 정보를 줄 준비가 됐는데. 막상 옆에 선 사자친왕 때문에 뭘 제대로 물어볼 수가 없다는 거.

지금 천년비라든가 사하비단에 관해 물어보면 사자친왕이 수상쩍게 여기겠지? 무림과는 관련도 없는 천 귀인이 군이 몰래 궐 밖으로 나와서 이런 걸 물어볼 이유가 없으니······.

"······."

"뭐 묻고 싶냐니까?"

젠장. 어쩔 수 없지. 의문을 푸는 것도 중요하지만 의심을 사지 않는 게 더 중요하다.

"황제 폐하께서는······ 뭘 좋아하실까."

결국, 나는 사자친왕을 의식하고서 후궁이 할 법한 질문으로 무난한 걸 골랐다. 뭐, 후궁이라고 해서 꼭 이런 것만 묻진 않겠지만. 그래도 편견이란 게 있잖아. 지금은 평범하고 눈에 안 띄는 질문이 최고니까.

하지만 내 사정을 모르기에 정보호는 황당한 얼굴로 되물었다.

"아니, 겨우 그딴 걸…… 물론 폐하의 취미는 소중하지만, 하여튼 그걸 물어보려고 내게 접근한 거요?"

"그딴 거라니. 황제 폐하와 관련된 정보는 신중하게 다루어야 하는데."

발끈해서 황제의 위엄을 언급하자, 정보호는 살코기를 먹다가 뼈를 씹은 얼굴로 인상을 굳혔다. 황제 운운하니 반박은 못 하겠는데. 여전히 내 질문이 쓸데없다고 생각하는 얼굴이었다. 물론 동감이다.

그 옆에서 사자친왕은 혼자 눈치 없이 밝게 웃었다.

"내 친우는 참 귀엽구만."

하지만 태안루에서 나간 후. 날 바래다주겠다면서 잠시 따라 나온 사자친왕은 빙그레 웃으면서 뼈 있는 말을 던졌다.

"나 때문에 진짜로 묻고 싶은 걸 못 물어서 어쩝니까, 천 귀인."

"!"

- ≪고수, 후궁으로 깨어나다≫ 2권에서 계속

고수, 후궁으로 깨어나다 1

초판 1쇄 인쇄 2023년 10월 16일
초판 1쇄 발행 2023년 11월 1일

지은이 코양희
펴낸이 김선식

경영총괄 김은영
제품개발 신효정, 윤세미
웹소설1팀 최수아, 김현미, 심미리, 여인우, 장기호
웹소설2팀 윤보라, 이연수, 주소영, 주은영
웹툰팀 이주연, 김호애, 변지호, 안은주, 임지은, 채수아
IP제품팀 윤세미, 신효정, 정예현, 정지혜
디지털마케팅팀 김국현, 김희정, 신혜인, 이소영
디자인팀 김선민, 김그린
해외사업파트 최하은
저작권팀 한승빈, 윤제희, 이슬
재무관리팀 하미선, 김재경, 윤이경, 이보람, 임혜정
제작관리팀 이소현, 김소영, 김진경, 박예찬, 이지우, 최완규
인사총무팀 강미숙, 김혜진, 지석배, 황종원
물류관리팀 김형기, 김선진, 양문현, 이민운, 전태연, 전태환, 최창우, 한유현
외부스태프 gnoey(디자인)

펴낸곳 다산북스 **출판등록** 2005년 12월 23일 제313-2005-00277호
주소 경기도 파주시 회동길 490
전화 02-704-1724 **팩스** 02-703-2219 **이메일** dasanbooks@dasanbooks.com
홈페이지 www.dasan.group **블로그** blog.naver.com/dasan_books
종이 아이피피 **출력·인쇄** 한영문화사 **코팅 및 후가공** 평창피앤지 **제본** 한영문화사

ISBN 979-11-306-4583-4(04810)
ISBN 979-11-306-4582-7(SET)

다산북스(DASANBOOKS)는 독자 여러분의 책에 관한 아이디어와 원고 투고를 기쁜 마음으로 기다리고 있습니다.
책 출간을 원하는 아이디어가 있으신 분은 다산북스 홈페이지 '원고투고'란으로 간단한 개요와 취지, 연락처 등을 보내주세요. 머뭇거리지 말고 문을 두드리세요.